길

길

초판 인쇄 · 2019년 9월 25일
초판 발행 · 2019년 9월 30일

지은이 · 주요섭
엮은이 · 정정호
펴낸이 · 한봉숙
펴낸곳 · 푸른사상사

편집 · 지순이 | 교정 · 김수란
등록 · 1999년 7월 8일 제2-2876호
주소 · 경기도 파주시 회동길 337-16(서패동 470-6)
대표전화 · 031) 955-9111~2 | 팩시밀리 · 031) 955-9114
이메일 · prun21c@hanmail.net
홈페이지 · http://www.prun21c.com

ⓒ 정정호, 2019

ISBN 979-11-308-1463-6 03810
값 27,000원

이 도서의 국립중앙도서관 출판예정도서목록(CIP)은 서지정보유통지원시스템 홈
페이지(http://seoji.nl.go.kr)와 국가자료종합목록 구축시스템(http://kolis-net.nl.go.
kr)에서 이용하실 수 있습니다. (CIP제어번호 : CIP2019036996)

길

주요섭 장편소설

정정호 엮음

푸른사상
PRUNSASANG

주요섭 朱耀燮 (1902~1972)

주요섭의 장편소설 『길』은 6 · 25전쟁이 휴전회담이 한창이던 1953년 2
월 20일부터 8월 17일까지 『동아일보』에 연재되었다. 그 후 1973년 삼성출
판사에서 한국문학전집 81번이 매겨져 단행본으로 처음 출판되었다. 그 후
절판되어 이 소설을 구하기 어려웠다. 이 소설이 처음 실렸던 『동아일보』의
원문과 단행본을 비교해보고 필자는 깜짝 놀랐다. 누락된 곳이 많았다. 긴
것은 한 쪽에서 2~3행의 문장들이 누락된 부분도 수십 군데가 되었다. 더
욱이 문제는 1970년대 국어정서법에 따라 제멋대로 원문들이 변개(變改)된
부분이 수백 군데나 되었다. 당대 독자들의 편의를 위한 것이었겠지만 텍
스트 훼손이 너무 심각하였다. 이러한 텍스트는 연구자들에 믿을 만한 텍
스트가 결코 될 수 없을 뿐 아니라 일반 독자들에게도 제멋대로 변개된 텍
스트는 심각한 문제이다.

이에 편자는 원래 『동아일보』에 연재되었던 소설 본문을 원문에 충실히
따르면서 필요한 곳에서 본문 각주 외 어휘 각주를 달기로 결정하였다. 최
종 판단은 연구자나 독자들에게 맡기는 것이 옳은 일일 것이다. 본문을 있
는 그대로 확정하는 것이 저자에 대한 최소한의 예의일 뿐만 아니라 작가의
'의도' 결정에도 중요한 역할을 함으로 정본(定本) 텍스트로 결정하는 것은
모든 텍스트 읽기와 문학연구의 첫걸음이 된다. 이에 필자는 이 소설이 처
음 발표된 지 66년이 지나고 단행본 초판본이 나온 지 46년이 지난 2019년

에 새로운 단행본을 내게 되었다.

국내 한국문학 학계와 문단에서는 일부 인기 있는 시인, 작가들에게 관심과 연구가 쏠리는 경향이 있는 듯하다. 독서계와 학계에 조류나 유행이 있는 것은 어쩔 수 없지만, 작가 주요섭에 대한 관심은 일부 단편소설에만 지나치게 편중되었을 뿐 소설가 주요섭에 대한 총체적인 논의가 부족한 것으로 보인다. 특히 네 편이나 되는 장편소설에 대한 관심과 논의는 거의 없었던 상태라 해도 과언이 아니다. 편자는 그러나 한국문학사에서 주요섭의 장편소설들이 '저평가된 우량주'라고 확신한다. 균형 잡힌 한국문학 발전과 연구를 위해서도 일부 시인, 작가들에만 편중되는 경향을 지양하고 이제는 좀 더 다양한 시인, 작가들의 발굴과 연구를 시작할 때가 아닌가 한다. 주요섭 장편소설의 재발견과 재평가를 위해 횃불을 들고 나팔을 불기로 자임한 편자는 앞으로 주요섭의 영문 장편소설 『흰 수탉의 숲(*The Forest of the White Cock*)』(1962)도 한글로 번역하여 출간하고자 한다.

『길』은 소설가 주요섭의 6·25전쟁에 대한 충실한 기록이다. 서울에 흩어져 살았던 한 대가족이 1950년 6월 25일부터 인천상륙작전의 성공으로 1950년 9월 28일 서울 수복이 될 때까지 95일간의 공산군 치하의 일상적 삶을 그린 역사소설이다. 주요섭 자신은 당시 이승만 정부의 말만 믿고 남쪽으로 피난가지 못하고 서울에 잔류한 '낙오자'였다. 그는 인민군에 발견되어 남북되거나 의용군에 끌려가거나 북한 지방으로 소위 '전출'되지 않기 위해 집 뒤뜰에 토굴을 파서 서울 수복까지 그곳에서 숨어 살아남았다. 따라서 이 다큐멘터리 소설은 정부 공식문서나 통계에서는 볼 수 없는 미시사(微視史) 다시 말해 전쟁을 직접 겪은 일반 민간인들의 '작은 이야기'이다. 지금은 역사에서 서서히 '잊어진 전쟁'이 되어가고 있는 단군 이래 최악의 민족상잔의 충실한 기록인 장편소설 『길』은 6·25전쟁을 모르는 젊은 세대를 위해서도 반드시 읽혀야 할 필독 역사소설이 되어야 할 것이다.

6·25전쟁에 직접 참여했던 세대들이 서서히 사라지고 그 후속 세대들은 6·25전쟁을 하나의 담론의 차원에서 논의하게 되고 6·25 전쟁 담론에

나타나는 다양한 해석들의 차이로 인해 우리 민족사에 트라우마로 남아 있는 6·25전쟁은 우리의 무의식 속에 서서히 묻혀져가고 있다. 그러나 우리는 처참한 전쟁의 역사를 망각한 민족이 되어서는 안 된다. 6·25전쟁은 외국에서는 '한국전쟁'으로 불리지마는 사실은 제3차 세계대전이나 다름없었다. 미국, 영국 등 자유민족 진영과 소련(러시아), 중국 등 공산사회 진영이 수십개국이 한반도에 총 출동한 세계전쟁이었기 때문이다. 한반도의 현 상황은 여러 가지 종전과 평화구축의 노력에도 불구하고 6·25전쟁은 아직도 끝나지 않은 휴전 상태이다. 이렇게 볼 때 남한과 북한의 2개의 국가는 아직도 정상국가라기보다 분단된 '비정상국가'이다. 우리는 주요섭의 장편소설 『길』을 통해 앞으로 한반도의 '길'은 어떤 것이어야 하는지 깊이 사유해 보아야 할 것이다.

이 소설을 편집 출간하기 위해서 169회에 걸쳐 연재된 『동아일보』에서 본문을 찾아 원문을 확정하고 독자들의 편의를 위해 각주를 다는 과정이 필요했다. 이 과정에서 편자는 송은영 박사와 허예진 양에게 큰 빚을 졌다. 이 두 사람의 노고가 없었다면 이 편집본은 세상에 나올 수 없었을 것이다. 그리고 소설가 주요섭 선생의 장남으로 현재 미국 동부에 사시는 주북명 선생의 따뜻한 배려와 지속적인 격려에 머리 숙여 감사드린다.

끝으로 어려운 출판계 사정에도 불구하고 한국문학 작품 발굴 사업에 대한 사명감으로 주요섭 장편소설의 발간에 선뜻 나서주신 푸른사상사의 한봉숙 사장님의 결심과 편집부 여러분의 노고에 큰절을 올린다. 이 새 단행본이 주요섭 문학 특히 장편소설 읽기와 연구에 작은 보탬이 되는 것이 편집자의 소박한 바람이다.

2019. 6. 25
6·25전쟁 69주년을 맞으며
엮은이 정정호 씀

차례

일러두기

1. 소설 원문은 연재되었던 『동아일보』(1953.2.20~8.17)에 실린 그대로 표기한다.
2. 띄어쓰기는 현대 어법에 맞게 수정한다.
3. 한자만 표기된 경우 괄호 속에 한글을 써준다.
4. 문맥상 명백한 오자나 탈자인 경우 바로잡는다.
5. 문장의 끝에 마침표가 누락된 경우는 모두 마침표를 넣어준다.
6. 대화는 " "로, 생각이나 강조, 외국어는 ' '로, 단행본은 『 』, 단편소설, 논문, 수필은 「 」, 영화, 연극, 노래는 〈 〉로 표시한다.
7. 이해하기 어려운 고어(古語)와 외래어 또는 방언이나 설명이 필요한 어휘는 각주로 설명한다.
8. 원문을 판독하기 어려운 부분은 함부로 예단하지 않고 □으로 표시한다.

길

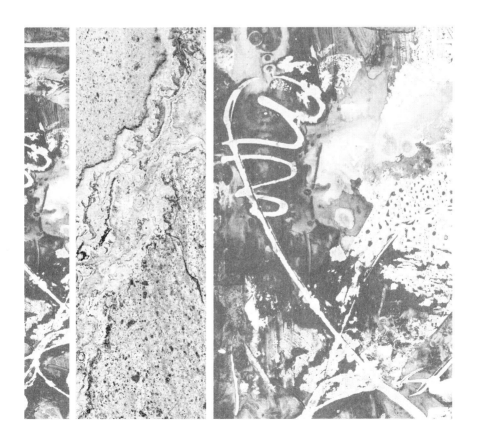

박쥐는 기어들다

1

四二八三년 六월 二十五일 아침!

명랑한 일요일 아침이었다.

여느 날보다 좀 늦잠을 잔 최정학이는 뜰아래 내려섰다. 담에 높이 뻗어 오른 보라빛 나팔꽃이 활짝 핀 후에야 뜰에 나서는 날은 정학이에게는 그리 흔한 일은 아니었다. 흠씬하게 만개된 봉사꽃은 밤 동안에 낙화가 많았고 봉사꽃보다 키도 더 크고 가랑가지도 더 많은 분꽃은 봉오리를 열어제칠 시간이 아직 멀었다고 꼭 다물고 있고 저쪽 구석에 옹기종기 서 있는 몇 대의 양귀비꽃은 어느새부터 소복단장을 하고 방그레 웃으며 정학이를 맞아주는 것이었다. 담정 높이와 키재기를 하는 해가리우[1]들은 벌서 고개를 동쪽으로 돌리어 햇님과 눈을 맞추고 서 있고 진분홍빛 넉줄강미[2]는 보는 사람의 눈을 어지롭게 하도록 빨강웃음을 웃어대고 있었다.

해가 너무 뜨거워지기 전에 꽃밭에 물을 주려고 양철 조로[3]를 가질려고 아직 꾀 어둑신한 헛간 안으로 들어갔다. 무심코 치어다보니 천정 한구석에 무엇인지 어린애 주먹만큼 한 쌔깜한 물건이 몇 개 대롱대롱 매달려 있

---

1 '해가리우'라는 명칭은 없으나 해바라기로 여겨짐.
2 넉줄장미의 오기. 넉줄장미는 덩굴장미라고도 한다.
3 물뿌리개.

는 것이 눈에 뜨이었다. 정학이는 눈을 크게 뜨고 유심히 치어다보았으나 그것들이 무엇인지 짐작할 수도 없었다. 장마 때가 아닌데 버섯이 피었을 리 없고 호기심이 난 정학이는 한편 벽에 비스듬이 서 있는 횃대를 들어 그 쌔깜한 물건 하나를 쿡 찔러보았다. 정학이는 흠칫하며 뒤로 한 거름 물러섰다. 그 깜한 것이 불연듯 날개를 피고 쏜살같이 날아 왔다 갔다 하더니 금시에 도로 제자리로 가서 대롱 매달리는 것이었다.

"아! 웬 박쥐가?"

하고 중얼거리면서 정학이는 가슴이 섬쩍하였다. 박쥐는 그 억센 이빨로 쇠줄이라도 끊는다는 이야기를 일찍이 들은[4] 정학이는 박쥐가 무섭기도 했지만 또 얄밉기도 하고 멸시하는 생각도 있었다. 정학이가 어렸을 때 할머니에게 들은 이야기로 옛날에 새나라와 쥐나라가 전쟁을 할 때 이 박쥐는 새가 이기는 기미가 보이면 새 행세를 하고 쥐가 이길듯이 보이면 쥐 노릇을 하는 절조없는 동물이라는 것이 새삼스리 머리에 떠오르고 또 박쥐란 놈은 낮에는 언제나 어둑신한 데서 잠만 자다가 어두운 밤에만 나다니며 피를 빨아먹는 놈이란 말도 들었던 기억이 있었다. 또 중국 사람들은 박쥐를 편복이라고 부르는데 그 아랫자 '복'이 복 복(福)자와 음이 꼭 같다고 하는 너무나 단순한 이유로 박쥐를[5] 길(吉)한 동물이라고 보아서 병풍에 수도 놓고 박쥐표 담배도 만들어 판다는 이야기도 들은 적이 있으나 정학이에게는 박쥐란 놈들이 자기집 헛간 안에 깃을 들었다는 것은 어쩐지 불길한 징조라고 생각되어 불유쾌하였다. 그래서 그는 횃대로 박쥐들을 함부로 찔르고 때려주었더니 그놈들이 낮에는 눈을 못 보는지 밝은 밖으로 날아나가지 않고 헛간 벽을 이리 받고 겨리 받고 하므로 정학이는 약이 올라서 횃대를 이리 치고 저리치고 막 휘두르다가 살펴보니 그놈들이 어듸 더 어두운 데로 숨어버렸는지 보이지 아니하였다. 정학이의 이마에서는 땀이 뚝뚝 흘러내리고 홋

---

4   원문에는 '듣은'으로 표기되어 있으나 '들은'의 오기로 보임.

5   원문에는 '박쥐들'로 되어 있음.

적삼이 후줄근하여 등에 □컥 붙어 있었다. 곧 뜰 한복판에 서 있는 뿜푸 우물로 가서 찬물로 세수를 하고 나서 꽃밭에 물을 주고 난 후에 조반을 맛있게 먹기 시작하였다.

2

최정학이가 데리고 있는 식구들이 모두 한방에서 조반상을 받고 앉았는데 벼란간 문밖에서 확성기를 통하여 왜치는 소리가 요란히 들려왔다.

"휴가로 병영 밖에 나와 있는 국군사병들은 즉시 보병학교로 집합하시오." 하고 왜치는 억세고도 날카로운 음성이었다.

조반을 먹고 있던 전 가족 중 아이들만 내놓고 어른들은 모두 약속이나 했던 듯이 수저를 멈추고 귀를 기우리었다. 좀 있다가 좀 멀리서 들려오는 왜침은 틀림없이 놀러 나온 사병들은 빨리 보병학교로 모이라는 긴급소집이었다. 정학이는 저도 모르는 새 허둥지둥 길로 나가 섰다. 확성기를 단 찝차는 벌서 멀리 가버렸으나 길 가던 사람들이 찝차의 뒷모양을 바라다보고 있었다.

무슨 일이 생겼는고? 정학이 머리 속에는 이테 전에 『라이푸』잡지에서 보았던 사진들이 하나식 둘식 환등처럼 지나갔다. 여수 순천 국군 반란 사건[6]!

'또 무슨 반란 사건이 생겼나?' 하는 생각이 치미는 것을 눌러버리려고 하늘을 치어다보았다. 구름 한 점 없이 머리가 아푸도록 쨍쨍 내리 쪼이는 여름 하늘이었다. 청명한 하늘과는 반대로 정학이의 마음속에는 음산스런 검은 구름이 떠오르고 있었다.

혹시나? 서울시내? 그렇잔으면 태능? 그는 이런 두려운 생각을 털어버리려는 듯이 머리를 흔들며 급히 방 안으로 돌아왔다. 불길스런 공상이 그

---

6 1948년 4월 3일 제주도에서 5·10 총선거에 반대하는 폭동을 진압하기 위해 출동 명령을 받은 국방 경비대 소속 14연대가 미군 철수를 주장하며 여수와 순천 지역을 점령한 사건.

의 신경을 좀먹기 시작했으므로 그는 뜨다만 밥을 마자 먹을 구미도 안 나고 다 식은 숭늉을 한 대접 단숨에 들이키고 총총히 옷을 갈아입고 거리에 나섰다.

종로에 있는 그의 상점으로 향하여 부지런히 발거름을 하다가 보니 어떤 삘딩 앞에 사람들이 겹겹이 서서 벽보를 보고 있는 것이었다. 정학이도 가까이 가서 둘러선 사람들의 머리틈으로 고개를 삐죽 내밀고 이리저리 분주리를 놀리어서 먹물이 아직 채 안 말은 듯한 검은 제목을 그는 읽을 수 있었다.

'괴뢰군 三八(삼팔)선을 침범'이란 제목만 겨우 읽고 정학이는 안심의 한숨을 쉬었다 괴뢰군 三八(삼팔)선 침입쯤은 무엇[7] 그리 겁내고 우려할 건이 못 된다고 그는 생각하였다. 괴뢰군 三八(삼팔)선 침입은 하도 여러 차례 있어서 거기 대한 관심은 티성[8]이 되어버렸을 뿐 아니라 그놈들이 어리석게도 침입할 때마다 번번히 우리 국군을 그놈들에게 더 큰 손해를 입히고 격퇴해버렸던 것이 아닌가?

이때 갑작이 일어나는 아이들 아우성 소리에 머리를 돌려보니 방금 누가 뿌리고 갔는지 어떤 신문 호외가 전차길 바닥에 흩어져 있는 것을 줍노라고 어린애들이 야단법석이었다.

어느 때 같으면 호외라 하더라도 그리 기를 쓰고 보려고 달려든 일이 없는 정학이도 지금엔 호기심이 바□ 동해서 호외 몇 장을 웅켜쥐고 달아나는 충각아이 하나를 가로막아 기어히 한 장을 빼앗아 들었다. 금시에 여러 머리가 삥 둘러쌌다. 큰 제목 옆에 작은 제목에는 '금 二十五(이십 오)일 새벽 五(오)시에 전 三八(삼팔)선 七(칠) 개소로 일시에 침입 국군은 용약격퇴 중'이라고 씨여 있었다

"흥, 그깐놈들 七(칠) 개소가 아니라 七十(칠십)개 소로 덤벼든대도 무서울 것 없지." 하고 정학이는 코 웃음하엿다

7 　원문에는 '무겻'으로 되어 있음.
8 　'타성'의 오기로 보임.

3

초조하던 마음이 저윽이 눅으러지는 것을 느끼면서 정학이는 천천히 발을 옮기며 생각에 잠기게 되었다. 지나간 수삼 년 동안 미국 요인이 한국에 방문을 올 때마다 국군은 위풍당당하게 시가행진을 하는 것을 그는 그의 눈으로 번번히 보아오지 않았던가? 생전 처음 보는 웅장하고도 멋진 무기의 행렬, 해방 직전까지 늘 보아왔던 일본 군대보다 비교도 되지 않을 망큼 더한층 늠늠한 기상으로 열을 지어[9] 바로 이 길로 행진하던 우리국군! 더구나 바로 요 며칠 전만하여도 미국의 외교계나 군사계의 □위자[10]인 '덜레스[11]'가 한국에 와서 몸소 三八(삼팔)선까지 시찰하고 나서 三八(삼팔)선 방어쯤은 자신만만하다고 감격하고 가지 않았는가! 그뿐 아니라 정훈이 여석(정훈이는 정학이의 셋째 동생으로 육군소위였다.)도 집에 들리기만 하면 의례히 그까짓 가짜 김일성이 군대쯤 문제도 되지 않는 것이라고 이북 진격 명령이 좀체로 내리지 않아 클클해[12] 죽을 지경인데 일조[13] 북진 명령만 내리면 한나질[14]이면 평양 가서 점심참하고 이튿날 아침이면 압녹강물로 양추질을 할 수 있노라고 떠들어대지 않았던가!

정학이의 이러한 생각을 보증하는 듯이 그때 마침 확성기를 단 찝차가 지나가면서 아리따운 여자의 목소리로 공산군은 쉽사리 격퇴할 태세가 되어 있으니 일반 시민여러분은 국군의 용감성을 믿고 조금도 동요하지 말고 사업에 열중하라고 타이르는 것이었다.

9　원문에는 '기어'라고 표기되어 있다. 본 작품의 원문에는 '지' 자가 '기' 자로 표기되는 경우가 상당수 있다.
10　원문에서는 식별하기 어려우나 문맥상 '권위자'인 것으로 보인다.
11　존 덜레스(John Foster Dulles, 1888~1959). 미국의 정치가로 1950년 국무부 장관으로 있으면서 한국의 6·25 전쟁 전에 38선을 시찰.
12　마음이 시원스럽게 트이지 못하고 좀 답답하거나 궁금한 생각이 있다.
13　만일의 경우.
14　'한나절'의 경기도 방언.

상점에 다달아서 점원과 급사 또는 두세 사람의 뿌로카[15]와 만났으나 三八(삼팔)선에서 일어난 소총 싸움 이야기보다도 천정 모르게 올라가는 쌀값에 더 관심을 가지고 이야기를 주고받았다.

쌀값이 오르는 것은 대중의 생활을 위협하는 것임에 틀림없으나 그러나 쌀값이 오르면 일반 다른 물가도 따라 오르는 것이 상례이므로 상품 수톡[16]을 많이 가지고 있는 정학이에게는 그리 염려할 꺼리가 못 되고 뿌로카들도 물가가 내릴 때보다 올라갈 때에 매매가 활발해져서 구전도 쉽사리 벌고 오후 다섯 시가 되면 생비루 몇 죠끼[17] 맛도 볼 수 있어서 동분서주 하고 있었다.

정학이도 물가가 오를 것을 예기하고 분주히 주산판 알을 퉁기고 앉았노라니까 젊은 양복쟁이 뿌로카가 빠르게 들어오더니 이마에서 내리는 비기땀[18]을 손등으로 닦으면서,

"아마 일은 크게 벌어진 모양이오. 시내 뻐스니 츄럭이니 모두 지금 군에서 막 징발하고 있는데 어째 좀 어수선한데요."

하고 말하였다. 정학이는 수판을 밀어놓고 상점문 밖에 나서서 보니 그실 뻐스 운행이 좀 줄어든 것같이 보이고 전차는 언제나 그랫지만 깡통 속에 생선 쟁이듯 손님을 태워가지고 지나가군 하는데 정류장에 기다리는 사람 줄도 보통 때보다 훨신 더 길어진 것같이 보이기도 했다. 그러나 정학이는 "일은 크게 벌어지는 것 같다."는 말을 신용하기 싫어서 담배만 뻑뻑 빨며서 시가지 동정을 살피고 있노라니까 바로 옆 가개에서 헌병이 나오더니 정학이 보고,

"미안하지만 댁의 태극기도 좀 빌려주십시오. 괴뢰군의 차량과 우리국군의 차량을 분간하기 위하여서 국군차량에는 일일이 태극기를 달기로 명령이 내렸는데 하도 돌연한 일이라 당장 국기가 모자르니 협조해주서야 하

---

15 브로커(broker) : 중개인 , 중개상
16 스톡(stock) : 재고, 비축품
17 일본어. 손잡이가 달린 커다란 컵으로 주로 맥주를 담아 마신다.
18 비지땀.

겠읍니다."

라고 하면서 그의 겨드랑이에 낀 여러 겹 태극기를 가리키는 것이었다.

4

오후가 되니 괴뢰비행기가 김포비행장을 폭격했다는 풍설이 돌기 시작하였다.

웬걸 제오열[19]이 조작하는 유언비어려니 하고 생각하고 있는데 한 늙은 뿌로카가 들어서더니 시내 처처[20] 빈 벽에 공습경보 싸이렌 부는 요령이 나붙었다고 전하는 것이었다. 그러면서 방금 읽고 들어왔다는 이 노인이,

"한 번 길게 불면 경보, 다섯 번 짧게 불면 공습, 한 번 길게 불면 해제. 아니 참 내가……."

하며 머리를 득득 긁었다. 호물때기[21] 영감님이 이러는 것이 우습기는 했으나 시내가 참말로 공습위험에 부닥치게 된다면 그것은 웃을 일이 절대로 아니었다.

바로 오년 전까지 공습경보는 거의 매일처럼 울리었고 또 또 B29가 높은 하늘에 긴 줄을 그으면서 유유히 지나가는 것을 많이 보았으나 실폭격을 받아본 경험이 없는 정학이나 또는 다른 시민들도 공습이 얼마나 무서운가 추측하는 사람은 없었기 때문에 별로 크게 당황하지는 않았으나 하여튼 마음이 어수선해지고 더구나 그때는 일본과 싸우는 미국이 한국 사람을 아껴서 폭격기들이 상공으로 지나다니면서도 정말 폭격은 아니 했지만, 이번에는 참말로 우리의 敵(적)인 만큼 폭격하게 들면 아주 무자비한 무차별 폭격일

---

19 제오열(第五列) : 내부에서 외부 반대 세력과 호응하는 세력.
20 처처 : 원문에는 '처々'로 되어 있다. '々'는 일본어에서 같은 자가 반복되는 경우 뒤의 것을 생략할 때 사용하는 반복 기호이다. 본 작품에서 이 반복 기호가 사용된 단어는 모두 한글로 바꾸어 표기한다.
21 오무래미. 이가 다 빠진 입으로 늘 오물거리는 늙은이를 낮잡아 이르는 말(평안, 함경, 황해의 방언)

것이다. 그러나 설마한들 미국이 적 공군이 서울을 폭격하도록 그리 내버려둘 수야 없겠지.

'어데 한번 정말 폭격하는 광경을 묵도했으면 영화에서 구경하는 것보다 더 실감이 있겠지.' 하는 자기로서도 이해할 수없는 야릇한 생각이 그의 머리를 스치고 지나갔다. 어찌 뜻하였으리오. 그날부터 단 한 달이 차기 전에 그는 본격적 폭격의 참상을 실컷 또는 밤낮 맛보게 될 운명이 앞에 놓여 있다는 것을!

낮이 기울 대까지 공습경보는 한 번도 불지 않았고 그 대신 우렁찬 국군의 노래소리가 거리거리에 충천하게 되었다.

몇 시간 동안 거리에서 그림자를 감추었던 츄럭과 뻐스에 철모를 꾹 눌러쓴 국군들이 콩나물시루처럼 빽빽이 타고 "용진, 용진"을 소리 높이 불으면서 동쪽으로 북쪽으로 진주하고 있는 것이었다. 정학이도, 점원도, 급사도, 그 옆집 사람들도, 그 맞은편 상점 사람들도, 길 걸어가던 사람들도 뭉게뭉게 인도 위에 모여서서 국군을 환송하는 만세 소리와 박수! 투기에 장기[22]된 젊은 국군 병자들은 군가를 불으며 손을 내저으며 지나가는 것이었다.

모두가 다 자신만만! 차라리 좋은 기회다. '국군들이 이번에는 三八(삼팔)선에서 머물지 말고 진격 진격 백두산 영봉에 태극기를 날리자!' 하고 혼자 생각하면서 정학이는 눈시울이 젖을 것을 느꼈다.

"여보, 최형. 때는 이르렀오. 자 갑시다. 우리 축배를 들어."
하고 어떤 친구가 어깨를 따리는 것이었다.

"그래, 그래야지. 축배를 들어야지!"
하고 정학이도 신이 나서 호응하였다.

다섯 시 정각부터 뻐야 홀들은 대만원이었다. 자리페 못 앉은 사람들은 서서 마시고 밖에서는 기다리다 기다리다 못하여 다른 데로 가는 축들도 많

길　　22　'상기'의 오기로 보임.

고 끈기 있게 기다리는 축도 있었다.

　밖에서 기다리면서 츄럭을 타고 나가는 국군들에게 만세와 박수를 보내고 몇 죠까나 마셨는지 잔뜩 취한 사람들은 국군이 지나가건 안 하건 덮어놓고 만세 만세를 불으면서 비틀걸음을 했다.

5

　신문용지를 절약하는 목적으로 서울시내 각 신문이 일요일에는 내일 아침 신문을 발행하지 않키로 서로 타합이 되어 신문 파는 아이들도 일요일에는 하루 쉬이곤 하였는데 이번 일요일에는 몇 신문사에서 내일 아침신문을 늦게나마 찍어내 팔았다. 이 늦게 나온 신문 한 장을 사들고 밤늦게 집으로 돌아온 정학이는 대문 안에 들어서자 무턱대고,

　"저녁에 누가 꽃나문23에 물을 주었나?"

하고 소리를 질렀다. 아침마다 꽃밭에 물을 주는 일은 정학이의 도맡은 일과로 되어 있으나 저녁 물은 정학이의 집에 돌아오는 시간이 늘 일정치가 않아서 해가 지도록 그가 돌아오지 아니하는 날에는 작년까지도 그의 아내의 책임으로 되어 있어서 하루도 어김이 없었는데 금년 일은 봄에 그가 상처를 하고 난 뒤부터는24 그가 한집에 둘째아우 정호의 가족과 처남과 셋째누이 동생 정옥이와 망내동생 정환이, 또 그리고 정학이 자기 자신의 어미 없는 일남삼녀들 다 거느리고 살면서도 대한민국 정부 어느 부의 국장으로 있는 정호 역시 저녁때 귀가하는 시간이 일정하지 아니하므로 그를 신용하여 꽃밭에 물주는 중한 책임을 마낄 수 없고 정옥이와 정환이는 둘 다 중학교학생들 또 자기 아들딸과 정호의 딸은 모두가 다 아직 철모르는 어린아이들, 그래도 하루 종일 집을 지키고 밤 출입이 거이 없는 어른 식구는 제수

23　꽃나무의 오기로 보임.
24　원문에는 '뒤부러는'로 되어 있으나 '뒤부터는'의 오기로 보임.

김순덕인데 사실 제수에게 이러시오 저러시오 하고 시키기가 어려울 뿐 아니라 열 식구 살림살이를 지금 도맡아 하고 있는 그가 저녁 짓기에 골몰하여 꽃밭에 물 줄 것을 깜박 잊어버렸다고 해서 골질을 할 형편이 안 되고 제일 신임할 수도 있고 또 제일 만만한 사람은 정호의 손아래 처남인 김창덕인데 그는 자기가 누님의 시집에 와서 기숙하며 학교에 다니는 것을 언제나 미안히 생각해서 될 수 있는 한 정학이의 비위를 맞춰주려고 애를 쓰는 꼴을 볼 때 정학이로서는 일편 가상해 보이면서 일편 미안한 생각이 들어서 그에게도 전적으로 물 주는 책임을 맡길 수 없었으나 그러나 정학이가 "저녁에 누가 꽃나무에 물을 주었나?" 하고 크게 소리를 질은 목적은 사랑방에 기거하는 창덕이나 정환이가 들으라고 하는 것이었다.

"네. 제가 주었습니다."

하는 창덕이의 목소리[25]가 사랑방에서 나왔다.

"아아니, 정환이 여석은 무얼하구 언제나 자네가 꼭 맡아놓고 물을 주어야 하나." 하고 정학이는 말하고 본채 마루로 가서 옷을 활활 벗고 뜰 가운데 있는 뽐푸 우물로 가서 찬 우물을 머리끝으로부터 끼얹으면서 이렇게 바켓쓰에 물을 받아준 것은 제수님의 정성이거니 생각되어 흥근이 마음이 기뻤다. 또 그리고,

"정호는 일찍 들어왔는가, 그렇잖으면 또 어느 빠―로 돌아다니면서 노라거리고 있는 걸까. 내 그애 용돈 대는 것두 참 여간 힘든 일이 아닌데 월급이라군 제 담배 값도 채 못 되고, 응."

하고 혼자 자탄하였으나 정호가 들어왔는가 아닌가를 물어보지는 아니하고 자기 방으로 들어갔다.

잠자리에 누어서 신문을 펴다가 그는 벌떡 다시 일어났다. 그는 마루로 나가서 책장 설합을 뒤지어 대한민국 지도를 찾아 가지고 불아레 앉았다.

---

25 원문에는 '묵소리'로 되어 있다. '묵소리'로 표기된 곳은 제5화와 제7화 두 군데뿐이고 다른 곳은 모두 목소리로 표기되어 있는 것으로 보아 오기로 보인다.

6

정학이가 자리에 누었다가 갑자기 일어나서 지도를 펼쳐놓고 앉게 된 까닭은 그가 냉수 목욕을 하고 나니 왼 종일 텁텁하던 머리가 또렸또렸 해지면서 아까 자기가,

"七(칠)개소가 아니라 七十(칠십)개소로 덤벼 들드라두 무서울 것 없지."

하고 코웃음 했던 것이 새삼스리 생각나며 한날한시에 七(칠)개소로 몰아들어온다면 그것은 저쪽에서 반드시 치밀한 계획에 의한 행동이 분명한데 아무리 국군 방비가 철통같다고 하더라도 七(칠)개소 중 그 어느 한 구통이가 무너질 우려가 있지 않을까 하는 생각이 들어 불안한 마음이 깃들기 시작한 것이었다.

지도를 활작 펼쳐놓고 三八(삼팔)선 줄을 그은 데를 찾아 황해 바다로부터 동해안까지 훑터보니 큰 도시로 눈에 띠이는 것이 三八(삼팔)선 바로 위에 놓인 해주 그리고는 三八(삼팔)선상에 가로놓인 개성 거기서 동쪽으로 약간 아래 위치한 춘천 등이 있었다.

전략가가 아닌 정학이로써 七(칠)개소 침입점을 어데어데라고 짐작할 수가 없었으나 그러나 지도상만으로 보면 개성서 서울 간이 제일 직통거리인 듯이 보이고, 사 년 전에 정호의 처 순덕이와 그의 남동생 창덕이가 야밤중에 몰래 넘어왔다는 청단이란 곳이 어디쯤 되나 찾아보았으나 얼른 눈에 띠이지 않았다.

서울서 창동, 의정부, 동두천, 고랑포[26] 이 길이 서울개성간 보다도 더 첩경인듯이 보이기도 하였다.

의정부에는 八十(팔십) 노순이 되신 조부모님과 백부님이 살고 계신데!

---

26 경기도 연천군 장남면 고랑포리에 있었던 나루터. 이 지역 북쪽에는 바로 휴전선이 있어 휴전선 지대로 간주되므로 군사지리적으로 매우 중요한 지역이다. 주민 미거주 지역으로 되어 있다. 또한 고랑포는 예로부터 '고호8경'의 하나로 손꼽혔던 곳이다.

또 그리고 이 춘천은 三八(삼팔)이북 화천과 양구로부터 국도가 있고 춘천서 서울까지는 매일 기차가 통하고 있는데, 동생 정훈이 여석이…… 다 자라서 육군 소위가 된 국군장교를 정훈이 여석이라고 부르는 것이 부당한 줄 잘 아나, 그러나 젖먹이 때부터 불러온 '여석'이란 말이 입에 올라서 정훈이와 여석은 불가분인 것처럼 무의식중에 튀어나오는 것을 그는 어찌할 수 없었다. 정훈이를 불을 때 '여석'이라고 불으는 것이 악의가 아니라 애칭이 되어 있어서 '여석'이 들어가야만 더 정다운 감이 생기는 것이었다.

이 정훈이 여석이 지금 춘천 부대에 가 있을 텐데 만일에 적병이 춘천으로 처들어온다면 소양강이 방어선이 되기는 하겠지만은,

"아 내가 왜 이렇게 신경과민이 될가?"

하고 자탄하면서 그는 지도를 집어넣고 도로 자리로 가 누었다.

잠은 좀체로 오지 아니하였다.

옆에 깊이 잠든 두 살 난 딸년이 무슨 꿈을 꾸는지 낄낄대고 웃었다. 옆에 나라니 누어서 자는 딸 셋 아들 하나, 이 어린것들이 제 어미 없이 어떻게 행복스럽게 잘아날 수가 있을가?

그러나 천지는 정학이의 이 의문에 아무런 대답도 주려 하지 않고 쥐죽은 듯이 고요하였다. 공습경보도 한번 울지 않고!

7

四二八三(4283)년 六(6)월 二十六(26)일 아침!

어제와 꼭같이 명랑한 월요일 아침이었다.

해가 뜨자마자 사직동 정학이의 집 뜰 담정을 기어오른 넉줄장미 진홍빛 꽃 사이로는 일찍부터 꿀을 모우기에 바쁜 벌들이 유유하게 앉았다 날았다 하여 붕붕붕 흥 그렇게 일을 하고 있었다.

아침 먹이를 안고 뜰에 나서서 벌들의 부드러운 붕붕 소리에 한동안 정신이 팔렸던 순덕이의 귀에는 밖에서 들려오는 확성기 소리에 소스라쳐 놀

랐다.

　"친애하는 시민 여러분. 용감한 국군은 공산도배[27]를 지금 각처에서 무찌르고 있습니다."라고 외치는 여성의 꾀꼬리 같은 목소리[28]였다.

　그 여자는 이어서,

　"공산도배 제五(오)렬이 퍼뜨리는 유언비어에 현혹되지 마시고 국군을 믿고 침착한 태도로 제각기 직장을 잘 지켜주시기 바랍니다."

　벌들의 붕붕 소리에 취한듯 곱게 잠들었던 애기가 깨어 눈을 번쩍 뜨고 어머니를 치어다보다가 어머니의 두 눈에 빙그레 미소가 넘치는 것을 보고는 청승맞게 한숨을 쉬고 나서 젖을 서너 번 쪽쪽 빨고는 금시에 다시 잠들고 말았다.

　잠든 애기를 마루 위에 내려 누이는데 대문을 여는 소리가 요란스럽게 나더니 아침 일찍 학교에 갔던 아이들이 와- 떠들며 뜰 안으로 들어섰다.

　"아-니, 왜 벌서들 오나?" 하고 순덕이가 의아스런 얼굴로 물으니 시아주버니의 맏아들인 열두 살 난 준명이가,

　"오늘부터 벌서 여름 방학이라우." 하고 소리를 지르며 책꾸럭[29]을 마루 위에 내동댕이쳤다.

　순덕이는 영문을 몰라 멍하니 서서 이아이 지아이 얼굴을 번갈라보고 있으니까 국민학교 一(일)학년인 영애가 쪼르르 달려와서 삼손 모의 손을 부뜰면서,

　"저어 그런데에 김일성이가아 삼팔선을 넘어와서 싸움이 벌어지기 때문에 말이야아, 그놈들을 이북으루 도루 쫓아버릴 때까지 말이야, 응 응. 며칠 동안은 학교에두 오지 말구 멀리 놀러단니지두 말구 집에 가만히 들어밖혀 있으라구 그랬어요."

　하고 늘어놓는 것이었다.

27　'공산주의자'들의 무리를 낮잡아 이르는 말.
28　원문에는 '묵소리'로 되어 있다.
29　책꾸러미. 여러 권의 책을 보자기로 싸거나 끈 따위로 묶은 것.

박쥐는 기어들다

25

이때 남동생 창덕이와 막내 시아주버니 정환이가 함께 들어섰다.

"아아니, 중학교두 임시휴학이야?" 하고 놀라는 순덕이의 말에 창덕이는 학생복 웃저고리를 벗으면서,

"흥, 학교 휴학 문제가 아니라오. 극장두 다 문닫구, 요리집두 문닫구. 아, 그런데 그놈들이 벌서 의정부까지 쳐들어왔다는 소문두 있구, 동두천서 싸우는 중이란 말두 있구, 도무지 종잡을 수가 없어요. 하여튼 학교, 요리집, 극장 모두 다 쉬이라구 한다니 사태는 심상치가 않은가 보아요."

순덕이의 귀에는 '극장두 다 문닫구' 하는 한 마디에 무엇보다도 놀라,

"아아니, 그럼 오늘 밤 바레 – 공연두 못하게 되나?"

"흥, 누님한테까지 초대장이 왔으니 거기 마가 붙지 않을 리가 있우. 으흐흐흐!"

10(8)[30]

믿거나 아니 믿거나 간에 중대한 뉴쓰를 빨리 전하는 데는 장수 뿌로카들이 신문기자보다 한 거름 앞서는 것이다.

신문기자와 뿌로카가 한날한시에 한자리에서 뉴쓰를 붙잡았다 하더라도 신문기자는 우선 신문사까지 먼저 가서 원고를 쓴 다음 식자공 조판 지형 연판 인쇄 등 각 계단을 밟아 가지고서야 거리에 퍼뜨리게 되는 데 반하여 뿌로카의 입을 통하여 입으로 옮겨가는 뉴쓰는 그야말로 천리마 이상 빠른 것이다.

그러므로 영리한 상인들은 많은 뿌로카를 포섭하는 동시에 한두 사람의 심복을 길러놓는 데 노력하는 것이다.

정학이의 집에서 창덕이가 자기 누님인 순덕이 가물에 콩나물 같은 바레

---

30 8회차가 되어야 하는데 연재 원본에는 10회로 표기되었다. 이후 회차 번호 오류의
    경우 괄호 안에 바른 회차를 넣기로 한다.

초대권이 공산도배의 침입으로 인하여 휴지가 되고 말았다고 놀려주고 있는 바로 그 같은 시각에 정학이의 상점에서는 어떤 한 뿌로카가 정학이 귀에 입을 바짝 대이고 무어라고 속살거리고 있었다.

묵묵히 그러나 심각한 표정으로 듣고 있던 정학이는 아무런 대답도 없이 손에 들고 있던 조고만 수판의 알을 몇 개 올리고 내리고 해서 뿌로카의 코밑에 내 대었다. 고개를 끄떡하고 난 뿌로카는 급급히 상점 밖으로 뛰어 나갔다.

정신 나간[31] 사람처럼 멍하니 앉아서 양담배 한 대를 다 피우고 난 정학이는 어느 때와 달리 꽁초를 재떨이에 꼭꼭 힘을 주어 부벼끄고 나서 일어섰다.

뽀라[32] 양복바지 앞 허리에 뚤린 조고만 주머니 속에서 열쇠 꾸레미를 꺼내들고 그는 사무실 뒷문 곁에 있는 창고로 가서 문을 열고 들어섰다. 한 절반가량 차 있는 창고 속 재고를 대강대강 헤아려보고 나서 그는 무표정한 태도로 창고 문을 잠그고 사무실로 도로 와서 책상 설합을 열고 은행 수표철을 끄집어냈다.

"손님이 오문 내 한 시간 이내에 돌아올 테니 기다리시라고, 응."
하고 사무원에게 부탁하고 정학이는 길 건너 가개로 가서 보재기 두 개를 사 접어들고 은행으로 갔다. 얼마 후에 은행 문밖을 나선 정학이의 두 팔에는 보자기에 쌓인 듬북듬북한 현금 뭉치가 들려져 있었다.

네거리까지 가서 십 분 이상을 기달렸으나 택시 한 대도 지나가는 것이 없으므로 정학이는 집을 향하여 걷기 시작하였다. 가며 보니 택시고 찦차고 모두가 태극기를 달고 국군장교들을 태우고 미칠 듯한 속도로 달리는데 그중에는 싱싱하고 시퍼런 나무 가지로 위장(僞裝)한 것도 있었다.

이마에서는 땀이 비 오듯 했으나 그 땀을 씻을 여벌 손이 없는 정학이는

---

31 원문에는 '정신 나감'이라고 되어 있음.
32 포릴의 북한어. 포릴(poral)은 감촉이 약간 거친 천의 일종으로 주로 여성의 치마 저고릿감, 셔츠감으로 널리 사용했다.

두 팔에 든 돈 보자기를 내려다보면서 아무리 인풀레이슌이 심하기로 돈이 이렇게도 무거울가 하고 한탄하였으나 그의 머리 속에는 이태전에 여수 순천 사변 때 몸소 겪은 어떤 친구의 하던 말이 새삼스리 생각나는 것이었다. 즉,

"일을 딱 당하고 보니 수표가 소용없고 현금, 아니 돈보다리두 식량, 시탄,[33] 석유나 초, 다믄 며칠이라도 가개가 문을 안 열어도 살아갈 수 있는 준비가 제일 필요합디다요."

10(9)

자기집 사랑방 조그만 철궤 속에 돈을 넣고 난 정학이는 냉수 한 대접을 쭉 들이키고 다시 길을 나섰다.

길 건너 단골집 쌀가게로 가서 값을 따질 생각도 아니하고 당장 열 가마니만 집으로 배달하고 돈은 상점으로 와서 받으라고 말한 후 몇 집 더 가서 아이스케ー키 집으로 들어갔다.

외짝 나무 저깔에 휘감겨 얼어붙은 코코아 냄새 풍기는 어름을 혀끝으로 할트며 앉아 있노라니까 공교롭게도 대한부인회 안남동 지부장으로 있는 둘째 누이동생 정애가 부인네들 열아문 명 중에 섞이어서 들어오는 것이었다. 정애는 오빠를 보자 반색을 하여 정학이의 옆 걸상에 걸터앉으며 동행해온 부인들에게 향하여,

"우리 둘째 오라버님입니다."

하고 소개하고 나서,

"자, 오늘 우리 오라버님이 아이스크림 한턱을 내신답니다. 마침 참 잘되었어요."

하고 수선을 떠는 것이었다.

---

33 땔나무와 숯, 석탄 따위를 일컫는 말.

나이 삼십, 대한청년단 간부의 아내요, 자녀 셋을 둔 정애가 아직도 세 살 때 재롱을 떨던 그대로 자기에게 대하여서 일면 귀엽기도 했으나 여러 낯선 부인네들 앞에서 면구스럽기도 했다.

　누이는 이어서,

　"오라버니는 지금 사태가 어떻게 벌어지구 있는지는 아시구 이렇게 한가히 앉으셨습니까? 사태는 심상치가 않게 되었어요. 그래서 형재 아버지(자기 남편)는 대한청년단 역원 대회로 가서 우리 대한부인회 역원들은 여자 기독교청년회 간부들과 연석회의를 열고 지금 돌아가는 길인데요, 지금부터 곧 회원을 총동원해서 국군 빨래며 식사를 장만해주구 또 부상병 위문두 하구⋯⋯."

　"아아니, 부상병이라니?"

　"국군 부상병이지 무슨 부상병이겠어요?"

　"아아니, 그래 벌서 국군 부상병이 시내두 들어왔대나?"

　"예, 방금 여자기독교 청년회에서 정헌 오라버니한테 전화를 걸어보았더니 병원으루 국군 부상병이 들어오기 시작했다구 그러든데요."

　"그럼 전선이 그렇게까지 가까와졌단 말인가? 고랑포 두 도루 쳐 물리었다구 그러더니⋯⋯."

　"쳐 물렸어두 의정부 싸움에서 부상한 군인은 서울로 실어 와야 치료해 줄 수 있지 않겠어요. 하여튼 우리들은 헌신 노력할 결심이니까 오라버니께서는 경제적으루 좀 도와주어야 해요. 아이스크림 한 잔으루 끝날 것이 아니라요."

　중년 나세[34]나 된 부인네들이 끼득끼득 웃는 것을 머리 뒤로 감각하면서 정학이는 아이스케키 집을 나와 걸어가면서 시퍼런 나뭇가지로 위장한 츄럭들과 쩝차들의 왕래가 그동안에 부쩍 는 것을 보았다.

　상점으로 돌아오니 뿌로카가 물건 살 사람을 데리고 와서 기다리고 있는

───────────

34　'나쎄(그만한 나이를 속되게 이르는 말)'의 북한어.

것이었다. 팔 사람이 그 시각 시세보다 약간 싸게 판다는 상거래인 만큼 홍
정은 속히 성립되어서 정학이는 현금을 세지도 않고 십만 원 뭉텡이 몇 개
만 세어 받고 물건을 내주었다.

10

정학의 집으로 쌀 열 가마니를 배달한 쌀장수가 돈을 받으려 나타났다.

"얼마요?"

"소두 한 말에 삼천 원 고개를 막 넘어섰는데요. 앞으루 더 오를 시세지
내릴 시세는 아니니 참 잘하셨어요."

"그럼 삼십만 원?"

"예 운반비는 그만두시구 실비루 삼십만 원만 주십쇼."

정학이는 묶인 지폐 세 뭉텡이를 주어 쌀장수를 보냈다.

가만히 앉아 있자니 궁금증이 나서 못 견디겠어서 대학병원으로 정헌이
에게 전화를 걸어보았더니, 간호원인지 사무원인지는 알 수 없으나 의사님
들이 지금 모두 다 너무 바빠서 일체 전화사절이라고 말하고는 이쪽에서 더
물을 여가도 주지 않고 전화를 끊어버리고 말았다.

다시 정호에게 전화를 걸어보았더니,

"국장님은 지금 자리에 안 계시고 어데로 나가셨는지 언제 돌아 오실른
지 모르겠다."

는 퉁명스런 대답과 함께 전화는 저쪽에서 끊어버리고 말았다.

정헌이가 근무하고 있는 대학병원으로 사실 부상병이 많이 들어오고 있
다면 그것은 의정부가 위험에 빠졌다는 증거가 아닐까?

만일 그렇다면? 조부모님은? 백부님은?

"오늘 장사는 그만 했으면 넉넉히 했으니 일찍암치 문 담구 다들 일찍 들
어가지."

하고 사무원에게 이르고 나서 정학이는 거리에 나섰다.

승합차도 택씨도 뻐쓰도 모두 군에 징발되어 탈것은 전차밖에 없는데 전차를 기다리다가는 도리어 걷는 시간보다 더 오래된 때가 많은 경험으로 그는 걷기 시작하였다.

창경원 앞을 지나 혜화동 삼선교로 가며 보니 시퍼런 나무가지로 위장한 차량 왕래는 연락부절이오, 대포알을 가득가득 실은 츄럭들이 동소문 밖으로 줄을 지어 달리고 있었다.

미아리고개 턱까지 거의 다 가서 정헌이의 집으로 정학이는 땀을 뻘뻘 흘리면서 들어갔다.

바로 이때에,

"자리에도 안 계시고 어디로 나가셨는지 언제 돌아오실런지도 몰으게."

자리를 비인 정호는 담배연기가 자욱한 다방 한구석 푹신한 의자에 앉아 있었다. 둘러앉은 친구들과 초대권까지 받았던 바레 - 공연이 금지되기 때문에 그날밤 그들 그룹의 본 계획이 틀려저서 그 대책을 강구중에 있는 것이었다.

벌서 근 일주일 이전부터의 계획은 이 월요일 밤 바레 - 공연이 끝나면 그 즉시로 의기 상통하는 '동지' 몇몇이 바레 - 교습소로 가서 밤새워 사교딴스를 하기로 했던 것인데 그 파트나는 바레 - 교습 선생이 책임지고 유한마담들 중에서 제일류로만 골라서 동원해 오도록 약속이 되어 있었던 것이다.

바레 - 공연은 금지되었으니 그럼 초저녁부터 아주 사교 딴스 파 - 티를 여는 것이 가능하겠는가 하는 여부를 물어보려고 삼판동 바레 - 교습소로 대표를 보내놓고 그 회답을 고대하노라고 초조히 기다리고들 있는 것이었다.

11

四二八三(4283)년 六月(6월)二十六(26)일밤!

미아리고개턱 낮은 동리에는 큰길가에 정헌이의 사택 겸 야간진찰실이 있었는데 정헌 의사는 낮에는 대학병원에 근무하고 밤에는 자택에서 환자를 보고 하는 것이었다.

정헌 의사의 형인 정학이가 제수님이 차려내 온 저녁을 먹고 기다려도 정헌이는 집에 돌아오지 아니하는 고로 기다리다 못해 제수님을 대학병원으로 보내 그의 남편 면회라도 하여 사정을 알아보기로 하고 정학이 혼자서 무료히 앉아 있노라니 이 집 길가채에 정헌이가 연 야간 진찰실과 나란히 한방을 빌려 치과병원을 내고 있는 강 치과의가 들어와서 말동무가 되어주었다.

강 치과의가 이 집 길가채에 방 한 칸을 새로 얻어서 치과 개업을 한 지이미 한 일 년이나 되었으나 정학이가 정헌이를 찾아오는 때가 매우 드물기때문에 강 치과의와 통성명한 지는 오래이면서도 이렇게 단둘이 마주 앉아서 이야기해보기는 처음이었다.

둘이서 이런 이야기 저런 이야기 하는 동안에 강 치과의는 카도릭교 신도이라는 것을 정학이가 알게 되는 동시에 그의 고향은 함흥이라는 것도 알게 되었고 또 강 치과의가 해방 후 이태 만에 부모를 떠나 혼자서 三八(삼팔)선을 넘어 서울에 와서 고학으로 치과대학을 마치고 작년에 개업을 했다는사실을 알게 되었다.

강 치과의는 또 나이 근 삼십 세가 되었으나 아직 미혼자로 혼자서 단칸방 치과병원을 자기 치료실 침실 부엌으로 겸용하면서 자취생활을 하고 있다는 것도 알게 되었다.

남편 면회를 하려고 대학병원으로 갔던 정헌의 안해가 밤 아홉 시가 지나서야 돌아왔다.

대학병원은 오늘부터는 군에서 징발한 야전병원으로 되었기 때문에 가족이고 누구고 간에 일체 면회 금지라고 해서 정헌의 안해는 어찌할 바를모르고 망서리고 있다가 때마침 잘 아는 간호원이 우연히 지나가다가 보고남편에게 비공식으로 전해주어서 병원 현관문 밖에서 잠간 만나보았노라고 말하는 것이었다.

남편의 말은 부상병이 계속하여 들이밀리기 때문에 아마 병원에서 밤새

워 대기하고 있게 될 것이라고,

"부상병이 어느 방향에서 오드라구 그럽디까?"

하고 묻는 정학이의 말에 제수는,

"모두가 다 인사불성이 되어서 말을 못하고 위생병들은 군 기밀이 되어서 쉬쉬하기 때문에 꼭 알 수는 없으나 부상병들의 출혈 색깔로 보아 그리 먼 데서 온 것은 아니라구 하더군요."

고 대답하고는 그도 마음에 찝히는 데가 있었든지,

"예서 의정부가 몇 리지오?"

하고 물었다.

"글세요? 한 五, 六十 리 착실히 될걸요. 자동차루 달리면 한 시간 이내이지오."

하고 대답하면서 정학이도 슬그머니 조부모님과 백부님 가족이 어찌 위험에 빠지지나 않았는가 하는 육감을 숨길 수가 없어서 얼른 화제를 돌리어,

"밤에 혼자 적적하실테니 내 지금 가다가 안암동집에 들려서 정애라도 보내서 밤동무하라구 일르지오."

하면서 정학이는 팔시계를 보며 자리에서 일어섰다.

12

정호가 이날 아침에 출근할 때 안해 순덕이더러 저녁 좀 일찍 지어 먹고 젖먹이를 재워놓고 정옥이한테던지 부탁하여 좀 보아달라고 하고 여섯 시 반부터 일곱 시 사이에 시공관 앞에서 만나서 바레 – 구경을 함께 하자고 약속하고 나가기는 했으나 학교 갔던 아이들이 모두 공부도 그만두고 일찍 돌아오고 또 창덕이가 일껏 한 번 걸린 초대권이 휴지가 되어버렸다고 놀리기도 하였으므로 왼 식구가 다 일찍 집으로 돌아올 줄로 꼭 믿은 순덕이는 왼식구가 먹을 저녁을 지어놓았는데 일곱 시가 지나도록 어른들은 아무도 안 들어오는 고로 웬일인가 생각하면서 아이들이나 먼저 먹여버리려고 밥

박쥐는 기어들다

상을 보아놓고 부르니 아이들은 대문깐 한 옆에 새로 쌓인 쌀가마니에 기어 올라가서 뜀엄질 내기에 정신이 팔려서 배가 고푼 줄도 모르고 작은 삼촌 모님의 말을 들은 체 만 체하고 저이들끼리 킬킬대고 고함 지르고 손벽 치고 하며 야단법석이었다.

자기 친자식들 같으면 이런 때 가서 욕을 하거나 귀를 잡아 끌어다가라도 방으로 이끌어다가 밥을 먹이도록 해도 무방할 것이나 이 뛰노는 아이들이 모두 다 조카들일 뿐 아니라 바로 지난 가을에 어머이를 잃어버린 어린 애들인지라 숙모가 만일에 까딱 잘못하다가는 계모 이상 욕을 얻어먹을 우려가 있으므로 화가 머리끝까지 치미는[35] 것을 꿀꺽 참고 마음을 진정시키려고 꽃밭에 물을 주기 시작하니 그때서야 아이들이 주루루 몰아와서 배가 고파 죽겠는데 빨리 저녁을 안 준다고 생때를 쓰는 것이었다.

아이들이 밥술[36]을 놓자마자 정옥이 정환이 창덕이가 모두 한꺼번에 들어왔다.

순덕이는 자기 남동생 창덕이에게 눈을 흘기면서,

"아아니, 어수선한데 무얼하러 어데루 어둡두룩 돌아다니다가 오는 거야? 배두 안 고푼가? 어데서 저녁이나 얻어먹구 다니는 것인가?"

하고 쏘아붙이어도 창덕이는 말대답 없이 싱글벙글하면서[37] 마루로 올라가 앉으며,

"어서 밥 좀 줘요."

하고 소리를 질렀다.

순덕이는 젖먹이가 딸린 몸이라 아까부터 몹시 시장도 했거니와 바레ー 공연도 취소되었다는데 일찍 들어와 저녁 먹을 생각을 아니하고 어데로 노다거리며 다니는지 모를 남편에게 대한 노여움도 있어서 남편이 오기를 더 기다리지 않고 넷이 한상에 돌아앉아 밥을 먹었다.

---

35 원문에는 '차미는'으로 되어 있음.
36 원문에는 '밤술'으로 되어 있음.
37 원문에는 '싱글벌글하면서'로 되어 있음.

"아아니, 그래 전세는 어떻게 돌아간대?"

하고 순덕이가 묻는 말에 창덕이는 입에 큰 밥덩이를 한입 가득 문 채로,

"지금쯤 우리 국군이 三八(삼팔)선 이북으로 막 밀구 올라가구 있을 거야."

그러니까 정환이가 말을 받아서,

"인제 남북통일만 돼 바요. 누구보다두 아주머니가 제일 기뻐할걸. 이번 추석에는 창덕이랑 모두 평양으루 가서 아부님 성묘를 할 수 있게 될 터이니, 그때엔 아주머니 저를 꼭 데리구 가주서야 합니다. 난 평양 구경을 아직 한 번두 못했으니까요."

"흐응, 난두우."

하고 정옥이가 말하며 순덕이의 들어난 팔을 살짝 꼬집었다.

13

넷이 먹은 밥상을 치우고 나서 순덕이는 부엌으로 내려가 시아주버니와 남편이 늦게라도 들어오시면 잡수실 밥을 식지 않도록 하기 위하여 밥 찌는 두 겹 남비에 담아 끓른 물 위에 얹어놓고 찌개 끄리는 풍로에 숯을 좀 더 놓고 나서 설거질을 하고 있노라니까 뒷결 자기 방에서 애기가 악을 쓰고 우는 소리가 들려왔다.

허둥지둥 젖은 손을 행주치마에 닦으면서 방으로 뛰어 들어가 우는 애기 곁에 누어서 젖을 빨리다가 피곤이 한꺼번에 닥쳐와서 애기에게 젖꼭지를 물린 채 스르 잠이 들고 말았다.

어느 때나 되었을가?

인기척이 있는 듯 해서 풋덕 잠을 깨니 정옥이가 갸웃이 들여다보며,

"큰오라버니 저녁 잡숫구 오셨다구 그리시구요오. 오빠 좀 나오시라구요."

"아직 안 들어오셨는데 지금 몇 시나 되었오?"

"교통 시간이 약간 지났는데 원 무슨 일이 생겼나!"

하면서 정옥이의 그림자는 사라지고 말았다.

썸머타임 열한 시 통행금지 시간 전에 왼 식구가 다 들어 왔는데 자기 남편만은 안 들어오니 슬그먼히 화가 났다.

잠시 망서리다가 순덕이는 마음을 정하고 잠든 애기를 안고 바깥채로 나가보았다. 시아주버니가 아직 옷도 갈아입지 아니하고 마루 한가운데 앉아서 담배만 피고 있는 것이 보이었다.

"저녁 잡수셨어요?"

하는 순덕이의 목소리에 정학이는 무슨 깊은 생각에서 깨어나는 듯이 흠칫하면서,

"예, 병원집에 들렸다가 먹고 왔오."

"다들 별고 없어요?"

"정헌이가 오늘 밤 대학병원에서 야근을 한다구 합디다."

"예, 그런데 얘 아버지는 왜 안 들어오실가요? 통행금지 시간이 아마 지났지요?"

"글세요, 관청에서 늦도록 무슨 회의가 있는지두 모르지오. 아마 사태가 매우 악화되는 것 같으니까요."

"예?"

"아니 무어 그리 놀랄 것은 없구요?"

바로 이 시각에 정호는 삼판동 발레 - 교습소 넓은 홀에서 어슴프레한 불 밑에 향수 냄새와 애교를 겸한 유한마담과 가슴에 가슴을 꼭 맞대고 돌고 도는 전축 레코드[38] 음악에 어울리어 빙글빙글 돌고 있었다.

고급 양주에 약간 취하여 복숭아처럼 상기된 중년 여자, 정호보다 적어도 오 년은 나이를 더 먹었을 여성의 풍만한 육체의 체취에 도취한 정호는 무아무중지경에서 빙글빙글 돌고 있었다.

---

38 원문에는 '렌코―드'로 되어 있으나 이후에는 레코―드로 나오는 것으로 보아 인쇄 오기인 것으로 보임.

집에서 안해는 젖먹이를 끼고 잠들어 있고 정호가 먹어주기를 기다리는 찌개가 그냥 보글보글 아직 끓고 있고 경무대[39]에서는 대한민국 정부가 수원으로 천도를 하느냐 아니하느냐 구수회의[40]를 하고 있고 정헌이는 육군 병원에서 물을 달라고 고래고래 소리 질르는 부상병에게 진통제 주사를 놓아주고 있고 의정부에서는 조부모와 백부의 가족이 적군의 따발총 소리에 떨고 있는 동안 정호는 반쯤 졸면서 팔을 중년여자 어깨에 걸고 빙글빙글 돌고 있었다.

14

四二八三(4238)년 六(6)월 二十七(27)일 영시!

대한민국 국무원에서는 서울 방어를 단념하고 수원으로 천도하기로 결정하였다.

한반도 유사 이래 정부 천도는 한두 번이 아니었으나 거개 외적의 침범으로 부득이한 일이었었는데 동족의 반역에 못 이겨 천도하기 아니치 못하게 되었다는 것은 그야말로 부끄럽고도 비통한 일이었다.

이 소식에 접한 국회는 비상 소집을 하기로 하여 국회의원의 집집마다 재밤중에 문을 요란스럽게 뚜드리어 깊이 잠든 서울 밤하늘의 꿈을 깨뜨리었다.

한 명씩, 두 명씩 의사당으로 모여드는 선량[41]들의 표정은 긴장하지 아니할 수 없었다.

갑론을박 두 시간이나 격론한 끝에 국무원 결의와는 반대로 서울을 사수(死守)하기로 결의되었다.

---

39 '청와대'의 이전 이름.
40 비둘기들이 모여 머리를 맞대듯이 여럿이 한자리에 모여 앉아 머리를 맞대고 의논함.
41 국회의원.

이렇듯이 인민의 대표들이 비분강개 흥분 결심에 잠겨 있을 때 의정부에서는 정학이의 伯父(백부) 최욱만이가 八(팔)순이 넘으신 노모를 이끌고 불구덩이가 된 자기 집을 뛰어나오고 있었다. 그의 부친도 역시 八(팔)순이 넘으셧는데 이미 중풍으로 자리에 누어서 기거 못 하시기 일 년 이상 걸리었음으로 집이 적탄의 공격을 받고 불속에 둘러쌓일 때에도 기동을 도무지 못하시게 되었는데 불결이 확 방 안으로 들이칠 때 안해와 아들과 며느리 손자들은 벌써 앞을 다투어 뛰어나가버리었고 욱만이가 보니 벌써 여러 해 전부터 노망 들리신 어머니가 귀까지 □벽이 되어 포 소리 기관총 소리도 통 못 들어서 남 잠자는 사람을 왜 깨우느냐고 툴툴거리는 이를 억지로 끌고 나와서 뒤를 돌아다보니 집은 벌써 불결에 휩쌓이어서 범접을 못하게 되어 있었다. 그러나 노망한 어머니는 무턱대고 집으로 도로 들어가려고만 해서 욱만이는 할 수없이 어머니만 억지로 끌고 몇 걸음 가니 따따따 따발총 소리가 콩복듯이 옆에서 나는 고로 논뚝 밑으로 어머니를 안고 굴러떠러지고 말았다.

따발총 소리가 좀 뜸해지자 고개를 들어 자기집 쪽을 바라다 보니 그의 집에서는 성낸 뱀의 혀가 날름거리듯 불속에 쌓여 있었다.

"아, 아버님!"

미친 듯이 소리를 질렀으나 속수무책이었다.

일 년 동안이나 중풍으로 누어 계서서 며느리와 손주 며느리 고생을 톡톡히 시켰고 또 때로는 불효스럽게도 차라리 돌아가주셨으면 하고 바라기도 했으나, 그런델 자기를 낳아 길러서 장가 드려주시고 재산까지 물려주신 아버님을 산 채로 화장을 하게 된다는 것은 아! 이 무슨 악착스러운 일인가?

논뚝 밑에서는 환갑 이상을 해로한 자기 남편이 생화장을 당하는 것도 모르고 노망한 여인은 코를 드렁드렁 골며 자고 있었다.

가족들은 모두 어디로 가버렸는지?

왼 시가가 불바다가 되고 총알은 비 오듯 하니 논으로 밭으로 엉금엉금

기는 흰옷 입은 사람들이 장맛날 구덱이 끓는 것같이 보이었다.

15

적군의 탕크대가 창동을 지나 진격해오는 동안에 서울시내 삼판동 바레 − 교습소 홀에서는 레코드판이 돌고 멋지게 움직이는 남녀의 다리들도 돌고 돌고 술이 돌고 알콜과 정욕으로 혼탁해진 남녀들의 머리들도 돌고 시계 초 바늘도 돌고 집도 돌고 하늘도 돌고 지구도 돌고 달도 돌고 태양도 돌고 온 우주가 돌고 돌았다.

술이 혈관을 돌고 춤이 근육을 돌고 정욕이 신경을 돌고 마지막에는 정신까지 돌아버린 중년여자들과 청년남자들이 기진맥진하여 쏘파에 마루에 현관에 문턱에 변소칸에까지 앉고 기대고 눕고 업드리어서 다리 틈에 머리도 있고 머리들 틈에 팔꼬뱅이도 있으며 짙은 화장이 헝클어지어서 주름살이 들어난 중년 여자의 얼굴이 팽팽하고 건강□런 사내의 뺨과 나란히 놓인 대조를 너무나 무자비하게 폭로하는 햇발이 동창으로 새어들 때 그 누군지 불면증이 있었든지 라디오를 틀어놓았다.

아침 여섯 시 뉴쓰 방송!

"공보처 발표 정부는 수원으로 천도하기로 결정하옵니다……."

청천에 벽력같은 이 소리,

"앗!"

하고 여자의 쏘푸라노 외마디 소리가 나자 이어서,

"으응!"

하고 신음하는 뻬스 목소리가 났다.

허둥지둥 몸을 이르킨 남녀들은 어제밤 정다움이 다 어디로 새버렸는지 아침 인사 한마디 없이 뿔뿔이 헤어져서 바레 − 교습소 문밖을 나섰다.

하룻밤 환락 뒤에 타다 남은 재처럼 싸늘한 공허감!

삼판동에서 사직동까지 보통 걸어서 몇 분이나 걸렸을가? 정호가 땀을 비 오듯 흘리면서 집에 다달아보니 형님이 마루에 부처님처럼 앉아 계신 것을 보고 아침인사를 할 경황도 없이 안채로 뛰어들어갔다.

제 방 앞으로 가니 안해도 토라져 앉아서 외면하고 마는 것이었다. 정호는 가슴이 뜨끔했으나 평정을 가장하노라고 어색한 휘파람을 불며 방 안으로 올라가 양복을 활활 벗으면서 그의 머리속에는 무엇이라고 변명을 하나 하는 궁리밖에 아무것도 없었다.

안해가 톨아진 것은 그리 큰 문제가 아니었다. 건들이지 말고 애기를 안고 둥개둥개하면 안해는 슬몃이 부엌으로 내려갈 것이요, 조금 후에 밥상을 들고 들어올 때 얼른 일어서서 그 밥상을 받아놓고 그 뒤에 꿇어앉아서 절을 하고 모기소리만 한 목소리로,

"그져 죽여줍쇼, 세계 제일 판관놈 대령했습니다."

하고 입을 헤― 벌리고 바보스런 얼굴을 해보이면 안해는 그만 웃음보가 터지고 마는 것이었다.

그리고는 마주 앉아 밥을 먹면서 안해가 먼저 입을 열어,

"다른 때와도 달리 모두들 마음이 조마조마해져 있는데 남 혼자서 잠 한숨 못 자구 기다리게 하니 원 그런……."

할 적예 정호는 얼른 김치쪽 한 개를 집어서 안해 입안에 넣어주면 거기서 화해는 완전히 된다는 술법을 그는 체득하고 있는 것이다.

단지 무서운 것은 좀체로 노하지 아니하나 한번 노하면 불벼락이 내리는 형님의 치뜬 눈초리가 그를 졸아들게 하는 것이었다.

16

형님이

"야, 정호야"

하고 부르지 않더라도 정호는 마치 자석에 끌리는 못처럼 형님 앞으로 가서 무릎을 꿇고 앉아 대죄하여야만 될 것을 그는 너무나 잘 알고 있었기 때문

에 그는 자기 자신의 비겁을 스스로 타매하면서도 어렸을 때 부터의 습관이 되어서 좀체로 반역하기가 어려운 것이었다. 그래서 형님의 시선을 피하면서 꿇어앉아 있노라니,

"에헴!"
하고 헛기침을 하는 형님의 목청에는 놀랄 만큼 부드러운 정이 풍기어 있었다.

"편이 앉아라."
하면서 정학이는 아우에게 양담배 한 개를 내밀어 권하고 나서,

"그래 정부가 수원으루 천도를 한다구 새벽에 방송하는 것을 너두 들었겠지?"

"글세요, 하두 돌연하여서 도무지 믿어지지가 않던데요. 하여튼 곧 출근해보아야겠어요."

"응, 어서 가보아라. 그리구 하회[42]를 곧 나에게 알리어다오."

이렇게 쉽게 벗어나는 것이 의외라고 생각하면서 정호는 긴 한숨을 쉬고 벌덕 일어섰다.

정학이는 상점으로 나아갔다. 사무원에게 보증수표거나 개인수표거나 간에 모두다 내어주면서 은행에 입금시키지 말고 다 현금으로 찾아오라고 일르고는 돈암동을 향하여 걸어갔다.

창경원 앞을 가노라니 여러 달 전에 모두 시외선으로 쫓겨 나갔던 역마차가 덜컹거리며 지나가는 것이 보이었으나 별로 타고 싶지도 않아서 그냥[43] 휘적휘적[44] 걸었다.

정헌네 집에 가보니 정헌이는 아침에도 집에 나오지 아니하였다고 제수는 말하였다.

"정부가 천도한다는 방송을 들었오?"

---

42 어떤 일이 있은 다음에 벌어지는 일의 형태나 결과.
43 원문에는 '그냐'로 되어 있음.
44 걸을 때에 두 팔을 몹시 자꾸 휘젓는 모양.

"예, 들었어요. 그래서 정애 시누님은 세수두 안 하시구 댁으루 돌아가셨어요. 그런데 그게 사실인가요? 국장 시아주버니께서 물론 확실한 것을 알겠지요?"

정학이가 무어라고 대답을 하기 전에 갑짝이 밖에서는 확성기를 통한 여자의 목소리가,

"친애하는 시민 여러분 당황하지 마십시오. 정부 수원으로 천도라는 방송은 오보입니다. 정부도 국회도 서울시민 여러분과 함께 수도를 사수하기로[45] 결정하였읍니다. 적군은 이미 쳐 물리쳤아오니 안심하시고 직장을 지켜주십시오."

"흠, 어느 말을 믿어야 하나? 말이 이랫다 저랫다 하니."

하고 정학이는 말하며 구두를 벗지 않은 채 마루에 걸터앉아 담배를 한 대 붙이는데 대문이 왈칵 열리더니 의정부에 사는 사촌아우 정국이가 앞장을 서고 그의 처와 아이들과 또 백모님이 두서없이 와- 들어오면서 한꺼번에 울음소리가 뜰로 하나 가득 찼다.

"아니, 어찌된 일? 응 조부모님은? 조부님이 종내 돌아가셨오?"

하고 정학이는 물었다.

그러나 한 사람도 이 물음에 대답하지 않고 울기만 하였다. 정학이는 성이 나서 사촌동생 정국이보고,

"아아니, 무슨 일인지 곡절이나 말하려무나. 모두 초상난 집처럼 울기만 하니 가깝해 죽겠구나. 속 씨원하게 말 좀 해라."

17

"불바다, 송두리채 재때미가 되구 말았어요."

하고 정국이가 대답하였다.

---

45 원문에는 '사수하기도'로 되어 있음.

"그럼 네 아버지는?"

"몰라요."

"모르다니?"

"불이 집을 금시에 홱 돌라 싸버리니 뛰어 나오긴 다 뛰어나왔을 텐데 종로에서 조부모님과 아부님은 잃어버렸어요. 애들두 잃어버렸다가 저- 고개 넘어서 쉬는데 손목들을 잡구 아장아장 오는 것을 맞났어요. 피난민에 길이 메는걸요 뭐."

"하나두 못 건지구 맨 몸뎅이들만 튀쳐 나왔구나. 글세, 요렇게 알뜰이 몸에 걸친 것만 입구."

하고 백모님이 주먹으로 눈을 씻으면서 말씀하셨다.

"친애하는 시민 여러분. 도로 집으로 돌아가주십시오. 적은 이미 물리쳤아오니 안심하시고 직장으로 돌아가 주십시오."

하는 꾀꼬리 목소리가 밖에서 들려왔다.

정학이는,

"조부님은 기등[46]을 못하시는데……."

하다가 말을 끝맺지 못하고 불이 나게 행길로 나갔다.

남부여대 글짜 그대로 남자는 등에 지고 여자는 머리에 이고 피난민이 꾸역꾸역 미아리고개를 넘어오고 있지 아니한가!

"어데서들 오십니까?"

하고 정학이는 마주 오는 사람보고 물어보았으나 그 사람은 귀먹어리인 양 벙어리인 양 묵묵히 피곤한 눈으로 잠시 치어다보고는 다리를 질질 끌며 지나가고 말았다.

정학이는 말 물어보기를 단념하고 천천히 걸어 나가면서 마주 오는 사람들을 유심히 살펴보았다. 천천히 걷기는 했으나 너무나 긴장했기 때문에

---

46 '기동' 또는 '거동'의 오류인 것으로 보임

박쥐는 기어들다

시간이 얼마나 걸리었는지도 모르고 그냥[47] 걸어가다가 눈에 낯익은 우이동 입구까지 다달았다는 것을 깨닫자 갑작이 시장한 생각이 났다.

마침 길가에 있는 주막집 옆 조그만 빈터에 식탁과 걸상을 내놓고 떡을 파는 약은 장사꾼이 있는 것이 눈에 띠었다. 먹음직한 것을 보니 기갈증[48]은 금시 더한층 심해져서 견델 수가 없었다.

정학이는 그리로 가서 빈자리를 찾아 앉고 우선 냉수를 청해 한 박아지다 단숨에 들이키고 떡을 백 원 어치 사서 씹으면서 끊임없이 길가를 타고 마주 오는 사람들을 바라다보았다.

바른편 걸상을 독차지 하고 앉아서 떡을 먹고 있는 한 가족에게 어디서 오는가 물어보니 창동서 오느라고 대답하는 것이었다.

"아아, 그럼 벌써 창동까지 빼았겻단 말이오?"

하고 놀란 기색으로 물어보니,

"천만에요. 창동에는 국군이 우굴우굴 하구 언덕에는 대포를 걸어놓구 드립대 내 쏘구 있어요. 자, 저 소리, 저 넘어 동리에서 절구찟는 소리처럼 쿵쿵 하는 것이 대포 소리입니다."

"아아니, 그럼 우리 쪽에서 대포 쏘는 소리에 놀라서 겁이나서 피난을 온단 말요, 그래?"

하고 정학이는 노기를 띤 목소리로 따지었다.

"흥! 노형두 당해보소. 우리 편에서 대포를 쏘는 것은 적병이 대포알 맞을 거리 안까지 들어섰다는 증거가 아니오!"

하고 나서 입에 물었던 떡 조각을 꿀꺽 삼키고,

"내 눈으루 직접 본 것은 아니지만 저기, 저애 말을 들으니 참 기가 막혀요."

"무엇이 그리 기가 막혀요?"

---

47 원문에는 '그냐'로 되어 있음.
48 배고픔과 목마름이 몹시 심한 증세.

18

"예, 참으로 기가 막힐 일이야요. 저애가 글세 아까 산위에 올라가보니깐 저쪽 신작노로 적군의 탕크차가 벌벌 기어오는데 이쪽 대포알이 간혹 정면 으루 꼭 들어맞어두 그놈의 탕크는 부서지지가 않구 잠깐 흠칫 했다가는 또 다시 벌벌 기어 오는데 대포알을 두세 알 한꺼번에 연거퍼 맞구두 그것들이 깨지지 않구 도망두 가지 않구 흠칫했다가는 또 슬금슬금 기어오더라니 그 런 기막힐 일이 어데 또 있겠수!"

"온, 그게 정말이오?"

"저애더러 물어보시구려. 내 말을 못 믿겠으면. 저애가 그걸보구 질겁을 해서 집으루 뛰어 와서 어서 떠나자고 졸라서 떠나왔지요. 오면서 보니 의 정부 쪽에서 피난오는 사람들은 가재를 한가지두 못 건지고 맨껑껑이 빈손 으루 허둥지둥 나왔는데, 우리는 미리 서둘었기 때문에 그래두 저렇게 한 바리 잔뜩 싣구 떠났으니 그것이 다행이 아니오!"

하면서 말하는 사람이 옆에 세워논 우차를 가르치는데 보니 산데미같이 높 이 쌓인 짐 위에 파파 늙은[49] 노파 한 사람이 앉어서 무엇을 호물호물 씹고 있었다.

귀로는 이 노인의 이야기를 들으며 눈으로는 마주 오는 피난민 행렬을 눈역여 바라다보고 있던 정학이는 자기 눈을 의심하리만큼 놀랏다.

시펄한 나무가지로 위장한 차량 내왕이 그동한 좀 뜸한 것으로 보았는데 벼란간에 츄럭 한 대 두 대 세대 꼬리를 물고 도로 서울을 향하여 쏜살같이 달려오고 있지 아니한가!

초 급속도로 달리는 츄럭에 놀라서 소 한 마리가 그만 미쳐가지고 뛰다 가 다급해지니까 그만 껑충 밭으로 건너 뛰어서는 저쪽 언덕을 향하여 줄다 름을 치는 것이었다. 소거름이 느린 줄만 알았던 정학이는 소 다름박질이

---

49 원문에는 '늙온'으로 표기되어 있음.

너무나 빨은데는 자기 눈을 의심하지 아니할 수 없었다.

장정 두 사람은 뛰는 소를 따라 잡어보려고 뒤를 따라 달려가고 부여자들은 발을 동동 굴르며 서 있는데 나무가지로 위장한 츄럭들이 연달아 내닫는데 자세히 보니 대포알을 가득가득 싣고 달아나는 것이었다.

잠시 동안 어안이 벙벙하여 이 광경을 보고 있던 정학이의 머리속에서는,

'총퇴각' 하는 의문이 번개처럼 스치고 지나갔다. 저도 모르는 사이에 길가 밭으로 껑충 뛰어선 정학이도 귀 떨어지면 이다음 줏자는 격으로 돌아우편하여 뛰기 시작하였다.

겁을 집어먹으니[50] 어데서 그런 근력이 생기는지 그는 밭고랑으로 논두덩으로 무작정 서울 쪽을 향하여 뛰고 있었다.

이와 같은 시각에 서울시내 중앙청 쪽에서는 정호가 역시 사직동을 향하여 급급히 뛰어가고 있었다. 그것은 그가 오천[51] 열 시쯤 되어 자기가 근무하는 삘딩으로[52] 가보았더니 상관이고 하관이고 간에 한 사람도 출근하지아니한 모양으로 방방마다 비인 의자들만이 하품을 하고 있는 것을 보고 그는 놀랏던 것이다.

그는 한동안 어리둥절하여 서 있다가 바쁜 거름으로 중앙청으로 가보았더니 거기도 아무도 없었다. 다시 길을 돌리어 절친한 다른 부국장 사택으로 가보았더니 식모 혼자만이 남아 있고 가족은 조금 전에 쨒차를 타고 모다 어데론지 가버리고 말았다는 것이었다.

"흥, 잘들한다. 나 혼자 바보로구나!"

하고 중얼거리면서 정호는 사직동 집으로 향하여 급한 거름을 하고 있는 것이었다.

---

50 원문에는 '십어먹으니'으로 표기되어 있음.
51 한낮.
52 원문에는 '삘딩오로'로 표기되어 있음.

19

정학이가 미아리고개에 다달으니 그렇게도 줄지어 달리던 츄럭들과 찦차들이 자취를 감추고 그 넓은 길은 피난민으로 가득 차 있었다. 늙으니 젊으니 어린이들 손목잡고 걷는 아이들, 등에 업힌 애기들, 품에 안긴 애기들, 킹킹 거리며 그 짧은 다리로 어른의 걸음을 따르려고 허덕거리는 아이들, 엉엉 울며 뒤따르는 아이들, 지팡이를 집고 나풀나풀 걸어오는 꼬부랑 할머니, 제 등보다 더 큰 룩싹[53]을 지고 그 위에 애기를 태우고 오는 사내들, 보따리들을 이고지고 들고 한 여인네들, 이들이 모두들 어디로 가는 것일가? 서울시내는 피난처인가?

미아리고개는 난공불락의 요색인가?

정학이가 정헌의 집에 다달으니 집안 식구가 거의 다 대문 밖에 나서서 기다리고 있는 것이었다. 정학이가 나타나는 것을 보고 일제히 환성을 올리었으나 정학이가 백부님과 조모님을 동행해오지 아니하고 혼자 오는 것을 보고 모두들 낙담하였다. 그러나 백부님이 시내로 들어온다면 맨 먼저 들릴 집이 이 집이므로 한 사람만이 망을 보기로 하고 또 다 저녁때가 되어 오니 정헌의 안해는 밥을 지으려고 부엌으로 들어가고 정국이는 반찬거리를 사려고 시장으로 갔다.

쿵쿵 소리는 점점 더 가까이 들려오는데,

"친애하는 시민 여러분."

하는 여자의 목소리가 또 들려왔다.

"여러분 경거망동하지 말고 집으로들 돌아가십시오. 서울은 사수할 것이며 적은 격퇴 중에 있습니다. 국군이 시내로 이동한 것은 결코 후퇴가 아니고 의정부 쪽 적을 완전히 처 물리고 문산 방면 전선으로 이동한 것입니다."

---

53 큰 배낭. rucksack.

그러나 무표정한 얼굴로 고개를[54] 꾸역꾸역 넘어오는 피난민들은 확성기야 떠들건 말건 들은 체 만 체하고 묵묵히 삼선교 쪽으로 안암동 쪽으로 신설동쪽으로 자꾸자꾸 걸어가고 있었다.

저녁 반찬거리를 사려고 시장으로 갔던 정국이는 겨우 무우 열개를 사들고 터덜터덜 돌아왔다. 그렇게도 번잡하던 시장 가게 문이 모두 잠기고 노천에 벌려 놓은 무우 장수만이 두어 사람 남아 있어서 떨이로 몽땅 사왔노라는 것이었다.

저녁이 다 되었다고 해서 정국이가 대문에서 망을 보기로 하고 모두 다 방으로 들어가서 밥이 맛이 있는지 없는지 그냥 먹는 습관이 있는 기계처럼 젓가락을 놀리고 있노라니 반장이 와서 지하실이 있거나 장독대 아래 광이 있거든 밤 동안에는 그리로 대피하도록 하는 것이 좋겠다고 전달하는 것이었다.

"우리 집에는 대피할 데가 통 없는데요."

하니까 반장은 머리를 득득 긁으면서,

"글세요? 무어, 강제 명령은 아니니까요."

하고는 나가버리었다. 정국이가 뛰어 들어오며 옆집에서는 전 가족이 제각기 가방 보퉁이를 지고 이고 들고 떠나간다고 말하였다. 정학이가 뛰어나가 그집 주인보고,

"어디루들 가십니까?"

하고 물으니,

"글세요! 문안으루 들어갔다가 약차[55]짓하문 한강이라도 건너서는 것이 좋을 상싶어서요."

하고 대답하는 것이었다.

---

54 원문에는 '고개들'이라고 되어 있음.
55 '약차하다'의 어근. 사태나 상황, 성질 따위가 이렇다.

20

정학이가 도로 뜰 안으로 들어서니 정헌이의 안해가 근심스런 얼굴로,

"얘 아버지는 아마 오늘 밤에두 나오지 못할 것 같은데 아까 반장의 말을 들으니 기분이 이상해져서요. 어찌 마음이 들뜨는지오. 어린애들두 있구 한데 우리두 성안으로……저……병원 으루래드 몸을 잠시 피하는 것이 좋지 않을까요? 대학병원에 얘 아버지가 근무하구 있으니깐 가족쯤 받아들여 줄 것 같기두 하구요. 병원은 대피두 잘 될 것 같구요ㅡ."

정학이의 머리는 젯트기처럼 빠르게 움지기었다. 속으로,

'음, 그렇지. 제아무리 악독한 공산도배라 한들 병원만은 함부루 침해하지 않겠지.' 하는 생각이 들어서 "하, 그것 참 좋습니다. 어둡기 전에 어서 갑시다."

하고 대답했더니 제수는 총알처럼 방안으로 들어가더니 어느새 챙겨놓았는지 올망졸망한 보따리들을 어른 아이 할 것 없이 하나씩 맡기면서 앞장을 섰다.

정학이는,

"백모님이 아이들 다 다리고 어서 먼저 나가서요. 내 남아서 안으루 대문을 닫구 담을 넘어 나갈 테니요."

하는데 벌써 아이들은 다 밖으로 나가 버리었다. 백모는 주저주저하면서,

"혹시 어머님이 어두어서 오시더라두 집을 잠그고 다 가버리문 좀……."

하고 말을 꺼냈으나 내심으로는 노망들린 시어머님의 안위보다도 남편이 염려되어서 얼른작정을 못하는 것이었다.

"아, 아니오. 이런 위급한 때에는……."

하고 정학이가 말을 시작하는데,

"땅!"

하는 소리가 귀청을 찢을듯이 들려왔다. 백모님은 허둥지둥 대문 밖으로 뛰어나가는 것을 보고 정학이는 껄껄 웃고 섰는데 밖에서,

"아이쿠!"

하는 아이의 비명소리가 들리더니 이어서,

"아이, 저런 저걸 어째?"

하는 여자의 목소리가 들려왔다.

정학이는 대문 비짱을 찌르고 샛골목으로 향한 담을 뛰어넘었다.[56]

큰길로 나서니 길 한가운데 어린 처녀애 하나가 엎드러져 있는데 아랫도리가 피투성이가 되어 애구 애구 울고 있었다.

사람들은 이 파편에 맞아 쓸어진 아이를 힐끗 보기만 하고 지나갈 따름 누구 하나 그 애를 거들어 줄 마음의 여유가 없는 모양이었다.

정학이는 자기 집 일이 궁금해서 죽을 지경이었다. 사태가 이렇게도 급박해진 줄을 알았더라면 백부님 마중나가는 것보다도 곧 집으로 갔어야 될 것을 하고 생각한 정학이는 제수에게,

"나는 곧장 집으루 가봐야 겠으니까요."

하고는 창경원 쪽으로 급히 걸어갔다.

황혼이 장안을 회색장막으로 가리워주면서 부슬비가 내리기 시작하였다.

정헌이의 가족이 병원문전에 당도하니 병원 쇠창살 대문이 굳게 닫히어 있었다.

정헌이의 안해가 수위한테로 가까이 가서 무엇이라고 한동안 승갱이를 하더니 수위는 문깐 방으로 자취를 감추고 정헌이의 안해는 저고리고름을 질근질근 씹으면서 멍하니 서서 병원 뜰 안 오동나무가 비에 호줄근히 젖고 있는 것을 바라다보며 초조하게 기다리고 있었다.

56 원문에는 '뛰어넘었다'로 표기되어 있음.

21

정학이의 걸음은 빨랐다. 마치 점점 더 가까이 들려오는 포소리와 경주나 하는 듯이!

창경원을 지나 원남동 길로 꺾어 들자 날은 어두어버리고 비는 악수[57]로 퍼붓기 시작하였다.

중앙청 앞을 지나가며 유심히 치어다보니 불빛 나오는 창문 하나 없고 컹검한데 수위도 서 있지 않은 모양 같았다.

집에 거의 다가서 십자길 한쪽에 있는 파출소에 전등이 환하니 켜있는 것을 보고 반가워서 빨리 가 들여다보니 순경은 한 사람도 없이 텅 비어 있었다.

집에 다달아 불이나게 대문을 잡아 재치고 들어서니,

"형님이십니까?"

하고 소리질으는 정호의 목소리가 얼마나 안타까이 기다렷노라는 하소연 같이 들리었다.

"응, 내다."

하고 대답하며 마루를 치어다보니[58] 온 가족이 다 모여 앉아 있었다.

마루에 올라서며 속속들이 젖은 옷을 갈아입을 경황도 없이 정호를 똑바로 바라다보며,

"그래 정부는 천도를 해버렷지?"

하고 묻고도 그 대답을 기다릴 사이도 없이,

"그런데 너는 왜 행동을 같이 하기 않구 이러구 멍청하니 남아 있니?"

하고 따지었다.

"나 한텐 알리지두않구 모두들 뿔뿔이 도망가구 만걸요. 그래서 집으루

---

57 물을 퍼붓듯이 세게 내리는 비.
58 원문에는 '차어다보니'로 표기되어 있음.

와보니 형님이 안 계시구, 상점으루 가보아도 않계시구 해서 할 수없이 혼자라두 뒤따라 가보려구 남대문께루 나가서 차가 지나갈 때마다 손을 들구 소리를 질러보았으나 어데 눈이나 거들떠 봐야지오. 물론 차마가 초만원이어서 한 사람 더 태워줄 자리두 없어 보이기는 했지오만. 한참 동안 서서 미친놈 모양으루 손을 들구 소리를 질으구 하다가 언뜩 보니 나보다 몇 걸음 앞선 곳에 그 뚱뚱하신 국회 부의장님이 역시 서서 차가 지나갈 때마다 번번이 손을 들고 외쳐도 누구 하나 차를 멈추는 사람이 없습다. 그것을 보구서 나 같은 놈은 아주 희망없다구 생각되어 단념하구 집으루 도로왔어요. 그런데 형님, 저 소리가 포소리가 아닙니까!"

"왜 아니야? 돈암동 너이 형집 바로 옆집은 벌써 한방 얻어맞고 네형 가족과 정국이네까지 모두 병원으루 피난을 가는 것을 보구 오는 길이다."

"정국이두요? 정국이가 피난을 왔어요? 그럼 백부님은? 조부모님은?"

"나두 모르겠다. 돌아가셨는지 겨우 피하셨는지 할아버지는 별수 없이 불에 타 돌아가신 모양이구. 어데 그뿐이냐? 국군은 벌써 해 있을 때 다 후퇴해버리구. 지금 오면서보니 파출소두 모두 텅 비였더라. 오늘 밤 이 서울을 방어할 자는 그래 누구냐? 야, 너는 지금 이러구 있을 때가 아니다. 어떻게 해서 던지 한강만이라두 건너서야 된다."

하면서 정학이는 금고 문을 열고 지전 뭉치를 꺼내 정호에게 주면서,

"자, 이걸 가지구 지금[59] 곧 가거라. 우리 염려는 말구. 그놈들이 들어온대두 우리 같은 장사꾼이야 무어 해치겠니? 너만은 그놈들에게 들키문 생명이 위태하다."

"어째 나 혼자더러만 피하라구 그러서요? 피하려면 모두 다 같이 가야지오."

"야, 제발 내 말 좀 들어라. 어서 어서."

하면서 정학이는 정호의 팔을 이끌고 마루 아래로 나려섰다.

---

59 원문에는 '기금'으로 표기되어 있음.

22

정호가 안해와 작별인사도 못하고 대문 밖까지 끌려 나가서 형님과 굳은 악수를 하고 비를 맞으면서 인적이 그친 길을 걷고 있노라니 얼마 안가서 뒤에서,

"자형, 자형!"

하고 부르는 창덕이의 목소리가 들리어왔다.

"어!"

하면서 걸음을 멈추고 돌아다보니 시커먼 형체가 가까이 오더니,

"자, 이걸 입으세요." 하면서 비옷을 치어들어 등 뒤에 등대[60]하는 것이었다.

'안해가 보냈구나.' 하고 생각을 하니 금시에 도로 집으로 가서 안해를 만나보고 싶어졌다. 그러나 처남은 정호에게 비옷을 입히고는.

"나두 같이 가요." 하면서 나란이 섰다.

"자넨 비옷두없이 어떻게?"

"난 괜찮아요. 요까짓 비쯤."

하고 말하면서 창덕이는 정호의 손을 이끌없다.

대소 상점을 막론하고 철시[61]를 해버린 어두운 길을 더듬어 광화문 네거리에 나서니 거기 파출소도 텅 비어 있고 그 어느 창문 하나에서도 불빛이 보이지 아니하는 고층 건물들은 유령들처럼 서서 묵묵히 비를 맞고 있는 것이었다.

서울역 앞까지 오니 역 구내에는 전동이 환하게 켜 있어서 마치 사막 속의 오아시스처럼 반가웠으나 서소문 쪽으로 향한 길로도 피난민이 꾸역꾸역 밀리어오는 것을 보니 금시에 포소리는 북쪽에서만 오는 것이 아니라 서

---

60 미리 준비하고 기다림.
61 시장이나 가게가 문을 닫고 영업을 하지 아니함.

쪽에서도 오는 것같이 들리었다.

역전 파출소도 텅 비어 있는데 가까스로 사람 장벽을 뚫고 화물 출입구 쪽 칭칭대를 굴러나리다 싶이 하니 철도궤도로 들어가는 문은 열려 있으나 철도국원 같이 보이는 사람은 한 명도 없었다.

남녀노소가 이리 밀리고 저리 밀리고 하는 틈새를 끼어 천신만고로 정호와 창덕이는 궤도까지 겨우 들어갔다.

머리 위로 사방을 둘러보니 굴뚝에서 연기 뿜는 기관차 한 대 보이지를 않으니 기차를 얻어 탈 생각은 진작 단념해버리고 어서 다만 한걸음이라도 더 걸어가 볼 생각을 하는 것이 현명한 일일 것이다. 그러나 사람이란 죽을 고비에서도 요행을 바라는 동물인지라 혹시나 문산 방면에서 후퇴해 오는 마지막 기차라도 들어오면 올라타는 재주를 부려볼가 하고 기다리고 있는 것이었다.

비는 그냥 악수로 퍼부으나 비가림할 지붕 아래는 비좁고 들어갈 촌토[62]도 없어서 그냥 비를 맞고 섰으니 비옷을 못 입은 창덕이는 물에 빠진 새양쥐 같아지고 정호의 비옷도 새어 들어 살까지 척척하게 되었다.

갑짜기 정호가 서 있는 바로 다음 궤도에 섰던 사람들이 한쪽으로 쏠리면서 길이 트여질 때 정호가 걸핏 치어다보니 저─쪽에 키가 보통 사람보다 한 뼘이나 더 큰 계준식(정애의 남편)의 뒷모습이 그의 눈에 뜨이었다. 정호는 부지중,

"자형!"

하고 부르면서 앞으로 나서다가,

"아쿠."

하고 쓰러지었다.

창덕이가 정호를 안아 이르키려고 할 때 사람 떼가 와락 밀리어서 창덕이까지도 기동을 못하게 되었다. 실로 한 초 동안에 생긴 일이었다.

길

62 얼마 되지 않는 좁은 논밭. 아주 좁은 공간을 의미함.

정호는,

"아이쿠, 내발 발목!"

하고 신음을 하였으나 창덕이 혼자 힘으로는 어찌할 도리가 없었다.

23

내과의사 최정헌이는 二十六(이십 육)일 밤 그의 안해가 잠시 면회를 하고 간 뒤 국군 부상병들은 차로 승용차로 츄럭으로 꼬리를 물고 들어왔으므로 원장, 의사, 조수, 간호원, 간호학생들 심지어는 식모, 급사, 수위까지도 총동원 되어 밤을 새워가며 일을 하게 되었다.

남자 간호원들과 급사들은 갑자기 들것 메는 인부로 변하고 내과의거나 소아과의거나 이비인후과의거나 산부인과의거나 외과의거나 피부과의거나 안과의거나 내지 치과의까지 모두가 외과일로 총집중하지 아니치 못하게 되고 간호원들은 주사 놓고 카ー제 붕대 매어주는 기계처럼 되고 말았다.

입원실 침대는 모자라서 민간인 입원환자 중 중태에 빠지지 아니한 환자들은 급작스리 담요를 깔아놓은 집회실에 옮기어 눕히고 부상병에게 우선권과 우대를 주었으나 부상병들의 신음소, 고함소리, 물 달라고 애걸하는 소리가 전병원을 소란하게 하였다.

절단 수술에 자신이 있는 의사는 한분 밖에 없었으나 무더운 여름이라 썩기가 쉬워서 부득이 치과의까지도 임시 절단 또는 적출[63]에 종사하게 되었다.

간호실습생들은 전문으로 카ー재와 붕대를 나르는 기계가 되었고 부엌에 있는 식모는 어느 종업원이 어느 때고 부엌으로 가서 먹을 것을 찾으면 잠시도 지체 없이 곧 먹을 수 있도록 할 의무를 지게 되었다. 평상시 순서는

---

63 어떠한 병터나 장기 전체를 잘라 내는 일.

다 집어치우고 임기응변의 힘을 쓰게 되었던 것이다.

부엌에서 계속해 끓이고 있는 커―피를 한 시간에 한 잔씩 마시어 가며 밤을 꼼박 새운 정헌이는 아침이 되자 원장에게로 가서,

"아무래도 한잠 자야지 이대로는 육체나 정신이나 지탱할 수 없으니 집에 가서 한잠 잘 휴가를 주십시오."

하고 청을 했다.

그러나 원장은 병원 내에서 자면 긴급한 일이 생길 때에는 언제나 곧 깨워서 일 보게 할 수 있지마는 자택이 아무리 가깝다고 하여도 부르려면 누구 한 사람을 보내야 되겠으니 그럴 인원여유가 없으니 안 되겠다고 완고히 불허가하는 것이었다.

신경은 피곤하고 흐무러진 살덩이와 피를 너무 많이 보아서 현기증이 나게 된 정헌이는 잘 자리를 구하여 숙직실로 가보니 눌자리커녕 발을 들여놓을 자리도 없었다. 그래서 까운을 벗어서 숙직실 문 뒤 못에 걸어놓고 와이샤쓰 바람으로 집으로 가려고 문깐까지 나아가니 철창으로 된 큰 문이 닫혀[64] 있고 수위는,

"원장님이 발행한 파쓰가 없는 분은 그 신분 여하를 막론하구 외출 금지입니다."

하고 문을 열어주기를 거절[65]하는 것이었다.

정헌이는 할 수없이 부엌으로 가서 커피를 두잔 연겊어 마시고 뜰로 나와 오동나무 밑으로 가서 그 나무를 등지고 주저앉으니 몸도 편안하고 기분도 좋아졌다.

전에는 밤에 커―피 한 잔만 마시어도 밤새도록 잠이 오지 아니하여 고생했는데, 웬일인지 방금 커―피를 두 잔이나 마시었는데도 노곤히 졸음이 오는 것이었다.

---

64 원문에는 '담혀'로 표기되어 있음.
65 원문에는 '거짤'로 표기되어 있음.

몇 분 혹은 몇 시간 아니 몇 초 동안이나 졸고 앉았었던지 알 수 없으나 무거운 철창 대문이 드르륵 드르륵 하며 열리는 소리에 그는 눈을 번썩 떴다.

24

육중한 철창문이 열리자 한 대의 츄럭이 부상병을 싣고 들어왔다.

정헌이는 츄럭 뒤를 따라 현관문까지 와서는 먼저 문안으로 들어가 사무실로 갔다. 사무실 내를 둘러보니 그래도 제일 편안한 잠자리로는 의자를 맞붙여 놓은 것보다 길다란 책상이었다. 그 위에 번듯 누워서 잠을 자고 있는 외과과장을 와락와락 흔들어 깨우면서,

"원장님 명령이니 곧 수술실로 가보세요."

하니 외과과장은 부시시 일어났다.

정헌이는 구두도 벗지 않은 채 그대로 책상위에 네활개를 펴고 누워버렸다.

잠이 들라말라하는데 누가 시끄럽게도 그의 몸을 자꾸만 흔드는 것이었다.

일부러 눈을 뜨지 않고 "끙" 소리를 내면서 모로 돌아누으니 이번에는 두 다리를 번쩍 치어들고 막 끌어내리는 것이었다.

발요동을 쳐서 끌어내리는 사람을 물리치고 그가 누구인지 잘 보지도 않고 그냥 세면소로 달려가서 찬물을 틀어 세수를 와락와락 하고는 얼굴에서 물이 뚝뚝 흐르는 그 채로 원장실로 급행을 했다. 녹크를 하고는 들어오라는 말을 기다릴 새도 없이 문을 열고 들어갔다.

마침 원장은 안락의자[66]에 앉아서 길죽한 여송연 한 대를 재가 한치나 끝에 남은 채로 물고 있다가 피곤한 눈을 들어 정헌이를 바라다보았다.

---

66 원문에는 '안락의가'로 표기되어 있음.

"원장님 우리 집이 바로 미아리고개 밑인데 저렇게 포소리가 가까이 들려오니 곧 가보아야 겠습니다."

하고 대들었다.

원장은 피로한 눈으로 정헌이를 물끄럼이 노려보더니,

"댁이 정말 위험하게 되면 부인께서는 그 어데보다두 이 병원으루 쫓아 올 것이 아닙니까?"

이 말을 듣고 나니 따는 그렇기도 하였다. 좀 무색해진 정헌이는,

"그럼, 만일에 우리 집에서 최악의 경우에 이리루 찾아오면 무조건 받아 들여주시겠오?"

하고 따지니까 원장은,

"병원이야말루 아마 제일 안전한 피난처이겠지오."

하고 말을 던지고는 여송연 끝에 길게 달린 재를 재떨이에 대고 털었다.

정헌이는 말문이 막히고 말았다.

병실을 한 바퀴 회진하고 나니 그동안에 죽어 나간 부상병이 열 명도 더 되는데 그만[67] 낙심하는 생각이 그의 머리를 사로잡았다.

'그 아까운 청춘들이 무엇 때문에?'

그러나 그는 그런 것을 생각하지 않으려고 머리를 흔들면서 사무실로 들어갔다.

부상병은 더 들어오지 않고 뚝 그치고 말았다. 다행한 일이었다. 더구나 지금[68] 더 들어왔댓자 인제는 복도에 밖에 더 수용할 자리가 없었다.

간호원들은 종시 눈코 뜰 사이 없이 그냥 바쁘게 다니었으나 의사들은 한가해져서 사무실에 모여 앉아서 라디오를 틀어놓고 몇 접시의 저녁을 사무실로 가저오게 하여 천천히 먹으면서 서로 이야기할 수 있는 시간의 여유가 생기었다.

---

67 원문에는 '그마'로 표기되어 있음.
68 원문에는 '기금'으로 표기되어 있음.

라디오는 레코―드 음악만 계속하여 돌리고 있었다. 이때 간호원 하나가
들어오더니,

　"최 선생님, 부인께서 문밖에서 기다리신답니다."
하고 말을 전하는 것이었다.

25

　정헌이는 벌덕 일어나서 급히 밖으로 나아갔다. 소리 없이 비가 보슬보
슬 내리는 뜰을 뛰어서 대문께로 가니 문밖에는 자기 안해가 비를 맞고 서
있는데 웬 한 낯선 사람들도 수십 명 그 옆에 서서 이쪽을 쏘아보고 있는 것
이었다.

　안해가 찾아온 것이 반가웠으나 이 비를 맞아가면서 왔다는 것이 그 무
슨 불길스러운 생각도 나게 하였다.

　안해는 낮으막한 목소리로,

　"어서 이 문을 열어주세요 모두 피난 왔어요."
하고 말하자 딸년이,

　"아버지!"
하고 크게 불렀다.

　"응, 너두 왔구나."

　"의정부 삼촌두."
하고 어린 아들이 말참견을 하였다.

　정헌이의 머리는 아찔하였다.

　"그러면?"

　수위실 안에 서서 멍하니 내다보고 서 있는 수위에게 정헌[69]이는,

　"어서 문을 여시오. 내 가족이오."

<hr />

69　원문에는 '정원'으로 되어 있으나 '정헌'의 오기로 보인다.

하고 말하였다.

　수위는 묵묵히 나와서 큰 철창문을 열지 않고 사람 하나만이 겨우 통할 수 있는 협문[70]을 열되 활짝 다 여는 것이 아니라 반쯤만 열고 가로 막아서면서,

　"선생님 가족만 들이구 딴 사람은 하나도 들이면 안 된다구 명령이 왔읍니다."

하고 말하면서 우선 정헌의 안해가 허리를 굽히고 들어오는데 길을 비껴주었다.

이어서 아이들이 들어오고 정헌이의 백모가 머리를 들이미는 것을 수위는 가로막으면서,

　"안돼요."

하고 볼맨 소리를 하며 여자의 머리를 떼밀었다. 정헌[71]이는,

　"그분두 우리 가족이오. 또 그 남자두."

하고 성급히 말하였다.

　그러자 조금 떠러진데서 보고 섰던 수十(십)명 피난민이 와— 달겨들어서 백모는 저절로 밀려들어 오고 그 뒤로 정국이가 들어오자 수위는 문을 닫으려고 하였으나 수다한 사람들이 한꺼번에 떠미는 바람에 몇 명이 더 밀려들어오고 나서 수위와 정헌이와 정국이 서이[72]서 달라붙어서 문을 밀어 닫아서 많은 사람이 밀려들어 오는 것을 겨우 막았다.

　정헌이는 백모님에게,

　"아니, 그런데 백부님과 할아버지 할머니는?"

하고 묻다가 백모님이 대답 대신에 통곡이 나오는 것을 보고 더 묻지 못하고 등골에 소름이 끼치는 것을 감각하였다.

　부상병도 아니고 환자도 아닌 가족을 받아들이는데 성공은 하였으나 그

70　대문이나 정문 옆에 있는 작은 문.
71　원문에는 '정원'으로 되어 있으나 이 역시 '정헌'의 오기로 보인다.
72　'셋'의 방언.

길

60

들을 당장 어데다가 수용하는가 하는 문제는 쉬운 문제가 아니었다.

더구나 빗줄기가 차차 굵어지고 날은 점점 더 어두어 오는데 체면 차릴 때가 아니라고 마음먹은 정헌이는 백모님과 안해와 아이들은 여간호원 합숙실로 들여보내고 정국이는 우선 남자 간호원들을 도와 일을 하도록 지시하였다.

26

한 동안 쉴 새 없이 들이밀리는 부상병 취급에만 정신이 팔리어 한 번도 들여다보지 못한 일반 환자 병실을 순회하고 난 정헌이는 사무실로 돌아와 앉았다.

라디오에서 쉴 새 없이 흘러나오는 군가소리도 신경을 자극 하거니와 가끔 가다가 부상병이 아품을 못이겨 황소처럼 엉엉 웨치는 소리가 들려올 때에는 몸에 소름이 끼치고 간헐적으로 은은히 들려오는 포소리에도 가슴이 섬쩍섬쩍하여 공포심이라기보다도 질망감이 부지불식간에 전 신경을 좀먹어 들어오고 있는 것이었다.

모두가 다 제각기 제 생각에 골몰하여 누구 하나 수작을 건네는 사람이 없는데 이비인후과 과장 대머리 의사가 그의 마도로스 파이프를 책상 구통이에 똑똑똑 뚜드리는 소리에도 모두가 필요 이상으로 놀라서 욕설을 막 퍼부은 사람도 있고 허허허허 하고 히스테릭하게 웃는 사람도 있었다.

남자 간호원 하나이[73] 머리를 쑥 들이더니,

"시체 보관실이 꽉 차버렷는데 새로 죽는 환자는 어떻게 할가요?"

하고 물으니 외과 과장이,

"당분간 신입 환자가 없으니 그냥 제자리에 두어두지오. 어떻게 하오! 설

---

[73] 원래 국어에서는 받침이 없는 체언 다음에도 주격조사 '이'를 사용했으며, '가'는 16세기 정도에 등장했고, 이후 혼용되었다. 이 작품에서도 주격 조사 '가'가 쓰여야 하는 곳에 '이'가 쓰인 예가 곳곳에 보인다.

마 하루밤에 썩을라구."

하고 대답하는 것이었다.

비로 이때 귀청을 찢는 듯하는 땅! 소리와 함께 창문들이 와들와들 떨고 사람들의 아우성 소리가 부글부글 끓어오르는 것 같았다.

방안은 상당히 무더운데도 불구하고 의사들은 몸을 모두 부르르 떨었다.

남자 간호원 하나이, 아니 정국이가 머리를 쑥 들이밀더니,

"괴뢰군이 창동 여촌을 이미 돌파하여서 서울 함락은 시간문제이랍니다."

하고 반갑지 않은 보고를 하고 갔다.

그러자 뒤이어 원장이 들어서더니 두 팔을 뒷짐 지고 서서 묵묵히 직원 일동을 휘ー 둘러보더니 떨리는 목소리로,

"여러분, 최악의 시간이 박도[74]한 모양 같습니다. 괴뢰군이 들어오면 우리들에게 그 어떠한 악행을 감행할런지 예측할 수 없으나 나로서는 지금 이 자리에서 이 병원 원장직을 사면합니 다. 그리구 여러분의 각각 행동을 구속하지 않겠으니 지금부터 각자 자유행동을 하여 제 운명에 제각기 책임을 지두룩 합시다!"

하고 말을 끝낸 늙은 원장은 두 주먹으로 눈을 닦으면서 고개를 돌리고 나가 버렷다.

막연하게나마 예기 못했던바 아니었으나 막상 원장님의 말씀을 듣고 나니 모두가 마치 몽둥이로 머리를 맞은 것 같은 기분으로 멍하니 허공을 응시하고 있는데 라디오에서는 행진곡이 그냥 계속해 들려나오고 있었다.

두 서너 사람이 벌떡 일어나더니 아무런 인사도 없이 황황히 밖으로 나가 버리었다.

길

74 가까이 닥쳐옴.

27

정헌이의 머리는 너무나 착잡했기 때문에 생각을 정돈할 엄두도 못 내고 자기가 지금 그 어떤 깊은 생각에 빠져있는지 또 혹은 그의 두뇌가 사고의 힘을 통째로 잃어버린 무감각체가 되어버렷는지를 자기 자신으로써도 헤아리지 못하고 있다가 언뜻 그의 귀에는 행진곡 대신으로 여자 목소리의 연설이 뛰어 들어오는 것을 느끼었다.

정신을 모두고 귀를 기우리어 그 방송 연설을 들으니 이미 소문난 한 여성의 웅변으로 열정에 넘치는 부르짖음 이었고,

"백두산 영봉에 태극기를 꽂을 때는 바야흐로 이르렀습니다."
하는 구절은 듣는 사람의 머리를 앗질하게 하도록 감명을 주는 목소리이었다.

그러나 이 연설을 방해하는 라디오 잡음도 잡음이려니와 새차게도 내리붓는 비소리!

"아무개야, 아무개야."
하고 서로 찾는 피난민들의 애끊는 아우성 소리, 또는 차차 더 도수가 자져가는 포탄의 폭발소리와 파풍에 덜컹거리는 창문 소리가 너무나 이 긴장스런 연설을 방해하여서 연설 내용을 잘 포착할 수가 없었다.

더구나 선동 연설보다도 확실한 뉴-쓰에 굶주린 사람들에게는 감격하는 열정보다도 숨김없고 냉철한 현실보도에 더 많은 관심을 가지게 되는 것은 당연한 일이었다.

청중에게는 무척 지루하게[75] 생각되던 그 긴 연설이 끝나자 아나운서-는,

"금시 대통령 각하의 특별 방송이 있겠아오니 잠깐만 이대로 기다려주십시오."

---

75 원문에는 '기루하게'로 표기되어 있음.

하고는 라디오는 잠시 잠잠해 해졌다.

들는 사람 모두가 너무나 긴장해져서 몸을 반쯤 이르키고 숨소리를 죽이고 기다리는데 아나운서—는 다시,

"여러분 잠깐만 기다려주십시오. 곧 대통령 각하의 방송이 있겠습니다."

하고 나서는 또다시 잠잠해졌다. 한 초 두 초 세 초! 정헌이의 맥박이 시계의 초침과 경주나 하는 듯이 긴장해질 때 라디오를 통해 나오는 이 대통령의 목소리는 비장하게 울리었다.

"맥아더 장군에게서 전보가 오기를 구원을 곧 보낸다고 하였습니다."

하는 한구가 왼 천지를 채우는 것처럼 비소리 탕크 포소리 따발총 소리 기관총 소리 이리 쏠리고 저리 몰리는 피난민들의 아우성 소리를 압도하고 방안 탁한 공기를 쩡쩡 울리는 것이었다.

라디오가 다시 군가를 시작할 때 정헌이는 팔뚝 시계를 들여다보았다. 바로 자정이었다.

라디오는 행진가 군가 행진가 군가를 자꾸만 되푸리 하고 있는데 갑자기,

"땅!"

하는 큰 소리가 정헌이의 귀를 먹먹하게 만들고 그 육중한 벽돌집 건물이 출렁출렁 흔들리며 이층 유리창이 산지박산이 나는 소리가 들려왔다. 그러자 이어서 따따따따따 콩볶듯하는 기관총소기에 섞이어서,

"사람 살리유!"

하는 비명소리가 들려왔다.

28

"사람 살리유!"

소리는 병원 본 건물 현관문께서 들려오는 듯하고 또 나무판장 문을 뚜드리고 흔들고 하는 소리도 들려왔다.

병원 현관은 누구의 명령으로 언제 잠거 버린 것일가?

따따따따 소리는 바로 머리 위에서 자기 뒷덜미를 때리는 것으로만 느낀 정헌이는 기겁을 하여 책상 밑으로 기어들어 가려고 했더니 거기는 벌써 초만원이었다. 휙 돌아선 정헌이는 자기 머리만을 의자 아래로 들이밀고 엎드려 있다가 따따따따 소리가 멀어지자 문득 지금 자기 꼴이 매에게 쫓기는 꿩이 머리만 눈 속에 꾹 파묻고 숨어 있는 꼴처럼 생각되어서 얼굴을 붉히었다.

여름밤은 원래 짧은 것이었만 이 六(육)월 二十七(이십칠)일로 二十八(이십팔)일을 걸치는 한 밤은 어찌도 길었던가.

라디오는 언제 저 혼자 꺼지고 비는 언제 멎었는가.

새벽이 어쓸한데 정헌이는 소변이 마려워 변소로 가는데 어디 멀리서 천둥소리가 들려오는 것 같았다.

포 소리도 가끔 들리고 따발총 소리인지 혹은 기관총 소리인지 분간하기 어려운 연발 총소리도 계속 들려왔으나 그 거리는 상당히 멀어졌음으로 정헌이는 태연히 소변을 누고 나서 부엌으로 들어갔다. 배가 몹시 출출함을 느끼었던 것이다.

부엌은 텅 비어 있었고 먹을 것도 아무것도 남아 있지 않았다.

물만 두 컵을 연겊어 마시고 복도로 나서는데 우뢰소리는 우르릉 우르릉 더 크게 더 가까이 들리어 왔다.

우뢰 소리가 이렇게도 큰데 번개불이 안 보인 것이 이상하다고 생각하는데 자기가 서 있는 복도가 약간 흔들흔들 떨기 시작하였다.

'지진?'

하고 정헌이는 생각하며 걸음을 멈추었다. 그러나 한반도에는 지진은 매우 드물다는 것을 잘 아는 그이지만 집이 푸들푸들 떨고 있는데 밖에서는 우르릉 우르릉 소리가 점점 더 가까이 들려오니 이건 무슨 이상야릇한 괴변인가 싶어 떠는 담을 기대서서 숨을 길게 쉬는데 우르릉 소리는 귀청이 멍멍하도록 커지고 복도 바닥은 사시나무 떨듯하여 정헌이 자기 이빨도 덜덜 떨리는 것이었다.

잠시 사이에 우르릉 소리는 지나가서 차차 멀어지면서 복도가 떠는 것도 차차 멎어버렸다.

그냥 멍하니 서서 귀를 기우리고 있노라니까 먼 남쪽에서 쿵하는 포소리가 들려오더니 또 뒤쪽에서는 천둥소리가 가까이 오기 시작하였다.

무서움보다도 호기심의 더 강한 지배를 받게 된 정헌이는 이층으로 뛰어올라가서 복도 창문께로 가서 우뢰소리가 나는 쪽 하늘을 치어다보았으나 훤ㅡ한 동이 터올 따름 비가 언제 왔더냐 싶이 맑게 개어 있었다.

그런데 우뢰소리는 커가며 아까 모양으로 집이 흔들흔들 떨기 시작했다. 정헌이가 한 팔로 담에 의지하며 아래 길을 내려가보니 길 여기저기 사람이 누워 자고 있는 외에 피난민이라고는 그림자도 없었다.

29

우르릉 소리는 커지고 집이 또 와들와들 떨릴 때 우르릉 소리 나는 쪽 길을 내려다보니 밤비에 씻기어서 반들반들 빛나는 아스팔트 위로 앞이마에 길다란 포신을 삐죽 내민 네모나고 시커먼 거북이 같은 도깨비가 병원 앞길로 천천히 걸어오고 있는 것이 정헌이의 눈에 띠이었다.

밤비에 씻겨나린 서울장안이 검은 장막을 벗고 햇님을 앞서는 새벽안개의 뽀ㅡ얀 뻴로 단장을 할 때 이북 공산군은 탕크에 철의 장막을 싣고 서울시내로 기어들어 온 것이었다.

무지스럽게 육중해 보이고 투박스러운 탕크가 병원 앞길로 한 대 두 대 세 대 네 대 차례로 약간의 간격을 두고 유유히 굴러 지나가는 것을 멍하니 서서 보고 있던 정헌이는 다리맥이 탁 풀리어서 복도에 쓸어것다. 그러면 자기가 조금 전에 피난민 몇 명이 피곤하여 그냥 길에 아무렇게나 쓸어져서 잠이 들었나보다고 얼핏 생각했던 그 사람들은 그러면 하루밤 잠이든 것이 아니라 영원의 잠, 그것도 제 명에 죽지 못하고 동족상잔하는 총탄에 맞아 거꾸러져 죽은 것이로구나 하는 생각이 들어 몸을 이르키어 한 번 더 내다보아 볼까 하는 생각도 났으나 그는 그것을 단념하고 담에 반쯤 기대앉아서 두 손으로 눈을 가리우고 금방 본 그 길에 널린 시체들과 괴물 같은 시커먼 탱크모습이 눈동자에 영자[76]된 것을 지워 버리려고 애를 썼다.

이것이 꿈이 아닐가. 그러나 꿈이기에는 너무나 과한 악몽이 아닌가!

이렇게도 믿을 수 없는 일이 있을 수 있을가? 국군 소위인 동생 정훈이는 지금쯤 어디 죽어 넘어져 있을가?

아! 이 괴물! 이 괴물 같은 탱크를 향해 정훈이는 수류탄이나 그렇지 않으면 '모로토프 칵텔'(까소링[77] 든 병으로 탱크를 공격하는 것)을 들고 그 괴물 잔등 위로 뛰어오를 용기를 가젓을가?

죽었을가? 살았을가? 부상을 당했을가? 동두천 방면에서니 싸우다가 부상을 입었으면 이 병원으로 반드시 실려 오련만 춘천에 가있다는 소식을 들은 것은 벌써 오래전 일인데 춘천에도 도립병원이 있기는 있지마는…… 아—니, 그러나 지금 이 서울처럼 춘천도 맥없이 적군 손으로 넘어가 버렸다면 병원이 다 무슨 소용일가! 아무리 씻어버리려고 애를 써도 씻어지지 아니하는 정헌이의 눈동자에 인박힌 시커먼 탱크 등어리에 육군 사관학교 교복을 멋지게 입고 어느 일요일 날 불쑥 집에 나타났던 정훈이의 그 모습이 떠올랏다.

그날 아침 어머님께서도 오래 간만에 손주들 재롱을 보시려고 오셨다가 정훈이를 만나게 되었었는데 어머니는 반가워하는 기색보다도 도리어 불안스런 구름이 피어 오르는 듯한 표정으로

"어이구 보기 싫다. 네 형 정호가 그때 그 학병(學兵)인가 무언가루 끌려 나간 뒤 이태동안 내가 하루 밤인들 가위[78] 편히 잠 자 본 날이 있었는 줄 아니? 기금은 그때처럼 강제루 끌어가는 것두 아닌데 글세 무슨 일루 제 발루 자진해 들어간단 말이냐? 왜, 무슨 집안에 대한 불평이라두 있는지 원!"

---

76 그림자.
77 가솔린.
78 과연, 참으로.

하고 말씀하시던 모양이 떠올랐다.

30

이때 정훈이는 채양이 넓은 교모를 비스듬히 옮겨 쓰면서 너털웃음을 웃고 나서,

"원, 어머님두, 그때는 우리 민족의 원수인 일본 놈 편이 되어서 미국이나 중국 같은 좋은 나라를 상대루 싸우라구 강제 당했으니까 싫기두했구 또 죽더라두 개죽음 밖에 더 안됐지만 오늘에 와서는 우리 경우가 아주 다르지 않습니까? 우리는 지금 조국의 통일과 북한동포 해방을 위해서 바치는 몸이니 어머님께두 큰 영광이신데, 어머니 나 같은 용감한 아들을 두신 것을 자랑 하셔요. 녜─어머니! 예날 그리샤라는 나라에 스팔타 성 조그마한 나라가 있었는데 그 성 어머니들은 아들을 전쟁마당으로 내보낼 때 울구불구 하지 아니하구 '야, 내 용감한 아들아. 너는 나가서 꼭 승전을 하구 돌아와야만 한다. 그렇지 못하겠거들랑 차라리 적탄에 맞아 죽어서 네 시체로 하여금 네 방패위에 얹히어 돌아오게 하는 것이 남아의 기상이니라.' 하구 교훈을 했더랍니다. 그러니 어머님두 지금부팀[79] 그러한 굳건하고도 위대한 생각을 가지시구 또 각오를 가지시구 계셔야만 돼요."

하고 열변을 토하던 정훈이의 모습이 눈앞에 아른거리었다.

탱크는 일단 다 지나갔는지 앞 길이 조용해지고 멀리 남쪽에서 포 소리가 은은히 들려오고 있는 것이었다.

어찌할가?

아무리 생각해도 막막하였다.

'이러한 경우에 영화 씨나리오를 쓰는 사람은 과연 어떤 장면을 클로즈 앞할가?'

---

79 원문에는 '지금부럼'으로 표기되어 있음.

하는 엉뚱한 생각을 하면서 그는 마치 술에 취한 사람 걸음거리 모양으로 비틀비틀 층층대를 나려왔다.

층층대로 나려오며 생각하니 어제밤에 원장이 각자 자유행동을 하여도 좋다고 선언한 것이 기억에 떠올라 그는 돈암동 종점에 있는 자기 집이 밤새 어떻게 되었는지 궁금해서 가보고 싶은 생각이 나기 시작하자 그 충동은 걷잡을 새 없이 그의 마음을 재촉하는 것이었다.

그래서 정헌이는 간호원 합숙실로 가서 안해를 불러내어,

"밤새 얼마나 혼이 낫는가?"

서로 묻는 아침인사도 하지 않고 급한 어조로,

"서울은 인제 적군에게 완전 점령이 된 모양이니 나는 어서 집으루 좀 가봐야겠오."

"위험하지 않을가요?"

"무엇이? 자, 들어보시오. 괴괴[80]하지 않소. 설마 다시 싸운다 하더라도 밝은 낮에야 뭐 어데로나 피할 수 있지 않겠오."

하고 말을 던진 그는 안해의 말을 더 들을 생각도 아니하고 현관께로 갔다.

어느새 현관문은 쫙 열려 있는데 그 밖을 나서니 저쪽 별관 이층 한 주간에 커다란 구멍이 뚫려진 것이 눈에 띠이고 그 밑에 죽어 넘어진 시체가 여기 저기 흐터져 있었다.

큰 대문 쪽을 보니 그 육중한 철창 큰 대문도 쫙 열리고 수위는 부지거처[81]이었다. 길거리를 내다보니 거기는 군복 입은 청년의 시체가 하나 엎으려져 있을 따름으로 행길에는 행인이 하나도 없었다. 그래서 정헌이는 좌우를 살피며 대문 밖을 나서다가,

"헉!"

하는 비명을 발하고 그 자리에 우뚝 섰다.

---

80 이상야릇하다. 정상적이 아니다.
81 간 곳을 모름.

낙오자들

31

정부요인 남하(南下)에 섞이지 못하고 어물어물하다가 낙오(落伍)가 된 정호가 뒤늦게라도 한강을 건널 목적으로 그 비를 맞으면서 서울역까지 걸어가서 혹시나 마지막 기차라도 얻어 탈 수가 없을가 하는 부질없는 욕망으로 기차 길 궤도에 운집(雲集)한 피난민들 사이에 끼워 있다가 발이 궤도에 걸리어 거꾸러지고 말았다.

정호는 발이 아프다고 발악을 하고 그의 처남 창덕이도 소리를 버럭버럭 지르면서 넘어진 자형을 일으키려고 죽을 애를 썼으나 사방을 둘러싸고 꼼짝하지 않는 사람 떼 압력에는 어찌할 도리가 없었다.

비는 악수로 퍼붓는데 돌연히,

"외왱, 철석, 외왱, 철석."

하는 박격포 탄알이 소낙비 손아지듯[1] 쏟아져 나리더니 여기저기서 비참한 비명소리가 들려올 때 전기불은 깜박꺼지고 말았다.

침침칠야[2] 암흑 속에서 비소리 박격포탄 소리가 경쟁이나 하는 듯이 박자 맞지 아니하는 '공포광난곡(恐怖狂亂曲)' 그랜드오페라를 연출할 때 사람

---

1   원문에는 '손ㄷ아지듯'으로 표기되어 있음.
2   아주 가까운 거리도 분간할 수 없을 정도로 아주 어두운 밤.

때는 흐느직거리며 무너졌다. 한꺼번에 사면이 확 터지는 것을 느낀 창덕이는 주저 앉아 있는 정호의 어깨를 흔들면서,

"자형, 자형, 정신을 차려요."

하고 외치니까 정호는,

"으음, 으음!"

하고 신음만 할 따름 대답이 없었다.

"몹시 다쳤어요?"

하고 재삼 물었으나,

"으음, 으음!"

하고 정호는 신음만 하고 앉아 있고 일어설 생각이 없는 모양이었다. 창덕이는 할 수 없이 앞으로가 반쯤 앉으면서 정호를 업으려고 하였다. 그러니까,

"아니, 아니, 괜찮아. 내 일어나지."

하면서 정호가,

"끙."

하고 힘을 주며 일어섰다.

"걸을 수 있어요?"

"응, 괜찮아. 자, 걸어보자구."

하면서 한걸음 나서던 정호는 재빠르게 창덕이의 몸에 상반신을 탁 의지하면서 왼팔로 창덕이 왼쪽 어깨를 둘러 잡는 것이었다.

"외윙, 처럭, 외윙, 처럭."

소리가 비소리를 무색하게 하면서 여기저기서 불꽃이 피어 오르군 하였다.

발이 삐었거나 이깨졌거나 가기는 가야 할 것이다. 멀리는 못 가더라도 우선 한강 인도교만이라도 건너서야만 목숨이 유지될 것같이 생각되었다.

창덕이는 얼른 자기 바른 팔로 정호의 바른편 겨드랑 밑을 추켜들어주며 걷기 시작하였다. 그러나 몇 걸음 못 가서 둘이 다 쇠줄에 걸리어서 꼬꾸러

젓다. 창덕이는 얼른 일어나서,

"자형, 용기를 내요. 조금만 가문 역 밖에 행길루 나서게 될테니 내게 업히세요. 네?"

하고 애원하며 정호의 어깨를 부뜰었으나 정호는,

"혀, 혀."

하면서 손을 홰홰 내저었다.

"발을 좀 주물러 드릴가요?"

하고는 대답도 기다리지 않고 창덕이는 주져앉아 정호가 쭉 뻗힌 왼발을 부뜰고 주물러 주었더니 정호[3]는,

"혀, 혀."

하면서 뒤로 번듯 나가 너머져버렷다.

32

창덕이는 한 다리를 정호의 사채기[4] 틈에 넣어 밀면서 두 손에 힘을 주어 정호의 발을 힘껏 잡아당기었다. 정호는 꿈틀꿈틀 하면서도 그것을 참고 있었다. 발이 삐였는지 상했는지 꼭이 알 수가 없어서 창덕이는 무지막지하게[5] 발목을 잡아다리기도 하고 주물러주기도 하였다. 그러니까 정호의 바른발이 창덕이의 머리를 막 내차는 것이었다.

창덕이는 얼른 일어나서 할 수 없다고 단념하고 정호가 누은 옆에 두 무릎을 세워 앉아서 두 손으로 무릎에 깍지를 끼고 고개를 숙이고 앉았다. 창덕이는 피곤하기도 하고 시장[6]하기도 하고 졸리기도 했다.

창덕이가 얼마나 졸고 있었는지 누가 어깨를 몹시 치는 바람에 머리를

---

3 원문에는 '창호'로 되어 있으나 '정호'의 오기로 보임.
4 두 다리 사이. '샅'(두 다리 사이)의 평안, 함경 방언.
5 원문에는 '무기막지하게'로 표기되어 있음.
6 원문은 '기쟝'인지 '시쟝'인지 식별하기 어려우나 문맥상 '시장'으로 추정됨.

드니 정호가,

"자, 또 좀 걸어보지. 우리 둘이만 여기 남아 있네, 그려. 다 어디루 가 버리구."

하는 것이었다.

둘이는 또 걷기 시작하였다. 정호의 억센 팔이 자기 왼쪽 어깨를 누르는 것이 천근처럼 무거워서 차라리 업고 갔으면 도리어 쉬울 것 같아서,

"자, 업히서요. 업히서요."

하고 권했으나 정호는 대답도 아니 하고 질룸질룸 걷고 있었다.

이렇게 몇 시간이나 걸었는지 아니 몇 시간이 아니라 단 십분도 못 되었을는지도 모를 일이었다. 살고 싶은 욕망이 얼마동안 육체의 불편을 억누르고 시간을 초월한 무아지경으로 기계처럼 발을 움직이고 있는 것이었다.

가다가 쉬고 가다가 쉬는 동안에 수다한 사람들이 앞서 가버리고 또 수다한 차량들이 비에 질펀히 젖은 길과 전차궤도를 그 강한 헬라일[7]으로 번들번들 비춰면서 지나가는데 멀리 가버린 자동차 헬라일이 비춰는 저쪽을 유심히 바라다보아도 철 난간이 보이지를 아니하니 인도교 까지는 아직도 거리가 꾀 멀었다는 것을 알 수 있었다.

그래도 앞을 바라보며 질룸절룸 걷노라니 갑자기 저쪽 하늘에 "확!" 하고 오렌지 빛깔 광채가 솟아올랐다. 그리자 "꽝!" 하고 천지를 들었다 놓는 듯한 요란한 소리가 들리더니 오렌지 빛깔 광채는 꺼져버리고 암흑이 다시 대지를 폭 싸버리었다.

정호가 주저앉는 바람에 창덕이도 따라서 앉았다.

"방금 그게 무슨 불인가?"

"글세요."

"폭탄 터지는 불이 그렇게 아름다울가?"

---

7   원문의 인쇄상태가 분명치 않아 '헬라일' 또는 '헬라일' 둘 중 어느 것인지 명확히 식별이 어려우나 '헤드라이트'를 말하는 것으로 보인다.

"글세요. 무척 가깝게 보였는데요. 밤불은 가깝게 보인다구 하지만 어디쯤 일가요?"

"글세, 여하튼 우리 앞길은 끊어져버린 것이 아닌가?"

하는 정호의 말이 떨어지기가 무섭게 저―쪽 앞에서,

"다리가 폭파되었다!"

하는 부르짖음과 동시에 사람들의 아우성 소리와 사람 떼가 성낸 파도처럼 뒷걸음질 해오는 것이었다.

"적기(敵機)[8]의 공습인가?"

하는 창덕이의 몸은 옷싹하였다.

인제는 독 안에 든 쥐가 아닌가! 이 독 안에 든 쥐 무리들에게 기총소사[9]의 세례를 퍼주어 줄 것이 아닌가? 독안에 든 쥐들이 피할 곳은 어딘가? 단념? 운명? 비명횡사할 팔자?

그리자 가까운 앞에서,

"기차 철교루 가야 살지!"

하는 외침 소리와 함께 피난민 파도가 졸지에 바른편 방향으로 그 코스를 돌리었다.

33

창덕이는 다시 용기를 내어,

"자, 우리두 갑시다. 기차 철교루!"

하면서 정호를 업으려했으나, 정호는 기어코 업히기를 거절하고 창덕이에게 몸을 실리고 절뚝절뚝 걷기 시작하였다.

그러나 몇 걸음 못 가서 인도교에서 되돌아오는 인파(人波)에 밀치운 두

---

8 적군의 비행기.

9 비행기에서 목표물을 비로 쓸어 내듯이 기관총으로 쏘는 일.

몸은 길옆 돌창[10]으로 곤두박질을 하고 말았다.

돌창에 거꾸로[11] 박히면서 정호와 창덕이는 둘이 다 꼭 같이,

"야, 영옥아! 엄마 손 놔 뿌리문 죽는다. 죽어!"

하는 우렁찬 목소리를 들은 것같이 생각되었다. 그 목소리나 그 아이 이름이 다 낯이 익은 음성이오 이름이었기 때문이다. 그것은 틀림없이 정애의 남편인 계준식이가 자기 딸에게 던지는 경고이었다.

창덕이와 정호는 귀를 기우렸으나 와글와글 떠드는 수천 명 사람들의 아우성소리와 수천 개의 발이 펑 젖은□을 밟는 □□소리만이 귀에 들려오는 것이었다.

용기를 가다듬어 둘이서는 언덕을 기어올랐으나 길에 빈틈없이 움직이나 발에 손등만 밟히우고 도로 미끄러져 떨어지고 말았다.

창덕이는 속속들이 젖은 몸이 기동을 못하고 진흙구덩이에 웅크리고 앉아 있노라니 오한이 나고 오슬오슬 치워 들어왔다. 치워 들어오니 그 원수의 조름이 전신의 신경을 마비시키어서 옴싹달싹 하기도 싫고 스르르 잠이 들고 말았다.

야속하고도 염치없는 잠!

땅땅땅 하는 총소리에 놀라 깨니[12] 어느새 동이 텃고 비도 멎었다.

그런데 총소리는 어데서 났을까? 언덕길로 기어 올라가 동정을 살펴보고 싶은 생각은 □실하였으나 감히 엄두를 못 내고 귀에 전 정신을 집중하고 있노라니 언덕길 저쯤 가까운 곳에서,

"그래, 안 건너 올 테야? 응, 안 건너와? 이 죽일 놈의 뱃놈 같으니. 깜정 콩알 맛을 봐야만 건너 올 건가?"

하는 성낸 목소리가 나고 이어서 또 땅땅땅 총소리가 냈다.

이 싸움이 외국간의 전쟁이라면 목소리의 주인공 모습을 보지 못하고라

---

10 '도랑'의 북한어. 좁고 작은 개울.
11 인쇄상태가 분명치 않으나 '거꾸로'로 추정됨.
12 원문에는 '쩨니'로 표기되어 있음.

도 그것이 아군(我軍)인지 적군인지 그 말을 들어 얼른 구별할 수가 있으련 만 동족끼리의 싸움이 되고 보니 별다른 복장을 보기 전에는 우리 편인지 원수인지[13]를 분간 할 수가 없으니 참 답답한 노릇이었다.

궁금중을 견델수가 없어서 모험을 해 볼가하고 몸을 이르키면서 언덕 위 길을 치어다보니 길 위로는 찦차 두 대가 초속도로 연달아 달려서 창덕 이와 정호가 빠져있는 곳에서 약 한 마정[14] 가량이나 더 가서는 급정거를 했다.

두 찦차에서 사람들이 내리는데 자세히 보니 그들은 미군장교들이었다. 뒷차에서 내리는 미군장교들 중에는 서양여자 한 명도 끼어 있어서 그가 깡충 뛰어내리는데 남색 짧은 치마 위 엷은 초록색 세타를 입은 젊은 여자이었다.

그들은 찦차를 내버리고 급급히 저쪽 언덕 아레로 슬어져 없어지고 말았다.

34

"하아! 미국 군인들이 아직두 저렇게 단니니……."
하는 안전감을 느낀 창덕이는 언덕 위로 올라갔다. 거기서 그는 바로 눈앞에 전개되는 광경에 어안이 벙벙하여 정신을 잃고 우두커니 내려다보고 있었다.

한강 이쪽 가에는 흰옷 입은 민간인 피난인, 군복 입은 국군 패잔병들이 모두 뒤섞이어서 북적거리고 있는데 강위에는 수십 척의 조그만 배, 심지 어는 조그만 뗏목까지 위에 배꼭배꼭 사람들이 타고 강을 건너고 있고 두서 너 배는 빈 배로 강을 건너오는 것도 있었다.

---

13 원문에는 '원수인기'로 표기되어 있음.
14 거리의 단위인 '마장'의 잘못된 표기로 보인다. 한 마장은 오 리나 십 리가 못 되는 거리.

강 한 중간에서 배 한척은 짐이 너무 무거웠는지 그만 가라앉아 버리는데 사람들은 옷을 입은 채 헤엄을 치노라고 허덕거리고 있고 여러 개의 머리는 한두 번 솟구다가 보이지 않는 것도 많이 있었다. 그 중 한 사람은 적삼과 고이를 입은 채로 제법 헤엄을 처 나아가는데 비록 개헤엄이기는 했으나 앞으로 전진하고 있었다.

창덕이는 손에 땀을 쥐면서 이 헤엄치는 사람을 주시하였다. 그 사람이 저쪽 가에 닿아서 기어 올라가는 것을 보고 휴우 한숨을 쉬면서 강 이쪽으로 눈을 돌리니 빈 배 두 척이 가까이 오는데 한곳에는 미군 수십 명이 모여 섰고 그중 두 명이 총대를 휘둘으면서 배를 미군들 선 앞에 대이라고 형용하는 것이 보이었다.

그 배가 미군들이 모여 섰는 앞에 닿자 두 명의 군인이 뱃머리 좌우 쪽에 서서 모여드는 피난민들을 총으로 위협하여 막아놓고 맨 먼저 엷은 초록색 세―타를 입은 미국여자부터 태우고 그 다음에 양복[15]을 입은 미국인 몇 명을 태우고 그리고 군복입은 미국인을 다 태우고 나니 배는 배꼭 차고 말았다.

미국인 외교관과 군인들을 태운 이 조그만 배가 강상에 뜨자 어디로서인지 총알이 빗발치듯 그 배 주위에 찰랑찰랑 물을 차고 사라지는데 강가에 우굴우굴하던 피난민들은 쫙 흐터지고 창덕이도 얼른 도로 돌창으로 굴어 떨어지고 말았다.

총소리는 한참 동안 계속되었다. 돌창 속에 엎드려 있으면서도 그 미국 사람들이 탄 배가 무사히 저쪽 가까지 가기를 기도하면서 창덕이는,

"인젠 우리는 가도오도 못하게 되었구나!"
하고 낙담하지 않을 수 없었다.

총소리가 뜸해 진후 얼마 있다가 보니 강가까지 다 갔다가도 배를 못 탄 '낙오자'들이 띠엄띠엄 방향을 돌려 도로 시내로 들어가는 것이었다.

---

15 원문에는 '양북'으로 표기되어 있음.

참으로 허무맹낭하기 짝이 없는 일이었다. 그러나 인제 어찌하리오?

"만사휴의!"

아직도 시내 쪽에서는 탕탕하는 탕크포 소리가 은은히 들려오니 강변은 조용하였다. 그래서 창덕이는 언덕길 위에 올라가 엎드려서 강쪽을 내려다 보니 배 한척 왕래하는 것이 없고 이쪽 가 피난민도 많이 수가 적어졌는데 여기저기 찦차며 승용차들이 주인을 잃고 우두머니들 서 있는 것이 눈에 띠 이었다.

"이제 갈데는 어디인고?"

35

병원 문 밖으로 나서다가 그만 "헉!" 하고 놀라면서 우뚝 서버린 정헌이 의 코앞에는 찦차 한 대가 들이닥치는데 그 찦차 한 옆에는 정헌이가 일찍 보지 못하였던 이상한 기!(한가운데 커다란 별이 유표하게 눈에 띠이는 기)를 꽂은 차가 나타난 것이었다.

정헌이가 허둥지둥 그 찦차를 피해서니 그 찦차는 급 카―부를 돌아 병 원 안으로 들어갔다. 이때 힐끗 치어다 보니 그 찦차 운전수 엽자리에는 뜻 밖에도 바로 그 병원 내과조수 조현창이가 버젓이 앉아 있지 아니하는가! 정헌이는 몽둥이로 뒤통수를 얻어맞은 사람처럼 멍하니 서 있었다.

그러면 새벽에 병원현관문도 열고 대문도 열어 재쳐놓은 것은 조현창이 었고 그는 입성하는 공산군을 마중 나가 데리고 들어오는 것임이 분명하니 그렇다면 조현창이는 남로당원임에 틀림없을 것이다. 속담에,

"열길 물속은 들여라 불수 있어도 한 길 사람 속은 볼 수 없다."는 말이 진리이었다.

그러나! 그러나? 다른 사람도 아니오, 원장과 내과 과장의 최대 신임을 받아온 조현창이가 남로당 뿌락치라니? 방금 자기 눈으로 보았기 말이지 만일에 누가 아까라도 조현창이가 빨갱이라고 말했으면 정헌이나 원장이

나 외과과장이나가 모두 다 그것은 순전한 모략중상이라고 생각하여 그 말 하는 사람을 도리어 비난했을 것이다.

찦차가 병원 현관 앞에 급정거하자 조현창이가 먼저 내리는데 바로 그때 현관 안으로부터 달려 나와 새삼스리 조현창[16]이와 굳은 악수를 하고 있는 약제사 문관식의 기쁨에 넘치는 얼굴이 또 보일 때 정헌이는 한 번 더 놀랐다.

"내가 도깨비에게 홀린 것이 아닌가?"

하고 자기 자신의 이성(理性)을 거부해보려고 했으나 지금 바로 자기 눈앞에서 인민공화국 기를 단 찦차에서 내리는 인민군장교들과 감격에 넘친 표정으로 악수를 하고 있는 문관식이나 또 그 감아잡잡하고 영리하게 생긴 얼굴에 즐거운 듯, 뽐내는 듯하는 미소를 띠우고 터벅터벅 정헌이게로 향하여 걸어오고 있는 조현창이는 둘이다 유령이 아니고 실재인물인데 정헌이가 제 아무리 자기 시각(視覺)의 착각이라고 억지 써 봤댓자 소용없는 일이었다.

조현창이는 어쩔 줄을 모르고 어색하게 서 있는 정헌이 앞까지 와서 딱 버티고 서서 바른 손을 불쑥 내밀며,

"최 동무."

하고 크게 소리 질렀다. 바로 어제까지도,

"최 선생, 최 선생."

으로 불리우든 정헌이가 갑짜기 이,

"최 동무"

소리가 귀에 서틀 뿐 아니라 거슬리었으나 정헌이는 그런 걸 개의할 경황이 없이 부지중 자기 손도 내밀었다. 조현창이는 정헌이의 땀 묻은 손바닥을 꽉 잡고,

"최 동무 겁낼 것은 없어요. 인제 우리 천하가 되었으니 의사 동무들두

---

16 원문에는 '조현장'으로 되어 있으나 '조현창'의 오기로 보임.

누구나 인민공화국에 충성하면 생명과 생활은 보장될 것이니까요."

정헌이는 얼떨결에,

"축하합니다. 조선생, 어, 어, 조동무."

하고 대답하였다.

36

"최 동무, 자, 어서 들어갑시다. 우리 일이 바쁘니."

하는 조현창이의 말을 순종하여 어정어정 뒤를 딸아 들어가는 자기 자신을 멸시하면서 걸어가노라니 찝차 한 대가 또 들어오고 뒤이어 추럭도 들어왔다.

찝차에서 내리는 군복 입은 사람들은 정헌이 눈에는 서튼 견장을 차고 있으므로 그 계급을 똑똑히 알 수 있었으나 그 방자스런 태도로 보아 아마 영급(領級)¹⁷은 되나보다 하고 생각하면서 바라다보고 있으니 뒤이어 도착한 추럭에서 깡충깡충 뛰어내리는 사병들은 국군의 복장에 비하여 초라하였고 나이는 모두 열대여섯 밖에 더 안돼 보이는 소년들이었다.

그 사병 전부가 총대머리와 총대 사이에 둥그런 한환¹⁸ 집이 붙은 이상한 총을 하나식 들고 있는데 그 중 두 명은 대문으로 가서 좌우편에 있는 보초로 서고 다른 두 명은 현관으로 가서 서고 남어지는 뜰에 열을 지어서는데 모든 행동이 숙련되어 있어 보이었다.

정헌이는 이 광경에 정신이 팔려 섰노라니까 잠시 보이지 않던 조현창이가 다시 나타나서,

"최 동무, 어서 들어오서요. 도망갈 생각말구 일이 바쁩니다."

하고 협박 비슷, 독촉 비슷 말을 하고 앞서 들어갔다.

---

17 중요한 계급.
18 문맥상 '탄환'으로 추정됨.

정헌이는 묵묵히 딸아서 사무실까지 가니 거기에는 병원 전 직원이 대개 다 모인 모양 같았고 따발총을 금방 발사할 태세를 한 인민군 한 떼가 사무실 문 안팎을 경계하고 있는 것이었다.

사무실 한편에 원장과 마추 서 있는 인민군 장교는 권총으로 원장의 가슴께를 노리면서,

"원장 동무 지금부터 이 건물은 인민군 제삼 야전병원으로 지정되었오이다. 다른 기관 같으면 원장은 급사나 수위같은 일을 시켜서 재교육시킬 것이지만 의사란 직업은 모두 고등기술자이니까 직제를 그냥 두어두되 지금부터는 내가 이 병원 감독관이니까 원장이하 직원 전체가 내 명령에 절대 복종하고 일을 충실히 해야 하겠오이다. 이것은 상부의 명령이오, 그래서 만일에 부적당한 일이 생길 때에는 원장 동무이하 여러 직원 동무들이 모다 연대 책임으로 처벌 받을 것이오, 나두 처벌 받게 되는 것이니 특별 주의를 요합니다."

하고 한참 늘이 놓고 나서는 빼들었던 권총을 총집에 넣고 얼굴에는 약간 미소를 띠우면서 부드러운 목소리로,

"원장동무, 입원실루 안내해주소."

하였다.

"입원실들은 지금 초만원입니다."

"초만원? 흠! 그럼 즉시루 다 비어주어야겠오. 명령입니다."

"입원실에 수용된 사람들은 일반 환자가 아니고 일반 민간인 환자는 집회실에 모여 있게 하였습니다."

이 말에 자칭 '야전병원 감독관' 인 인민군 장교는 웃음을 띠운 채로,

"흥, 입원실은 국방군 부상병으루 초만원이란 말이군요?"

"그렇습니다."

"대한민국 국방군은 조선인민의 반역자인데……."

하고 말을 잠시 끊었던 감독관은,

"자, 가봅시다."

하고 다시 재촉하였다.

37

원장은 아무 말 없이 앞장을 섰다. 다른 직원들은 어찌할 바를 몰라 모두 눈을 내리뜨고 움직이지 않고 그냥 서 있었다.

원장 뒤를 딸아가는 감독관은 권총을 다시 빼어 들고 그 뒤를 딸으는 사병들은 따발총을 끼고 있었다.

복도를 지나 원장은 삼등 병실 문을 가만히 열어놓고 뒤로 물러섰다. 그러자 사병들이 문을 막아서면서 문안으로 총뿌리를 겨누고,

"안에서 모두 손들엇."

하고 소리를 질으드니 따따따따 하고 실내로 향하여 총을 발사하였다.

병실 내에서는 총소리에 놀라 흑흑 하는 소리 밖에 아무런 방향이 없는 것을 확인한 병사들은 하나식 둘식 병실 문 안으로 들어갔다.

문밖에 보초병 둘만 남겨놓고 감독관은 권총을 겨눈 채 안으로 들어서서,

"너희들은 모두 누구냐?"

하고 소리를 질렀다.

"우리는 대한민국 국군이다."

하는 이구동성의 대답과 함께 몇 명 부상병은 침대에 누은 채 고개를 돌려 문 쪽을 바라다보았다.

"이 겁쟁이들아. 다 일어낫."

하고 감독관은 소리 질렀으나 하나도 침대에서 일어나는 사람이 없었다. 감독관은 발을 땅 굴리면서,

"너이들 같은 조선인민의 원쑤들을 누여둘 침대는 하나두 없으니 모두 어서 일어나."

하고 다시 소리 질렀으나 국군 부상병 중에 침대에서 일어날 만한 정도의

경상자가 하나도 없었는지 몇몇 겨우 상반신을 일으킨 부상병들이 입을 꾹 다물고 감독관이 겨눈 권총 구멍을 노려보고 있다.

"이놈들이 모두 귀먹어리인가? 벙어리인가? 왜 명령에 복종하지 않어? 이 미국 제국주의의 주구[19]들아. 너이들의 운명은 우리 용명한[20] 인민군 손에 달려 있다. 조선인민의 이름으루 명령한다. 다 일어서 침대를 비키지 않으면 모두 총살이다."

그리자 '명령' 복종 대신에 여기저기서,

"대한민국 만세!"

소리가 일어났다. 마치 심지로 얼기설기 매여진 오독도기[21]가 성냥 한 개피 불에 탁탁탁탁 연달아 튀듯이,

"대한민국 만세!"

소리가 병실 안을 가득 채웠다.

인민군 병사들은 따발총을 일제히 발사하여 병실 안 벽이 금시에 곰보가 되었으나,[22]

"대한민국 만세!"

소리는 따발총 소리에 지지 않고 그냥 계속되었다.

약간 당황한 기색을 보이던 감독관은 권총을 휘휘 내둘으면서,

"저놈들을 모두 끌어냇."

하고 호령하였다. 인민군 병사들이 하나둘식 달려들어 국군 부상병을 한 사람식 침대에서 끌어내리고 질질 끌고 밖으로 나갔다.

와! 하고 다른 인민군 병사들이 몰려 들어오더니 국군 부상병들을 병원 현관 문 밖으로 하나식 하나식 끌어내다가 병원 벽에 일렬로 죽 기대 앉히어놓았다. 어떤 부상병들은 질질 끌려 가면서도,

---

19 앞잡이
20 용감하고 총명함.
21 불꽃놀이에 쓰는 딱총의 하나. 화약심지에 불을 붙이면 터지는 소리를 내면서 불꽃이 떨어진다.
22 원문에는 '되었으니'로 표기되어 있음.

"대한민국 만세!"

를 계속해 부르는 것이었다.

38

이때까지 직원실에 연금(軟禁)되어 있던 직원들도 무장한 인민군병사들의 호위 하에 현관 문밖으로 몰려[23] 나와서 한쪽에 모둥켜 서 있었다.

병원 건물 벽 밑에 기대어 앉혀진 국군부상병들로 부터 약 이십보 가량 떨어진 곳에 인민군 사병 열 명이 일렬로 서자 감독관은,

"기착."

하고 호령하여 인민군 사병들이 부동의 자세를 취하게 하고는,

"받들어 총."

하고 그 다음에는,

"견주어."

그리고는,

"발사."

하는 명령일하에 인민군사병들이 겨냥한 총구멍마다 불을 계속하여 토하는 것이었다.

한번 방아쇠를 당기어 그대로 들고 있으면 연 七十二(칠십이) 발을 쏜다는 따발총 소리가 옆에 섰는 사람들의 귀를 먹먹하도록 계속할 때 벽에 기대어 있었던 국군 부상병들은 옆으로 앞으로 꼬꾸라져 죽었다.

이 광경을 목도하는 병원 직원들 중에는,

"엑!엑!"

하고 소리 지르는 남자의 목소리도 나고 여자 간호원들은 외마디소리를 질으면서 손으로 눈을 가리웠다. 더러는 통곡을 했다. 두 눈에 독기가 올은 감

길

23 원문에는 '몸려'로 표기되어 있음.

84

독관은 직원들 쪽을 노려보며,

"이 개딸년 같으니라구. 짖지²⁴ 말어 저놈들 틈에 너이들 서방이나 애인이 섞였니?"

하고 소리를 질렀다.

여간호원 몇 명이 입을 손수건으로 가리우고 대문께로 뛰어갔다.

"어데루 뛰는 거야? 서 있어."

하고 감독관이 소리를 질으는데 대문을 지키던 보초가 총을 겨누고,

"쏜다. 쏴!"

하였다.

여간호원들은 오도 가도 못하고 서서 손수건으로 얼굴을 가리우고 흑흑 느끼고 있고 남자 직원²⁵들도 모다 의면²⁶을 하고 우두커니 서 있었다. 그런데 갑짜기 여간호원 한 명과 남자 직원 두 명이 감독관 앞으로 가더니 일시에 각기 바른손을 가슴에 얹었다가 얼른 도로 내렸다. 이 암호²⁷를 알아본 감독관의 얼굴에는 반가워하는 웃음꽃이 피면서,

"아, 동무들, 그동안 얼마나 수고를 하셨오!"

하면서 달려들어 일일이 굳은 악수를 교환하는 것이었다. 조현창이와 문관식이도 새삼스리 서로서로 악수를 하여 그들 다섯 명이 이병원 안 남로당 세포이었다는 것을 일반에게 알리어주는 것이었다.

"자, 동무들, 그럼 우리 들어가 회의를 엽시다. 지금껀 비밀로 하누라구 무척 애두 썻지만 인제는 우리천하가 되었으니 마음놓구 터놓구 토의를 합시다."

하는 조현창이의 제안에 세포원 五(오)명과 감독관은 의기양양한 태도로 안으로 들어갔다.

---

24 원문에는 '짖기'로 표기되어 있음.
25 원문에는 '직웥'로 표기되어 있음.
26 문맥상 '외면'으로 추정됨.
27 원문에는 '암흐'로 표기되어 있음.

그러자 인민군 부상병을 실은 추럭이 들어와 닿았다.

보초들을 제외한 인민군 병사들은 총을 어깨 뒤로 메고 들것을 가져다가 인민군 부상병들을 하나식 담아 병실 안으로 들고 들어갔다. 바로 삼십 분 전까지 국군 부상병들의 누어 있던 침대들이 하나식 하나식 인민군 부상병의 차지가 되었다.

남로당 당원도 아니고 공산주의자도 아닌 남녀 직원들은 어찌할 바를 몰라 묵묵히 그냥서 있는데 공중에서 감독관의 성낸 목소리가 따발총에 못지않게 욕을 퍼붓는 것이었다.

39

"이 개새끼를 왜 멍하니 서 있어?"

하는 욕은 이층 원장실 창문으로 얼굴을 내민 감독관의 목소리이었다. 그러자 총을 메지 않은 한 군인이 현관 밖으로 나서면서,

"의사동무 여러분, 동무들의 해방자인 용감무쌍한 인민군 부상병들이 동무들의 기술을 기다리고 있습니다. 자, 어서, 어서."

하고 재촉을 하는 것이었다.

"의술은 인술(仁術)인 만큼 국경과 사상을 초월하는 것이니 다들 들어가 병구완을 합시다."

하고 원장이 쓴웃음을 웃으면서 앞장을 섰다.

응급치료가 대강 끝나자 사병하나의,

"원장동무, 감독관께서 불으십니다." 하는 전달을 받은 원장은 이층으로 올라갔다.

바로 오늘 새벽까지 자기의 방이었던 원장실문을 열고 들어서니 자기가 오년 동안을 앉아서 길들여 놓은 의자에 감독관이 떡 버티고 앉아서,

"자, 원장동무. 참, 수고하셨오. 지금 곧 전 직원 회의를 해야겠으니 모두 집회실루 모이도록 해주시오."

하고 말하였다.

　"집회실은 일반 민간인 환자로 가득 차 있는데요."

　"허—그것 참. 지장이 많군. 그 환자들은 모두 곧 퇴원을 시키시오. 이 병원은 군병원인 고로 일반 민간인 환자를 수용할 수 없다는 것을 원장동무두 잘 알고 있겠지요."

　"그러나 지금 어떻게 급작스리……."

　"원장동무 뿔쇼와지[28] 근성을 숙청해야 됩니다. 이런 훌륭한 병원에 입원해 있는 환자들은 모두가 다 인민의 착취자인 부유층이 아니겠오. 그들은 근로인민의 원수들이니까 무자비하게 축출해버려야 됩니다."

　"그러나 제발로 걷지 못할 중태환자두 많은데요. 아마 시중에는 환자를 태워갈 자동차두 없을텐데……."

　"흥, 미국 자본주의의 악습에 젖은 동무들 내 본보기를 보여줄테니 날 딸아오시우."

하면서 휙 앞을 서서 나가더니 복도 한 중간에 우뚝 서며,

　"어데요?"

하고 물었다.

　원장은 묵묵히 앞을 서서 칭칭대를 내려갔다. 칭칭대 밑에 다달은 원장은,

　"앗!"

하고 거름을 멈추었다.

　집회실 안에서는 요란한 총소리가 들려나오며 입원환자들이 병원에서 입힌 자리옷바람으로 아우성을 치며 뛰어나오는 것을 그는 보았다.

　"하하하하—."

하고 감독관은 유쾌하게 웃으면서,

　"자, 좀 자세히 보시오. 용감한 인민군의 행동을—"

---

28 부르주아지.

낙
오
자
들

87

하고 외치면서 어느새 빼들었는지 권총을 함부로 땅땅쏘았다. 자리옷 바람인 환자들은 기겁을 하여 현관문 밖으로 뛰어나갔다.

그러자 집회실 안에서 총소리는 더 나지 않고 잠시 잠잠하더니 인민군 사병들이 중태환자를 들것에 담아 들고 나오는 것이었다.

얼굴에 살 한 점 붙지 않고 툭 불거진 광대뼈에 굴속처럼 푹 빠진 두 눈만이 너무나[29] 심한 무서움에 휘번덕거리며 들것에 담겨나가는 한 늙은 여인 환자를 보는 원장은 그만 외면하고 말았다.

"하하하하하, 하하하 하하!"

하고 웃어대는 감독관의 웃음소리는 원장의 간담을 서늘하게 하였다. 그 웃음은 악마의 웃음이었기 때문에……

40

한참 동안 웃어대던 감독관은 온다간다 말이 없이 어디론지 가버리고 원장은 밖으로 나가보았다. 자리옷 바람으로 뛰어나간 환자들이고 들것에 담겨나간 환자들이고 간에 한 사람도 뜰에 남아 있지 않고 어디론지 다 살아져 없어지고 말았는데 아까 담 밑에서 총에 맞아 죽은 국군들의 시체들 바로 앞에다가 웃통을 벗은 인민군 사병들이 땀을 죽죽 흘리며 참호를 파고 있는 것만이 눈에 띠이었다.

원장은 이 모든 꼴이 보기가 싫어서 도로 병원 현관 앞으로 들어섰으나 이층 원장실은 감독관에게 빼앗겼고 직원실로 어슬렁어슬렁 들어가자니 어째 면구스러웠다.

어찌할가 하고 망서리다가 세면실로 들어가서 찬물에 세수를 오래오래 하고 있노라니,

"찌이이."

---

29 원문에는 '너무샤'로 표기되어 있음.

하고 길게 울리는 초인종 소리가 직원[30]들 모이라는 독촉을 하는 것이었다.

바로 어제까지도 그 초인종 단추들은 자기가 도맡아 눌르군 했는데 지금 어느 놈이 눌렀는가? 생각하니 부애가 났다.

일부러 천천히 걸어서 집회실에 들어서니 직원들과 간호원 양성소 학생들까지 대부분 모인 모양인데 어느새 붙여 놓았는지 강당 뒷벽에는 태극기 대신에 커―단 별이 유난히 눈에 띠이는 인민공화국 기와 샛빨간 바탕에 낫과 마치를 엮어 그린 쏘련기가 교차되어 있고 그 좌우쪽으로 김일성이와 스탈린의 초상화가 각각 붙어 있어서 관중을 내려다보고 있으며 사방 벽에는,

'용감한 인민군환영'이니, '영용한 김일성 장군 만세'이니, '조선민주주의 인민 공화국 만세'이니, '약소민족 해방의 은인인 위대한 스탈린 원수 만세'이니, '인민위원회 재건 축하'이니, '미국 제국주의 타도'이니 등 가지각색의 포스터가 지저분하게 붙어 있었다.

모여진 직원들을 둘러싸고는 무장한 인민군 병사들이 기착[31]을 하고 서서 감시하고 있었다.

강대 위에는 의자를 몇 개 놓고 그 중앙의자에 감독관이 떡 버티고 앉아 있었으며 그 좌우 쪽에 조현창, 문관식 외에 간호원 하나이 앉아 있었다.

약제사 문관식이가 테불 뒤에 나서더니 하는 말이 다른 기관들 같으면 시간을 두 세 시간 잡아서 취임연설도하고 열성분자의 연설도 하겠지만,

"근노인민의 해방자인 용감무쌍한 인민군 부상병 간호는 시각을 다투는 일인 만큼 이번엔 간단간단히 '선거결과'를 발표하는 약식으로 끝마치겠습니다."

하고 개회사를 한 후 맨 먼저,

"미국 제국주의 야만의 주구들이 강제로 해산시켰던 인민위원회를 재조

---

30 원문에는 '긱원'으로 표기되어 있음.
31 '부동자세', '차렷'을 뜻하는 북한말.

직하여 전체인민 유권자가 참석하여 만장일치로 피선된 위원장 조현창동
무를 소개합니다."
하고 뒤로[32] 물러섰다.

그러자 조현창이가 일어서더니 사회를 맡아서 머리를 약간 숙여 인사하
고,

"인민군 사령부에서 임명한 제삼 야전병원 감독관 박응조 대위를 소개합
니다."

하니 감독관이 의자에 앉은 채 고개를 끗덕하며 손을 내저었다.

41

벼락감투를 쓴 인민위원장 내과조수 조현창이는 계속하여,

"그 다음 만장일치로 당선된 민청위원장 문관식 동무를 소개합니다."

"그 다음 여성동맹 위원장으로 당선된 차영숙 동무."

"그 다음에 또 만장일치로 당선된 제삼 야전병원 직업동맹 위원장 백여
준 동무."

백여준이라는 이름을 들은 직원들의 놀란 눈초리는 모두 다 백 원장에게
로 쏠렷다.

백여준 원장은 자기와는 일언반구의 사전교섭도 없이 어떤 회합에서 어
떤 사람들이 몇 명이나 모여서 '선거'를 하여,

'만장일치로 당선'을 시켰노라고 이렇게 공포해놓으니,

'이놈들이 나를 잡아먹으려고 모략을 쓰는 것이 아닐가?'

하는 생각이 낫으나 지금 이 자리에서 질문할 수도 없는 일이오 거부할 수
도 없는 일인지라 어색한 대로 어쩔 줄을 모르고 힐끗 단상을 치어다보다가
박 대위의 매서운 눈초리와 눈이 마주치게 되자 얼른 고개를 숙이면서 저도

32 원문에는 '뒤도'로 표기되어 있음.

모르는 새에 낯을 붉히었다.

　실로 일순간에 일어난 일이지만 백 원장의 태도를 눈역여 보노라고 잠시 말을 멈추었던 조현창이는 말을 이어서,

　"자, 우리 모두 박수로써 이 신임위원장들을 환영 축하합시다."

하면서 자기가 먼저 손벽을 치니 직원석 이모퉁이 저구석에서 화답하는 박수소리가 일어나므로 전 직원도 덩달아 손벽을 친다.

　인민 위원장이라는 벼락감투[33]를 쓴 내과조수 조현창이는 다시,

　"그런데 백여준 동무는 직맹위원장과 원장직을 겸무하게 되었으나 모ㅡ든 행동은 일체 감독관 또는 인민위원회에서 지시하는 데로 절대 복종할 의무를 가지고 있습니다."

하고 말을 마치고 뒤로 물러섰다.

　백 원장은 "원장 동무 원장동무" 하는 그 '동무' 소리가 몹시 귀에 거슬렸을 뿐 아니라 어제까지도 "원장 선생님, 원장 선생님" 하면서 알랑거리던 조현창이가 갑짜기 '동무'니 '절대복종'이니 하는 데는 속이 뒤집혔으나 그는 혀를 깨물고,

　'참지, 참어! 이놈들이 고작 며칠 갈 것인가.'

하고 생각하며 아무 대꾸도 아니 하고 잠잠히 듣고 서 있었다.

　감독관 박응조 대위가 나서더니,

　"직맹위원장 동무, 이 병원 직원 명부를 보여주시오."

하였다.

　"감독관 대위동무."

하고 한마디 받아주고 싶은 충동을 머리가 아찔하도록 느끼었으나 꾹 참은 백 원장은 침착한 태도로,

　"병원 직원명부는 원장실 책상 설합에 들어 있습니다."

하고 대답하였다.

33　원문에는 '벼락감루'로 표기되어 있음.

"원장동무, 그럼 곧 가서 이리 가저오시오."

하고 말하고 난 박 대위는 뒤를 돌아다보며,

"민청 위원장 동무, 무슨 지시할 사항이 있읍니까?"

하고 물으니 약제사 문관식이가 일어서서,

"민주청년단에는 四十(사십)세 이하 남자동무는 무조건 가입할 의무가 있으니 그리 알고 여러 동무가 유의해주십시오."

하고 말하였다.

42

제삼 야전병원 감독관 박응조 대위는 다시 뒤에 앉은 젊은 간호원을 보고,

"여맹위원장 동무는 무슨 할 말이 없읍니까?"

하니까 차영숙 양이 일어서면서,

"여성동맹에는 연령의 차이가 없이 여성동무는 전부가 맹원이 될 의무가 있고 매달 회비를 낼 책임이 있읍니다."

하고 말하였다.

백 원장이 직원 명부를 들고 들어와서 감독관 박 대위에게 주니까 박 대위는 한번 쭉 훑터보면서 그의 넙적한 얼굴에 의아하는 듯 또는 성을 내는 듯한 표정을 살작 나타내더니 그 명부를 원장에게 도로 주면서,

"자, 호명을 해보시오."

하였다.

원장이 몇몇 이름을 불러 내려가니 박 대위가 손을 들어 명부를 가리우면서,

"불르기만 하문 무슨 소용이오? 출석을 불러달란 말입니다. 결석한 사람들은 표를 해주시오."

직원과 간호원 양성도 학생들까지 합친 명부 출석을 불러보니 결석자가

거의 열 명 가까이 되었다. 이름을 불러도 대답을 아니 하는 사람 가운데는 원장이 잘 알고 있는 외과조수, 산부인과 의사, 또는 간호원도 끼어 있었다. 그래서 명부를 크게 불러 내려가면서도 속으로는,

'미꾸라지같이 잘 빠져나갔군.'

하고 생각하며 도망 나가버린 그들이 부러운 생각이 나는 것을 금할 수 없었다.

출석을 다 부르고 나서 그 명부를 감독관에게 주려고 하니까 박 대위는 손을 휘휘 내저으면서,

"아니, 아니. 그냥 가지고 있다가 이 회가 끝나거들랑 그것을 순한글로 고쳐주시오."

하고 말하고는 전 직원에게 향하여,

"여러 동무, 모두 다 주의해 들으시오. 조선 민주주의 인민공화국 인민들은 그 어떠한 문서나를 막론하고 꼭 순한글로 쓰되 내리쓰지 않고 가로써야 됩니다. 이 법은 공화국 헌법으로 정해진 것이기 때문에 인민은 이법을 위반해서는 안 됩니다. 앞으로 이점에 특별 유의(留意)해야 겠습니다."

하고 말을 끝내는데 저쪽 문안으로 웬 한 노타이 양복을 입은 청년 하나이 들어섰다.

이 사람이 들어오는 것을 본 박 대위는 반색하며,

"아 황동무 어서 오시오. 그렇지 않아두 왜 늦어지나 하구 기다리던 참인데 어서 이리 올라와요."

하니 유색(有色) 안경을 □ 이 노타이 양복청년이 단상으로 올라갔다. 감독관은 이 젊은 사람과 굳은 악수를 하고 나서 옆에 세워놓고,

"여러 동무들에게 소개합니다. 이 황용직 동무는 여러 남반부(南半部)인민들에게 재교육을 실시하기 위한 책임을 지구 최고 인민위원회의 파견을 받아 온 문화선전부장이십니다. 우리 다 같이 박수로 환영합시다."

이곳 저곳에서 박수가 시작되자 모두가 다 덩달아 손벽을 칠 수밖에 없었다.

인민위원장 내과조수 조현창이가 다시 앞으로 나서더니,

"지금 만세삼창로[34] 이 첫 회는 마치겠습니다."

하면서 두 팔을 높이 치어 들었다.

43

두 팔을 번쩍 치어든 조현창이는 목소리를 높여,

"용감무쌍한 인민군 만세."

하고 크게 불렀다. 직원들도 더러는 팔을 들고 더러는 안 든 채로,

"만세."

하고 딸아 불렀다.

"조선민주주의 인민 공화국 만세."

그리고는 연이어서,

"영명하신 인민의 지도자 김일성 장군 만세."

"약소민족의 해방자이신 위대한 스딸린 원수 만세."

이 여러 '만세'를 덩다라 부르는 백 원장은 '만세'라고 불으지 아니하고 '망세(亡歲)'라고 불으면서 속으로는 오년 전 이맘때까지 왜놈들이 '천황폐하 만세'를 강요할 때 여러 동지들이 터놓고 '망세'를 부르던 생각이 새삼스리 머리에 떠올랐다.

회의는 끝났다.

회의가 끝나고도 직원들은 모두가 절에 간 색시 격으로 중이 하라는 대로 할 수밖에 없다는 듯이 곧 헤어질 생각을 못하고 서성거리고 있노라니까 유색 안경을 끼고 유들유들하게 생긴 문화선전부장이 닝큼 강단에서 내리뛸어 출입구에 막아서면서,

"동무들 한 사람식 차례로 나가면서 이것을 받아 가시오. 이것은 이력서

길

34 '만세삼창으로'에서 '으'가 누락된 것으로 보임.

(履歷書) 용지인데 동무들 각자가 자기 이력을 쓰되 여섯 살부터 시작하여 현재까지의 이력을 세세히 쓰는데 반듯이 순한글로 먹붓으로나 먹잉크로 써야 합니다. 또 그리구 써나가다가 단 한 자라도 지워버리거나 뭉켜버려서는 절대로 안 되니까 고리 알고 조심해서 잘 쓰도록 하시오."
하고 주의를 주었다.

이력서 용지를 한 장식 받아들고 나오는 직원들은 너나 할 것 없이 모두가 다 제각기 어제밤 시가전에 자기집 가족들이 어떤 곤경을 치렀는지, 살았는지 죽었는지, 어디로 피신했는지 통 알 수가 없으므로 의사들이 직원실에서 긴급회의를 열고 모두가 한꺼번에는 나가볼 수 없다 하더라도 한 사람식 순번으로라도 잠깐 가보고 오도록 허가를 얻자고 가결되어 원장 겸 직맹위원장을 통하여 건의해보았으나 감독관은 단연 거부하고 혹 가족이 찾아오더라도 면회시간을 단 五(오) 분간 이내로 하라는 엄명이 나리었다.

밤 동안에 병원으로 피난왔던 가족들은 곧 돌아가되 매 개인 일일히 인민위원회가 발행하는 출문증을 받아가지고야 나갈 수 있다는 엄명도 동시에 나리었다.

국군 부상병들은 모두 총살되어 병원 뜰에 이미 묻히어버렷고 일반민간인 환자들은 모두 쫓겨나간 후인지라 인민군 부상병이 몇 명 들어왔으나 연달아 들어오지 않고 뜸하므로 병원일은 약간 한가해지었다.

이 한가한 틈을 탄 문화선전부장은 의사별 간호원별 간호학생별 사무직원별로 따로 따로 집회실에 모여놓고 그야말로 본격적으로 '재교육'을 시작하였다. 이 '재교육'의 내용 첫 절반은 대한민국과 미국의 욕이오 마지막 절반은 인민공화국과 쏘련의 과대 찬양이었다.

44

의사들은 바로 이날 안으로 이력서를 써 바치라는 엄명을 받았다.
각자 여섯 살 때부터의 이력을 쓰되 가족 관계는 조부모를 위시하여 부

모 형제자매 사돈 삼촌 사춘부터 六(육)춘까지의 주소성명 친척관계 교육정
도 직업, 사회성분, 종교, 정당 소속관계 등을 자세히 구체적으로[35] 기입해
야 한다는 것이었다.

누구나 다 매일반이겠지만 정헌이에게 이 이력서를 사실대로 정확하게
써 낸다는 것은 불가능한 일이었다.

정헌이는 벌써 연전부터 이북 공산정권이 자기네가 고용하는 사람들의
사회성분 출신을 얼마나 세밀히 조사한다는 것을 자기 자택 진찰실 벽하나
사이를 두고 치과 의료소를 낸 강 치과의의 입을 통하여 자세히 들어 알고
있었던 것이다.

강 치과의의 말에 의하면 공산정권이 그 고용인을 신임하거나 불신임하
거나 퇴직을 명하거나 좌천을 시키거나 심지어는 숙청명부에 올리는 것 까
지를 각자의 출신 신분조사표에 의하여 결정짓는데 소작인이나 노동자의
자손이 우대를 받고 소시민은 허용(許容)되고 기술자는 시험대에 올려놓아
그 자격과 열성을 보아 결정하고 부자집이나 지주의 자손은 숙청대상이 된
다고 하는 것이었다.

그러면 지금 자기가 이 자리에 그냥 느러붙어 앉아서 가족생활을 유지하
는 동시에 어제밤에 미처 도망가지 못한 친척이 있다면 그들을 구호할 수
있는 유일한 방법은 이력서를 위조하는 도리밖에 없었다.

그런데 이력서 위조란 그가 일찍 한 번도 해 본 일이 없었을 뿐더러 바
로 어제까지도 자기 친척들의 신분을 내세울 때에는 언제나 자랑꺼리로
역여 뽐내었는데 대한민국에서 자랑삼는 친척은 이 괴뢰정권 밑에서는 모
두가 그들의 상투[36] 쓰는 말로 '반동분자'가 될 것이니 그들의 주소성명 직
업 정당관계 등을 똑바로 적어놓았다가는 그들의 신변이 위태해질 뿐 아
니라 자기자신의 직업은커녕 생명마저 유지할 수가 없는 것은 명약관화한

---

35 원문에는 '구제적으로'로 표기되어 있음.
36 원문에는 '상루'로 표기되어 있음.

일이었다.

정헌이는 좀 촘촘히 침착하게 조용히 생각할 시간의 여유를 얻기 위하여 변소로 들어가 변기를 타고 앉아서 연달아 담배를 피어가며 생각에 골몰하였다.

'위조하는 도리밖에 없다.'

하고 일단 결정은 내렸으나,

'만일 위조가 발견되는 날에는?'

그것은 생각만 해도 몸서리치는 일이었다.

'그러나 설마한덜 괴뢰군이 며칠이나 이 서울을 지킬 힘이 있을가? 전략상 관계로 국군이 잠시 한강건너로 퇴각했다고 보고 정부는 가까운 수원으로 옮겨간다고 했으니 불일내[37]로 도로 반격해 오겠지. 국군이 미국서 준 최신식 무기를 갖추고 있으면서 설마 더 쫓기어 가기야 할라고. 또 설혹 힘을 못 쓴다하여도 미국이 대한민국을 포기하지야 못하겠지? 또 그리고 유엔에서두 자기네 감시하에 총선거를 시켜 민국 성립 승인까지 해놓고 인제 와서 대한민국을 망하라고 그대로 내버려둘 수가 있을가? 아! 그러나? 응? 응!'

45

'혹시나 미국이 대한민국을 포기해버리지나 아니할가?'

하는 의심이 들게 되자 정헌이는 그 두려운 생각을 헐어버리려고 고개를 흔들며 담배 한 대를 새로 피어 물었다.

그러나 그의 머리에 한번 뿌려진 의혹의 씨는 말라죽지 아니하고 무럭무럭 장마 때 죽순 모양으로 자라나고 있는 것이었다.

'하! 그 언젠가 미국 트루만 대통령이 태평양 방위선에서 한국을 제외하

---

37 며칠 걸리지 아니하는 동안.

고 대만도 포기한다고 공언한 일이 있지 않았던가? 그러나 미국 군사고문단이 그냥 남아 있고 신무기를 국군에게 공급해주고 있는 의도는 나변[38]에 있는가? 수수께끼 같은 일이다…… 아! 나는 지금 이런 부질없는 생각을 하고 있을 때가 아니다. 지금 곧 이력서를 써야 할 것이요, 어떻게 묘하게 위조를 해야 할지를 연구해야 될 터인데 우선 위조 이력서를 내놓고 얼중얼중하다가 불원[39]한 장래에 괴뢰군이 도로 쫓겨 나가면 만사 오케가 아닌가!'

이런저런 생각으로 얼마나 오래동안 변기에 앉아서 궁리를 하면서 담배를 얼마나 피웠는지 또 한 대 피우려고 담배봉지를 쑤시어보니 텅 비어 있었다.

'이러지 말고 정신을 집중하여야겠다. 위조할 바에는 빈틈없이 근사하게 해야지.'

하고 생각을 하니 우선 친척들을 한 사람씩 검토해볼 필요가 있다고 느끼어졌다.

조부모님은 이미 八(팔)순이 넘은 노인네들이라 별문제 안 되겠지. 아니? 지주(地主), 그놈들이 그렇게도 미워하는 지주. 지금은 지가증권[40]으로 가지구 계시기는 하나 그놈들이 그걸 알아줄가. 차라리 소작인이라고 써버리지! 그러면?

'너는 무슨 돈으로 의과대학까지 졸업했느냐?'

하고 물으면 무어라고 대답하나? 옳지! 자작농이라고 쓰면 되겠지. 그러나 그것이 그놈들에게 납득될가?

아버지는 공산주의자는 아니나 왜정 때 독립운동 투사 중의 한 사람이니까 그놈들도 높이 평가해주겠지. 아차! 그러나 해방 후에 좌우익으로 갈릴 때 아버지는 우익에 가담했으니 그걸 알면 그놈들이 이를 갈아 붙일 꺼야. 음, 그러나 아버지는 지금 아무 정당에도 관계하고 계시지 아니하니까 '무

---

38 어느 곳 또는 어디.
39 오래지 않아서.
40 토지 개혁 때 정부에서 매수한 토지의 보상금으로 지주에게 발행한 유가 증권.

소속'이라고 쓰면 무난하겠지!

맡형님은 상인이니까 그놈들에게 그리 원수 될 일 없을 거고 누이 정애와 그의 남편이 위험천만이다.

대한부인회 역원과 대한청년단 간부, 또 아우 정호는 대한민국 관리, 정훈이는 국군소위, 또 처남은 해군소령. 아, 아 절망!

그러나? 응, 옳지! 아까 그 문화선전부장이란 자가 무어라고 하더라? 응, 반드시 순한글로 써야 된다고 순한글로 이름을 쓸 때 철자를 약간 변경해 써놓고 나서 나중에 추궁 당하게 되면 어찌다가 바침이 잘못되었다든지 해서 변명할 수가 있지 않을까? 정학을 정한, 정애들 정아, 준식을 준석, 정호를 정오, 정훈을 정욱, 이렇게 써두면 어떨가 하고 생각하면서 정헌이는 긴 한숨을 쉬었다.

46

정헌이가 병원 변소에 앉아서 이력서 위조 궁리를 하고 있는 바로 그 시각에 한강까지 다 나가서도 종내 강을 건너지 못하고 '낙오자'가 된 정호는 '리야까'[41]를 타고 창덕이는 그 뒤를 따라 사직동 집을 향하여 도로 가고 있었다.

정호는 비옷을 입고 있었기 때문에 흙투성이가 된 비옷을 벗고 리야까에 올라타니 옷은 과히 더럽지 아니하였으나 창덕이 옷에는 흙탕이 말라붙어서 볼품이 사나웠으나 그러나 지금 그런 것에 구애할 마음의 여유가 없이 빨리 달리는 리야까 뒤를 터덜터덜 따라가고 있었다.

길가 상점들은 모두 문을 굳게 닫고 있었으나 피난민들은 언제 시가전이 있었드냐 하는 듯이 꾸역꾸역 집으로 돌아가고 있었고 피난길을 나서지 않고 집에서 백여낸 사람들은 구경을 나오고 있었다.

---

41 리어카(rear car) : 두 바퀴 달린 수레.

군데군데 길가에 아무렇게나 구겨 배켜 있는 자동차와 찝차들이 눈에 띠이니 창덕이는 자기가 자동차 운전을 배웠던덜 주인 잃은 이 차들 중 아무것이나 집어타고 빨리 갈 수 있었으려니 하는 생각이 다 났다.

서울역 광장 앞을 지나노라니[42] 그 넓은 광장에는 군복 입은 젊으니들 흰옷 입은 남녀노소들의 시체가 너저분하게 깔려 있었다.

세부란스 병원 대문에는 벌써 인민공화국기가 띠워있고 길 건너편에는 남자 여자 어린애들이 고소란히 서로 기대고 죽은 시체를 담은 찝차 한 개가 서 있었다.

오고가는 행인들 중 많은 사람이 혁대에 손가락만한 빨강 헌겁을 끼우고 다니며 가끔 지나가는 자전거 손잽이에도 빨강 헌겁 오래기[43]가 달리어서 나풀나풀 하는 것이었다.

남대문을 지나 서서 저쪽으로부터 인민군보병 한 대대가 마주 걸어오는데 리야까 끄는[44] 사람이 좀 쉬어간다고 리야까를 길가에 비켜 세워놓고 타올로 땀을 씻으며 적군이 행진해 지나가는 것을 바라다보고 서 있었다.

창덕이도 할수없이 인도에 서서 바라다보니 몹시 피곤한듯이 다리를 질질 끌며 지나가는 인민군보병은 군화를 신지 않고 정구화 같은 신을 신었으므로 발소리도 크게 나지 아니할뿐더러 행진가고 군가고 간에 아무 노래도 부르지 아니하며,

"하낫, 둘, 셋, 넷."이거나 호각을 불어 발을 맞추는 일도 없이 산만하게 걸어갔다.

가까이 지나갈 때 보니 이 군대는 모두가 열대여섯밖에 더 안 나 보이는 소년 군대인데 자기 몸무개보다도 무척 더 무거워 보이는 여러 종류의 무기를 하나이 세 개 네 개식 메고 지고 들고 끌고 지나가는 것이었다.

과연 짐이 무거운 탓인지 모두가 어깨쭉지를 느리치고 앞만 바라다보며

---

42 원문에는 '기나노라니'라고 표기되어 있음.
43 '오라기(실, 헝겊, 종이, 새끼 따위의 길고 가느다란 조각)'의 북한어
44 원문에는 '끄은'으로 표기되어 있음.

느릿느릿 걸어가는 것이었다.

바로 그저께 바로 이맘때 바로 이 길 위로는 위장한 차량에 그득그득 실린 국군사병들이 행진가를 우렁차게 부르면서 달려갈 때 길 좌우쪽 인도에 서서 보는 주민들은 손벽을 치고 만세를 부르고 하였는데 지금 반대방향으로 걸어가는 이 군대는 묵묵히 느릿느릿 걸어 지나가고 주민들도 멍하니 서서 묵묵히 보고만 있는 것이었다.

47

광화문 네거리까지 다달으니 파출소 문지방에는 '내무서'라는 간판이 걸리고 팔에 완장을 단 청년들이 우굴우굴하고 있는데 무지스럽게도 투박하게 생긴 탕크 사, 오 대가 웬일인지 동대문 쪽으로 그 기-단 포머리를 돌리고 있는 것이었다. 탕크 가까이 주민들이 뼁 둘러서서 구경도하고 또 탕크 윗문을 열어재치고 머리만 내밀고 있는 적군 또는 탕크 잔등에 나 앉은 군인하고 이야기도 하고 있는 것을 본 리야까꾼은 이 변에서 쉬어서 땀을 돌릴 목적이 아니고 이 괴물 같은 탕크를 가까히 가서 구경하고 싶어서 정호가 타고 있는 리야까를 파출소 뒤 공동변소 옆에 세워놓고 어정어정 탕크쪽으로 갔다.

창덕이는 할 수없이 서서 보고 있노라니 "땅" 하고 탕크 포 소리가 가까이 들리었다. 구경하던 사람들이 우-하고 숨을 곳을 찾노라고 덤비는 꼴을 본 탕크병은 깔깔대고 웃으면서,

"이리로 쏘는 것이 아니니 안심들 하시오. 지금 여기서 저쪽 종로 사가 모퉁이에 있는 전매국을 쏘는데."
하면서 손을 들어 종로 쪽을 가르키며,

"우리 탕크포는 표준이 참 정확해서 여기서 종로 사가 전매국 건물 하나만 겨냥하구 쏴도 빗나가지 않고 백발백중 틀림없습니다. 자 보시오. 전매국이 타오르고 있지 않습니까. 전매국 안에서 국방군 이 제아무리 완강히

저항한달지라도 우리는 소총을 가지고 가까이 가서 싸우는이 아니라 이렇게 멀리서 탕크포로 몰살시킬 수 있는 것입니다.

창덕이도 눈을 들어 종로 사가쪽을 유심히 바라다보니 전매국 있는데 께서 시키면 연기가 올라오는 것을 볼 수 있는데 또 가까이서,

"땅."

하는 포소리가 들리었다.

창덕이는 속으로 혼자서,

"사람을 속여두 분수가 있지 헛총을 탕 탕 쏘면서 흥."

하고 생각했으나 그 생각을 입 밖에 내 말할 수는 없는 것이었다.

확성기를 단 찝차 한 대가 와서 탕크옆에 섰다. 지붕 없는 오픈 찝에 빼곡히 타고 앉았는 사람들을 보니 그들은 모두 청년으로 얼굴이 백지장 같이 희고 머리털은 귀밑을 덮었으며 수염이 밤송이처럼 달린 사람들이었다.

마이크에 입을 댄 노타이 청년은,

"친애하는 시민 여러분 용감무쌍한[45] 우리 인민군은 진격을 개시한 지 단 六十(육십)시간에 서울을 해방시켰습니다. 이런 일은 세계 전쟁사 중에 전무한 성과입니다. 자 보십시오. 미 제국주의 주구들이 불법으로 잡아 가두어 두었던 애국자들이 모두 옥문을 열어 제끼고 해방되어 나왔습니다. 친애하는 시민 여러분들도 이 해방의 기쁨을 함께 논으십시다. 시민여러분의 압제자이었던 ×××은 생포하였습니다."

하고 말을 맺는 그 사람의 눈에는 승리의 기쁨이 넘쳐흐르고 있는 것이었다. 창덕이는,

"흥, 또 거짓말을 하는구나."

하고 속으로 생각하였다.

48

　창덕이는 이 꼴이 보기 싫어서 고개를 돌리어 북쪽을 바라다보다가,

　"아!"

하고 부지중 비명을 발하고는,

　"핫!"

하고 자기 자신의 행동이 누구 눈에 띠이지나 아니하였나 하고 조심조심 주위를 살펴보니 자기를 노리어보는 눈이 하나도 없는 것을 확인하고 안도의 한숨을 쉬었다.

　창덕이가 눈을 북쪽으로 돌릴 때 그의 눈앞에 나타난 것은 저쪽 끝 중앙청 국기 계양봉 꼭대기에 태극기가 아니고 낯선 인민공화국기가 축 늘어져 있는 것을 인식하고 놀라기도 하고 분하기도 했던 것이다. 그는 생각하였다.

　아! 저 높은 대 꼭대기에는 도대체 몇 가지 기가 오르고 내리었는가! 바로 오년 전까지 거기는 아침마다 일본기가 펄럭거리고 있었겠다. 그 일장기가 영원히 내려온 후 즉시 태극기가 올라갔다가 두 달이 못 가서 태극기는 내려오고 미국 성조기가 올라갔는데 이태 후에는 다시 태극기가 올라가기에,

　"인제는 천만대 영원토록 이 기둥은 태극기가 독찾이하려니."

하고 철석같이 믿었더니 삼 년이 못 다가서 하룻밤 사이에 태극기가 쫓기어 내려오고 원수의 저 깃발이 올라가다니! 깃대야, 네 팔자도 기구하고나!

　사직동 집에 다달아 대문을 밀어보았더니 대낮인데 문은 잠겨 있었다.

　문을 요란스럽게 흔들었더니 안에서 준명이 목소리가,

　"거 누구요?"

하고 들렷다.

　"나다. 나야, 어서 문 열어라."

하니까,

　"아아니, 아저씨가."

하더니 대문은 얼른 열어주지 않고

"아버지, 아저씨가 도로 왔어요."

하고 소리를 지르는 것이었다.

"무어?"

하고 몹시 놀라는 정학이의 목소리가 들리더니 잠시 있다가 문안에서,

"아아니, 참말루 창덕인가?"

하고 묻는 것이었다.

"녜, 나야요."

대문 빗장을 빼는 소리가 나더니 문이 삐걱하고 열리었다.

밖을 내다보는 정학이의 얼굴은 새파랗게 질리었다.

"아아니, 아니. 이게 웬일이냐? 응? 정호 너는 어디를 맞았냐?"

하고 우는 소리를 하면서 정학이는 허둥지둥 뛰어나와서 정호를 들여다보았다.

"아니야요 발을 삐었어요. 괜찮아요."

이때 정옥이 정환이 아이들까지가 쪼르르 나왔다. 제각기 한 마디씩 했다.

"야들아, 떠들지 말구 어서 들어가자."

하면서 정학이는 정호를 업으려고 하였다°

정호는,

"아니요. 괜찮아요."

하면서 형님의 어깨를 한손으로 누르고 다른 손으로는 창덕이의 팔을 붙잡으면서 외다리로 일어섰다.

두 사람의 부축을 받아 정호는 까치다리로 뜰 안으로 들어섰다.

정호의 안해 순덕이가 달려들어 남편이 들고 있는 다리를 부뜰어주었다.

"아, 여보. 이게 웬 일이오?"

하는 순덕이의 목소리는 몹시도 떨리었다.

길

정호를 마루에 올려다 누이고 구두 벗은 발 양말을 순덕이가 벗기는데 밖에서 대문을 흔드는 소리가 요란스럽게 들려왔다.

"거 누구요?"

하고 소리 지르면서 정환이가 대문간으로 갔다.

"나요, 나야."

"나가 누구요?"

"리야까 끈 값은 잘라먹을 셈이요?"

하는 볼멘 소리었다.

"아, 참. 잠간 기다리서요."

리야까꾼의 거치른 목소리를 들은 창덕이는 그제서야 펏득 어제밤에 길에서 정호한테 받아들었던 지전뭉텡이 생각이 낫다. 그 지전뭉텡이는 언제 어디서 떨어또리었는지 소매치기를 당했는지 통 생각이 안 낫다.

四二八三(사이팔삼)년 六(육)월 二十八(이십팔)일 밤

밤은 쥐죽은 듯이 고요하였다.

온 식구가 다 잠이든 모양인데 정학이 혼자서만 잠이 오지 않아서 애꾸진 담배만 축내고 있는데 고간 옆 쪽문을 누가 똑똑똑 뚜드리는 소리를 어렴풋이 들은 상 싶었다.

정학이가 사 년 전에 이 집을 사가지고 이사 오기 전에 이 집 원 주인은 담 하나를 사이에 두고 형제간이 살고 있어서 두 집 사이 교통을 간편하게 하기 위하여서 두 집 담에 붙여서 지은 고깐 옆에 나무로 쪽문을 달고 두 집 식구, 특히 안해와 아이들이 서로 드나들기 편하도록 만들었던 것인데 정학이가 이사해 온 뒤로도 옆집 사람과는 내외가 다 서로 절친한[46] 사이가 되

---

46 원문에는 '질친한'으로 표기되어 있음.

어서 그 쪽문을 메꾸지 아니하고 그냥 두어두었던 것이다.

정학이는 쪽문께로 가서 조용히,

"윤형이오?"

하고 물었다.

저쪽에서는 거의 속사기하듯 가는 목소리로,

"네. 나요. 미안하지만 문 좀 열 시오."

어제[47] 새벽에 전기불이 나간 후 오늘 밤에는 통 전기가 안 들어왔으므로 방안이나 뜰이나 거의 지척을 분간할 수 없도록 캄캄한데 정학이는 손더듬을 하여 쪽문 고리를 벗기었다.

문을 여니 윤씨가 아무 말 없이 들어서면서 정학이의 손을 꼭 붙잡고 귀에다 입을 대고,

"이거, 참. 아닌 밤중에 미안하우. 그러니 최형밖에 누구한테 통 사정할 데가 있소? 이 밤중에, 또 그리구 어려운 문제를."

"우리끼리 무슨 흠있소. 윤형의 어려운 일이 또 나의 일이지."

"다른 게 아니라, 그 왜 내 조카아이, 그 육군헌병 말이요. 최 형두 아다 싶이 그애가 개성 헌병대에 복무하구 있었지요."

"그렇지."

"그애가 개성이 함락되는 바람에 도맘[48]을 쳐서 구사일생으로 그적게 밤에 우리집으로 왔는데 어제밤까지는 우리집에서 잤지만 이렇게 서울까지 함락되구 마니 만일에 그놈 빨갱이들이 그애 도망 온 것을 발견하면 우리집으로 잡으러 올 것은 빤한 일이 아니오. 잡히기만 하면 총살 이지 별수 있소. 그러니 오늘 밤 하룻밤만 애를 좀 숨겨주서야겠어요. 밝으면 곧 어디루 든지 배송을 낼 터이니. 오늘 밤만."

---

47 원문에는 '이제'로 표기되어 있음.
48 '도망'의 오기로 여겨짐.

50

정학이는 잠간 망설이지 아니할 수 없었다. 만일[49]에 빨갱이에게 들키는 날에는 동생 정호까지도 도수장[50]으로 보내게 될 위험이 있는 것이다. 이런 눈치를 챈 윤씨는 애원하는 목소리로,

"날이 샐때까지만 이 고깐 속이라두 좋으니 다섯 시간 동안만."

"아, 그러서요."

하고 문득 대답을 하고 나서 정학이는 자기 혀를 잘라버렸으면 하도록 후회가 났다. 그러나 얼른,

"이런 때 서로 도와주지 않으문 어찌 친한 친구라구 하겠소."

하고 말하였다.

"이거 참, 무이라구 감사의 말씀—"

"천만에요. 우정이 이래서 좋다는 것이 아니요."

윤씨는 뒤를 돌아다보며,

"야, 이리 오너라. 이 신세를 어떻게 갚나 참!"

얼굴은 잘 안 보이나 키가 후리후리한 몸이 쪽문 안으로 들어서면서,

"최 선생님, 이거 참 미안한데요."

하고 청년은 속삭이었다.

"미안하다구 생각말구 어서 오게. 참 천만다행이로구먼. 자, 이리루."

"그럼, 잘 부탁합니다. 최형."

하고 말하고 윤씨는 사라졌다.

정학이는 쪽문 고리쇠를 꼭 끼우고 나서 대문간으로 가서 빗장이 잘 끼워져 있나를 확인한 후에 사랑방에 귀를 기울이어 학생들이 쿨쿨 자고 있는 것을 알고 나서야 윤씨의 조카를 데리고 마루로 올라갔다. 발자취를 죽이

---

49 원문에는 '만얼'로 표기되어 있음.
50 도살장.

어 삽분삽분 걸어서 마루로 올라가서 둘이서는 마주 앉았다.

안방에 석유불을 켜놓았으므로 윤씨 조카의 얼굴이 희미하게 보이는데 이전에 여러 번 본 얼굴이기는 하나 언뜻 갑자이 무척 성숙한 것같이 보이었다.

"자, 편히 앉게. 응."

하면서 정학이가 안방으로 들어가서 석유등을 들고 나오니까 윤씨 조카가,

"불은 끄시지요."

하였다. 정학이는,

"후"

하고 입김으로 불을 끄고 나서,

"자 피곤할 테니 체면 차리지 말구 눕게. 여기 목침이 있으니."

"아니요. 전 괜찮으니 아저씨나 누으세요. 나는 온종일 골방에 숨어 있으면서 잠만 잤어요."

"응. 그래. 그런데 참 용히 피했구먼. 개성은 통째루 둘려빠졌겠지? 어디 겪은대루 자세히 이야기나 해보게 좀, 듣세."

윤씨 조카의 이야기 ―윤헌병이 연락관으로 주재하고 있던 개성경찰서 서원들은 二十五일 새벽에 보통날보다 한 시간이나 일찍이 기상하게 되었다. 그 원인은 갑자기 쾅쾅하고 터지는 대포알 소리가 그들의 단잠을 깨웠기 때문이었다.

경찰시에 합숙하고 있던 수십 명 순경이 한꺼번에

"이 개새끼들이 또 새벽부터 집적대는구나."

하고 욕을 하면서 누구 하나 양추하고 세수할 사이도 없이 총들을 들고 나섰다.

윤헌병은 자기 직책상 이 돌발사건을 헌병대 본부에 급속히 보고해야만 되겠으므로 권총집을 허리에 차면서 밖으로 나갔다.

51

윤헌병은 경찰서 밖으로 나가서 큰길을 달리기 시작하였다. 등 뒤로는 경찰서장이,

"모두들 최후일각 최후일인까지 싸울 각오루."

하고 소리쳐 명령하는 소리를 들으면서.

큰길로 뛰어가며 보니 처음 보는 육중한 탕크가 눈에 띄이었다.

"옳지! 종내 탕크가 왔구나. 미군 고문관들이 한국은 산악지대가 되어서 탕크는 소용없다고 뻐기면서 거절해오던 탕크가 이제야 왔구나. 참 잘되었군."

하고 기뻐하면서 그는 그 탕크를 향하여 손을 들고 만세를 부르고 싶었다.

그런데 바로 이때 탕크 포가 불을 토하면서,

"땅!"

하고 요란히 울더니 저쪽[51] 시청건물을 정면으로 쏘는 것이 아닌가! 그는 자기 귀와 눈을 의심하면서도 질겁을 하여 뒷골목으로 뛰어갔다. 그의 뒷덜미로는 따따따따 하는 기관총소리가 따라오는 것이었다.

그는 어쩔 줄을 몰랐다.

이때까지 괴뢰군은 송악산 꼭대기에서 개성시내를 가끔 내려쏘기만 했지 이렇게 시중으로 내려오는 일은 없었는데!

그는 정신을 잃고 가든 길을 멈추고 되돌아서 경찰서 쪽을 향하여 달음질쳤다.

그러나 그가 뒷골목으로 경찰서까지 다달아보니 그동안에 벌써 순경들의 죽은 시체들만이 여기저기 흩어져 있을 따름으로 기관총 소리는 딴 방향으로 옮겨간 것이었다.

윤헌병은 저도 모르는 사이에 근처 민가로 뛰어들어갔다. 허둥지둥 군복

51　원문에는 '저쫌ㄱ'으로 표기되어 있음.

을 벗고 군화를 벗으면서 이전부터 친히 잘 아는 이 집 주인에게 한복 한 벌을 빌려달라고 했다. 그는 한복을 주섬주섬 입으면서 주인더러 군복과 권총은 얼른 땅을 파고 묻어 감추라고 일러주고 고무신 한켤레를 얻어 신고 맨머리로 길에 나섰다.

태연한 태도를 가장하면서 그는 뒷길로 천천히 헌병대 본부까지 가보니 본부 기 봉에는 어느새 인민공화국기가 달리어 펄럭거리고 있는 것을 그는 보았다.

부지중 눈물이 쏴르르 그의 두 뺨을 흘러내리었다. 주먹으로 눈을 닦으면서 팔뚝시계를 들여다보니 바로 다섯 시 오십분이었다.

눈물[52]이 앞을 가리웠으나 그는 큰길을 피하고 산길로 잡아들어 서울로 향하여 걸음을 빨리하였다.

이튿날 아침 동이 트자마자 윤씨는 와서 조카를 데리고 가버리었다.

그 후 가끔 정학이가 윤헌병의 소식을 물어보면 윤씨는,

"글세요. 나두 잘모르구 있지요."

하고 늘 대답해 왔는데 그가 정학이 집에서 하룻밤 다섯 시[53] 동안 자고 간 그날로부터 꼭 일백닷새째 되던 날 저녁때 젊은 윤헌병은 뻐젓이 정학이의 대문으로 찾아왔는데 쏙 뽑은 군복을 입고 늠름한 태도로 정학이에게 경례를 멋들게 붙이고 나서 용무가 하도 급해서 방안까지 들어갈 여가가 없으나 자기는 그 후 천신만고로 남하하여 원부대로 찾아가서 복직하여 싸우며 올라왔는데 지금 곧 三八(삼팔)선 이북으로 가는 길이라고 하면서,

"그날 밤 신세는 죽어도 못 잊겠읍니다."

하면서 양담배 한 갑을 정학이의 손에 쥐어주었다. 정학이가 양담배를 손에 들어본 것은 넉 달 만에 처음이었다.

---

52 원문에는 '눈문'으로 표기되어 있음.

길

53 '다섯 시간'을 의미하는 것으로 추정됨.

52

二十九(이십구)일 새벽에 윤씨가 와서 그의 조카를 데리고 간 직후 정학이는 헷간으로 들어가서 땅을 판다. 아이들이 깨기 전에 파버리려고 허리가 아픈 것을 참아가며 파고 나서는 막대를 들고 장독대로 가서 옆에 놓아둔 제일 큰 김장독 테두리와 높이를 재보고 다시 들어가 판다.

구멍이 다 파지자 그는 독을 굴리어다 들여놓은 후 숯가마니를 뜯어 숯을 약간 독 밑에 던져놓고 나서보니 어느새 창덕이가 뜰에 나와서 양추질을 하는 것을 보았다.

"혼자 일어낫나?"

하고 조용히 물으니,

"예."

"이리 좀 오게."

둘이서는 대문간으로 가서 쌀 한가마니를 맞들어다가 헷간 속에 묻은 독에 쏟았다.[54] 큰독이라서 쌀 두 가마니가 다 들어갔다. 옆에 세워두었던 제일 큰 솥뚜껑으로 독을 덮은 후 흙으로 메우고 밟아서 꽁꽁 다진 후에 그 위에 저쪽 장작개비를 옮겨다가 올려쌓았다.

일에 골몰하여 여념이 없다가,

"휘"

한숨을 쉬면서 치어다보니 어느 때 또 날아들었는지 박쥐들이 천정에 대롱대롱 달려 있는 것이 보이었다.

"에이, 요놈의 자식들 재수없이!"

하고 소리 지르면서 막대를 들고 이리치고 저리치고 하여 쫓아버리고 뜰로 나서니 순덕이가 아침쌀을 씻고 있는 것이 보였다. 정학이는 제수께로 가까이 가서,

---

54 원문에는 '쏨았다'로 표기되어 있음.

"밤새 애아범은 좀 어떻소?"

하고 물으니,

"발목이 퉁퉁 부었는데 밤새도록 쏜다구 신경질을 부려서 따이아징[55] 설과 수면제를 드렷더니 자시고 지금 잠이 들었어요."

"침을 맞혓으면 빨리 낳을 텐데…… 그런데 집에 자루가 몇 개나 있소?"

하고 불숙 묻는 정학이의 말에 순덕이는 곡절을 몰라 뻔히 바라다보면서,

"글세요. 뒤져 보아야 알겠어요. 얼마나 큰 것이라야 될가요?"

그리자 정학이는 제수의 옆에 웅크리고 앉으며 귓속말로,

"대문간에 쌓인 저 쌀을 될 수 있는 대로 여러 몫에 나누어서 이리저리 분산시켜 감추도록 하세요. 아이들한테 눈치채지 않도록 주의하구 또 그리구 동리사람이 혹시 쌀을 꿰어달라구 하면 내가 없더라두 아끼지 말구 한두 말가량 꿰어주두룩 하구요. 반장댁에는 기회보아 두말쯤 슬적 갔다 주시오. 난 조부모님과 백부님 안부가 궁굼해서 병원집엘 좀 갔다 오겠소."

조반을 급히 퍼먹고 길에 나서니 가게는 모두다 철시를 한 채 하나도 열어놓은 것이 없었다. 그러나 양복을 입지[56] 않고 한복을 입고 맨머리로 나온 정학이는 농림모라도 한 개 사서 쓰려고 두리번 두리번 살피니 저쪽 길가 구루마 행상이 농림모며 부채 광주리 등속을 싣고[57] 오는 것이 눈에 띠었다. 달라는 값 삼백원을 에누리 아니하고 농림모를 사 쓰고 가며보니 가게집 판장마다 어느새 누구의 손으로 붙이어져 있는지 대한민국과 미국을 욕하는 포스터와 인민공화국과 쏘련을 칭양하는 포스터들이 너저분히 붙어 있고 고층건물 이층에는 양돼지처럼 뚱뚱한 김일성의 초상과 코□[58]에 수염이 덥수룩한 스탈린의 초상이 나란이 달려 있어서 오고가는 행인들을 내려다보고 있는 것이다.

---

55 파다이아진. 폐렴 구균, 연쇄상 구균 따위의 세균성 질환 치료에 효과가 있는 설파제.

56 원문에는 '입기'로 표기되어 있음.

57 원문에는 '심고'로 표기되어 있음.

58 원문에서는 '코턱'인 것으로 보이기도 하나 명확하게 식별할 수 없음.

광화문 네거리에 다달은 정학이는 돌연 발걸음을 딱 멈추었다.

53

감옥에서 금방 놓여나온 듯한 청년 몇 명이 와와 소리를 지르면서 마주 오고 있는데 구경군이 뒤를 따르고 있었다. 자세히 살펴보니 웬 중년신사 한 사람이 붙잡혀오는데 한 청년은 이 양복 입은 신사의 머리털을 붙잡아 끌고 두 놈은 두 팔을 끌며 한 놈은 뒤로 따라오면서 연성 신사의 궁둥이를 발길로 차고 있는 것이었다.

정학이가 몸을 피하려고 했으나 어느덧 쏠려오는 구경군 틈에 휩싸여 이 끌리어 가게 되었다.

광장 한복판에 세워진 널반지 강단 위로 중년신사를 끌고 올라가 비로소 몸의 자유를 주었으나 얼굴이 새파랗게 질린 신사는 도망할 염두도 못 내고 무표정한 태도로 자기발등만 내려다보고 서 있는 것이었다.

복수심이 이글이글 끓어오르는 듯한 충혈된 눈을 가진 한 젊은 놈이 두 주먹을 흔들면서,

"여기 모인 여러 동무들 중에 이놈을 반역자로 기소하는 분이있소?"
하고 소리를 질렀다.

단위에 섯는 놈 하나가,

"있소, 있소."
하고 고함을 지르니까 군중 틈에서도 몇 놈이,

"그렇소. 옳소."
하고 소리들을 질렀다.

"무슨 죄요?"

"놈은 왕년에는 우리 동무의 한 사람이었었는데 미 제국주의 야만군대가 서울에 진주하자 적산공장 관리인이 되어가지구는 우리들 애국자 근로인들을 여지없이 착취한 중대한 죄를 범 하였소."

"옳소. 옳소."

"놈의 착취에 반대하여 정당한 스트라익을 일으킨 우리애국자들을 미 제국주의의 앞잡이인 경찰을 매수하여 우리들을 붙잡아 닥아 징역을 살게 하였소."

"옳소. 옳소."

"다행히도 용감무쌍한 인민군의 혜택으로 엊그제 옥에서 해방되어 나온 우리들은 놈을 사형에 처하기로 주장하오."

"그럼, 놈의 죄과나 처벌에 대하여 이의가 없지요?"

"없소. 죽여라. 죽여."

자칭 검사겸 재판장인 청년은 소름이 끼칠 만큼 의곡된 미소를 띠우면서,

"사형선고에 이의 없소? 사형판결에 찬성하는 동무는 박수를 치시오."

하고 말하자 군중이 선 여기저기서 박수소리가 났다.

"근로인민을 대표하여 나는 반역자에게 사형을 언도합니다. 집행은 이 자리에서 당장……."

하고 말하자 단하에서 한 청년이 뛰어오르는데 그의 손에서는 손도끼날이 햇빛에 번들번들 빛나는 것이었다.

정학이는 외면을 하고 싶었으나 웬일인지 그의 눈은 그의 의지에 복종하지 아니하고 두 눈을 더 똑바로 뜨고 이 광경을 주시하고 있었다.

도끼날이 허공에서 번쩍하더니 신사의 몸은 쩍 소리도 없이 푹 거꾸러졌다.

몇 놈이 달려들더니 넘어져 있는 사람을 이리차고 저리차고 하는데 피는 흘러서 널반지 위에 닥아 한국지도 비슷한 모양을 그리고 있었다.

정학이는 아찔해지며 하늘이 핑 도는 것 같은 느낌을 느끼었다.

54

정학이가 제정신을 도로 찾은 때 그는 을지로 전차길 위으로 허둥지둥 달리고 있는 자기를 발견하였다.

구역질이 나고 땀은 비오듯 흘리고 목이 견딜 수 없이 갈했으나 빙수가게 하나 열어논 데가 눈에 띠이지 않는데 때마침 길 건너편에서는 행진해 지나가던 인민군 사병 몇 명이 대오를 떠나 공동수도전이 있는 곳으로 모여들었다. 물 긷는 여인네에게 청하여 수도물을 받아들고도 얼른 마시지않고 행인들을 오라고 손짓하는 것이었다.

정학이는 얼른 뛰어가서 알미늄 항고 하나 가득 담긴 물을 받아 꿀꺽꿀꺽 한숨에 다 들이키었다. 인민군 병사들은 서울시민 몇 명이 모두 서슴치않고 물을 받아마시는 것을 보고야 와-달려들어서 서로 빼앗아가며 물을 마시는 것이었다.

"흥, 의심두 무척 많은 놈들이군. 저이놈들 모양으로 물에다 독을 탓을가봐!"

하고 속으로 생각하면서 정학이는 좀 거뜬해진 기분으로 길을 걸어갔다.

을지로 사가 네거리까지 다달으니 적의 탕크 한 대가 길가에 내버려져 있는데 아이들이 오르고 내리며[59] 놀고 있었다. 며칠 후에야 듣고 알았지만 국군용사 세 명이 목을 지키고 있다가 수류탄을 들고 육탄공격을 하여 이 탕크를 파괴시키고 그들은 산화하였다는 것이었다.

을지로 사가에서 종로 사가로 도는데 괴뢰 교통순경이 소리를 꽥꽥 지르면서 우칙통행을 하라고 지랄을 하였다. 부득이 우칙을 끼고 내려가 자기 상점으로 가보니 그 근처 모든 상점들처럼 가게 문이 열리지 않고 꼭 닫혀 있었다. 어디 파괴된 데나 없나 하고 자세히 둘러보아도 총알하나 파편하나 맞은 자리 없이 그냥 온전한 것을 보고 안심하면서 속으로는,

59 원문에는 '내기며'로 표기되어 있음.

"사무원이구 급사구간에 살아 있으면 한번쯤 집으로 찾아오렷만."
하고 탄식하였다.

안암동 정애가족은 아마 한강을 건넜으리라는 이야기를 정호와 창덕이한테서 듣기는 했으나 그 집이 어떻게 되었나 궁금해서 발길을 동대문께로 돌리었다.

경마장까지 다 가서 신설동 입구에 다달아보니 모퉁이 이층집 이마에 커다란 구멍이 뚫려 있고 담은 곰보가 되어 있었다.

안암동 계준식의 집근처까지 가니 마침 그 근처에 살고 있는 정애의 친우이면서 애국부인회 부회장으로 있는 부인을 만났다. 이 부인은 정학이를 보자 대경실색을 하면서 골목 안으로 들어서라고 손짓을 하였다. 정학이에게로 전에 없이 바싹 다가서더니 사방을 한번 휘 둘러보고 나서,

"누이 집은 저놈들이 벌써 점령해버렷으니 애여 들여다 볼 생각두 말으서요. 정애네는 참 용히 잘 피했어요. 까닥하다가는 큰일 날번 했지요. 바로 인민군이 쳐들어온 밤 동도 트기 전에 웬 청년남녀들이 떼를 지어 이 골목을 에워몰면서 계준식이 죽여라 때려죽여라 하고 악을 쓰며 도는데 나두 간이 콩알만 해져서 내다보지두 못하구 혼이불을 쓰구 귀를 막구 있었어요. 그러더니 아마 죽이려구 들어가보니깐 꿩구어 먹은 자리[60]라 죽이지는 못하구 집만 접수하구 들었어요. 그런데 한강을 건넛을가요. 계선생님이?"

55

정학이는 한숨을 휴우 쉬며,
"글세요. 한강다리가 끊어진 후 곧 철로 다리루 향하여 내려간 것까지는 알지요만, 그 후 소식은 깜깜입니다."
"건너가셨겠지요, 뭐. 그리구 이 집은 아무 염려 마서요. 저이가 이 근처

길   60 어떠한 일의 흔적이 전혀 없음을 비유적으로 이르는 말.

에 살구있는 이상 늘 동정을 살피지요."

정학이는 고맙다는 인사를 하고 돈암동 병원집으로 가보니 거리방은 어디나 마찬가지로 열려 있지 않고 옆골목 대문으로 가서 문을 뚜들으니,

"거 누구요?"

하고 묻는 제수의 목소리가 들리었다.

"나요. 다들 무사했소? 의정부서 소식있소?"

하고 다급하게 묻는데 제수는 대문을 열었다. 뛰쳐 들어가니 백부님이 마루에 앉으신 채로 목을 길게 빼고 내다보면서,

"어서 오게. 모두 무사한가?"

하고 말하였다. 정학이는 너무나 반가워서 저도 모르는 사이에 백부님의 손을 와락 붙들고 막 흔드는데 백부님 눈에서는 눈물이 샘솟듯 하면서,

"그래 모두 살었는가?"

하고 물었다.

"우리는 다 무사하고 집에 피해두 통 없었어요. 그런데 조부님은? 조모님은?"

"으흠, 말 말게 불효두 푼수가 있지. 난 자네들 볼 면목이 없네. 어머님만 어떻게 겨우 모시구 왔는데 이틀이나 걸려서 겨우 방금 들어선 길이로세."

안방을 들여다 보니 조모님이 웅크리고 앉으셔서 무엇인지 호물호물 잡숫고 계시었다.

정학이는 들어가서 절을 하니 조모는 뻔히 바라다 보시면서,

"흥? 누구시오?"

하고 태연히 묻는 것이었다. 아이들이 모두 와—하고 웃으면서 노할머니를 둘러싸고,

"할머니. 큰아저씨야, 큰아저씨."

해도 노할머니는 고개를 설렁설렁 흔들면서,

"으응! 난 또 누구라구! 우리집 돼지 네마리 다 바로 어저께 팔았소. 참 너무나 싸게 팔았어. 싸게."

아이들은 발을 동동굴기도하고 대굴대굴 굴면서 웃어대니 노할머니는,

"망할 놈의 종자들 웃긴 왜웃어? 무에 그리 웃으워서, 응. 나 다 안다. 너이들이 날 업수이 보지 흥. 죄루 간다. 흥."

하더니 맞은 벽에 세운 이불장 면경을 들여다보면서,

"야 저집에서두 웬할머니를 둘러싸구 웃는구나. 오늘 무슨 날이기 모두 집집마다 웃음꽃이 펏니? 쯔쯔!"

하고 혀를 채더니 부시시 일어나서 정학이는 본체도 아니하고 밖으로 나가 버리셨다.

이때 대문을 뚜드리는 소리가 들리더니 문안으로 성큼 들어서는 사람은 다른 사람이 아니라 정호의 처 순덕이의 사촌 오라버니요 정호와는 대학동창인 김영덕[61]이었다.

김영덕이는 사촌누이 순덕이와 남동생 창덕이가 三八(삼팔)선을 넘어올 때 동행해 온 사람으로 일확 천금를 꿈꾸어 남북교역에도 쫓아다녀보았고 천량만량 꿈꾸는 뿌로커 노릇도 해보다가 최근에 어떤 착실한 자본주를 만나 까제 만드는 소공장을 채려놓고 거기서 생산되는 까제를 대학병원에 도매금으로 넘길 수 있도록 알선해달라고 정헌이를 여러 번 찾아왔던 사람이었다.

김영덕이는 미처 일일이 인사도 하기 전에,

"확실한 정보입니다. 미군이 방금 인천에 상륙했습니다. 오늘 밤쯤 서울서 시간전[62]이 벌어질 모양입니다."

하고 말하였다.

---

61 원문에는 가운데 '영'자가 식별하기 어려우나 56화에서 김영덕이라고 나옴.
62 '시가전'을 의미하는 것으로 보임.

56

김영덕이는 뜰에 선 채로,

"국군은 서울을 아껴서 그냥 비어놓고 나갔지만 공산군은 초토작전의 맹신자들이므로 그놈들이 퇴각할 때에는 그냥 고스란이 나가지를 않을 거고 반드시 닥치는 대로 아무나 죽이고 아무데나 불을 지르고 할것이나깐 피신하도록 하셔야 됩니다. 더구나 이 집은 퇴각로에 직면하구 있는 집이 되어서."

하고는 아무개의 대답도 들어볼 생각 없이,

"난 또 급히 가봐야 겠으니 이만 가겠읍니다."

하고는 불쑥 나가 버리었다.

정헌네 집 마루에서는 가족 구수회의가 열리었다. 누구 하나 무어라고 입을 열기도 전에 모두 가 다 꼭 피신을 해야 될 형세라면 갈 곳은 어디라는 것을 잘 알고 있었다. 즉 자하문 밖 세검정 근처에 있는 한 과수원이다. 노할머니의 둘째 아들이요 욱만이의 아우요 정학이의 아버지인 최욱진이가 삼 년 전부터 나가 살고 있는 그 과수원이야말로 피난하기에는 그 어디보다도 제일 좋은 곳이었다. 이런 위급한 때에는 그런 좋은 장소에 친족 중 한가구가 자리 잡고 살고 있는 것은 여간 다행한 일이 아니었다.

단지 문제는 누가 남아 있어서 이 집을 지키느냐 하는 문제이었다. 거리 체에 새로 들어 있는 강 치과의나 이발소나 양복점 주인들도 지금 부지거처요[63], 설사 그들이 돌아온다 한들 이 집 재물을 제것처럼 지켜줄 리는 만무한 것이었다.

집주인인 정헌이 처가 위험을 무릅쓰고라도 남아 있어서 세간을 지키고 싶어 할 것은 당연한 일이었다. 그렇지 않아도 그저께 밤에 대학병원에 몸을 안전하게 피하고 있으면서 밤새 그 복새통에 혹시나 세간살이가 도둑이

---

63 간 곳을 모름.

나 맞지 아니할가 조바심이 되어 잠을 이루지 못하고 자기 손때가 묻은 장롱들, 고이고이 나푸타링을 갈피갈피 넣어서 간직해둔 겨울옷들, 의료실기구 약품들, 몇 해를 두고 알뜰살뜰이 뭉아들인 살림살이들이 눈에 선해서 날이 밝자 곧 집으로 급히 되돌아 온 것이 아니었던가!

이런 눈치를 챈 정학이는,

"공산도배는 도덕도 윤리도 체면도 모르는 놈들입니다. 재물도 재물이려니와 재물은 한번 잃었다가도 다시 마련할 수 있으나 사람의 목숨은 하나밖에 없는 것이구 또 더구나 여자로서는 목숨보다도 더 귀한……"

하다가 말을 뚝 끊고,

차라리 노망들린 노 할머니나?

하는 생각으로 백부님얼굴을 힐긋 치어다보았더니 마치 이심전심(以心傳心)이 작용했는지 백부가 펄쩍 뛰며,

"야 말두 말아. 아부님을 생화장한 것두 천벌을 받을 죄악인데…… 또 그리구 노할머니가 혼자 우두머니 앉아서 세간을 지켜줄 줄 아나? 어림두 없다. 어디 한신들 가만 계시는 줄 아니. 이틀 동안이나 산으루 밭으루 모시구 오누라구 도중에서 몇 번이나 잃어버렷던 줄 아니?"

"그럼 이 복잡한 서울 장안을 지나서 세검정까지 노할머니를 모시구 가려면 몇 번이나 잃어버리구 며칠이 걸리겠소?"

하고 정학이는 껄껄 웃었다.

57

정학이는 말을 이어서,

"노할머니를 모시고 가려다간 아이들을 잃어버릴 염려가 있구……. 하, 그럼, 이렇게 합시다. 백모님과 제수님들은 아이들을 다 데리구 우선 사직동 집으로 가시오. 아, 참. 가기 전에 대강 옷가지나 하구 담료 같은 것을 추려서 두 서너 보따리 꾸려 놓서요. 쌀은 우리 집에 넉넉히 있으니 그만두구.

그리면 뒤로 우리가 노할머님과 짐을 구루마에다 심고 가지요. 하여튼 사직동까지라두 가 가지구 다시 이야기 합시다. 이런 땐 운명에 맡기구 용단을 내야 됩니다.”

하고 단안을 내리었다.

여인들이 아이들을 데리고 나간 지 한참 후에 짐 몇 짝과 노할머니를 실은 손 구루마는 돈암동 전차 종점께로 내리 달리고 있었다. 그 뒤로 욱만이, 정학이, 정국이가 따르고, 이삼일 끊지었던 전차가 도로 운행되고 있는 것을 본 정학이는,

‘응, 애들은 전차를 타구 갔겠으니 빠르구 편하겠군. 모두들 우루루 밀려 들어가면 정호 처가 얼마나 놀라고 반가울가. 멋도 모르고.’

하고 생각하며 구루마 뒤를 따라갔다.

창경원 앞을 지나는데 평생 처음 맡는 고약한 악취가 길가는 사람들의 코를 찔렀다. 창경원 담 밖에 쌓여 있는 시체들이 썩는 냄새이었다.

날은 무더워서 인민군을 가득가득 실은 위장한 츄럭들이 가로수 그을 아래 멈추어 서서 서퇴를 하고[64] 있는데 그 나 어린 사병들이 길가는 사람들을 쏘아보는 그 눈초리에는 소름이 끼치는 표독성이 숨어 있는 것이었다.

돌연,

“쌔앵!”

하는 쇳소리와 함께 기관총 소사소리가 콩튀듯 들려오면서 공습경보 싸이렌이 길게 들렸다. 구루맛군은 구루마를 털썩 봐버리고 벌벌 기어 인도 안 처마 밑으로 기어가고 욱만이 부자(父子)도 어디로 샛는지 없어졌는데 정학이는 구루마 밑으로 기어 들어가서 번 듯 누워서 하늘을 치어다보았다.

생전 처음 보는 이상스럽게 생긴 비행기 한 쌍이 쌍쌍으로 나비날 듯 하며 한 대가 급강하며 앞으로 불꽃을 뿜고 기어 올라가면 다른 한 대가 또 급강하하여 불꽃을 날리는 것이었다. 정학이는 정신을 잃고 이 신묘한 광경

---

64 원문을 식별하기 어려우나 ‘쉬고’로 추정.

을 구경하고 있노라니 구루마 위에 타고 앉아 계시던 노할머니는 무슨 생각이 들었는지 구루마에서 내려서 인적이 끊긴 대로상으로 휘적휘적 가고 있었다.

몇 차례의 기총 소사를 끝낸 두 쌍의 제트기는 먼데로 날아가 버리자 정학이가 불이낳게 노할머니를 쫓아가니 "자위대[65]청년"은 아직도 처마 밑에 바싹 붙어 서서,

"옆으로 들어서요. 들어서. 아직 해제가 안 됐으니 옆으로 들어서."

하고 소리를 고래고래 지르는 것이었다. 겨우 노할머니를 따라 잡은 정학이는 조모님을 억지로 끌고 어떤 집 처마 밑으로 가서 조모님을 붙든 채 땀을 벌벌 흘리며 해제 싸이렌이 불 때까지 기다리었다.

사직동 집까지 겨우 다달으니 여인들과 아이들은 벌써 와 있었다. 운 좋게 종로 사가에서도 전차를 곧 갈아탈 수 있어서 쉽고 빨리 오게 되었는데 전차표를 미리 살 필요도 없이 차장에게 현금을 주었기 때문에 편리하였다고 하는 것이었다.

58

정학이의 집에서는 또 한 번 가족 구수회의를 열었다. 설사 시가전이 벌어지고 공산군이 총퇴각을 한다 하드라도 이 집은 대로상에서는 꾀 떨어져 있으니 하루 이틀쯤 그대로 견디어보아도 무방하지 아니할가 하는 의견이 우세했으나 그러나 아이들만은 만약의 경우를 생각해서 세검정으로 내보내는 것이 좋겠다고 의견이 일치되었다.

그래서 노할머니도 그냥 머무르게하고 노할머니 대신에 쌀자루들과 아이들 한둘을 싣고 큰아이들과 정국이가 구루마 뒤를 따라가게 되었다.

구루마를 떠내보내고 정학이가 대문간에 아직 놓여 있는 쌀가마니를 헤

아려보니 네 가마니가 남아 있었다. 백부님의 조력을 얻어 그 네 가마니 쌀을 광으로 옮겨가고 대문간을 깨끗하게 쓸고 있노라니 밖에서 누가 대문을 왈캉왈캉 흔드는 것이었다.

"누구요?"하고 물으니 낯선 목소리[66]로

"대낮에 문은 왜 걸어두오. 어서 열어요."

대문을 여니 팔에 완장을 단 청년 둘이 섰다가 쪽지를 주면서,

"이대로 먹글시로 써서 이 대문 양쪽에 붙이시오."

하고 가 버리었다.

쪽지를 펴보니 한글로,

"인민의 해방자 영용한 인민군 만세."

"조선민주주의 인민 공화국만세."

라고 쓴 두 줄 글이었다.

정학이는 잠시 망서리었다. 어찌할까? 내일 모래쯤이면 이놈들이 모두 뒷공문이를 빼구 달아나 버릴텐데 고새를 못참아서!

대문을 흔드는 소리가 또 낫다.

"누구요?"

"반장이요."

"아 어서 들어오시오."

"그런데, 최형. 미안하지만 만세를 어서 속히 써 붙이도록 해주시오. 또 그리구 여기 이대루 기를 그려서 곧 띠우라구합니다."

"네. 그렇게 하지요. 누구 명령이라구, 허허! 좀 올라가십시다. 마루루."

"아니요. 바빠요. 그런데, 최형!"

하고는 반장이 입을 정학이 귀에다 대다 싶이하고,

"무어 그리 염려할 것은 없어요. 두 주일 동안만 그놈들이 하라는 대루

---

66 원문에는 '목소로'로 표기되어 있음.

수걱수걱[67] 복종하면 그뿐일 겁니다."

"두 주일이라니요?"

"그 왜, 길 건너 홍 주사댁 아들이 미국 사람 회사 서기로 가 있지 않소?"

"그렇지."

"그런데 그 미국 사람이 二十七(이십칠)일날 떠나가면서 서기보구 두 주일 후에는 꼭 되돌아올 테니깐 염려 말구 기다리라구 그러더래요. 그러니 어련하겠소. 그 사람들 말인데."

"흐음. 아, 그런데 미군이 벌써 인천 상륙했다는 소식은 못 들었소?"

"아, 참말요? 참 최형이 언제나 정보가 빨라. 그러니깐 우리 모르는 체하구 이놈들이 하라는 대루 합시다. 공연히 의심 살 필요 있어요? 며칠 간뿐인걸! 자, 난 바빠서 그럼 또 뵙겠읍니다."

백노지를 펴놓고 먹을 천천이 갈고 앉아 있는 정학이의 머리속에는 여러가지 복잡한 생각이 들고나고 하는 것이었다.

기를 새로 만들어 띄워야 된다? 아, 이 땅에는 왜 이리도 기가 자주 바뀌어야만 되는가?

59

정학이가 어렸을 때부터 역서[68]에 빨강알이 백혀 있는 날에는 반드시 대문에 일장기를 띄워야만 된다는 것을 그는 잘 알고 있었다.

보통학교에 입학을 했더니 입학식장에서 학생들과 칼 찬 훈도들이 모두기 봉에 달려 있는 일장기에 경례를 하였고, 그 후로 학교에 가는 날마다 비가오든 눈이오건 조회시간에 반드시 그 빨강알 기에 경례를 해야만 했었다.

---

67 말없이 꾸준하게 일하거나 순종하는 모양.
68 책력. 일 년 동안의 월일, 해와 달의 운행, 월식과 일식, 절기, 특별한 기상 변동 따위를 날의 순서에 따라 적은 책.

중간에 보통학교 훈도들의 허리에서 칼은 없어젓으나 정학이가 중학교 전문학교를 다 졸업할 때까지 그는 그 일본 기에 절을 수천 번 아니 수만 번 했을 것이다.

그러던 것이 바로 五(오)년전에 일본 기는 한반도에서 자취를 감추고 집집마다 태극기가 띠워젓으며 서울거리 요소요소마다 세워 논 청송가지 아ー치 머리에는 태극기만 아니고 미국 성조기와 쏘련 적기가 어디나 나란이 꽂이어 있었고 또 그때 인심도 미국과 쏘련을 꼭 같이 조국해방의 은인으로 생각하여 감사한 마음을 가젓던 것이다.

그러나 三八(삼팔)선을 경계로 하여 이남에는 미군이 진주하고 이북에는 쏘련군이 진주하여가지고는 한국의 평화적 통일안에 쏘련측이 번번이 반대하여 내려오다가 인제 와서 괴뢰 김일성을 사주하여 무력남침까지 하는 이 쏘련기를 다시 띠우지 않으면 안 된다는 것은 너무나 기가 막히는 일이었다.

우선 두 줄 포스터를 써 가지고 대문 바같쪽에 바르려고 들고 나가 좌우를 살펴보니 대문마다 포스터는 일제이 다 붙여져 있으나 기를 띠운 집은 뜨문뜨문 몇 집 안되는데 그 기는 인민공화국기도 아니요 쏘련기도 아닌 새빨간 헌겁을 네모방정하게 잘라서 깃대에 비끌어 맨 것이었다.

"참, 묘한 임기응변이로고나."

하고 생각하면서 정학이도 우선 빨강색 깃발만 띠워놓으면 봉변은 면하려니하고 안심하며 맞은편을 바라다보니 저 골목 끝집 대문에만은 아주 훌륭한 인민공화국기가 띠워있는 것을 보고 그는 놀랏다.

"아! 그러면 그 집이 원래 빨갱이었고나."

하고 생각하며 혹시나 그집 주인하고 말다툼이라도 하여 의를 상한 일이나 없는가 하고 회고하고 있는데 때마침 그 집 주인이 지나가다가 발을 멈추고,

"왜 뻔히 발아다보구 계시우? 솜씨가 좋지요."

하고 빈정대는 말인지 자랑하는 말인지 분간할 수 없는 말을 건네는 것이었

다. 정학이는 묵묵히 있을 수도 없어서,

"녜, 참, 썩 잘 만들었는데요."

하고 대답하니 그집 주인은 껄껄 웃으면서,

"허허, 내가 그린 것이 아니라 우리 집 사랑방에 세든 사람이 몇 달 전에 월남해 온 사람이 되어서 그 사람이 금시 만든 것입니다. 별루 힘 안 들이구 쓱쓱 그려 내던데요. 물감이 많이 남었으니 최형, 혹 그리기 어려우시면 내 부탁하지요. 그만한 편의 쯤이야 뭐 못 봐드리겠어요?"

"녜, 감사합니다."

"그런데 좀 미안한 청이 있는데요. 우리 집 쌀이 똑 떨어젓는데 쌀가가 연데는 통 없구 당장 저녁 끓일 것이 없는데 최 형 어떻습니까? 좀 여유가 있으시면?"

하면서 정학이의 정면을 쏘아보는 그 사람 눈에는,

"나는 네가 쌀을 많이 감추구있는 걸 알구있다!"

하는 표정이 보이는 것이었다.

오월동주

60

　밤 새로 두 시나 되었을까!

　"대문 열우. 대문."

하는 커다란 목소리에 이어서 대문을 막 흔들고 차고 하는 소리가 들리었다. 정학이는 자리옷바람으로 허둥지둥 뛰어나갔다.

　"거 누구요?"

　"납니다. 반장입니다."

　귀에 익은 반장 목소리가 분명하였다.

　"녜에, 곧 엽니다."

　대문을 열자 반장이 앞서고 오륙명 장정이 쭉 들어서는데 어두워서 똑똑히 보이지는 아니하나 그중 두어 사람은 어깨 위로 총신을 삐죽 올려 밀고 있었다.

　반장이,

　"밤늦게 미안하나 댁 수색을 하려고 이분들이 오셨습니다. 무어 댁뿐 아니구 일반적으로 집집마다 다 하는 것이니요."

하는 말에 놀란 토끼가슴처럼 할닥거리든 정학이의 마음이 좀 놓이었다.

　"자, 들어들 오시지오."

하며 마루로 앞서 올라서니까 낯선 목소리가,

"촛불이라두 켜시오."

하였다.

정학이는 책상을 더듬어서 석냥을 찾아 한 개피 그어가지고 책상 설합을 열고 초 한 자루를 꺼내 불을 붙이니 신발도 벗지 않고 마루로 올라온 사람이 그 촛불을 닁금¹ 빼앗아 들고 정학이의 얼굴에 빤히 비춰면서 오래오래 무서운 눈초리로 쏘아보고 있는 것이었다.

정학이는 불쾌하기도 하고 슬그머니 겁도 낫으나 될 수 있는 대로 마음의 평정을 유지하려고 애를 썼다.

"당신이 이 집 주인이요?"

하고 마침내 평복한 내무서원²이 묻는 것이었다.

"그렇습니다."

"몇살?"

"서른여덟입니다."

"이 집은 당신 소유요?"

"그렇습니다."

"언제부터 이 집에 사시오?"

"한 삼사 년 되었읍니다."

"삼사 년? 그런 막연한 대답이 어디 있소? 삼 년이요? 사 년이요? 똑바로."

"사 년째입니다."

"그전에는 어디 살었소?"

"시골에요."

"어느 시골이란 말이요? 어름어름하지 말구 똑바로 대요."

"의정부요."

---

1 닁큼(머뭇거리지 않고 단번에 빨리, 냉큼, 재빨리)의 평북 방언.
2 원문에는 '□□□ □무서원'으로 판독이 어려우나 62화에서 같은 인물을 '평복한 내무서원'이라고 하는 것으로 보아 '평복한 내무서원'이라고 추정됨.

"八 · 一五(팔일오) 해방 전에는?"

"의정부요."

"당신 이름은?"

"최정학입니다."

"직업은?"

"장사……."

"여보, 장사에두 여러 가지[3]가 있지 않소. 무슨 장사란 말요?"

"어, 그으, 잡화상입니다."

"당신이 이 집 세대주요?"

"녜."

"지금 이 집에 몇 사람이 자구 있소?"

"글세요, 한 열 아문명 가량……."

"열아문명 가량이 대관절 몇 명이란 말요? 자기 집에서 자구 있는 사람이 꼭 몇 명인지두 모르구 있단말요? 응, 누구 숨겨둔 사람이 있구려?"

"아니요, 아까 □□기 전에 유숙계를 다 냈습니다."

질문하던 사람은 왼손에 들고 있던 서류를 치어들어 촛불에 비춰어 보면서,

"의정부 돈암동에서 와서 자는 사람들은 무슨 용무로 왔소?"

61

"피난들 왔지요."

하고 정학이가 대답하자,

"흥! 피난? 인민군이 그렇게두 무섭소?"

"아니요. 그저. 응, 어……."

---

3   원문에는 '가기'로 표기되어 있음.

오월동주

129

"잔말 말구 피난온 사람들은 모두 내일로 돌려보내야 됩니다. 인민군은 인민의 아들들로 편성된 군대이어서 인민들에게 친절하고 인민을 보호해 줍니다. 남반부 용병인 국방군 놈들과는 판이 다르다는 것을 인식해야 합니다. 알아 들었소?"

"녜."

"유숙계에 올리지 않구 자구 있는 사람은 몇 명이요?"

"없읍니다."

"흥, 그럼 집을 뒤져불가요? 뒤지기[4] 전에 바른 대로 말하면 용서되지만 우리가 뒤져서 발각되는 사람은 무조건 총살입니다."

"뒤져보십시오."

"당신 직업이 무어라구 그랫지요?"

"잡화상입니다."

"점포는 어디 있소?"

"종로 사가에 있읍니다."

"오놀 개점했었소?"

"아니요 아직……."

"왜 개점 아니했소?"

"무어 그 특별한 이유는 없지만두……."

"응 물건 팔지 않구두 넉넉히 먹고 살아갈 여유가 있단 말이지요?"

"반드시 그런 건 아니지만."

"내일부터 개점하겠소?"

"하지요."

"아, 그럼. 그 무기나 내노소."

"무기라니요?"

"모른 체한다구 속을 우리가 아니니 어서 내노시오."

길   4 원문에는 '뒤기'로 되어 있으나 문맥상 '뒤지기'로 보임.

"글세 무기라니 무슨 무기 말이요?"

"무기를 몰라? 총이나 칼이나 권총이나."

"부엌 식도밖엔 없읍니다."

"하, 최 동무. 동무는 우리가 농담하러 온 줄루 아우?"

"천만에요. 아닙니다."

"그럼, 어서 그 권총을 내놔! 지금 순순히 내놓으면 용서되지만 만일 우리가 뒤져서 찾아내는 때에는 최 동무는 총살이요."

"무기라구는 내 평생 손에 쥐어본 일이 없읍니다."

"아니 내 말하는 것은 그적게 밤에 당신이 맡아서 감추어둔 권총을 내노란 말이요."

"권총을 맡길 사람두 없구 내가 맡은 일두 없읍니다."

"뒤져서 발견되면?"

"없어요."

"그럼 부득불 뒤져야겠군요!"

"뒤져보시오."

"으음, 그럼 동무들 뒤집시다. 자 초 한 자루 더 주시오."

우선 책상 설합들부터 샅샅이 뒤지는데[5] 권총을 찾아내려고 하는 것보다도 바늘을 찾으려는 모양으로 세밀히 뒤지는 것이었다.

책상에 꽂혀 있는 책들을 모조리 뽑아 허틀어놓고는 구두발 그대로 안방으로 들어가서는 우두머니 한구석에 웅크리고 앉자 있는 사람들은 본체만체하고 의거리[6], 이불장, 사면탁자, 조그만 설합들까지 일일이 뒤지었다. 촛불 한 개로 비취면서 뒤지는 일이라 시간이 여간 오래 걸리는 것이 아니었으나 그냥 세세이 뒤지는 것이었다.

---

5 원문에는 '뒤는데'로 되어 있으나 '지'가 빠진 것으로 보임.

6 의걸이. 위는 옷을 걸 수 있고, 아래는 반닫이로 된 장

62

안방을 다 뒤지고 난 그들은 다시 마루로 나서더니,

"자아, 다 뒤지면[7] 며칠이 걸릴지 모르겠으니 그러지 말구 최 동무 내놓으시오. 지금 내놓지 않구 이다음에라두 들키게 되면 그때는 용서 없을 테니."

"글세, 없는 총을 어디서 내놓습니까?"

"그럼 다시 한 번 자세히 뒤져봐야지."

하면서 책상으로 가더니 책상 위에 놓여 있는 만년필을 집어 옆에 섰는 군인에게 주고 설합 속에 들어 있는 회중시계를 집어내서는 다른 군인에게 주고 평복한 자기는 라이타를 슬적 실례하는 것이었다.

이것을 보는 정학이는 너무나 어이가 없어서 꿀먹은 벙어리처럼 못 본 체하고 있었다. 평복한 내무서원은 또다시,

"최 동무, 이 집에 몇 해 살았지요?"

"아까 말했지요. 왜!"

"묻는 말 대답이나 해요. 남반부 인민들은 이론 캐기를 참 좋아한단 말야. 이론은 캐지 말구 묻는 말을 대답해요."

"사 년채 살고 있어요."

"직업은?"

"잡화상."

"八 · 一五(팔일오) 해방 전에는 어디서 살았지요?"

"의정부요."

"그때 직업은?"

"농사요."

"농사? 응 지주이었다는 말이군!"

---

7   원문에는 '뒤자면'으로 표기되어 있음.

정학이는 '아차!' 하고 속으로 후회하면서 얼른,

"아니요. 자작농이었어요."

"자작농으루 잡화상 미천을 벌수 있었단 말요? 믿어지지가 않는데 지금 잡화상 미천은 얼마나되요?"

"한 백만 원가량!"

"아, 백만장자! 참 부럽군. 그러나 우리는 남반부 돈이 북반부 돈에 비하여 그 얼마나 무가치하다는 걸 잘 알구 있으니까 속일 필요는 없소. 내일부터는 꼭 개점하시오."

"네."

"최 동무 종교는?"

"아무 교도 믿지 않습니다."

"정당 관계는?"

"아무 관계 없읍니다."

"으흥. 남반부 놈들은 모두가 다 거짓말쟁이란 말이야. 해방 전엔 친일파였지요?"

"글세요. 꼭 친일파랄 것두 없구요. 거의 모두가 창씨개명하구 신사참배하구."

"그럼 독립운동을 한 애국자두 당신 집안엔 없단 말요?"

"별로이……."

"흠 그것 안됐는걸. 독립투사가 한 분이라두 있었더면 큰 상금을 받았을걸. 인민공화국에서는 대한민국처럼 독립투사를 푸대접하지 않구 우대하고 있답니다. 아, 초 한 자루 더 주시오. 최 동무 만일에 이 반 내에서 반동분자가 발견되거나 혹은 인민군을 반대하는 행동이 생길 때에는 이 반 전원이 공동책임을 지게 될 테니 그리 아시오."

하고 따지면서 평복 내무서원은 뜰로 내려섰다. 정학이는,

"내 집 하나이라문 또 모르지만 반 전체에 대해서야 내가 어떻게 책임을……."

하고 중얼거리니까 내무서원은,

"잔소리 말어요. 이 명령은 내 명령이 아니구 상부의 명령이니깐요."

하고는 촛불을 끄고 남은 초를 호주머니에 넣고 나가버리었다.

63

그 이튿날 아침에는 '자위대'라는 완장을 두른 청년 댓 명이 달려들더니 쌀 재고가 얼마나 있느냐는 조사를 했다.

"식구가 며칠간 먹을 식량을 가지고 있소?"

하는 물음에 정학이는 부지중,

"글세요, 우리 식구 한 열흘 먹을 쌀밖엔 없는데요."

하고 대답했더니,

"흥, 그럴 리가 있나. 이런 부자집에서. 자, 우리 뒤자구[8]."

하더니 곧장 헷간으로 가서 한편에 쌓여 있는 쌀가마들을 곧 발견하고는 의기양양하여

"그러문 그렇지. 이 쌀은 동리서 나눠 먹기로 됐으니 가져갑니다."

하고는 닝큼닝큼 다 날라가 버리고 말았다.

"흥, 공산주의는 내 것은 내 것이고 네 것도 내 것이라구 한다더니 그 말이 꼭 옳군."

하고 혼자 중얼거리면서도 정학이는 일언반구도 크게 항거하지는 못하고 서서 보기만 했다.

정헌이의 처는 어제밤 내무서원의 엄포가 무섭기도 했거니와 장정들이 무법하게도 대낮에 알불한당 짓을 하는 것을 목도하고 나니 비여두고 온 집 생각에 좀이 쑤시어서 시아버님의 형수인 욱만이 처를 살살 꼬여서 같이 돈암동 집으로 돌아가고 노할머니와 욱만이와 정국이와 정국이 처는 반장에

길

8 '뒤지자구'에서 '지'가 누락된 것으로 보임.

게 부탁하여 벌써 오래전에 반적부에 올린 것처럼 꾸며놓았다.

그리자 열한 시까지 반장 집으로 매 세대 한 사람씩 꼭 모이라는 통지를 받고 정국이 처더러 좀 가보라고 하고 정학이는 세검정 가 있는 아이들 일이 궁금해서 큰길을 피하고 샛길로 자하문을 향하여 갔다.

성 바로 안 언덕 밑에 있는 학교 대문에는 인민군 보초가 서 있는 것을 정학이가 보고 지나갔으나 창의문[9] 문턱에나 문밖에서는 인민군 한 사람도 보이지 않았다.

과수원이 빤히 내려다보이는 지점까지 가니 수정처럼 맑은 물이 흘러내리는 비탈에서 물장난을 하고 놀고 있던 딸 영실이가 어느새 아버지 모습을 알아보고 뛰어오면서,

"아버지!"

하고 반갑게 불렀다.

다른 아이들도 와— 하고 물이 들어 철벅철벅하는 고무신으로 매마른 길 위에 시커먼 발자욱을 내면서 뛰어왔다. 이 아이들은 세월이 어찌 돌아가는지 모르고 원족[10]이나 온 것 같은 기분이었다.

과수원 입구에 있는 초가집으로 들어가서 부모님께 안부를 물었더니 이곳에서는 싸움 구경도 못 했고 인민군 코빼기도 아직 못 보았다고 하면서도 인민군 만세 포스터가 붙어 있고 또 빨간 헝겊 오래기가 싸리대에 매달려 꽂여 있는 대문을 가리키면서 쓴웃음을 웃으시는 것이었다.

가족들의 안위를 대강 말씀드리고는 곧 되돌아왔으나 오후 두 시가 넘은 모양인데 집 안에 들어서니 정국이 처가 정헌이 처 순덕이에게 무어라고 경험담을 수다하게 늘어놓는 모양이었다.

"그래 사직공원으루 모두 모였는데 남자라군 삼분지 일두 안 되구 모두 여인네인데 남자구 여자구 모두 늙으니 천진데 나같은 젊으니는 여간 승거

워야지요. 차라리 우리두 노할머님을 가시도록 했더라면 좋았을껄. 난 집에서 빨래나 하고."

하고 나서는 둘이서 깔깔 웃는 것이었다.

64

"그래 대관절 무얼하려 모이랫읍디까?"

하고 순덕이가 물어보니 정국이 처는,

"글세, 들어보세요, 내 말을. 일동회는 어데루 가구 이동회는 또 어데루 가구 삼동회는 어데루 가소 하구 구장이 제아무리 떠들어싸두 늙은 여인네들이 어데가 어덴질 알아들어야 말이지요. 이리 밀려가구 저리 밀려가구 하다가 우리 동 사람들은 결국 국민학교 제二(이)교실로 들어갔는데 아마 한 백 명이나 될가한 사람이 절반쯤 의자에 걸쳐 안고 나머지는 강단만 내놓구 사면으루 뼁 둘러서서 한 시간이나 기다리는데 글세 나는 멋모르구 가운데 교의에 들어가 안잤다가 어찌나 무덥구 사람 땀내가 코를 찌르는지 그렇다구 비집구 나오기두 무엇하구 아주 참 혼이 낫어요."

"서론이 너무나 길군 그래. 그래, 어서 왜 모였는지를 이야기해주어요."

"아, 지금 곧 그 이야기루 들어서는 참인데요. 한참이나 기다리게 하더니 몇몇 젊은 남자들이 둘러선 사람들을 비집고 들어와 강단으로 가 서더니 한 사람이 무슨 위원장이니 무슨 위원장이니 장자를 한참 부르더니 그다음에는 무슨 맹이니 무슨 맹이니 맹자를 또 한참 부르고 나서는 또 무슨 책이니 무슨 책이니 또 한참 부르고 나서 무슨 위원장이란 사람이 나서서 연설을 하는데 대한민국 대통령을 개 욕하듯 욕질을 한참 하구 나서는 김일성이 스타린 칭송을 한참 하는데 문술가리[11]에 서서 듣구 있던 늙으니들은 에 더워 에 더워 하며 슬근슬근 밖으로 나가버리는데, 글세, 난 왜 하필 의자 중에도

길
11 '술가리'는 '언저리'의 평안도 방언.

아주 가운데 안자 가지구 오두 가두 못 하구 땀을 뻘뻘 흘리면서 끝까지 다 들누라구 아주 참 욕봤어요. 그리다 모두 일어서서 만세를 부르자구 하는 소리가 어찌나 반갑던지 만세를 부르구는 그만 헤여져 왔지요."

그러나 이날 '회'가 이것만으로 끝난 것은 아니었다. 네 시가 되니까 반장이 오더니 다섯 시부터 국민학교 강당에서 여성동맹 총회를 모이는데 매 세대 여자 十五(십오)세 이상 六十(육십)세까지는 한 사람도 빼지 않고 모두 출석해야 된다는 명령이라고 이르고 가더니 십 분이 못 되어 반장이 다시 나타나서 오후 일곱 시에는 중학교에서 문화선전 강연회가 있으니 집 볼 사람 한 명만 내놓고 전부 출석해야[12] 된다고 통고하는 것이었다.

정학이는 반장과는 무흠한 사이인지라,

"아-니 여보. 여인네들은 모두 여맹인지 공맹인지 참석해야 된다, 바상회[13]에도 오너라, 문화선전에도 나오나라 하니 한 몸을 세 쪽으루 쪼개서 다녀야겠군요."

하였더니 반장은 버룩버룩[14] 웃으면서,

"그걸 나더러 물어보문 무슨 소용이 있소. 영용한 김일성 장군에게 물어보아야지. 흐흐흐."

"아, 반장님은 반동분자 명부에 올려야겠군."

"흥, 벌써 한번 숙청당했는걸요!"

"숙청당하다니?"

"내 아들이."

정학이는 깜짝 놀라 눈을 뒤둥그렇게 뜨고 반장을 의아스런 눈으로 바라다보면서,

"농담이요?"

하고 말하였다.

---

12 원문에는 '출석행야'으로 표기되어 있음.
13 '반상회'의 오기로 보임.
14 입을 크게 벌리고 자꾸 흡족하게 웃는 모양.

65

반장은 그냥 웃으면서,

"농담이 아니구 참말인데요. 왜 우리 세쨋 놈 이름이 일성이가 아니요."

"흥, 참, 그렇군요."

"아, 그래, 거리에 나가 놀 때 그 애 동무들이 일성아 일성아 하구 부른다구 내무서원인지가 그 애를 끌고 집으로 와서 나더러 아들 이름을 당장 고쳐야지 그대루 두었다간 용서 없다구 그러더군요."

"흐응, 그것 참. 창씨개명의 재판인가! 그래 자제분 이름을 무어라구 고치었소."

"글세, 이름을 고친다는 일이 어디 그리 쉬운 일이오니까. 더구나 행렬이 성 자가 되고 보니. 형, 어디 좋은 이름 하나 생각해봐 주슈. 성 자 행렬루. 아, 또 가보아야겠습니다. 집에 벌써 또 무슨 지령이 와 있을는지두 모르니 참 눈코 뜰 사이두 없습니다."

하고 갔던 반장이 과연 조금 후에 되돌아왔다.

"자, 이 공문을 요대로 한 불 베껴서 기입해 가지구 오늘 밤 안으루 갖다 주셔야 되겠습니다."

반장이 베끼라고 준 보고서는 '가족상황 보고서'인데 세대주 주소 성명 八一五(팔일오) 이전 주소 연령 직업 교육 정도 종교 정당 현재 보유 쌀 잡곡 장작 숯 담요 이부자리 유기 금은기명 보석 라디오 사진기 재봉틀 침대 전화 등을 전부 세세히 기입하라는 것이었다.

'이놈들이 이런 걸 다 적어 바치라구 해놓구는 슬금슬금 모두 빼앗아갈 심산이구나.'

하고 생각된 정학이는 아주 없다고 써 바쳐도 또 말썽일가 싶어서 몇 가지씩만 기입하고는 □□□을 □□하여 귀금속품은 전부 독에 넣어 땅속에 묻어버렸다.

한 동리에 사는 사람으로 그의 아들이 미국인 상사 사무원으로 있었는데 그 주인이 떠나면서 두 주일 후에는 꼭 다시 온다고 했다는 풍설을 철석같이 믿고 그 두 주일 동안을 그야말로 일각의 여삼추로 기다리었것만 두 주일째 되는 날에 정학이의 집으로는 정호 밑에서 일하던 과장 두 명이 찾아왔다.

정호가 지팡이를 짚고 다리를 절룩거리며 나와서 그들 두 손님을 마루 위로 인도하자 여러 말 하기 전에 그들은 댓자곳자로 정호더러 왜 자수하지 않느냐고 힐문하는 것이었다.

정호는 두텁게 붕대로 맨 발목을 가리키면서,

"이 발목 때문에 자유로 걸어 다닐 수가 없어서 차일피일하게 된 것입니다. 자수만 하면 원만히 포섭해준다는 소식을 못 들은 바 아니나[15] 이 원수의 발목이 자유스럽지가 못해서 나두 참 기가 막히우."

"하, 그러시면 발이 쾌차되는 대로 곧 자수하도록 하세요. 지금 우리 부, 특히 우리 국은 모두 질서정연하게 사무를 보구 있는데요, 국장동무까지 나와주시면 능률을 아주 백 파센트 올릴 수 있습니다. 자수만 하면 지금 당장은 안 되더라도 불원한 장내에 생활보장과 쌀 배급이 확보될 것입니다. 만일에 끝끝내 자수하지 않고 숨어다니면 그때는 내무서로 넘기면 거기 서 헤여 나오기는 극난할 것입니다."

하고 다짐을 두고 나서 두 과장은 일어섰다.

그리자 그동안 과수원에 나가 있던 정옥이와 정환이가 함께 □□□□[16].

66

정환이와 정옥이가 들어서면서

"내일부터 학교 개학이래요."

---

15 원문에는 '아니다'로 표기되어 있음.
16 판독이 어려우나 '돌아왔다'로 추정됨.

하고 말하였다.

"어떻게 아니?"

"전선대란 전선대[17]마다 각 학교에서 내일 오전 九(구)시까지 등교하라구 써 붙였어요."

이튿날 아침 정환이와 창덕이는 그들이 제학 중인 중학교로 갔다. 교정에 들어서니 제일 먼저 유표하게 눈에 띄이는 것이 기봉 꼭대기에 축 늘어져 있는 별 그린 깃발이었다.

강당에는 재학생 삼분지 이가량이 모여서서 웅성거리고 있었다. 강단 뒷벽에는 가운데 별 그린 기와 빨간 바탕에 낫과 마치[18]를 그린 기가 교차되어 걸려 있고 그 왼편에 코밑수염이 텁수룩한 스탈린의 푸로필, 오른편에 푸둥프둥 살찐 김일성이의 반신상이 걸려 있었고 좌우 벽에는 열어놓은 창문만 제하고는 가지각색의 표어를 쓴 포스터가 주저분하게 붙어 있었다.

교장님은 보이지 않고 서무주임이 등단하더니,

"여러 학생. 오늘부터 우리학교는 참된 민주주의 교육기관으로 신발족을 보게 된 것은 축하할 일입니다. 모든 봉건사상과 미국식 자본주의 잔재를 깨끗이 청산하고 인민의 참된 발달을 목적하는 민주주의적 또는 세계문화의 최고봉을 차지하고 있는 위대한 쏘비엘 문화를 본받는 새 교육을 실시하기 위하여서 교장 이하 교직원, 용인, 급사까지[19]도 전부 새로이 선거되었읍니다. 절대 다수 학생 참석하에 만장일치로 선출된 교장동무를 소개하겠읍니다."

새 교장은 다른 사람이 아니라 연전에 파견되었던 역사 선생이었다. 그는 써 가지고 온 취임 연설을 한 시간이나 낭독하는데 한 가지도 새로운 내용은 없고 판에 밝은 대한민국 욕설과 '북반부'와 쏘련의 교육문화를 극구 절찬한 후 그네들의 연설에는 의레이 따르는 만세로 끝났다.

---

17 전봇대.
18 망치
길 19 원문에는 '급사까기'로 표기되어 있음.

연설 낭독을 끝낸 교장은,

"미국야만식 잔재인 소위 학생자치회는 민의에 의하여 해소되고 새로이 학교 민주청년위원회를 선출하여 위원장을 선거했는데 지금 그 위원장을 소개합니다."

하자 단상에 성큼성큼 올라서는 학생은 지난봄에 퇴학 처분을 당한 어깨 학생이었다.

이 민청위원장도 자기가 썼는지 다른 사람이 써주었는지 모를 긴 연설을 읽고 나서 고개를 번쩍 들고,

"학생동무 여러분. 용감무쌍한 우리 인민군이 방금 조선 해방과 조국통일을 위한 전쟁에 피를 흘리고 있는 이때에 우리 학생들이 교실에 편히 안자서 책과 펜을 들고 수업하고 있어서야 되겠습니까? 여러분 책과 펜을 던지고 총과 칼을 들고 전선으로 나아가는 것이 우리들의 의무요 □광[20]입니다."

하고 소리를 지르니 여기저기서,

"옳소, 옳소."

하는 외침이 일어났다. 그러자 '교장 동무'가 다시 나서더니,

"그런데 저급 학생들은 내일부터라두 곧 공부를 시작하려고 계획했었으나 교원들 전원이 아직 모이지 못했고 하니 이학년 이하 학생들은 일단 집으로 돌아가서 학교에서 다시 지시가 있을 때까지 기다리고 삼학년 이상은 지금 이 자리에서 한 명도 빠지지 말고 의용군[21]에 지원하기로 합시다."

하였다.

67

학생들은 와글와글 끓기 시작하였다. 와ー 출입구로 몰리는데 문을 한짝

---

20 영광으로 추정됨.
21 국가나 사회의 위급을 구하기 위하여 민간인으로 조직된 군대.

만 열어놓고 상급생 몇 명이 파수를 보며 이학년 이하 학생만 한 명씩 내보냈다. 삼학년 학생이 혹 새치기를 하려하면 상급생이 막 잡아내 뺨을 때렷다. 정환이는 이학년 학생이었으므로 무사히 나왔고 창덕이는 오학년이었으므로 나오지 못하고 감금되고 말았다. 출입문을 닫고 나자 민청위원장은,

"자, 인제 동무들한테 의용군 지원서 용지를 한 장씩 배부할 터이니 한 사람도 빠지지 말고 기입하여 가지고 이 강단 위으로 올라오시오."

하고 소리 질렀다.

대부분 학생이 용지를 받아들고 어리뚱질해 서 있는데 그중 몇 학생이 강단 위으로 올라가서 지원서를 내놓으니 민청장[22]이 굳은 악수로 환하는가 하면 교장은 등을 뚝뚝 뚜드려주면서,

"용감한 인민의 아들들."

하고 칭찬해주는 것이었다. 민청장은 두 주먹을 휘두르며,

"자, 동무들 올려다보시오. 이 영웅들을. 조국을 사랑하거든 이리로 올라오시오. 자, 어서, 어서."

하면서 발을 동동 굴렀다.

학생 더러는 도망하려고 출입문께로 밀려갔으나 그 문은 굳게 닫혀 있어 요지부동이었다. 수십 명 지원자는 강단 위에서 서로서로 악수를 하고 어깨를 치며 돌아가는데 낭패한 다대수 학생들은 허둥지둥 이리저리 몰리다가 강단 옆에 있는 협문을 밀어 제치고 와ー 쏟아져 나갔다. 창덕이도 이 틈에 끼어서 뛰어나와 횡하니 뛰어 다름질하여 교문을 나서는 데 성공하였다.

그날 밤 정학이는 밤이 늦도록 잠을 들지 못하였다. 옆에 누우신 백부님은 코를 드렁드렁 골며 주무시는데 정학이 머리만은 오만가지 생각이 피곤한 머리속을 들고나고 해서 잠을 잘 수가 없었다.

정학이는 생각했다.

정호는 발목을 상해서 걷지 못한다는 핑계로 임시 모면은 했으나 그 핑

길

22 민청위원장을 의미함.

계 시효가 며칠간에 끝날는지는 의문이었다. 사실인지 선전인지는 모르나 낙오된 정부요인들과 국회의원들은 대개 다 자수하여서 하룻밤 자고는 놓여나왔다는 소문이 자자한데 또 일설에는 자수한 사람들은 개개가 다 시말서를 쓰고 또 자기 동료 중 자수하지 아니한 사람들을 잡아다 바친다는 서약서를 쓰고 놓여 나왔다는 풍설도 돌았다. 만일 그렇다면 일단 자수하고도 동료 두 명을 잡아주지 못하는 경우에는 어찌 될고? 그놈들이 무한정 기다리구 있지야 않겠지? 아하! 이런 걱정은 당자인 정호가 누구보다도 더할 일인데, 원. 그애가 언제나 철이 들지? 그러나 내가 그애 걱정을 안 해주면 누가 해줄가? 과수원으로 나가서 아부님과 상의해 볼가? 또 설혹 자수를 한다하드라도 가족관계를 그놈들이 캐묻는 날에는 낭패가 아닌가? 결국 숨기는 도리밖에 없지. 설마한들 유엔군이 한 달 안에는 서울을 탈환할 수 있겠지. 그럼 한 달 동안만 어디다 숨겨두면 될텐데, 응. 그럼, 숨기려면 정국이도 창덕이도 다 숨겨야 하지 않나? 만 十七(십칠)세 이상 三十二(삼십이)세 남자는 무조건 의용군으로 붙들어 간다고 하니 그러면 시퍼런 장정 셋을 한 달 간이라도 숨겨둘 곳이 어딘가?

참 난처한 노릇이었다.

68

정학이는 너무나 깊은 생각에 골몰하기 때문에 자기가 결코 잠이 들었다고는 생각되지 아니하는데 돌연 꿈결같이 자기 얼굴에 정면으로 내리 쏘이는 눈부신 강한 손전등 불에 놀라 그는 후덕덕 일어났다. 마루턱에는 두 사람이 척 걸어앉아서 둘이 다 정학이의 얼굴에 손전등 불을 비추면서 그중한 놈이,

"아니, 재밤중[23]에 대문을 쫙 열구 자는 까닭은 무엇이요?"

---

23 한밤중.

하고 묻는 것이었다. 정학이는 손전등 불을 피하면서,

"대문을 열구 자다니요? 누구가요?"

"누구라니? 이 집 대문이 왜 쫙 열려 있느냐 말이요?"

"우리 대문이요?"

"그럼, 남의 집 대문일가? 대문을 왜 쫙 열어놓구 자는지 그 이유를 빨리 대."

"우리 집 대문이 열렷을 리가 없어요. 내가 내손으로 빗장을 찔렀는데."

"그럼, 우리는 새가 되어 당신 댁을 날아들어 왓단 말요? 지나가다가 보니 대문이 쫙 열려 있기에 수상해서 들어왓는데 누가 방금 도망을 나갔소, 그럼 급해서 문두 닫지 못하구?"

"도망갈 사람이 없습니다."

"그럼 누가 들어와 숨었군."

"대문은 내 손으루 분명히 걸었는데요."

"듣기싫소. 일어나시오. 가 봅시다."

정학이가 두 사람 뒤를 따라 가보니 과연 대문은 쫙 열려 있는데 그는 자기가 도까비에게 홀리지나 않았나 의심하며 가까이 가보니 문밖에서 어떤 시컴언 그림자가 얼핏 옆으로 숨는 것을 본 것같이 느끼어서 등골이 오싹하였다.

손전등을 든 두 사람 중 하나가 휙 달려들더니 정학이를 밀치고 대문을 끌어당기어 닫고는 빗장을 끼우면서,

"하여간 좀 뒤져봅시다. 아무래도 수상해."

하고는,

"뒷채부터."

하면서 정학이더러 길을 인도하라는 눈치었다.

정학이는 할 수없이 어색한 헛기침을 하면서 앞을 설 수밖에 별도리 없었다.

뒷채로 들어서자 손전등을 든 사내 하나가 손전등으로 사방을 휘휘 둘러

보더니 정호의 방 앞으로 갔다. 정호와 순덕이는 깨여 있었던 모양으로 얼른일어나 앉았다.

"손 들엇!"

하고 한 자가 소리를 지르니 다른 한 자가,

"흥, 어느새 옷을 갈아입구 자는체 해두 속을 내가 아니니 어서 옷을 도로 갈아 입구 같이 좀 갑시다."

"아—니, 이 사람은 내 아우입니다."

"흥, 누가 아니랬어? 자수 아니하구 숨어다니다간 체포되어 가는 것이 원칙이니깐. 자, 어서 가."

정학이는 약이 바싹 올라서,

"대관절 당신네는 누구요? 어디서 왔소?"

하고 질문을 하니까,

"흐응, 우리는 강도가 아니니 염려 말우. 밤중에 무기 들고 마음대루 다니는 사람은 긴급한 용무가 있어서 다니는 거요."

"그럼 나두 같이 갑시다."

하고 정학이가 나서니까 그는,

"안되요. 당신을 데려갈 용무는 없으니까 잠시 이 사람을 모시구 가서 이야기 해보구 별 죄상 없으면 곧 곱게 도로 바라다 드릴 테니 아무 근심 마시오."

하였다.

69

창의문밖 과수원에서는 도토리알 만큼한 퍼런 감 알이 떨어지는 것을 줍노라고 아이들이 호박 덩굴[24]과 풋고추 가지를 밟아 꺾는다고 과수원 소작

24　원문에는 '덜굴'로 표기되어 있음.

인의 장모인 호물때기 할머니가 악을 쓰고 있는 어떤 날 아침 밤낮 쉬지 않고 졸졸졸 흘러 내려가는 개울 건너 광장에 인부 몇 명이 나타나 여기저기 구멍을 파고 소나무 기둥을 세웠다. 기둥끼리 사이의 가름대를 못질해 박지 않고 그냥 굵은 새끼줄로 비끌어 매는 공사는 금시에 끝이 나고 그 아래는 널반지 무대를 만들고 지붕으로는 헌 텐트를 한 장 씌웠는데 옛날 어떤 일본 양조장 이름이 커다랗게 푸른트 되어 있는 텐트였다.

길 저쪽에 서 있는 전선대에서 전선을 이어 끌어닥아 이 텐트집 바른편 앞 기둥에 매고 전구 한 개를 댕그러케 달아놓았다.

인부들이 가 버리자마자 개울에서 놀던 아이들이 와—몰려올라가서 제 키보다 좀 높은 무대 위로 기어 올라가서 아래로 멀리 뛰기 내기를 하며 서로 손벽치고 떠들고 하는데 산봉오리 위에는 독수리 몇 마리가 빙빙 돌고 있어서 한가하기 짝이 없고 과연 지금 어디에서 전쟁을 하고 있는가가 의심스러울 만큼 평화스러운 여름날이었다.

단지 최욱진씨의 과수원 소작을 맡은 젊은 사람이 현재 실과 밭에 매달려 할일이 없는 한가한 시절에 다른 밥벌이는 못할망정 산에 가서 화목[25]이라도 좀 글거오면 좋으련만 또 정 그러기도 싫거들랑 어디로든지 가서 눈앞에 그 게으른 꼴을 보여주지만 않아도 속이 좀 덜 상할 텐데 만삭된 딸과 손주애 셋과 장모 자기까지 다섯 명이 먹는 밥 전체보다도 곱절이나 되는 양을 혼자서 퍽퍽 먹고는 아레목에 도사리고 앉아서 성경만 중얼중얼 읽고 있는 사위 꼴이 하도 미워서 장모와 안해가 한편이 되어 푸념을 한 시간이나 하는 것이 이 마을의 평화를 깨뜨리는 단 한 가지 소란이었다.

초저녁부터 갑자기 모진 바람이 불기 시작하여 텐트지붕이 펄덕펄덕 춤을 추는데 흰 옷 입은 남녀들이 웅기중기 모여들기 시작하였다. 세검정 중심 삼동회의 주민대회가 열린다는 것이었다.

날이 어두워 기둥에 외로이 달려 있는 단알 전구에 불이 켜진 뒤에도 오

---

25 땔감으로 쓸 나무.

래오래 시간이 경과된 뒤에야 팔에 완장을 맨 두어 장정이 교의 몇 개를 들어닥아 무대 뒤에 나란히 놓고 넓은 책상 한 개를 전구달린 기둥에 바싹대어서 세워놓았다.

저녁을 먹고 나서 능금나무 아래 바위돌에 앉아 이 광경을 내려다보고 있던 최욱진이는 어슬렁어슬렁 앵두나무 울타리 밖 소로로 내려갔다.

무대 바로 앞에는 아이들이 한 백명 빽빽히 모여 있고 그 뒤로 어두운 속에 어른들이 한 이백[26] 명가량 모여 앉았는데 흰옷만이 보일 따름으로 얼굴은 가까이 가서도 알아보지 못할 정도이었다.

최욱진이는 개울 징검다리를 더듬어 짚고 건너가서 맨 뒷줄 한옆 풀포기 위에 앉았다.

70

무대 위 맨 바른편 의자에 앉았던 한 청년이 탁자 앞으로 나서는데 흰목자 여름양복에 깜안 넥타이를 매고 있었다.

약간 고개를 숙여 청중에게 경의를 표하고 난 이 청년은 목소리를 가다듬어,

"어, 오늘 밤 여러분을 이 자리에 모신 목적은 이번 재건된 동 인민위원회 위원장 취임식을 하기 위한 것입니다. 여러분도 다 잘 아시다싶이 三十六(삼십육)년간 일본제국 식민정치 하에서 종살이 하던 우리 인민이 위대한 쏘련의 도움으로 해방이 된 후 이 나라 방방곡곡에는 인민을 대표하는 인민 위원회가 완전무결하게 조직되었었는데 미국 야만 군대가 남반부에 진주하게 되자 그 미국 제국주의의 주구들이 진정한 인민의 대표기관인 인민위원회를 탄압하고 수다한 애국자가 투옥되었던 것입니다. 그런데 다행히도 용감무쌍한 인민군이 이 남반부를 전투개시 단 六十(육십) 시간이라는

---

26 원문에는 '이배'로 표기되어 있음.

세계 전무한 기록으로 우리들을 해방시켜 주어서 지금 각층 인민위원회는 재건되었습니다. 이곳 세 동회 인민 중 유권자 九十九(구십구)퍼센트 집회 하에 총선거를 실시하여 만장일치로 각 위원장을 선출하였는데 지금 그들의 취임연설이 있겠습니다. 그럼, 맨 먼저 동 인민위원장께서 말씀이 계시겠습니다."

유권자 九十九(구십구)퍼센트 참집[27] 하에 만장일치로 선출되었다는 사람은 중년 남자로 한복에 목면 두루마기를 입고 흰고무신을 신고 나섰다.

탁자에 바싹 다가서서 두루마기 자락 속으로 손을 넣어 취임연설원고를 꺼내는데 그가 너무나 흥분한 탓인지, 어색하고 거북한 탓인지, 또 혹은 바람의 장난인지 분간하기 어려웠으나 그 원고지가 와들와들 떨리고 있는 것이었다.

읽기를 시작하기 전에 헛기침을 서너차례 하고 나서 읽어내려가는데 처음부터 자신이 없는지 연습이 부족했는지 읽는 것의 순조롭지 못하여 떠듬떠듬하며 가끔 어려운 한문문구는 욱진이가 듣기에는 그 발음에 망발이 많았다.

이 연설내용은 우선 미국제국주의와 대한민국정부 □수[28]의 욕설로시작하여 남반부 괴뢰정권이 인민을 압박하고 착취해 오다가 마지막 발악으로 북침을 감행한 것을 용감무쌍한 인민군이 일격에 격퇴하여 남반부 인민을 해방시켰다고 누누히 반복하고 나서 민생이 도탄에 들고 문화도 후퇴일로를 밟았음에 반하여 북반부에서는 □명한[29] 김일성 장군 영도 하에 정치 경제 사회 교육 산업 모든 방면에 장족의 발전을 보았으며 특히 전세계 약소민족의 해방자이시고 세계평화의 옹호자이신 위대한 스딸린 원수의 원조를 받아 국고를 트트히[30] 하고 인민의 생활정도가 급속히 높아졌다고 거듭

---

27 참석.
28 '원수'로 추정됨.
29 '영명한'으로 추정됨.
30 '튼튼히'를 의미하는 것으로 여겨짐.

길

148

반복하고 나서는 끝으로 만세를 여러 번 부르고 지루한 연설 읽기를 끝냈다.

그 다음 나선 사람은 민청위원장이라고 하는데 새파란 청년으로 언뜻 보기에 소학교 교원 타입인데 흰 양복바지에 노란 샤쯔바람으로 흰 정구화를 신고 있었다.

<h1 style="text-align:center">71</h1>

이 민청위원장의 연설 읽는 태도는 처음 읽은 중년남자보다는 훨씬 자연스러웠으나 그 연설내용은 판에 박은 듯이 꼭 같고 단지 맨 끝으로 가서,

"북반부와 남반부의 교육상태를 비교해 볼 때 남반부의 교육시설은 전부 뿔죠와지 계급의 전용물이 되어 있으면서도 학부형의 부담이 너무나 과중한데 반하여 북반부에 있어서는 교육은 무료강제로 되어 있어서 근로인민과 농민의 자제 九十九(구십구)퍼센트가 일률로 교육의 혜택을 입고 있다."

고 되풀이하고 역시 만세를 몇 번 부르고 끝이 났다.

그 다음에는 단상 일점홍[31]인 여맹위원장이라는 묘령[32] 여성이 나서는데 흰 뿌라우스에 깜정치마를 입고 깜정고무신을 신고 있었다.

이 여자가 연설을 읽는 목소리는 꾀꼬리 소리같이 아름다웠으나 어려운 문구에 들어가서는 역시 더듬더듬하고 가끔 군침을 삼키고 헛기침을 하였다. 이 연설도 천편일률로 판에 박은 그것이요, 단지 끝에 가서,

"남반부에서는 여성들이 봉건잔재의 기반을 벗어나지 못하여 극심한 차별대우를 받는데 반하여 북반부에서는 여성이 전적으로 해방되어 공임의 평등, 교육의 평등, 정치운동의 평등을 누리고 있다."

고 강조하고 역시 만세 만세 만세로 끝맺었다.

---

31 홍일점.
32 스무 살 안팎의 여자 나이.

오월동주

149

그 다음에는,

"이번 단행된 토지개혁으로 인하여 일평생 소작인이었던 노인이 이번에 농토를 무상제공 받아 자작농이 되신분."

이라는 □감님이 나서는데 농부인 만큼 홋고이 적삼바람으로 두루마기는 입지 않은 六十노인인데 턱밑에 허여코 기단 수염이 억센 바람에 휘날리고 있었다.

지나간 사람들의 연설들이 모두 고음이었음에 반하여 이 노인의 읽는 목소리는 느릿느릿하을 뿐 아니라 몹시도 저음이어서 욱진이가 앉아 있는 곳이 무대에서 약二(이)십메타 밖에 더 안 되었으나 통 들리지가 않았다.

그래서 욱진이는 이 연설 듣기를 단념하고 이 노인이 선 바로 옆 기둥에 매달려 있는 스탈린의 반신상을 노려보기 시작하였다. 거센 바람에 전주가 흔들흔들하기 때문에 스탈린의 얼굴은 쉴 새 없이 밝아졌다 어두어졌다 하는데 언듯 그의 주름쌀 잡힌 눈가에 비웃는 듯 혹은 의아하는 듯한 표정이 스치고 지나가는 것 같은 환상을 본 욱진이는 속으로,

'이 세계약소민족 해방의 은인이 이 해방된 소작인이 입으로 읽기는 하면서도 자기가 읽는 글이 무슨 뜻인지 통 모르는 사정이 딱하기도 하고 웃읍기도 하고 가련하기도 하다고 생각하여 그렇게 얼굴을 찡그린 것이 아닌가.'

하고 생각하며 욱진이 자신도 빙그레 웃었다.

그 다음 소개된 연사는 아무 위원장도 아니고 이 동리에서 二十(이십)년 이상 산 유지라는 사람인데 이 사람은 처음부터 단위 교의 한자리를 차지하지 못하고 무대아래 앉았다가 부르심을 받고야 성큼성큼 무대 위로 올라가는 것이었다.

중늙으니로 되어 보이는 이 유지는 얼덕얼덕한 홈스펀 양복에 뽀타이[33]를 매고 누런 구두를 신고 있었다. 그는 원고 준비가 없이 그냥 맨 뜬금으로

---

33 보타이(bow tie). 나비 넥타이.

일장 열변을 토하기 시작하였다.

72

홈스펀[34] 양복쟁이는 우선,

"저로서는 여기 모이신 여러분에게 진심으로 사과하는 말씀을 드리지 아니할 수 없습니다. 과거에 있어서 제가 이 동리에 二十(이십)년이나 살고 있으면서 조그마한 직조공장을 경영하고 있으면서 만부득이한 사정 때문에 여러분 근로인민의 뼈와 살을 깎는 착취를 감행해 온 죄는 만번 죽어 마땅하오나 그러나 이것이 저의 변명이 아니라 사실에 있어서 반역자 ×××도당 정권 하에 있어서는 조그마한 공장하나를 운영하는데두 여간 힘이 들지 않아서 저로서도 만부득이한 딱한 사정이 있었다는 것을 여러분이 이해해 주셔야 하겠습니다. 그 수다한 난관 중 단 한 가지 예를 들어 말씀드리자면 남반부 괴뢰 정권은 맨 꼭대기에서부터 맨 밑바닥까지 속속들이 부패해서 가령 '이 · 씨 · 에이'[35] 원조물자 배급을 좀 타려고 하는데두 계원 계장급부터 장관급까지 일일이 매수를 해야만 되니 저로서도 공장을 돌리어 먹고살기 위해서는 여러분 근로인민 을 약간 착취해가지구 그 돈으루 이자들에게 뇌물을 주어야만 유지해 나갈 수가 있었던 것입니다."

이렇게 변명인지 욕설인지 분간할 수 없는 하소연을 한참 주어 섬기고 나서는 북한 칭양을 하기 시작하는데,

"여러분 저는 고향은 이북, 응, 북반부이지마는 지나간 二十五(이십오)년 동안에 한 번도 고향에 가볼 기회는 없었읍니다. 그러나 지금 제가 말씀드리는 것은 그 한 가지도 거짓이거나 과장이 없이 모두가 사실입니다. 그것은 제가 북한 응, 어, 북반부의 발달상을 제가 친이 가보지는 못했어도 저는

---

34 양털로 된 굵은 방모사를 써서 손으로 짠 모직물.
35 E.C.A. : Economic Cooperation Administration (미국 경제 협력국)

최근 북반부에서 오신 문화선전부 선생님 몇 분과 몇 시간이나 계속해서 담화할 기회를 가지게 되었는데 이들 문화선전부 선생님들은 젊은 사람들이기는 하나 그 모두가 제가 이때까지 만나본 사람 중에 가장 유능하고도 훌륭하고 신용할 수 있는 사람들 이었습니다……."

이때 욱진이는 문득 이 '동리유지'라는 사람의 머리가 돌았거나 그렇지 않으면 일부러 히짜[36]를 올리는 것이 아닐가 생각되어 그의 얼굴표정을 유심히 눈녁여 보았으나 그런 내색을 포착할 수가 없었다. 그래서 욱진이는 이 사람은 직조공장을 운영하는 것보다 차라리 연극배우로 나서는 것이 적임일 것이라고 생각하였다.

직조공장 주인은 말을 계속하여 八·一五(팔일오) 해방 후 오년동안에 북한이 남한에 비하여 경제건설상 얼마나 진전했다는 것을 여러 가지 근사하게 들리는 예를 들어 말하고 나서 다시,

"제가 二十五(이십오)년전에 북한, 아니, 북반부를 떠날 당시 상태를 보면 이북사람은 아무리 부자라 할지라도 입쌀밥을 먹는 사람은 매우 드물었고 따라서 논이 별로 없고 경작지의 절대 대부분이 밭이 되어 있기 때문에 제 아무리 큰 부자라고 하여도 흰쌀밥은 명절에나 먹을 수 있었고 평상시에는 조밥을 먹고 있은 것이 사실입니다."

73

홈스펀 양복을 입은 '유지'는 계속하여,

"자, 그런데 보십시오. 여러분, 해방이 척 되자, 자, 어떻습니까? 一九四五(일구사오)년 八(팔)월 十五(십오)일에 위대한 쏘비엩이 우리나라를 해방시켜준 직후부터 북반부 근로인민은 겸이포[37]에 있는 꽝장한 철공장을

---

36 판독이 어려우나 '희짜뽑다'의 어근 '희짜'로 추정됨. '희짜뽑다' 가진 것이 없으면서 짐짓 분수에 넘치게 굴다, 허풍을 떤다는 의미.

길 37 황해도 서북부의 송림시를 일컫던 말

왜놈들한테서 빼앗아 가지고 그 공장을 근로인민의 자치로 운영하여 그 무엇보다도 제일 먼저 강철 파잎을 자꾸 만들어냈습니다. 그 둘레가 이렇게 큰."

하면서 직조공장 주인은 두 팔을 쫙 벌리어 그 둘레가 한아름도 더 된다는 표시를 하면서,

"강철파잎을 수천수만 아니 수백만 개를 만들어 가지고 북반부 방방곡곡 평야뿐 아니라 높은 산꼭대기 위까지에도 전부 묻어서 수도설비를 해놓고는 물을 펌푸로 공급하여서 북반부 땅을 모두 논을 풀어놓는 데 성공하였읍니다. 그래서 낮은데나 높은데나 어디나 모두 논을 풀어놓구는 물을 펌푸로 수도관을 통하여 비가오건 가물건 사시장철 논에 물을 넉넉히 대주어서 해방된 지 五(오)년 후인 금일에 이르러서는 북반부에서는 잡곡을 먹는 사람은 하나두 없고 모두가 흰 쌀밥을 배가 터지두룩 잔뜩 먹고도 남아서 매해 쌀을 쏘련으로 수출할 수 있게 되었고 그러구두 쌀이 너무 많이 남아서 지금 북반부에는 우리 조선 사람 남북을 통한 삼천만 인민이 앞으로 三년 동안 배불리 먹을 수 있는 쌀을 저장해놓았습니다. 제가직접 가보지는 못했으나 이건 틀림없는 말이라구 나는 믿습니다. 왜 그런고 하니 며칠 전에 북반부서 오신 문화선전부 동무들이 꼭 그렇다고 말하는데 일호인들 틀릴 이가 있겠읍니까? 또 그리구 한 가지만 더 예를 들어 말씀드리자면 북반부에 있어서의 전기사정인데 전기를 풍성히 쓰는 광경은 우리 남한에서는 상상도 할 수 없이 굉장한 것입니다. 남한 아, 아니, 남반부에는 전기가 너무나 부족하여서 일반가정은 원시시대 생활로 돌아가서 석유불을 켜고 살게 되고 공장은 대개가 놀고 있게 된 형편에 반하여 북반부에서는 그 유명한 수풍수력 발전소를 위시하여 여러 곳 발전소가 제대로 움직이어서 전기를 날마다 얼마나 많이 만들어내는지 국내 공장전체, 가정 전체에 충분히 쓰고도 남아서 전기를 저 멀리만주 시베리아까지 공급하고 있으며 북반부에서는 심심산골에 사는 사람들까지도 전기 불을 켜고 살 뿐 아니라 전기루 밥 짓구 빨래하구 다림질하구 온돌방두 전기 온들을 놓구 살게 되었읍니다.

이런 소식을 다 내가 어제 직접 내 귀로 들은 것이니 모두가 참말입니다."

이날 밤 여러 연설 중 가장 열렬한 박수갈채를 받은 연설은 이 홈스펀 양복쟁이의 횡설수설이었다.

자기 웅변과 관중 갈채에 너무나 흥분된 이 사람은 자기 연설 끝에 붙여야 할 만세를 잊어버리고 단하로 뛰어 내려갔다.

이 과오에 당황해진 사회자는 번개처럼 나서서 연설자 대신으로 공산측 여러기관과 인물들을 찬양하는 만세를 불러 주어서 이 사람이 연설 끝을 달아주었다.

74

맨 마지막으로 군복을 입은 인민군 장교하나이 등단하더니 이날 밤 연설 중에는 제일 짧은 몇 마디 말을 하는데 함경도 사투리로 일반 주민들에게 인민군과 협조하는데 성심성의로 일치단결 해달라고 누누히 부탁하고 나서 끝으로,

"만일에 누구든지 대한민국의 관리나 방군이나 경찰 기타 반동분자를 숨겨두거나 무기를 감추어 두었다가 들키는 날에는 용서 없이 무자비한 숙청을 당하게 될 것이니 명심하시오."

하고 공갈하는 것이었다.

그러자 군중으로부터 한 '열성분자' 청년이 단상으로 뛰어오르더니,

"의장동무 나에게도 언권을 주시오."

하고 나서,

"여러분 오늘 밤 이 성대한 취임식을 인민 총참석하에 가장 성공적으로 거행했다는 멧세-지를 영용한 김일성 장군과 위대한 스딸린 원수에게 보내기를 제안합니다."

하는 말이 떨어지기가 무섭게 또 다른 한 '열성분자' 청년이 뛰어 올라서서 손에 말아들었던 멧세-지를 크게 낭독하였다.

멧세-지를 다 읽고 나자 사회자는,

"만일에 이 멧세- 지를 보내는데 아무런 의의도 없으면 이것은 우리 전체 인민의 만장일치로 가결통과 되었다고 선언합니다. 그럼, 여러분 다 일어서십시오."

할 때 최욱진이는 얼른 일어서서 옆에 시내를 성큼 뛰어 건너 앵도나무 울타리 뒤로 숨어버렸다.

광장에서는 군중이 사회자의 선도로 만세를 연창하는 소리가 들리었다.

"재건된 인민위원회는 취임한 지 바로 그 이튿날 일찍부터 벼락같이 활동을 개시하였다.

최욱진이의 과수원 울타리 밖에 있는 양철 지붕을 한 집으로 몰려든 인민위원들은 불문곡직하고 그 집 가족들을 다 방밖으로 내쫓고 나서 방안 세간마다 마치 집달리[38]가 가차압하는 가구에 빨간 딱지를 붙이는 모양으로 가구 건건에 빨간 쪽지를 붙이면서 가족들보고는 부엌 세간만 들고 당장 이 집에서 나가라고 호령하였다. 이때 이 집주인인 六(육)순 노인은 한 오리 밖에 있는 토마토농장에 새벽부터 품팔이를 나간 뒤이라서 집에는 환갑이 넘은 안해와 며느리와 딸과 손자아이들 다섯이 있었는데 아이들은 뜰에서 아우성쳐 울고 있고 노파와 두 젊은 여자는 손이 닳도록 빌며 애원했으나 인민위원들은,

"너의 아들이 국군 사병으로 출정했으니까 너이들은 조선인민의 원수요 반역자인고로 이 집을 압수하였으니 어서 썩썩 나가라."

고 호통하면서 몇몇이는 부엌으로 들어가 밥짓는 기구들만 들어닥아 대문 밖에 내놓고 나서 죽어도 안 나간다고 몸부림치는 노파를 장지거리[39]를 하여 대문 밖으로 내쳤다. 아이들은 아우성을 치며 뛰어나가고 젊은 두 여인은 울면서 순순히 문밖으로 나서서 땅을 치며 통곡하고 있는 어머니를 부축

---

38 집행관.
39 주전자를 화로 위에 올려놓을 때 쓰는 기구.('다리쇠'의 평안도 방언)

하여 근처 감나무 아래로 인도하였다.

인민위원들은 이 집 대문을 밖으로 못질하여 봉해놓고는 대문짝 맞닿은 선에 신문지 반절만한 빨간 종이 한 장으로 봉해버리는데 그 종이에는 먹글씨로,

"이 집은 압수함. 인민위원회의 허가 없이 무단개봉을 엄금."
이라 쓰여 있었다.

75

옆집에 이러한 소동을 목격한 최욱진이는 슬그머니 꽁무니를 빼어 집 뒤 언덕위로 올나가서 능금나무밭 커다란 바위 뒤에 몸을 숨겨 버리었다.

인민위원들은 우루루 욱진의 집으로 몰려들어 오더니 주인을 나오라고 소리소리 질렀다.

욱진이의 안해가 마루로 나서서,

"주인은 안 계십니다."
하고 말하니까 인민위원들은,

"흥, 제가 도망가문 얼마나 멀리 가며 무사할 줄 아는가! 주인 영감이 있고 없고 간에 이 집과 이 과수원은 지금부터는 저 뜰아래 방에서 착취당해 온 소작인의 소유로 했으니까 주인은 안채를 내고 소작인 가족이 지금 곧 이 집을 차지하시오. 아, 이 뚱뚱보마누라 선득 이리 내려오지 못해?"

하고 땅땅 울러대는 통에 욱진이 안해는 뜰로 내려졌다. 그러자 대문간 방 앞에 멍하니 서 있는 소작인 가족을 향하여 인민위원은,

"자, 동무들 그동안 얼마나 이 마누라의 압제와 착취를 견디어 왔소! 인 제는 동무들이 이곳 주인이 되었으니 안방으로 들어가시오. 그리구 이 주인을 내쫓기 전에 우선 그동안 여러 동무들의 피를 빨아먹은 이 주인 마누라의 사죄를 받도록 하겠으니 모두 마루 위로 올라가 앉으시오."

이 말에 아이들은 냉큼냉큼 마루 위로 올라가니 욱진이의 손자들도 덩

달아 올라갔다.

소작인 내외와 소작인의 장모는 얼이 벙벙하여 망서리고 서 있으니까 인민위원은 골을 왈칵 내면서,

"이 노예근성을 벗어버리지 못하는 바보 동무들, 그래 안 올라 갈테요? 동무들의 뼈를 깎아 먹어온 저기 저년의 사죄를 받을 생각이 없단말요. 동무들이 이 과수원을 가지기가 싫다면 다른 동무에게 주고 말테니 맘대로 하시오."

그러자 호물때기 장모가 아장아장 마루 위로 올라갔다.

"자, 젊은 동무들두 어서 올라가시오. 어서, 우리 보는 앞에서 이 집을 차지하시오."

하고 서두는 바람에 젊은 내외도 마루로 올라갔다. 인민위원 한 사람이 따라 올라오더니 모둥켜 서 있는 아이들을 둘러보면서,

"얘들 깨끗한 옷을 입은 아이들을 동무네 자식들이 아닐텐 데. 응, 요놈들아 어제 밤에 이 안방에서 잔 놈들은 다 내려가라 안 내려가문 막 패 줄터이니."

하고 으르릉대는 바람에 욱진의 손자들은 질겁을 하여 내려가고 소작인의 아이들은 좋아라고 손벽을 치며 춤을 추었다. 인민위원은,

"자, 동무들 여기 자리잡구 점잔히 앉으시오. 과수원 주인답게, 응."

하고 권하는데 뜰에 서 있는 인민위원은 욱진이 안해를 노려보며,

"자, 꿇어 앉아서 사죄를 해."

하고 육박하였다. 욱진이 안해가 장승처럼 묵묵히 서 있는데 화가 동한 인민위원이 달려들어 억지로 이끌어 앉히고는 장작깨비로 때리면서 꿇어앉으라고 호령호령하였다.

이미 마루 위에 웅크리고 앉아 있던 호물때기 노파가 맨발채로 허둥지둥 뛰어 내려왔다.

76

호물때기 노파는 뜰에 넘어진 부인을 부둥켜 일으키면서,

"천벌이 무섭지. 이럴 법이 있나 이게 무슨 일이오니까? 아아."

하니 성이 꼭두 끝까지 난 위원들이 장작개비 한 개씩을 들고 무작정 돌아가며 주인과 소작인을 꼭 같이 두들기면서,

"에끼, 못난 것들, 제 권리 제 정당한 권리를 주어도 받을 줄 모르는 바보들, 저기 저 아이들 만침만두 똑똑하지 못한, 에이, 에이."

하며 막 후려갈기니 호물때기 노파는 어이어이 울면서,

"여보, 당신네두 잘 알다싶이 우리 일곱 식구가 여기 이댁 덕에 굶어 죽지않구 살아왔는데 세상이 아무리 변했기루니 이런 법이 있을 수 있어요. 차라리 날 죽여주시오. 날 죽여."

하고 발악을 하는 통에 욱진이 안해가 슬그머니 대문 밖으로 나가버리었고 소작인 내외도 어디론지 사라져 없어져버리고 말았다.

호물때기 노파 넉두리에 얼이 빠젓던 위원들이 정신이 펏덕 들어 자기네들과 호물때기 노파 만이 남아 있는 것을 발견하고는 그만 김빠진 맥주 같은 기분이 돌아서 뒤통수치고 어정어정 대문 밖으로 나가서면서 누구더러 들으라는 소리인지,

"만일 옛 주인을 이 문안에 다시 발을 들여 놓도록 하면 동무들까지두 반동분자로 규정 할테니 그리 아우."

하고 소리 지르면서 우—어디론지 몰려갔다.

하루 종일 토마토 따는 품을 팔고 늦게 돌아온 노인이 집 앞에 다달으니 젖먹이를 안은 며누리가,

"아부님, 저쪽으루 가서요."

하고 말하는 것이었다.

"왜?"

"이 집에서 쫓겨났어요."

"쫓겨나다니? 어떤 놈이 우리를 쫓아내?"

"얘 아범이 국군이라구해서 온 식구가 다 쫓겨났어요. 저쪽 감나무 아래 저녁을 끓여 놓았으니 어서 가서 잡수세요."

"아―니, 어떤 놈이 내가 손수 지은 집을 빼앗는단 말이냐? 어떤 놈이?"

"인민위원이란 자들이……."

노인은 며느리와 더 대뀌하지 아니하고 길가는 사람에게 인민위원회 사무실을 물어 찾아갔다. 그 사무실은 엊그제까지 시내 어떤 부호의 별장이었던 이십 간이나 되는 고래 같은 기와집이었다.

노인은 화도 내보고 호소도 하고 애원도 했으나 인민위원장은,

"조선인민의 원수인 국방군 가족을 도져이 용서할 수 없소. 만일 당신 아들이 자수해 오거나 당신이 가서 잡아오면 또 별문제이지만."

하고 딱 거절해버리는 것이었다.

이 동리에서 수십 년 동안 춘풍추우 동고동락한 노인네 몇 분이 이 집 쫓겨난 노인을 위로하기 위하여 막걸레집으로 모이었다. 그러나 집을 쫓겨난 노인에게는 '위로 술'이 '화풀이 술'로 변하여 밤 자정이 넘은 뒤 노인은 비틀걸음으로 온 동리를 헤메면서,

"빨갱이들이 내 집을 빼앗았다. 이놈 빨갱이 놈들, 죽일 놈들."

하고 주정하며 돌아갔다.

77

집을 빼앗긴 노인이 술이 대취하여 물불 헤아리지 못하고 날뛰면서 빨갱이를 모두 죽여 버린다고 소리 지르면서 돌아다니는 앞뒤로 그의 안해와 며누리가 막고 이끌면서 제발 말리었으나 말리면 말릴수록 노인의 분노는 더한층 커지고 더 강하게 폭발되는지 더욱 더 기세하여,

"이눔, 빨갱이들 다 죽이구 나두 죽겠다. 이눔 빨갱이 도적놈들―"

하고 고래고래 소리를 질러서 마침내 몽둥이를 든 민청역원 몇 명이 나타나

서 술 취한 노인을 때리고 차고 했으나 거의 미친 듯이 흥분된 노인은 조금
도 굴하지 아니하고 길가에 엎드린채 된 매를 맞으면서도 더욱더 소리를 크
게 내어,

"빨갱이 도적놈들."
소리를 연발하다가 마침내 미친개 얻어맞듯 매를 맞고 기절해버리고 말았다.

하루 종일 언덕 위 능금밭 큰 바위 뒤에 숨어 있으면서 호물때기 노파와
그의 딸이 번갈아 날라다 주는 밥을 먹고 정보를 수집한 욱진이 내외는 이
런 궁리 저런 궁리 하던 끝에 안해는 손자들을 데리고 시내로 들어가기로
하고 욱진이는 그냥 숨어서 백이도록 하는 것이 당분간은 제일 상책이라는
결론에 도달하였다. 그것은 욱진이가 시내로 들어가려고 하다가 혹 중로에
서 안면있는 빨갱이에게 들키는 날에는 그 어떠한 봉변을 당할는지도 모를
일이므로 우선 그냥 과수원에 머물러 있으면서 남의 눈을 피하여 사는 것이
상책일 것이라고 생각이 되었던 것이다.

소작인 가족으로 하여금 뻐젓이 안방을 차지하고 살게 하면 혹시 인민위
원들이 다시 조사를 나온다 할지라도 욱진이가 어디로 도망가 버린 줄로 추
칙 될 것이요, 시내 아들들레 집으로 조회해보아도 욱진이를 발견하지 못
할 것이니 낮이고 밤이고 간에 숨어 살기에는 시내보다 과수도 많고 바위도
많고 골자기도 많은 이 과수원이 더 안전하기도 하고 편리하기도 할 것같이
생각되는 것이었다.

또 그리고 소작인 내외는 물론 호물때기 노파까지도 어디까지나 편의를
보아주고 숨겨줄 것은 틀림없으니 철모르는 아이들 눈에만 뜨이지 않도록
조심하면 안전하리라고 생각되는 것이었다. 속담에도 '등하불명'[40]이란 절
구가 있지 아니한가!

욱진이는 안방과 내청 건넌방을 다 소작인 가족에게 내주고 단신으로 돼

---

40 등잔 밑이 어둡다는 뜻으로, 가까이에 있는 물건이나 사람을 잘 찾지 못함을 이르
는 말.

지우리와 언덕을 향한 벽에 쪽문이 달린 뜰아랫방을 쓰기로 하였는데 이방 앞문으로 출입하지 아니하고 뒷문으로만 출입하면 낮이고 밤이고 간에 아무에게도 들키기 않고 행동할 수가 있는 것이었다.

더구나 돼지우리를 지나가면 밤낮 쉬지 않고 졸졸 흐르고 있는 샘물이 있고 그것을 건너 언덕 위으로 올라가면 큰 감나무들 사이에 커다란 바위가 있어서 그 바위 뒤에 앉으면 행길에서는 보이지 않으나 욱진이는 거기 앉아서 남쪽으로 성을 바라볼 수 있게 되어 있었다.

그러나 얼마 오래지 않아서 욱진이는 심각한 식량곤란을 받지 않을[41] 수 었게 되었다.

78

인민군이 서울을 점령한 날 시내 아들에게서 손자아이들과 함께 쌀을 한 가마니 탁[42]이나 보내왔으나 지금 소작인의 보호 밑에 살면서 욱진이로서 쌀을 소작인이 가족과 나누어먹지 않을 수 없는 처지가 되었는데 소작인의 아이들은 모두가 배통이 커서 밥을 보통이상으로 많이 먹을 뿐 아니라 그들의 아버지인 소작인이 농사도 안 짓고 밤낮 방에 들어 누워서 성경책만 읽고 있으면서도 밥은 전식구가 먹는 양을 합친 것보다도 더 많이 먹어대는 것이었다.

인민군이 서울을 점령한 바로 그날부터 회합이 있을 때마다 이북에는 전한국인구가 삼 년 동안 먹을 수 있는 절대량이 확보되어 있으니 인민들은 식량걱정은 하지 말라고 번번이 호언장담했음에도 불구하고 그 쌀이 도무지 어떻게 된 셈인지 시장에도 나타나지 않고 배급도 통 없어서 쌀값은 매일 매일 올라 뛰었다. 그래서 괴뢰군이 서울을 점령한 지 일주일 동안에 쌀

---

41 원문에는 '않을'로 표기되어 있음.
42 '탬'의 평북 방언. 생각보다 많은 정도.

값이 배로 오르고 두주일째에는 삼배로 올라 뛰었다. 그뿐 아니라 세검정[43] 근처에서는 금을 주고도 쌀을 살수가 없고 보리나 밀로 연명하지 아니할 수 없게 되었다.

쌀이 거의 떨어질 무렵에 소작인의 안해가 시내 정학이의 집으로 쌀을 가지러 가보았으나 몇 가마니 준비해 두었던 쌀을 빨갱이들에게 빼앗기고 앞길이 막막하다는 하소연을 듣는 동시에 쌀 한말을 겨우 받아가지고 보리를 살 수 있으면 좀 사서 시내 집까지도 좀 나누어주었으면 고맙겠다는 부탁을 받고 나왔다.

그러나 세검정 지대에 앉아가지고는 보리나마 사기가 어려워서 쩔쩔매고 있노라니 요행히 소작인의 안해와 절친한 동리 과부가 역시 양식이 떨어지게 되어서 자기의 독자요 유복자인 열다섯 살 난 아들을 시켜 부평 근처에 사는 아즈버니댁으로 보리를 사러 보낸다고 하여서 옥진이도 거기 돈을 주어 함께 사오기로 부탁을 하였다.

그런데 과부의 유복자 외아들이 보리를 사러 부평으로 간지 닷새가 되도록 소식이 묘연해지자 과부는 안절부절을 못하고 하루에도 몇 차례씩 소작인을 찾아 하소연하고 심려하고 또 자하문[44]턱까지 올라가서 몇 시간씩 기다리다가 해가 진후에야 내려와서는 옥진의 과수원으로 가서 소작인 여인의 손목을 잡고 울며 차라리 굶어죽을지언정 아들을 보낸 것을 후회하고 애통해 하는 것이었다.

아들을 보낸 지 일주일 되던 날 다 저녁때 과부는 희색이 만면하여 소작인 여인을 찾아왔다. 아들이 도정하지 못한 겉보리 한 가마니를 지고 방금 집으로 돌아왔다는 희소식의 전달이었다. 그런데 그 아들의 말에 의하면 겉보리 한 가마니와 자기 목숨을 바꿀번하고 겨우 구사일생으로 돌아왔다

---

43 종로구 신영동에 있는 6각 정자. 1623년 인조반정(仁祖反正) 때 거사 동지인 이귀(李貴)·김류(金瑬) 등이 광해군 폐위문제를 의논하고 칼을 씻은 자리라고 해서 '세검정'이라는 이름이 붙었다고 한다.

44 종로구 청운동에 있는 문으로 창의문, 북문으로도 불린다.

는 것이었다.

즉 그가 부평 삼촌댁에까지 갈 적에는 하루밖에 안 걸렸는데 삼촌댁에서 단 하루밤 자고 그 이튿날로 보리 한 가마니를 지고 오는데 닷새가 걸렸다는 것이었다.

즉 그가 삼춤[45]댁에서 자던 날 밤부터 부평시가가 함포사격을 받아 쑥밭이 되어버렸다고 하는 것이었다.

79

과부의 아들의 삼촌댁은 부평시가에서 상당히 멀리 떨어져 있었으나 밤새도록 퍼붓는 함포사격포 터지는 소리에 잠을 옳게 자지 못한 삼춘은 이튿날 아침 함포사격이 뜸해지자 조카에게 겉보리 한가마니를 지워 내보냈는데 조카가 한 오 분쯤 걸어오다가 뒤에서 들리는 꽝장히 큰 포 터지는 소리에 놀라 졌던 보리 가마니를 내리면서 뒤를 돌아다보니 바로 삼춘댁 건물이 직격탄을 맞은 것을 보고 질겁을 하여 보리 가마니를 내버리고 허둥지둥 한참 뛰어가다가 숨이 너무 차서 더 뛸 수 없이 된 때 밭둔덩이에 펄썩 주저앉자버리었다고.

앉아서 땀을 씻으면서 가만히 생각해보니 지금 자기가 빈 몸으로 집으로 돌아가면 어머니는 속질없이 굶어 돌아가실 것이란 생각이 나서 그는 도로 용기를 내어 사람 그림자 하나 안 보이는 밭 사이로 되돌아가서 보리를 다시 지고 큰길을 피하여 김포 비행장께로 돌아 여의도로 해서 마포로 오는데 그야말로 남생이[46] 걸음으로 나흘 만에야 삼개[47]를 겨우 건너 시내로 들어서서는 지개꾼을 만나 지워 가지고 왔노라는 이야기었다.

---

45 '삼촌'의 오기로 보임.
46 거북과 비슷하나 조금 작으며, 등은 진한 갈색의 딱지로 되어 있고 네 발에는 각각 다섯 개의 발가락이 있으며 발가락 사이에는 물갈퀴가 있다.
47 마포구 마포동에 있던 마을로서, 마포나루가 있던 데서 마을 이름이 유래되었다. 마포(麻浦)를 우리말로 삼개라 하였던 것이다.

부평이 함포사격을 받았다는 소식을 소작인 여인의 입을 통하여 들은 욱진이는 몹시 흥분해지었다. 그럼 미국군함이 인천해안에 들어왔다는 증거라고 생각이 되어서 미국군함이 인천에서 부평을 향하여 함포사격을 하는 것은 반드시 해병대가 인천 상륙작전의 전주곡이리라고 욱진이는 생각하였다. 이러한 희망적 해석을 내리자 그의 가슴은 설레이었다.

미군이 인천 상륙을 한다면! 생각만 해도 방금 재생하는 기분이 나서 배가 고프고 갑갑한 것쯤 문제가 안 된다고 그는 생각하였다.

그러자 욱진이의 이런 생각에 뒷도장을 찍는 듯이 서울시내 용산방면 공습이 대대적으로 개시되었다.

욱진이가 거의 매일 하루 종일 돗자리를 깔고 앉아 있는데서 남쪽으로 멀리 성이[48] 보이는데 그 성 저쪽 하늘로 정찰기와 폭격기는 편대[49]하여 오전 여섯 시부터 공습을 시작하여 네 시간 간격으로 해질 무렵까지 폭격을 하는데 창의문 밖으로는 피난민이 대거 꾸역꾸역 나오기 시작하였다.

소작인 여인의 흥분된 보고에 의하면 피난민 가족들이 말구루마, 소구루마, 손구루마, 리야카할 것 없이 짐을 산데미처럼 싣고 창의문 밖 큰길이 꽉 메게 내려오는데 집집마다 빈방세가 쌀값 오르는 것보다도 더 빨리 올라가고 있고 피난 온 사람들의 말을 들으면 공습 폭격을 시작하기 사흘 전부터 비행기는 삐라[50]를 뿌려 용산일대 주민들은 몸을 피하라고 경고를 했는데 길에 떨어지는 삐라를 주워 읽는 사람은 모두 총살해버린다고 괴뢰군경들은 으르렁대서 요행히 뜰 안에 삐라가 떨어진 집에서들은 미리 손을 써서 원만한 가재는 거의 다 구출하였으나 어물어물하던 사람들은 알몸둥이로 뛰어나오고 또 수다한 사람이 죽고 부상하고 하였다는 것이었다.

---

48 원문에는 '성어'로 표기되어 있음.
49 비행기 따위가 짝을 지어 대형을 갖추는 일.
50 선전이나 광고 또는 선동하는 글이 담긴 종이쪽.

80

　이튿날 오정쯤 되어서는 욱진이가 앉아 있는 데까지 귀청이 떨어질 만큼 큰 폭발소리와 함께 실과나무[51] 잎이 와들와들 떨고 선 실과가 우두둑 우두둑 막 떨어지더니 금시에 남쪽 하늘에는 시커먼 연기가 기어 올라오고 바로 욱진이가 안자 있는 데까지 매연 같은 재가 비오듯 내려 덮는 것이었다.

　"아, 광장한 폭탄이 떨어졌구나!"

하고 감탄하고 있는데 날아드는 재 사이로 종이장들도 섞이어 날고 있었다. 이윽고 바로 욱진이가 안자 있는 옆 나무 가지에 종이 한 장이 내려 걸리는데 일어서서 집어보니 한 구퉁이가 탄 인쇄물인데 그것은 수학교과서 원 장의 한 파편이었다.

　"옳구나! 그럼 조폐공장이 박살이 났구나."

하고 욱진이는 중얼거리었다.

　"괴뢰군이 백 원짜리 지폐를 막 찍어 퍼뜨린다는 소문을 들었는데 참 잘도 알고 와서 파괴했군."

하고 생각하니 상쾌하기 그지없었다.

　저녁 죽을 한 대접 들고 올라온 호물때기 노파가 불쑥 내미는 것을 보니 캬라멜 한곽이었다.

　"아, 이런 진미를 어디서?"

하고 욱진이가 놀라면서도 기뻐서 물으니,

　"아, 무어 없는 것이 없읍니다. 저 밑에는 어제 오늘 종일 쉴 새 없이 피난민이 넘어와서 셋방은 벌써 동이 나고 고깐[52]이니 대문간이니 지붕 밑도 다 차 버리구 우리 과수 나무 아래에두 빈틈없이 피난민이 가득 차서 참 야단이올시다. 풋고추니 호박넝쿨이니 모두 밟고 돌아가고 또 구린내 잘 맡는

51　과일나무.
52　곳간. 물건을 간직해 두는 곳.

파리 떼처럼 장사군이 뒤를 따라와서 지금 창의문에서부터 저쪽까지 길 양쪽에는 옛날 야시 같은 가게가 빼곡이 들어섰는데 남대문 시장과 비겨보아 손색이 없을겝니다. 인제는 돈만 있으문 문 안까지 들어가지 않고도 먹고 사는 데는 아무 걱정두 없게시리 되었습니다. 밤 어두워지거든 한번 큰 길루 나가보세요. 막걸리, 소주, 싸이다, 빈대떡, 빵떡, 국수 세상없는 것이 없는걸요."

이튿날 아침 욱진이가 조그만 면경에 자기 얼굴을 비춰어보니 한 달이나 이발사 가위 맛을 못 본 머리가 덥수룩하고 희끗 희끗한 턱아랫 수염이 반 뼘이나 잘아낫는데 그동안 호사아니고 징역인 태양욕을 한 덕택으로 자기 얼굴이 농삿군 얼굴처럼 검어테테하게 된 것을 발견하고 그는 다행하다고 생각되었다.

그래서 그는 흙 묻은 무명 고이[53] 적삼에 맨발로 검은 고무신을 끌며 자기 과수원 나무 아래 옹기종기 모여 안자 있는 피난민 사이로 어슬렁어슬렁 들어갔다.

감나무 아래 겨우 비인자리를 발견하고 풀 위에 안자서 얼굴은 개울 건너[54] 큰길가에 즐비하게 늘어선 이동식 상점들을 바라다보면서 귀는 근□[55] 사람들의 회화에 정신을 집중하였다.

옆집 사람은 여식국[56] 전 가족이 몰살을 했다느니 집안에 있던 식구는 몽땅 다 죽고 뜰에 나와 있던 사람 하나만이 살아남았다느니 반장회에 모였던 열 명 반장이 한꺼번에 없어졌는데 사지가 산산이 따로 나서 누구 다리고 누구 팔인지 분간할 수 없었다느니 하는 이야기꽃이 피어 있고 한 노인은 자기가 용산서 여기까지 서울장안 한 절반을 꿰여오며 자세히 살펴보아도 괴뢰군 병사나 차량 같은 것은 하나도 불[57] 수가 없었으니 결국 괴뢰군은 서

---

53 고의적삼. 여름에 입는 홑바지와 저고리.
54 원문에는 '넌녀'로 표기되어 있음.
55 원문을 식별하기 어려우나 '근처'로 추정됨.
56 '열 식구'의 오자로 보임.
57 '볼'의 오기인 것으로 보인다.

울을 포기하고 퇴각해버린 것이 아닐가 하고 말하는 것이다.

81

그러나 또 어떤 한 사람은,

"그놈들이 벌써 대전 포항을 해방시키구 대구 해방두 시간문제라구 한창 호언장담하구 있는데 만일 그것이 사실에 가깝다면 그놈들이 제 아무리 십만 대군을 거느리고 왔다손 치드라도 전선이 그렇게 길어지고 넓어진 이때 이 서울 같은 후방에 군인을 남겨둘리가 있겠수. 모두 제일선으로 끌구갔겠지. 그래서 내 생각에는 지금 이때 서울지구는 텅 비인 진공지대가 되어서 유엔군이 지금 곧 인천 상륙을 감행하여 중간에 쐐애기[58]를 박아놓으면 금시 김일성이가 손을 들어버리리라구[59] 생각되는 데요."

"쉬ー조용! 저기 인민군대가 옵니다."

저쪽 큰길로 □□해 내려오는 일 중대는 정규 인민군이 아니었고 소위 '의용군'으로 '지원'해 들어가 세 주일 훈련을 받은 후 군복을 입고 나선 서투른 군인들이었다.

이들 의용군중 몇 명이 대오에서 튀어져 나와 욱진이가 앉아 있는 쪽 과수원을 향하여 걸어왔다. 의용군 두명은 피난민들에게 매우 상냥스런 태도로 피난생활이 얼마나 괴로우냐고 위문한 후,

"지금 미국 제국주의 야만공군이 이 무차별 폭격을 감행하는 것은 놈들의 최후 발악이니까 며칠 안 가서 승리는 용감한 인민군 손에 들어올 것이요, 놈들이 모두 다 바다 밖으로 쫓기어 나가면 공습도 감행하지 못하게 될 것이니 안심하고 도로 댁으로들 돌아가십시오."

하고 말하였다. 듣는 사람들은 짝기[60]를 끼고 앉은 대로 묵묵히 듣고만 있는

---

58 '쐐기'의 방언.
59 원문에는 '벼리리라구'라고 표기되어 있음.
60 '깍지'의 오기로 보임.

데 중년 낫세나 되어 보이는 여인 두세 명이 의용군 한 명과 마주 서서 대꾸하고 있었다. 한 여인이,

"그렇게 아무래도 질 전쟁이면 그만 손들구 말게지 아무리 야만이로기니 애매한 우리집을 박살을 내는 심뽀는 무엇일가요?"

하니까 의용군은,

"그러기 말씀입니다. 지금 용감무쌍한 인민군이 대구를 완전 해방시켰고 앞으로 부산까지 몇 시간이면 쳐 내려갈 것이니깐 미국 육군은 전멸되고 바다 밖으로 밀려나갈 것입니다. 그래서 놈들은 마지막 발악으로 공군을 시켜 화풀이를 하고 있는데 기금 전쟁이 아무리 현대전이라 하지마는 전쟁을 이기는 데는 공군보다도 육군이 맥을 쓰는 것입니다. 미국 공군이 제아무리 우수하다구 해도 비행기가 태극기를 중앙청에 다시 갖다 꽂지는 못할 것이니까요. 놈들두 그걸 잘 알구 있으므로 이미 쫓겨가는 바에는 공군으로라두 서울을 적지화해벼릴 목적으로 저러는 것입니다."

"아이구, 참. 그런 괴악한 심뽀가 어디 있어요. 원!"

"놈들의 그런 심뽀를 심리학적으로 이해할 수가 있습니다. 지금 놈들은 막다른 골목에 다달은 것입니다. 여러분은 신문 보도로 보아서 이미 다 잘 알고 계실 것이겠으나 그 소위 국방군이란 미 제국주의 괴뢰군은 이미 완전 전멸되었고 남의 내정 각섭[61]을 하려고 들었던 미국군들은 모두 싸울 생각을 잃어버리고 말았습니다."

82

제 이야기에 스스로 신이 난 의용군은 이야기를 계속하였다.

"미군이 전의를 상실한 이유는 미군은 애국심이나 인민을 위해 나선 것이 아니고 단순히 돈을 벌기 위하여 나온 용병이므로 전쟁마당에서 죽기를

싫어하는 놈들인데 이러한 놈들을 대항하여 싸우는 용감무쌍한 인민군은 조국 해방과 통일을 위하여서는 목숨을 아끼지 않구 싸우는 군대인 만큼 인민군의 승리는 당연한 일입니다. 그런데 이들 용병을 사용하는 '월'가 전쟁 상인들이 목적하는 바는 우리 조선같이 지하자원이 풍부한 값진 나라를 자기네 영토화하고 식민지화시키려는 데 있는 것입니다 그런데 놈들이 괴뢰를 사수하여 북벌을 개□한□ 한 달이 차기 전에 놈들의 야욕은 여지없이 무너져버리고 참패의 고배를 마시지 않을 수 없게 되니 자기가 꼭 먹으려고 별렀던 이 좋은 식민지를 그냥 두고 가기가 싫어서 자기가 못 먹을 바엔 차라리 아무도 못 먹게 부스러처 버린다는 악귀의 심뽀입니다. 가령 한 개의 쉬운 예를 들어보면 이렇습니다. 자, 여기 한 개의 먹음직한 토마토가 있습니다. 이렇게 손에 들구 들여다 보기만해두 입에서 군침이 저절로 생깁니다. 만일 당신이 이런 맛있어 보이는 토마토 한 개를 훔치어서 입에 막 넣으려구 할때 그 토마토 밭 임자의 아들이 몰려 나와서 당신 손에 들린 토마토를 빼앗으려고 할 때 당신은 어떻게 하겠습니까? 당신은 그 토마토를 밭주인에게 순순히 그냥 내 주겠습니까? 아니지요, 절대로 아니지요. 그 토마토를 제가 먹지 못하구 빼앗길 바에는 차라리 발로 밟아 으깨버리고 말고 싶은 것이 본능이겠지요. 자, 그러니 보십시오. 여기 조선이란 토마토가 한 개 있습니다. 그런데 미국이란 도적놈이 들어와서 토마토를 도적해 가지고 그의 목구멍까지 거의 다 넘어가게 될 무렵에 이 조선의 아들인 인민군이 달려들어서 못 먹게 하니까 짓구진 미국은 자기가 못 먹을 바엔 차라리 몽땅 없애버린다는 심뽀로 놈들이 쫓겨나가기 전에 마지막 무차별 폭격을 감행하는 것입니다."

둘러서서 입을 헤하니 벌리고 듣던 서너 명 여인은 이 비유□□□□□□□ 태도로 머리를 근사하게 끄덕거리는 것을 목전에 보고 있는 욱진이는 이러한 사이비 비유를 당장 반박할 용기를 가지지 못한 자기 자신의 비겁을 통감하였다.

머리를 연성 끄덕거리면서 열심으로 듣고 서 있던 한 여인이 가장 감동

된 듯싶은 표정으로 한걸음 더 의용군 가까이 다가서더니,

"그런데 외용군 학생님한테 탄원할 일이 한 가지 있는데요."

하고 말하였다.

"무엇입니까?"

"탄원하문 잘 듣고 선처해주시겠소?"

"염려마시고 어서 말씀하서요. 우리는 인민의 이익을 위해서는 무슨 일이나 도와드릴 용의와 의무를 가지구 있는 몸들입니다."

"그럼, 저, 응, 저－기, 저 집 말예요."

하면서 여인은 손을 들어 가리키었다.

83

여인은 의용군에게,

"저기, 저, 빨간 종이로 대문을 봉해논 쳐 집 말입니다. 그 집은 바로 내 친척의 집인데 내 집은 용산서 어제 그 악독한 악마들의 무차별 폭격으로 인하여 홀딱 다 태워버리구 또 아들 하나를 잃어버리고 저기 저 집만 믿구 이리로 피난을 왔더니 저렇게 문을 봉해놓구 아무두 출입을 못 하게 하니 우리 식구두 한데서 지낼 뿐 아니라 집주인두 올망졸망한 아이들을 데리고 노숙해 왔으나 오늘 밤에라두 만일 비가 오든지하면 어떻게 되겠읍니까?"

"흐음, 그 집 주인이 큰 부자였지요. 아마?"

하고 의용군은 물었다.

"아닙니다. 일생 과수원 품을 팔아서 호구를 해가는 노인인데 자기가 손수 지은 집입니다. 그 노인은 집을 빼앗기구두 오늘두 품을 팔지 않으문 끼니 끓일 것이 없어서 멀리 품팔이하려 가고 없습니다만 저기 저렇게 풀이 죽어 앉아 있는 가족을 좀 보아요. 얼마나 가련한가."

"하, 그렇다요? 품팔이해 살아가는 근로인민의 집을 빼앗을 리가 도무지 없는데요. 무슨 오해거나 그렇지 않으면 착오겠지요. 아, 어이. 이리 좀

와."

하고 의용군은 소리를 질러 길로 지나가는 다른 의용군 한 명을 불러놓고,

"저기, 저 집을 저렇게 봉해놓구 사람 출입을 못 하게 한다는데 어디루 연락하면 여기 이분들이 들어가 살 수 있도록 선처해줄 수가 있을까?"

"글세, 가옥이나 재산을 차압하는 일은 아마 인민위원회에 소속된 일일 겁니다."

하고 대답하자 여인이 덩달아,

"네, 그래요. 인민위원회에서 봉해놓았다구 그래요."

"그럼 무슨 이유가 있겠지요. 반드시?"

하는데 여인은 얼른,

"그 댁 아들이 국군 하사라구 해서 그 집을 빼앗은 거라우."

"그럼, 그 국군 하사는 지금 어디 있소?"

"모르지요. 어디 있는지"

"하여튼 저 집은 평생 품팔이하는 노인의 집이 확실합니까?"

"틀림없습니다."

하고 여러 목소리가 한꺼번에 대답하였다.

"하아, 그렇다문 인민위원회에서 저런 일을 할 리가 없다구 믿는데요. 인민공화국은 근노 인민의 재산과 생명을 우선 보호하는 나라이지 박탈하는 나라가 아니니까요. 저이가 가서 우리 의용군 대장에게 말씀 올려서 곧 열도록 해드릴 터이니 염려마시고 잠시 기다립시오."

"아, 참, 감사합니다."

그러나 약속하고 간 의용군은 그 후 다시 나타나지 아니하였고 노인의 집은 봉재진 채로 그 여름을 다 나서 그 집 가족은 실과나무 아래 엇걸이[62]를 걸고 헌 가마니로 지붕하고 가리운 움막 속에서 살았는데 九(구)월 二十六(이십육)일 밤 폭격에 그만 잿데미화하고 말았다.

---

62 집 본채의 벽에 의지하여 한쪽으로 비탈지게 붙여 지은 칸.

84

어떤 날 세검정에 살고 계시던 어머님이 돌연히 올망졸망 손자들을 데리고 집으로 들어서는 것을 본 정학이는 어머니로부터 자세한 이야기를 듣고 매우 염려스러웠으나 그러나 갑자기 별 신통한 대책도 없고 해서 이따금 들어오는 호물때기 노파에게 아버님 안부를 묻고 쌀되나 또는 돈푼이나 주어서 도로 내보내면서 지금 은혜는 평생 잊지 못할 것이니 아부님을 잘 숨기고 될 수 있는 한의 편의를 보아달라고 신신당부하였다.

정학이로서 역경에 처해 계신 부친을 찾아가 뵙지 못하는 것은 불효막심이었으나 그러나 과거 수삼 년 동안 정학이도 주말마다 과수원에 늘 드나들고 있었으므로 □ □□□[63] 아는 사람들이 많이 있는데 그중 어떤 자들이 빨갱이었는지 혹은 갑자기 빨갱이가 되었는지 알 수 없으므로 쫓겨난 과수원 주인의 아들이 과수원을 찾아간다는 것은 도리어 섭[64]을 지고 불로 기어들어가는 것 같은 어리석은 일이라고 생각되어 자제하고 있으면서 빨갱이들에게 아닌 밤중에 붙들려간 아우 정호의 행방을 알아보려고 몹시 애를 쓰고 돌아갔다.

하루는 호물때기 노파로부터 용산 대공습 때문에 자하문 밖으로 피난민이 십오만 명이나 몰려들었기 때문에 과수원마다, 나무 아래마다 빈틈없이 사람들이 들끓고 또 장삿군이 사직동시장 뺨칠 만큼 번잡해졌다는 소식을 듣자 정학이는 이 기회에 아부님을 뵙고 오고 싶은 생각이 불일 듯 일어났다.

한편 욱진이는 며칠을 두고 그렇게도 매일 계속하던 공습이 뜸해진 것을 보자 혹시나 괴뢰군이 서울을 철수해 버린 것이나 아닐가? 하는 생각이 그의 머리를 스치고 지나갔다. 이렇게 시외에서 우물우물하고 있다가 미군의 입성행진도 구경 못하게 될 것이 아닌가? 뿐만 아니라 잡혀간 정호의 소식, 마누라 소식, 형님소식, 모두가 궁금해져서 비록 가끔 호물때기 노파한데

---

63 판독이 어려우나 '그 고장에'로 추정됨.
64 '섶', 땔나무를 통틀어 이르는 말

소식을 듣기는 하나 남이 전하는 말에는 실감이 없어서 아무래도 불만족이었다.

그래서 하루는 아침에 욱진이는 소작인 여인을 시켜서 자두 서너첩을 사오게하여 륙쌕에 넣어지고 시내로 들어갔다.

사직동 집에 다달으니 며느리가 맞으면서 정학이는 아침 조반 후에 쌀 한말을 륙쌕에 넣어지고 세검정으로 나갔다고 하고 어느 길로 오셨기에 중노에서 서로 못 만났는가 묻는 것이었다.

욱진이는 그 말대답은 아니 하고 자기 마누라는 어디 갔느냐고 물었다. 며느리의 대답이 돈암동댁으로 갔다고 하는 것이었다.

며느리의 대강 이야기를 들으니 욱진의 형 욱만이 가족은 모두가 다 용산 폭격 둘쨋날 의정부로 돌아갔다고, 그래서 그동안 돈암동 정헌의 집에서 정헌이가 병원에서 자고 집에 못 나와 자는 날 밤동무를 해주고 있던 백모님도 떠나게 되어 시어머니께서 둘째 며느리 밤동무를 해주려고 돈암동 집으로 갔다고 하는 것이었다.

"의정부로 돌아가문 무슨 호구지책이 있는가?"

하고 욱진이는 다시 물었다.

85

정호의 처는 대답하기를 그동안 시내에서 식량을 사기가 하도 힘이 들어서 하루는 욱만이와 그의 아들 정국이와 또 정호의 처남 김창덕 등 세 사람이 광목조각, 비누, 석냥 등 물건을 꾸려가지고 시골로 가서 쌀을 바꾸어 오기로 계획하였는데 이러니저러니 해도 그래도 안면이 나 있는 시골로 가야만 일이 쉽고 또 헐가[65]로 바꿀 수 있을가 싶어서 지나간 六(육)월 二十五(이십오)일까지 정국이가 가르치고 있던 국민학교 동리로 가기로 했다고.

65　헐값.

그래서 셋이서 가는데 의정부 거의 다 가서 신작로에서 목을 지키고 있는 민청원들을 만났는데 그들은 소위 의용군을 강제 모집하는 책임을 맡은 자들이어서 十七(십칠)세이상 三十七(삼십칠)세까지 남자는 신분여하를 막론하고 무조건 붙들더라고, 그래서 까딱했더라면 정국이와 창덕이는 의용군으로 끌려 나갈 번했는데 마침 천행으로 정국이가 가로치고 있던 국민학교 교감선생이 지나가다가 보고 반기면서 정국이더러 그렇지 않아도 행방을 찾던 중인데 마침 잘되었다고, 국민학교를 개학하고 지금 자기가 교장이 되었으니 곧 복직을 하면 의용군도 면제되고 생활보장도 해준다고 말하더라고.

　　그리되어서 정국이는 당장 그 자리에서 학교로 복직하게 되고 욱진이와 창덕이는 쌀을 지고 서울로 돌아왓는데 오기 전에 의정부 집을 들여다보니 집은 재가 되어 있지만 연접해 있는 채소밭은 그대로 남아 있으니까 그걸 가꾸면서 널반지 집이라도 짓고 조그마한 장사라도 시작하면 밥이나 벌어먹것 같고 또 정국이가 복직한 이상 가족을 데리고 학교 사택으로 들어가는 것이 좋으리라고 서로 의논이 맞앗던 것이라고.

　　욱진이는 불쑥,

　　"아―니, 종로 가게에 그래두 재고가 좀 있었을 터인데 쌀값이 시내서 아무리 비싸기루서니 형님까지 그렇게 고생을 하시두룩 해서야……"

하니까 며누리는 입가에 쓴 웃음을 띠면서,

　　"아주버님께서는 괴뢰군이 입성한 지 일주일이 지나도록 상점사무원이나 급사나 아무두 찾아와보는 사람이 없어서 아주버님 혼자 가게로 나가보셨습니다. 판자문을 열고 가게 안으로 들어서보니 사무실 도구가 모두 흐터져 있는 것을 보시구 의심이 나서 뒷문 밖 창고로 가보시었더니 창고 문이 쫙 열려 있고 속은 텅 비어 있더랍니다. 그래서 아주버니께서 사무원 집으루 곧 가보앗더니 그 집엔 낯선 사람이 나타나서 모른다구 딱 잡아떼더래요. 결국 그놈이 빨갱이를 끼구 홈빡 도적질해 간 것이겠지요. 그래서 할 수 없이 집에 있는 옷가지 광목 조각 같은 걸 팔아서 식량을 대지 아니 할 수

없게 되었읍니다."

"흐음! 그거 참! 어, 고약한지고. 그리구 아 그 애 아범 소식은?"

"아주버니가 밤낮 애쓰구 다니셔두 어디가 갇혀 있는지 통 알 수가 없대요. 그래서 정옥이가 자진해서 동 여□장[66]을 찾아보구 적극 인민공화국에 충성할것을 서약하구 문화선전책이란 직임을 한자리 맡게 되었어요. 그놈들 틈에 끼워서 일을 해주면 혹시나 오라버니의 소식을 알 수 있게되지나 않을가 하는 생각으루요."

<h1 style="text-align:center">86</h1>

욱진이는

"허, 그년 기특하군!"

하고 나서는 다시 미간에 불안한 감을 나타내면서,

"허나 그러다가 만일에 그놈들 선전에 속아 넘어가서 빨갱이가 되어버린다면 큰일인걸. 허, 허, 허."

욱진이는 자두 한 접을 이 집에 나눠주고 나서 마누라를 찾아 만나볼 양으로 다시 길을 나섰다.

광화문 네거리에 다달으니 전차를 타려고 저쪽 인도 가로수 그늘 아래 늘어선 사람수효가 그리 많지 않은 것을 보고 욱진이도 전차를 탈 생각으로 줄 뒤에 가서 섰다.

좀체로 전차는 오지 아니하였다.

시계를 가지지 않았으니 꼭 몇 분간이라고 말할 수는 없으나 기다리는 시간은 의레히 더 길고 지루하게 생각되는 것이어서 무려 한 시간 이상을 기다린 것같이 지루했으나 전차는 나타나지 않고 기다리는 사람 줄은 세 겹 네 겹이 되어 땀내는 코를 찌르고 들어내는 팔에 남의 팔이 와 닿으면 끈적

---

66 '여맹장'으로 여겨짐.

끈적하고 기분이 나빴다. 욱진이는,

"에라, 차라리 걷지, 이 징역[67]을!"

하고 생각하며 튀어져나와 버리고 싶었으나 여태 기다린 공이 아까워서 요제나 저제나 하며 서쪽을 바라다보고 있으니 전차 한 대가 커부를 돌아 나타났다.

이때 세겹 네겹 폭 놓였던 사람 줄이 와르르 무너지면서 안전지대가 금시에 차고 넘고 안전지대와 인도사이도 흐늑거리는 살덩이로 가득 찼다.

전차가 와 닿으니 이전에는 앞뒷문으로 타고 가운데 문으로 내렸는데 지금에는 그 반대로 가운데 문으로 타고 앞뒷문으로 내리게 하니 가운데 문이 꽉 차가지고 차안으로 올라서는 사람들보다 이리 밀리고 저리 밀리고 하는 사람이 더 많은데 앞뒷문으로 내릴 사람이 다 내리자 가운데 문으로 탈 사람은 몇이 탔건 말았건 차는 떠나가고 말았다.

욱진이는 단념하고 걷기 시작하였다.

그가 아직도 문이 꽉 닫히고 개점되어 있지 않은 화신백화점 앞을 좀 지났을 때 공습경보가 요란히 불자 마침 달리던 전차는 급정거를 하고 앞뒷문 중간문 할 것 없이 승객들이 모두 허둥지둥 내려 길가집 처마 밑으로 기어들어가 섰다.

공중을 치어다보니 비행기가 네대씩 세대씩 편대하여 마치 가을날 기러기 날아가듯 서북쪽을 향하여 날아가는 것이 보이었다. 얼마나 높이 떴는지 폭음도 들릴락말락하고 솔개만큼씩 하게 적게 보이었다.

이러한 편대 비행기 사 오십대가 저쪽 하늘 속으로 사라져버린 뒤 행인들은 길을 다시 걷기 시작하니 자위대 사람들과 각반을 친 내무서원들이 욕을 퍼부으면서 움직이지 말고 그냥 처마 밑에 꼭 붙어 서 있으라고 소리소리 지르는데 괴뢰군 장교를 태운 찦차들은 공습경보도 무시하고 거리낌 없이 급속도로 달리고 있는 것이었다.

---

67 죄인을 교도소에 가두어 노동을 시키는 형벌.

사방은 죠용하였다.

공중에서는 아무런 폭음도 들려오지 않고 고개를 들어 사방 하늘을 치어다보아도 비행기 커 녕 구름 한 점 없이[68] 파란 빈 하늘이었다. 성미 조급한 사람들은 자위대의 욕설을 들은 체 만 체하고 뛰어서 옆 샛골목[69] 길로 새어버리었다.

87

욱진이는 샛길로라도 뛰어갈 기운도 없고 오래 서 있으니 걷는 것보다 도리어 다리가 아파와서 구두수선하는 가게 안으로 들어서서 빈 의자에 걸쳐 앉았다.

구두 고치기를 기다리고 앉아 있는 사람은 나이 오십이 넘어 보이는 전차 차장이었다. 구두 수선공이,

"전차를 몇 대나 돌리나요?"

하고 물어보니까 차장은,

"낮에야 어디 몇 대 돌리나요. 그저 명목뿐이지. 밤이 되야만 본격적으루 돌리지요."

"하, 참, 그러더군요. 통행금지 시간두 무시하구 밤새두룩 전차가 다니는데 그건 아마 인민군을 실어 나르는 것입니까? 그렇잖으문 무기를 싣는 것입니까?"

"흥, 그런 걸 발설했다가는 내 목아지가 다라나게! 하지만 해만 지문 차는 내노라구 독촉을 성화같이 하구 차장은 젊은 놈은 의용군으루 뽑히지 않았으문 모두 숨어버리구 그래놓으니 우리 같은 늙은 것들이나 나와 일하니어디 전차가 원만히 움직일 리가 있소?"

---

68 원문에는 '한검없이'로 표기되어 있음.
69 큰 골목들 사이에 난 작은 골목.

"그러나 식량배급은 꼭꼭 받는다지요?"

"흥, 배급? 명색이 배급이지요. 나 혼자 분 쌀을 배급을 탄들 뭘하겠수. 식구는 다 굶구."

"아—니, 우리 듣기에는 이북에는 쌀이 썩어져 나가도록 많다는데 왜 척척 실어닥아 영감님 같은 일군을 먹이지 않을가요?"

"흥, 무슨 도깨비 소린지 알 수 있수! 내 눈으루 보기 전에 말을 들으면 쌀은 자꾸 실어오는데 미국 비행기 폭격이 심하여 잘 안 된다구 핑게를 댑더니다만, 그리구 요새는 일 나오는 날만 식권을 한 장 주어서 밥집에 가서 한 그릇 먹지만 집에서들은 굶든지 죽을 쑤든지 별도리가 없지요. 내 참 기가 막혀서!"

이러한 대화에 귀를 기우리고 있던 욱진이의 귀에는 별안간 "쌩!" 하는 쇳소리가 들려오며 밖에 섰던 사람들이 모두 주저앉는 것을 그는 보았다. 귀를 찢어주는 듯한 강한 쇳소리를 내는 쩻트기가 쌍을 지어 지나가고 솟아오르고 내리쏟아지고 하더니 금시[70]에 인왕산 저쪽에서 나비 놀듯하고 있는 것이었다. 네쌍의 쩻트기가 번갈아 이러기를 세 번 계속하더니 한 대가 남산 쪽에서부터 비스듬이 휘돌아 급강하를 하면서 앞으로 기단 불덩어리를 연거퍼 토하자 꽁무니로 풀썩 연기를 내면서 "뿌, 뿌, 뿌" 하는 소리가 들려왔다.

불을 토한 쩻트기는 추락이 되었는지 보이지 않고 다른 쌍이 또 급강하하며 불을 연거퍼 토하는데 저쪽에서는 아까 불을 토한 비행기가 고개를 하늘로 치어들고 제비처럼 빨리 솟아올라 남쪽으로 갔다.

쌍쌍 쩻트기가 몇 차례 로켓트탄 세례를 주고 나서 어디론지 자취를 감춘 후 조곰 후에 보니 서소문께 쯤에서 시컴언 연기가 뭉게뭉게 떠올랏다.

불을 토한 쩻트기는 추락이 되었는지 처마 밑에 서서 오도 가도 못하고 있는 사람들은 손에 땀을 쥐어가며 이 광경을 묵묵히 바라다보고 있었다.

---

70 '금세'의 방언.

88

쩨트기 여덟 대가 쌍을 지어 폭격하고 있는 모양을 보고 있는 욱진이 가슴속에는 무엇이라고 형용할 수 없는 쾌감에 사로잡히어 만세를 부르고 박수갈채를 하고 싶은 생각을 것잡을 수 없었으나 꾹 참고 손에 땀을 쥐며 바라다볼 때 속이 후련해지고 새 용기가 생기며 새 희망이 용솟음치는 것을 그는 느끼는 것이었다.

비행기들은 검은 연기와 붉은 불꽃으로 염색된 하늘을 뒤로하고 멀리 날아가 스러지고 말았다. 그래서 종로쪽 하늘은 조용해졌으나 해제 싸이렌은 좀체로 불지 아니하였다.

그리하여 중로에서 공습경보 세 번을 겪은 욱진이는 석양이 되어서야 돈암동 아들네 집에 도착되었다.

안해는 하도 반가워서 눈물이 글성글성 했으면서도 행상군[71]같이 차린 남편 모습이 웃읍기도 하였다.

안해의 말로 대강 사정을 알게 되니 정헌이는 병원일이 너무 바빠서 일주일에 한번쯤 집에 다녀가고 바깥채에 세 들었던 이발사와 양복상은 아직 돌아오지 아니하였고 강 치과의사는 며칠 전에 잠시 다녀갔는데 그는 치과의면서도 괴뢰군에게 징발되어 적십자 병원에서 만병통치 의사노릇을 하고 있노라고 하며 가게들은 문을 닫힌 채 그냥 비여 있다고 하는 것이었다.

시아버지가 아침 일찍 떠나서 온종일 공습경보에 걸리어 중로에서 자두 몇 알로 요기를 겨우 했노라는 말씀을 들은 정헌이 처는 불야불야 밥을 지어먹고들 있노라니 김영덕이가 불쑥 들어섰다.

거리거리 목을 지키고 의용군을 잡는데 용히도 새 다닌다고 감탄 비슷 들리는 정헌모의 말에 영덕이는 흡족한 듯이 너털웃음을 웃으면서

"녜, 이북에서 많이 겪어보아서 요령을 체득했거던요. 그놈들 세상에서

---

71 이리저리 돌아다니며 물건을 파는 사람.

는 공산당원 자기네 끼리두 너무나 비밀을 지키기 때문에 그것을 이쪽에서 역용[72]해 가지고 뻐젓이 거리를 활보할 수 있는 거야요. 더구나 저는 남대문 내무서장 이름을 마침 알구 있기 때문에 언제 어디서든 지 걸리면 에헴 나는 남대문 내무서장 동무의 용무로 지금 모 방면으루 급히 가는 길인데 하구 뽐내 문 그놈들이 찔끔하여 아무 말 못하구 맙니다요."

"아, 인민공화국에서두 경찰만능인가?"

"만능이상이지요. 더구나 정치보위부 앞에서 북한 백성은 고양이 앞에 쥐꼴이랍니다. 제가 방금 이리루 오는 도중에두 공습경보가 해제되지 않았는데 왜 그냥 걸어가느냐구 질알하기에 나는 '여보, 동무, 나는 지금 남대문 내무서장 동무의 용무를 띠구 가는 길인 데 동무가 나를 이 중로에서 지체시켜서 내 용무에 지장이 생긴 때 동무는 책임을 지겠수?' 하구 따지었더니 그만 굽실하며 어서 가시라구 해서 이렇게 온건데요."

<h1 style="text-align:center">89</h1>

이때 정헌의 처가,

"영덕씨는 담은 무척 크지만도 너무 후라이[73]를 떨어서 탈이야요."
하고 말하였다.

"아—니, 왜 그러십니까? 내가 언제 후라이를……."

"하, 후라이를 근사하게 떨구는 또 잊어버리지요. 무얼, 지난번엔 난데없이 미군이 인천 상륙을 했다구 후라이를 떨어서 우리 집안이 모두 한바탕 수선을 떨게 해놓구는……."

"아, 참, 그건 내가 지어낸 것이 아니었구 나두 정보를 잘못 듣구 전했던 것이니깐 날 책하지 마서요. 고런데 아까 애기능 턴넬을 폭파하는 것을 물

72 역이용. 어떤 목적을 위하여 쓰던 사물이나 일을 그 반대의 목적에 이용함
73 허풍의 경북 방언.

론 구경하셨지요?"

"애기능을?"

"그럼요, 그 기차굴에서 아직두 연기가 올라오구 있는데요, 또 후라이라구 생각되거든 지금이라두 뒤 언덕 위에 올라가 바라다보서요."

이때 욱진이가,

"그래 나두 아까 종로에서 서쪽에 로켓트탄 폭격을 하는 것을 목도하기는 했는데 철로 굴을 때리는 줄은 몰랐군."

"턴넬 폭파가 아니라 기실은 턴넬[74] 속에 숨겨 두었던 화약과 탕크차 그타 무기 등을 하늘로 올려 보낸 것이야요. 참 기술이 묘하거든요. 턴넬 속 탄환은 타오르지만 턴넬 자체는 고냥 있고 턴넬 바로 위에 서 있는 집두 고채로 문짝하나 안상하구 남아 있거든요. 바루 제가 그집 주인하구 같이 구경을 했는데 쏜살같이 날아드는 쩨트기가 발밑 아래루까지 떨어지기에 나는 아차 추락하나보다 하고 가슴이 철석 했어요. 그런데 웬걸 그 쩻트기가 턴넬 어구까지 가서는 옆으로 폭탄을 굴속으루 던지구는 급상승하는데 그 기체가 비스듬이 돌때 자세히 보니 묘령의 금발미인이 입술에 빨간 연주칠을 한 여자가 운전대에 앉아서 나를 보며 생긋 웃으면서 손을 흔드는데 그 금빛 머리털이 바람에 팔팔 날리는데, 이 내 오금이 그만! 하, 하, 참, 내 일생 못 잊을 미인을 보았습니다."

"아, 이 사람. 어서 장가를 들여줘야겠군 그랴. 아마 좀 돌았나보다."
하고 욱진이가 말하니 영덕이는 너털 웃음을 웃으면서,

"인젠 정말 장가를 가두 그런 비행사 미인한테나 가지 다른덴 싫어요."
하고 말하였다.

이때 정헌이가 들어왔다.

정헌이가 아부님께 절을 하고 나자,

"어떻게 오늘은 이렇게 일찍 해 있어서 나오시게 되었어요?"

오월동주

하고 묻는 안해의 말에,

"오늘은 휴가로 나온 것이 아니라 박의사나 김의사 둘중 하나를 잡아 바치라는 명령을 받구 출장을 나온거요. 꼭 두 시간 말미를 받고 나왔으니깐 밤들기 전에 한 사람 붙들어 끌구 들어가얄텐데 야단났소. 허, 허."

하고 허들갑을 떠는 것이었다.

지킬박사[1]와 하이드씨

90

정헌이는 병원에서 처음 배급 받았다고 하면서 공작담배 두갑을 내놓으면서 안해에게,

"여보. 아부님두 오시구 김형두 오구 했으니 무엇 맛있는 걸 좀 차리시우. 그냥 두어 시간 앉았다가 병원으루 도로 들어가서 둘 다 집으루 찾아가보았더니 없더라구 보고하문 그뿐이겠지. 좌우간 이래비두 의사더러 동료를 잡아 바치라구까지 하는건 공산정권이 아니면 세상에 또다시 없을 거야. 허, 허."

아버지는 근심 띤 얼굴로,

"야, 그러나 가보지두 않구 거짓 보고를 했다가 네가 봉변하지 않겠니?" 하고 말하는 것을 김영덕이가 가로 맡아가지고,

"염려 없습니다. 그 놈들은 너무나 서루 비밀을 지키기 때문에 종적[2] 명령 계통두 어디서 내려오는지를 모루구였을뿐 아니라 횡적연락이라구는 통 없는데 닥아 또 지금 당장 자기네 심복인 인원이 모자라서 그놈들 맘대

---

1 원문에서는 모두 지길박사로 표기되어 있으나 지킬박사를 지칭.
2 어떤 일이나 사물의 관계가 상하로 연결되어 있는.

루 일이 진행되지 못하는 것을 그놈들두 잘 알구 있읍니다. 그래서 그놈들은 서울시민이 너무나 비협조적이어서 모두 죽여버리든지 어디로 쫓아버리든지 해야겠다고 지금 골치를 앓구 있는 판이니까요. 시일이 여러 달 걸려서 그놈들의 조직망이 완성되기 전까지는 그 어떤 잘 아는 놈이 밀고하기 전에는 여기 이 부역하구 있는 정헌이가 대한민국 육군소위 또 국장의 형님이라는 것이 다 소위 그놈들이 늘 말하는 반동분자 계준식의 처남이란 관계를 알 도리가 없을겝니다. 그러니깐 염려마서요. 이 전쟁이 기껏 끌드라도 八(팔)월十五(십오)일 이전에 승부가 결정 나서 이놈들이 꽁무니를 빼구 말 테니까 그때까지만 그놈들과 협조하는 체하고 어물어물 지나문 아무 탈 없을겝니다……"

"아ー니 또 인천 상륙인가."

하고 정헌이가 비꼬으니까 영덕이는,

"하, 내가 꾸며낸 거짓말이 아니었어요. 결코! 내가 아무 근거두 없는 후라일깐건 아니었어요. 맥아더장군이 인천 상륙 계획을 분명 세웠다가 무슨 이유론지 갑자기 중지한 것이었어요. 글세, 두구 보아요. 이번 八ㆍ一五(팔ㆍ일오)에는 서울장안에 태극기 달구 해방, 네, 재차 해방 기념식을 하게 된터이니깐. 내 말이 맞으면 술 한턱 단단히 내서야됩니다. 허, 허, 허, 그런데 딱터 최, 그래 인민군 부상병 치료 재미가 어떻습니까? 시내 큰 병원은 물론 원만한 개인병원까지두 놈들이 모두 징발해 가지구 환자가 철철 넘고 있는데 우리 까제를 좀 팔아먹어보려구 교섭해보았더니 놈들이 생 공짜루 빼앗으려 드는데 참 기가 막혀서. 대학병원엔 그래 재고가 나아 있읍니까?"

"흠, 미국제 까제를 어디서 가져오는지 자꾸 실어들이더니 요새는 뚝 끊어져서 붕대를 끊어 까제 대신 쓰구 반창고를 붕대 대신 쓰라고 바로 아까 명령에 내리었는데 허, 허!"

91

정헌이가 근무하고 있는 병원으로 괴뢰군 부상병이 몰려들어오기 시작하자 극소수의 '열성분자'를 제외한 대다수 의사들과 간호부 또 간호학생들은 울며겨자먹기로 마지못하여 배골코 졸림을 참아가며 기계처럼 움직이고 있는 것이었다.

첫날부터 식사는 하루 두 끼밖에 주지 않는데 쌀과 보리 혼식으로 삼백그람씩인데 처음 며칠 동안은 기승해 돌아가던 마각이 들어난 남로당원들에게도 속살로는 모르나 겉으로는 당원 아닌 사람 대우보다 조금도 우대하지 아니하여서 며칠이 못 가 남로당 당원들까지도 배가 고파 죽겠다는 불평을 공공연히 하는 것이었다.

입원한 부상병 사병급식은 조반에는 쌀 이백 그람과 고기국 한그릇, 점심으로 쌀 이백그람과 손벼만[3]한 돼지고기 한조각과 한 접시의 채소, 오후 곗노리[4]로는 우유 한 잔에 닥아 과일 한 개, 저녁은 쌀 이백그람에 계란 한 알과 닭고기 한 조각씩이었다.

부상병들이 이렇게 진기 있는 것을 먹고 배탈이 났다고 하면 밥 대신에 죽을 먹이다가 배가 완쾌되면 보통급식으로 돌아가기 전 하루 동안은 별식 한턱을 내는데 건빵 六백그람, 과일 두 개, 달걀 두 알씩이었다.

이삼층 특별 입원실에 독방 혹은 두세 사람만이 한방에 수용되어 있는 부상 장교들 대우는 이렇다 할 아무런 제약이 없어 장교들의 그날 그시 기분에 알맞추어 숙수[5]는 음식을 작만해야 되고 의사는 처방을 써야 되고 간호부들은 이들 부상장교들의 일동일정을 보살피는 신경을 혹사하여야 되는 것이었다.

병원 감독관장교는 원장실에 혼자 앉아서 수시로 어름채운 삐루와 과일

---

3 '손바닥만 한'으로 추정.
4 '점심'으로 추정.
5 음식을 만드는 일을 직업으로 하는 사람.

과 요리를 가져오게 하여 먹고 마시면서 날이 덥다고 웃통을 벗어 제치고 앉아서도 나 어린 간호학생들을 불러닥아 옆에 서서 쉴 새 없이 부채질을 시키면서 돼지처럼 꿀꿀거리며 음식을 처먹는 것이었다.

대낮부터 어름 삐루에 취한 감독관은 부채를 들고 병원 안을 샅샅이 찾아다니면서 의사, 간호부, 직원 할 것 없이 모두가 다 너무나 무성의하고 태만하다고 비난하면서 만일 좀 더 열성을 보여주지 아니하면 '반동분자'로 몰아 숙청한다고 엄포를 하였다.

색안경을 쓴 문화선전부장은 또 제대로 '재교육'을 시킨답시고 일이 조금만 한가해지면 모이라고 강요하고는 『공산당 발달사』라고 하는 단 한 권의 '교과서'를 나눠주고는 그것을 줄줄이 따로 외일 수 있도록 읽어야한다고 으르렁대었다.

낮이고 밤이고 간에 수시로 집회실에 직원들을 모아놓고는 '교과서' 읽은 강⁶을 받는데 질문에 대답을 얼른 못하거나 잘못될 때에는 당장 그 자리에서 면박을 주고 그럼 그날 신문은 읽었느냐고 물어보아 그날 신문기사 중 특히 어떤 괴뢰요인의 연설문 한구절을 외여 읽으라고 명령을 하는 것이었다.

바쁜 중에 혹 틈이 나서 어떤 의사나 간호부가 몰래 집 뒤 나무 아래 같은 데 가서 책을 읽고 있으면 문화선전부장이 순을 돌다가 달려들어 그 읽는 책이 『공산당 발달사』가 아니면 무조건 압수해버리었다.

92

색안경을 쓴 문화선전부장은,

"이런 미국 자본주의적 서적을 잃을 틈이 있거들랑 교과서를 몇 번 더 읽

---

6 예전에, 서당이나 글방 같은 데서 배운 글을 선생이나 시관 또는 웃어른 앞에서 외던 일.

든지 교과서를 다 외었거든 매일매일 신문을 읽으시오."

하고 소리 질렀다.

"신문은 벌써 다 읽었는걸요."

하고 대답하면,

"신문은 열 번이구 수무 번이구 읽으문 읽을수록 더 좋은 것이요."

신문이라고 하면 『조선인민보』와 『해방일보』 둘뿐인데 이 둘이 다 '신문'이라기보다 '구문'이고 '뉴스' 보도가 아니라 모두가 '선전'이었는데 매일같이 신문 일면 상반부에는 김일성이의 사진 혹은 스탈린의 사진이 한 절반 차지하고 하반부에는 특호활자는 七(칠)단으로 '전황 보도'[7]가 기재되는데 모두가 일률같이 '인민군 총사령부' 발표로 매일 어느 시 어느 동리를 '해방' 시켰다는 기사요, 그 옆에 역시 주먹 같은 큰 골자로 소위 '영웅' 칭호를 받은 괴뢰군 이름이 발표되는 것이었다.

제이면에는 서울시내에서 일어난 사건도 보통 나흘 후에야 계재[8]되는데 그 이유는 신문에 내기 전에 원고를 여러 기관에서 일일이 검열하기 때문이라는 것을 추측할 수 있었다.

또 가끔 김일성이의 성명서나 연설이 기재되는데 그날 '재교육' 시간에는 문화선전부장이 그날 기사 중 어떤 부분을 외어보라고 물어보아서 선뜻 외지 못하는 사람은 "바보다 천치다 멍텅구리다 반동분자다."라고 욕설을 퍼붓고 신문기사 전부 구구절절을 다 외이도록 몇십 번이고 되풀이해 읽으라고 명령하군 하였다.

하루 종일 일은 바쁘고 하루 두 끼밖에 못 얻어먹는 배는 언제나 고파서 체면 불고하고 부엌으로 몰래 들어가서 식모가 감추었다가 조금씩 주는 누른밥을 가지고 변소로 가서 몰래 먹어 겨우 연명을 해가는데 매일매일 '조선인민군 총사령부' 발표 전황을 읽으면 그저 매일 매일 어느 곳 '해방' 어

---

7 전쟁의 실제 상황에 대한 보도.
8 '계재'의 잘못된 표현.

느 곳 '해방'이라 하여 어느덧 적군은 대전을 지나갔고 동해안 포항까지 밀고 내려간 모양인데 부상병은 밤낮을 헤아리지 않고 줄지어 들이닿았다.

입원실은 차고 넘치어서 들이밀리는 경상자들은 낭하[9]에서 심지어는 뜰에서까지 몇 시간씩 기다리어서 겨우 빈틈을 쑤시어 입원할 수 있으니 호박잎으로 쳐맨 상처에서 쏟아져 나오는 고름 악취가 주린 배에 구역질을 돋우었다.

그래서 하루는 감독관 지휘 하에 일반 병실 안에 놓여 있는 쇠 침대를 모두 거두어서 이삼층에 장교들만 수용하는 특등 병실로 옮겨닥아 빼곡하게 채우고 또 더러는 지하실로 내려닥아 중병환자 사병들이 눕게 하고 횡하니 □어진 삼등 병실들은 세멘트 바닥에닥아 어디서 실어오는지 츄럭으로 실어오는 볏집 매츄레스를 '다다미' 펴듯 맞추어 쭉 깔아놓는데 이 작업을 지휘하는 감독관이 '매츄레스' 발음을 잘못하여,

"자, 마도로스 삼십[10] 개는 일호 병실, 마도로스 오십 개는 삼호 병실로……."

하고 외치는 소리에 간호학생들이 참다못하여 웃음쁘를 터뜨이었다가 된 벼락을 맞았다.

93

소위 '해방' 보도는 매일 신문에 내고 하루에도 몇 차례씩 라디오방송을 하는 것으로도 부족을 느끼었는지 병원 게시판에닥아 三八(삼팔)선이남 한국 지도를 그려 붙이고는 새로 '해방'시키는 도시마다 빨강원을 그려놓고 또 손톱만한 인민공화국 기를 꽂아서 표시하는 것이었다.

중상환자 몇 명을 제외한 파편 상이군인[11]이나 외상을 진단하고 치료해

---

9   복도.
10 원문에는 '삼심'으로 표기되어 있음.
11 전투나 군사상 공무 중에 몸을 다친 군인.

주는 일은 매일 되풀이하는 일이다. 외과의거나 내과의거나 이비인후과의 치과의 내지는 수의(獸醫)까지가 총동원되어 기계적으로 구데기 우굴우굴하는 상처를 씻어주고는,

"스폰지, 밀컬큐럼, 따이아진가루, 까제, 반창고……. 자, 그리구 그 다음 동무!"

이렇게 종일 반복되니 시종드는 간호학생들도 기계의 한 부분이 된듯이 간혹 의사가 순서를 잊어먹더라도 간호학생들은 꼭 순서대로 명령하였다.

이리되니 부지불식중 의사나 간호부나 간호학생이나 약제사 숙수식모들까지도 모두가—남로당원을 제외하고는—성격이 외곡되기 시작하여 이중성격을 기르게 되어서 그야말로 소설 고대로 한 의사가 '딱터 지길과 미스터 하이드'를 겸하는 이중성격의 소유자가 되어버렸다.

손톱만한 인민공화국 기가 지도 위에서 남으로 남으로 늘어나는데 따라 서울시내 병원들을 후방이 되었다고 일주일마다 의사와 간호부 두세 사람씩 뽑아서 제일선 야전병원으로 이송시킨다고 하는데 이 '영광'을 맞보는 사람은 남로당원이거나 '열성분자'에게 국한되어 있었고 또 시내 각 병원 간에도 서로 인사이동이 있어서 낯익은 얼굴들이 하루밤에 자취를 감추고 낯선 얼굴들이 대치되군 하□□ 새로 온 사람이 공산주의자인지 아닌지 분간을 할 수가 없게 되어 서로서로 경이원지[12]하는 어색하고도 부자연한 분위기가 배양되었다.

의사들은 매일 저녁 일곱 시에 입원해있는 부상 사병들 중 완쾌되어서 싸움터로 도로 나갈 수 있는 군인명부, 절단수술을 받아 병신은 되었으나 완쾌된 자 명부, 장기간 치료 혹은 오랜 정양[13]을 요하는 자 명부 등을 일일이 감독관에게 제출하도록 지시를 받았다.

감독관은 그 명부로 '상부'에 보고하면 '상부'에서는 각 병원에서 들어오

---

12 겉으로는 공경하는 체하면서 실제로는 꺼리어 멀리하다.
13 몸과 마음을 안정하여 휴양함.

는 명부를 검토하여 전선으로 출전시킬 자 三八(삼팔)선이북 철원 함흥 평양등지로 후송될 명단을 만들어서 각 병원으로 □□[14]하여 二十四(이십사)시간 이내에 그대로 실시하되 이동은 반드시 어두운 후에 하도록 엄명이 내리는 것이였다.

최정헌과 방의관 두 의사는 三八(삼팔)선 이북으로 후송할 부상병들을 모두아서 청량리역까지 이송하는 책임을 맡게 되었다. 걸을 수 있는 자는 걸어서, 걷지 못하는 자들은 츄력 뻐스 전차 등에 실어서 역까지 끌고 나가는데 중로에서 단 한 명이라도 도망시키거나 잃어버리는 경우에는 책임을 지고 엄벌에 처한다는 조건이었다.

완쾌되어 전선으로 다시 나아가는 자들을 위하여서는 성대한 환송회가 있어서 여성동맹대표들이 꽃다발, 사이다, 과일, 케익 등을 갖닥아 나눠주나 후방으로 이송되는 자들에게는 사이다 한 병, 사과 한 알, 주먹밥 한 덩이만이 배급되는 것이었다.

94

후송시킬 병사명부를 들고 병실로 들어가서 하나씩 이름을 부르면 순순이 나서는 자들도 많이 있으나 개중에는 꾀병으로 "매츄레스에서 일어나 앉지도 못하는 몸이 어떻게 이동되느냐."고 반항하는 자 또는 애걸하는 축도 있었다.

또 더러는 순순이 걸어 나가서 뜰에서 기다리고 있다가 기회를 엿보아 정헌이에게로 와서 제발 며칠간만이라도 더 머물러있게 해달라고 애원하는 자들도 수두룩하다.

정헌이는 쓴 웃음을 띠우면서,

"아ー니, 동무들, 용감무쌍한 인민군동무들, 내가 듣건댄 평양에 세운 김

14 판독이 어려우나 '시달'로 여겨짐.

일성대학병원은 전 아세아주에서 제일 훌륭한 시설과 기술자를 구비했다구 누누이 들어왔는데 그런 □□병원[15]으로 가서 치료를 받는 것이 좋지 이런 너절한 병원, 더구나 약품배급이 똑 끊기어서 며칠 못 가서 약이 절품이 될 우려가 있는 이 병원에 그대루 머물러있기를 원한다는 그 심정을 나는 이해할 수가 없소. 또 그리구 내가 듣건댄 북반부 병원들은 모두가 그 위대한 약소민족 해방자인 쏘련에서 최신 발명된 약품을 무한정 보급해주구 있다면서……."

하면 부상병은,

"하아! 의사동무, 농담은 좀 그만두구 제발 며칠만 더 여기 머물러 있두룩 해주서요."

하고 비는 것이었다.

"그러나 상부에서 이미 명단이 와있으니깐 내 힘으루 어찌할 도리가 없소."

"그럼 의사동무 마지막으루 칼슘 주사하구 포도당주사나 한 대 더 놔주서요. 그 은혜는 백골난망이겠습니다. 네, 제발!"

"포도당주사는 만병통치약으루 생각하는 거요? 동무가 지금 그 주사를 맞을 필요두 없구 또 현재 재고가 얼마 남지 않아서 요전부터 보급관 장교 직접 싸인이 없으면 우리 의사가 처방을 쓰지 못하게 되어 있소."

"그놈 보급관 장교를 어찌하면 좋아!"

하고 투덜거리면서 나아갔다.

한편 정헌이의 가장 신임을 받고 있는 간호학생 손복순이는 자기가 특별히 간호하도록 마껴진 특동환자 즉 부상하는 즉시로 '영웅' 훈장을 받은 한 장교의 비위를 맞추어주려고 아무리 애를 썼으나 실패하고 병실 밖으로 뛰어나와 칭칭대를 천천히 걸어내려갔다. 피곤하고 귀찮고 속상하고 분하고! 아랫 층에 다달으자 복순이는 일반 병실 중 제일 큰 제 일호 병실로 향하여

15 판독이 어려우나 '고급 병원'으로 추정됨.

걸어갔다. 그 병실로 가면 복순이 자기와는 기숙사 한방에서 동숙하는 가까운 친우인 순영이를 만날 수 있기 때문에.

이것도 운명이라고 할지 우연이라고 할지 복순이 자기는 융통성이 통없고 아양도 떨줄모르고 무뚝뚝한 성격의 소유자임에도 불구하고 이 병원에서 가장 우대를 받는 환자 전임간호를 맡게 되어 간호원들 뿐 아니라 간호원장보다도 더 융숭한 대접을 받고 있게 되었는데 순영이는 남자처럼 괄괄하고 교제성도 넓은데 어찌하여 제일 더럽고도 씨끄럽고 분주한 삼등병실 담임을 맡게 된 것은 풀 수없는 수수께끼였다.

95

땀내와 땟내와 고름냄새 약냄새가 뒤섞이어서 코를 찌르는 병실 안에 들어서서 순영이를 보자 복순이는 "헉!" 하고 놀라면서 우뚝 섰다.

순영이는 그때 한 새로 입원한 부상병의 발을 씻어주고[16] 있는 것을 보았기 때문이었다. 복순이의 신경은 분노로 파르르 떨었다.

"아니 저 어떤 못 된 괴뢰군 놈이 감이 그 순결하고도 보드러운 순영 언니 손에 그 더러운 발을 씻기고 있는가? 순영 언니도 언니지! 아니, 그래 그 원수 놈, 그놈이 부상하기 전에 순영 언니 자기 오빠를 총으로 쏘아 죽였을는지도 모를 그 원수 놈의 발을 손수 씻어주다니!"

머리가 찔하도록 끓어오르는 노여움과 불쾌감을 억제하노라고 애를 쓰면서도 순영이의 움직이는 손에 비끄러 매여진 자기 두 눈을 외면하지 못하고 그 옥같이 희고 포동포동한 순영이의 두 손에 비누 거품을 잔뜩 묻혀 가지고 시컴언 남자의 발을 비벼대는 꼴을 보고 있노라니 웬일인지 자기 왼뺨이 그닐그닐[17]해지는 것같이 느끼어졌다. 어떤 강력한 자석이 자기 왼

---

16 원문에는 '씻어수고'로 표기되어 있음.
17 벌레가 기어가는 것처럼 살갗이 자꾸 또는 매우 근지럽고 저릿한 느낌.

뺨을 끌어 당기는 것같은 기분을 느끼어 홱 얼굴을 돌리자 그의 두 눈동자는 한 쌍의 남자 눈동자와 □[18] 마주치었다.

　남녀 두 쌍의 눈동자는 서로 빨아들이듯이 노리고 있다가 그 눈동자들이 동시에 옮기어 졌다. 실로 한 초 동안의 일이었다. 어째 낯이 익은 듯한 그 눈동자들이 자기 안공에 사진 찌킨 것을 씻어버리려고 노력하면서 순영이 쪽을 열심이 바라다보았으나 순영이 모습은 어렁귀[19]하게 인식될 따름으로 복순이의 왼쪽 뺨에는 아직도 그 남자의 시선이 파고들어서 좀체로 떨어져 나가지 않는 것 같은 야릇한 기분에 사로잡히었다. 그 남자의 눈동자가 자기를 조롱하는 것같이 느껴지었다.

　"이 원수 놈의 눈이 더럽게도 나를 무슨 이유로 모욕하는 것일가? 응, 나두 마주 쏘아보아 주어서 누가 이기나 보자!"
하는 적개심이 용솟음쳐서 복순이는 얼굴을 홱 돌리었다. 그러나 거기 꼭 있는 줄로만 생각했던 눈동자는 없어지고 군복을 입은 편편한 어깨 뒤가 보이더니 금시에 병실 문밖으로 사라지고 말았다.

　낯이 익은 그 모습!

　눈동자와 어깨!

　복순이는 이 생각을 털어버리려고 눈을 크게 뜨고 순영 언니의 이뿐 손이 괴뢰군 사병의 투박하고 고린내 피는 발을 어떤 모양으로 씻고 있는가를 보고 서 있었으나 그러나 자기 눈동자에 영사되는 더러운 발과 깨끗한 손의 움직임을 그의 신경이 뇌신경까지 전달해주기를 거절하는지 복순이의 머리속에는 방금 본 눈과 어깨와 십 년 전에 본 눈과 어깨가 나란이 서서 "자, 같은 데가 있지 않는가?" 하고 따지는 것이었다.

　십 년 전! 철없을 소학교 학생 시대!

　오늘처럼 무더운 여름날 오후

18　'딱'으로 추정됨.
19　'뚜렷하지 아니하고 흐리게 어른거리는'의 의미인 '어룽'의 방언 '어렁'으로 추측됨.

찰락찰락[20]하는 물결!

물밖에 날락날락하는 징검다리!

조심조심히 징검다리를 골라 짚으면서 시내를 건너가는데……. 일곱 살
난 계집아이 때.

96

물이 찰락찰락하는 징검다리를 조심조심히 건너가고 있는데 돌연히 뒤
로 달려들어서 복순이를 지꾸지게도 왈각 밀어 물에 빠뜨려주던 그 '못된
놈의 새끼' 모습이 새삼스리 지금 복순이 눈앞에 그것이 바로 어제 일이었
던 양 선하게 나타나는 것이었다.

독에 빠졌던 생쥐 꼴을 하고 허우적거려 겨우 언덕에 기어올라 눈을 흘
길 때 마주 눈을 흘기며 웃어대던 그 눈!

그날 밤 초롱같이 밝은 달빛 아래서 놀고 있을 때 상큼상큼 걸어와서 주
먹만한 개똥참외 한 개를 복순이 손에 던져주고 다라나던 그 아이의 어깨
뒷모습! 아! 분명 그렇고나! 그런데 그 '못된 놈의 새끼'가 괴뢰군 복장을 입
고 지금 자기 눈앞에 나타나다니? 남침을 해오다니? 원수는 외나무다리에
서 만난다더니 하필 이 병원에서 십 년 만에 만나다니!

복순이의 이러한 옛기억이 화닥닥 깨여졌다. 그것은 방금 괴뢰군인 발
세탁을 끝낸 순영이의 손이 복순이 자기의 손을 꼭 붙잡는 통에,

"애, 애, 드러워. 퉤퉤! 그 손, 그 더러운 손으루 날 만지지 말우 좀."

하고 복순이는 순영이를 뿌리쳤다. 그리고는 눈을 흘기면서,

"언니두 언니지. 글세 그 더러운 놈의 더러운 발을 씻어줄 탁이 무어요? 응,
언니는 간호원이 아니구 더러운 괴뢰군 발 씻어주는 세탁쟁이가 되었수?"

순영이는 아무 대꾸도 하지 않고 복순이를 이끌고 세면소로 갔다. 순영

이는 세면대 물고동[21] 아래 두 손을 들이밀면서 복순이더러,

"자. 어서 물이나 좀 틀어줘요. 이 내 손, 이 내 팔. 유린을 받은 내 팔에 공주님께서 물을 틀어주세요. 그리구 비누두, 응 많이 많이, 복순이 내가 내 자신의 발두 씻기를 얼마나 싫어하는지 잘 알구 있지 않나. 왜, 그런데 어째서 이 내가 그 즘생[22]의 발을 씻어주었는지 알우? 그건 그 발 구린내에 한시두 더 견딜 수가 없어서 그랬구, 또 한 가지 중요한 이유는 그놈이 두 발을 다 다쳤누라는 꾀병을 폭로시킬 목적으루 한거야. 글쎄 그 즘생[23]이 입원할 때부텀 연성 엄살을 피우면서 두 발이 다 상하여서 조금두 걷지를 못한다구 온종일 자빠져 가지구 우리 선녀들 같은 간호학생 처녀들더러 하루에 열두 번두 소변기 대변기를 갖다 달라구 하는데 설사야 설사, 물똥을 싸노쿠는 그걸 간호원들이 금시금시 들어내 닦아 부시게 하니 그 꼴은 더 보구 있을 수가 없어서 내가 달려들어 그놈 양말을 벗겨보았더니 상처가 있을 리 없구 때가 한 푼 두께나 착히 더덕더덕 붙어 있구 발바닥만은 그놈들 모두가 의레히 그런 것처럼 돌떵이같이 딴딴 굳었더구만. 인제는 그 즘생이 가만 누워서 변기를 가져오라구 호령호령하지 못하게 □어 그자의 두 발이 다 성성하다는 것이 증명되었구. 그 두꺼운 때까지 말짱 벗겨버렸으니 인제부터야 그놈이 아 하하하……."

"애구, 고소해라 언니, 참 잘했수!"
하고 복순이가 타올로 순영이 젖은 손을 닦아주면서 말하였다.

97

손과 팔을 다 씻고난 순영이는,
"자, 공주님 찬방으루 가자구. 깜짝 놀랄 일이 있으니."

---

21 수도꼭지.
22 '짐승'의 방언.
23 원문에는 '증생'으로 되어 있으나 '즘생'의 오기로 보임.

하고 말하여 두 처녀는 찬방으로 들어갔다. 찬방 출입문을 안쪽 고리쇠를 끼워 밖에서 열지 못하도록 하고 난 순영이는 찬장 한옆 설합을 한 반쯤 빼여놓고 그 안을 손가락질하였다.

복순이가 들여다보니 그 설합 안에는 달걀, 과일, 건빵 등이 꾀 많이 들어 있었다. 순영이는 영화에서 본대로 서양 시비[24]가 공주 앞에 치마자락을 쥐고 절하는 숭내를 내면서,

"자, 나의 사랑하는 공주님 이것을 잡수십시오."

하였다.

"참, 언니두, 어쩌문 이런 걸 먹다가 들키문 우린 어찌 될가?"

"그러기 지금 얼른 흘딱 다 먹어치워야지."

"그런데, 언닌 재주[25]두 참 용해. 어떻게 이런 걸 이렇게두 많이 째비[26]해 냈수?"

"야, 말 좀 들어보소. 나더러 째비했다니. 원, 천만에, 설마 내가 이런 걸 도적해올 사람인가? 도적질 해온 것이 절대루 아니구 바로 금방 내가 그 고린내 나는 즘생의 발을 세탁해준 삯으루 받은 정정당당한 근로소득인데……."

복순이는 순영이의 이 말뜻을 못 알아듣겠다는 듯이 멍하니 얼굴을 바라다보고 섯으니까 순영이는,

"아, 나의 순진하구 고결하신 천사님. 요렇게두 맹하구, 종하구, 이쁘구 매련스런[27] 우리 복순 공주. 하하 자. 이 복숭아부팀 한 개씩 먹으면서 내 이야기할께……. 앗, 시다. 이 복숭아가 음, 복순이 그 즘생 말이야. 그 마도로쓰 흥, 왜 웃어? 이 병원에는 마도로쓰가 수천 개 놓여 있는데 흥, 마도로쓰인지 매츄레쓰에인지 위에 누워서 끙끙 앓른 소리를 하는 놈, 즉 내가 방금

<hr>

24 곁에서 시중을 드는 계집종.
25 원문에는 '재추'로 표기되어 있음.
26 '도둑질'의 방언.
27 터무니없는 고집을 부릴 정도로 어리석고 둔한.

발을 세탁해준 그 즘생 말이야. 이것이 끼때가 되어두 식당까지 걸어갈 수가 없다구 해싸니 끼니마다 내가 그놈 밥을 날라다 줄 수밖에 더 있나베! 그러니 입원 이래 식당에 한 번두 못 가본 놈이라 급식이 무엇무엇인지를 그놈이 알 리가 없던. 그래서 매일 내가 밥을 달라다 줄 때 죽만 갖다주구 이건 여기 이 설합에다 슬적해두었거던. 자, 어서 먹자구. 나 혼자 먹으려구 모아둔 것이 아니니."

이때 초인종이 요란히 울리는데 신호판을 치어다보니 특별실 일호 병실에서 누르는 것임을 알 수 있었다.

복순이는 얼굴을 찡그리었다. 순영이가,

"복순이 환자로구먼. 고새가 그리워서, 호호!"

하는데 복순이는 아무 말 않고 건빵을 씹고 있었다.

"복순이, 그 환자가 아직두 그렇게 못살게 구는가?"

하고 순영이가 동정하는 태도로 묻는 말에 복순이는,

"아이구, 말두 말어. 난 그만 죽구 싶어. 그저 한시두 가만있지 않구. 말두 못하는 벙어리 여석이 꿀꿀꿀 되지 소리를 해가며 그 음흉스럽게 생긴 눈깔을 휘번덕거리면서, 그저 한 푼 한 초두 가만있질 않는 걸."

98

초인종 소리는 다시 요란히 났다.

"어서 먹어. 응, 복순이."

"괜찮어, 그깐 녀석 실컷 눌러보라지. 또 골이 났겠지! 아이구, 난 그냥 진절머리가 나서 죽겠어."

"그러지 말아요. 그래두 지금 이 병원에서는 복순이가 제일 부럽다구들 하는데. 사실 간호원장보다두 더 낳은 우대를 지금 받구 있지 않아?"

"우대구 뭐구 다 실어. 난 꼭 언제나 밤낮 가시방석에 앉은 것같이 마음을 죄구 있으니……."

초인종 소리는 또 나기 시작하더니 이번에는 멎지 않고 오래오래 계속하였다.

"자, 이 우유나 한잔 마셔. 입가심하구 올라가보지. 그자가 꾀 골이 난 모양 아니야. 저렇게 단초를 누르고 놓지 않구 있는 모양이니."

"실어! 성이 터져서 죽을 때까지 누르구 있으래지. 언니, 난 정말이지 어떤 땐 그놈을 독약을 먹여 죽여버리는 꿈을 다 꾼 일이었어."

"아하, 그래선 안 되. 공주님은 백의천사, 순결한 사랑의 신, 봉사의 화신, 나잇팅겔!"

"오, 다 듣기 싫어요. 그런 중학교 교과서에나 나오는 인도주의 사탕발림! 날 그렇게두 괴롭히는 그놈의 턱이 떨어져 나가기 전까지 무고한 우리 동포 몇천 명을 죽였는지 알 수 있어? 턱이 없어지구 혀가 없어졌기 때문에 말을 못하구 돼지처럼 꿀꿀거리기만 하면서두 연성 종이를 달래가지구는 자기가 전쟁에 나온 지 이십 년 동안 한 번도 부상당해 본 일이 없고 또 언제나 이겼는데 이십 년 동안에 몽고 만주 등지 전투에서 자기가 친히 죽인 사람 수효만 해두 수백 명이 된다구 사람 죽인 것을 큰 명예나 공적으루 자랑만 하구 있는걸. 그래서 내가 그의 적어논 글을 읽고 눈을 흘기면 그놈은 멱딴 돼지 소리를 지르면서 불만한 표시를 하구 또 종이를 달래가지구는 종일 기적거리는데 그 문구는 아, 내가 어찌다가 이렇게 꼼작 못하구 누워만 있게 되었는가? 죽이자 죽여라 무찔러라 돌격이다 총살 자살 타살 아, 죽이자, 죽이자 하구 지저분하게 써놓군 하는걸. 그래 몇 번 읽구 소름이 끼치구 실증이 난 내가 그놈이 써서 내미는 것을 읽지 않구 그대루 휴지통에 던져버리문 이놈의 꿀꿀 소리, 휘번덕거리는 눈, 지랄하는 손, 참 가관이지. 응, 어서 누르구 있거라. 죽을 때까지. 에그, 듣기 싫어. 이 초인종 소리."

하면서 복순이는 두 손으로 귀를 막았다.

순영이는 놀랐다. 바로 한 달 전까지도 그렇게도 유순하고 얌전하던 복순이가 그새 이렇듯이도 표독스럽게 변하였을가 하는 생각과 불상한 생각이 겹쳐 일어났다.

순영이는 가만히 복순이를 끌어안았다. 복순이는 머리를 순영이 가슴에 파묻고 흐느껴 울기 시작하였다.

"언니, 난, 난 무서워! 무서워!"

하고 복순이는 울면서 속사이었다. 순영이는 복순이의 두 손을 잡아끌면서,

"초인종 소리가 그쳤어. 아마 그놈두 시진[28]했나 봐. 이바 복순이 너무 흥분하지 말구 내 말을 좀 들어."

99

순영이는 복순이의 두 손을 꼭 몰아 쥐고 마치 어린애를 달래는 어조로,

"자, 내 말을 똑똑히 들어, 응. 이게 다 우리 민족 전체의 수난이요 비극이야. 복순이 혼자만이 당하는 수난이 아니구 우리 모두가 다 함께 당하는 시련이니 부상당해서 재기할 수 없는 인민군 장교 하나쯤 죽이는 것으루 결말이 날 일두 아니구. 설사 그놈 한 놈을 죽인대사 거짓말쟁이 도깨비 김일성이와 스탈린이가 살아 있어서 자꾸만 죽이는 이상 그런 놈은 얼마든지 또 보충될 것이니깐. 자, 복순이 마음을 굳게 먹구 참어, 응. 절망하거나 자포자기해서는 절대루 안되. 때는 며칠 안 남았어, 응. 나는 단파루 미국 쌘푸란씨스코와 일본 동경방송을 매일 듣는 사람과 비밀연락이 가끔 있는데 이 전쟁은 우리끼리만의 투쟁이 아니구 공산주의 대 민주주의의 결사투쟁이야. 우리 뒤에는 국군이나 미국군만 아니라 유엔 여러나라의 응원병이 밀물밀듯 오고 있으니깐 이 원수들을 내쫓구 서울을 수복 할 날이 임박했다는 걸 믿구 기다려야 해. 그때 에는 지금 여기 자빠져있는 놈들을 한꺼번에 다 몰아낼 수 있을게 아니여. 이놈들이 전번에 국군부상병들을 모두 끌어내다 한목에 총살해버린 그 앙가품으루 이놈들을 한목에 몰살시킬 날이 있을

---

28 기운이 빠져 없어짐.

것이구. 그때에는 우리들이 우군을 맞이하여 그야말로 진심으루 우리 정성을 다하여 봉사할 때가 올 것이니. 자, 그만 올라가보라구. 또 감독관이나 문화선전부장한테 들키어서 벼락이 내리기 전에, 응."

눈물은 거두었으나 생각에 골돌한 복순이는 칭칭대[29]를 천천이 올라갔다.

특별병실 문을 열고 들어서니 앞이마에는 자주빛 분노가 몸부림치고 있고 유난히 시컴어코 음흉스러운 눈동자에서는 독사뱀의 독기가 발산되는 듯이 보이는 환자의 상반 얼굴이 복순이를 맞이하였다.

복순이는 냉정한 태도를 유지하려고 노력하면서 외면해버리었다. 환자의 독기 오른 눈이 자기 목덜미에 거마리처럼 달라붙는 감을 느끼면서 또 혀가 없어져서 말은 못하나 성대는 남아 있어서 꿀꿀꿀 소리로 희노애락 표정을 다 낼 줄 아는 그 성대의 거친 꿀꿀 소리가 그의 귀 고막을 세게 때리는 것을 인식하면서.

외면한 채로 침대 곁에 가 선 복순이는,

"우유를 드릴가요."

하고 물었다.

환자는 꿀꿀 하고 대답하는데 복순이는 그 독특한 꿀꿀 소리는 실타는 표시인 줄 아는 판단력을 가지고 있었다.

이때 번개같이 스치고 지나가는 불상한 생각! 복순이는 자기 마음이 섬약한 탓으로 이러한 원수요. 또, 자기를 밤낮 괴롭히는 사람을 불상하게 잠시나마 느낀 것이라고 생각되어 자기 자신의 의지력 부족을 통감하고 자책하면서 그냥 외면한 채로,

"실허도 나는 우유 한 병을 지금 당신 배 속으로 부어 넣을 책임이 있으니까 나는 내 책임을 다하여야겠읍니다."

하고 말하였다.

---

29 '층층대'의 방언.

100

복순이는 미지근하게 데운 우유병을 들고 환자 가까이로 가면서,

"매 三十(삼십)분마다 꼭 우유 한 잔씩 부어 넣어야 한다는 명령이니 당신이 원하건 말건 이것을 파입[30] 속으로 쏟아[31] 넣어야겠으니 몸을 움직이지 말구 똑바루 가만히 누워 계서요."

하고 복순이는 우유병을 환자 턱을 둘러싼 하얀 붕대구멍 밖으로 뾰죽히 나온 파입 주둥이에 비스듬히 거꾸로 세웠다.

이 순간! 환자는 어디서 이러한 근력이 폭발했든지 한손을 번쩍 들어 복순이의 팔을 탁 때리는 통에 우유병은 복순의 손을 튀어나와 세멘트 바닥에 떨어지면서 짝 하고 깨지었다.

복순이 가슴은 놀란 참새처럼 할딱거리면서 방바닥을 내려다보니 깨진 병에서 흘러나오는 흰 우유는 시퍼런 세멘트 바닥 위에 한국지도 모양을 그리고 있었다.

복순이는 용기를 가다듬어 도끼눈을 해가지고 환자의 눈을 마주 바라다보았다. 싸우는 닭처럼 서로 마주 바라다보는 눈싸움은 종래 환자가 먼저 눈알을 천정으로 돌리면서 전신을 푸르르 떨므로 끝이 났다.

복순이는 무표정한 태도로 깨진 병을 집어 휴지통에 던지고 창문께로 가서 손을 뒷짐 지고 건너편 산을 바라다보았다. 산울[32] 높은 하늘에는 솜같이 피여 오른 한 떨기 구름이 낮잠을 자고 있는 양! 복순이가 얼마동안 멍하니 구름을 바라다보고 있노라니 그 구름 훨씬 위로 아무 소리는 들려오지 아니하나 폭격기 편대가 네 대 세 대씩 짝을 지어 유유히 날아가고 있는 것이 눈에 띠이었다.

'하나, 둘, 셋, 넷, 다섯, 여섯, 일곱, 여덟, 아홉.'

---

30 파이프.
31 원문에는 '쏨아'로 표기되어 있음.
32 산 울타리.

하고 복순이가 입안으로 비행기수효를 세고 있는데 갑자기 고사포[33] 쏘는 소리가 탕 탕 들려왔다. 비행기들은 고사포야 쏘건 말건 오불관언[34]이란 태도로 조금도 편대를 허트리지 않고 네 대씩 세대씩 유유히 날아서 시야 밖으로 스러져버리었는데 고사포 탄알이 중공[35]에서 터져서 동그란 연기물레로 변해 바람에 천천이 움직이고 있는 것을 보는 복순이의 입가에는 부지중 미소가 깃들이었다. 그것은 바로 얼마 전에 역시 저렇게 높이 떠서 비행기가 지나간 후 그 밑에 펏덕펏덕 하얀 원형체가 나타나는 것을 보고 복순이 자기뿐 아니라 같이 목격하던 모든 사람이 다 부지중,

"앗, 낙하산 부대."

하고 속사기면서 흥분에 가슴이 찌여지는 듯했던 생각이 다시 기억에 떠오르기 때문이었다. 그때 열 개 수무 개의 하얀 물레가 아무리 오래오래 계속하여 보아도 아래로 낙하되지 않고 그냥 공중에서 빙빙 돌다가 저절로 스러져 없어지고 말았는데 그 후 여러 번 경험한 후에야 그것이 낙하산이 아니고 공중에서 터진 고사포 탄 연기물레임을 알게 되었던 것이다.

낙하산으로 오인했을 때 그 얼마나한 기대로 가슴은 울거리었던고! 또 그리고 단 하루라도 만일에 비행기가 뜨지 않으면 그 얼마나 마음이 초조하고 일에 정신이 없고 혹시나 유엔이 한국을 포기하는 것이나 아닌가 하는 기우[36]로 일이 손에 잡히지를 않는 것이었다. 비행기 소리는 언제나 희망과 기대의 상징이 되었다.

101

복순이의 입가에 떠올랐던 미소는 거센 바람결에 훅 단번에 꺼지는 촛불

---

33 항공기를 사격하는 데 쓰는, 앙각(仰角)이 큰 포.
34 나는 그 일에 상관하지 아니함.
35 고공에 미치지 못하고 저공보다는 높은 하늘 가운데.
36 앞일에 대해 쓸데없는 걱정을 함.

처럼 스러지고 진주 같은 앞잇발들이 입술을 꼭 깨물었다. 그것은 이때 복순이 귀에는 환자의 요란스런 꿀꿀 소리가 들리었기 때문이었다. 복순이는 그냥 하늘을 내다보면서,

"왜 그리시오?"

하고 물으니 꿀꿀 소리가 더 한층 거세게 났다. 복순이가 그제서야 고개를 돌려보니 환자는 아까 우유병을 때리던 손을 높이 들고 탁자 쪽을 손가락으로 가리키고 있었다. 갑자기 잔혹한 충동을 받은 복순이는 홱 돌아서면서,

"흥, 또 한 번 더 자살 소동을 할 심뽀입니까? 아무리 칼을 손에 쥐어준다 한들 목이 없는 당신 무슨 재주루 목을 찔러 자살하겠수? 공연히 붕대만 베구 공연히 나를 또 경이나 치게[37] 하겠지. 칼은 일체 다시 안 드릴 테니 단념하서요. 상부의 명령입니다."

환자는 꿀꿀거리며 손을 홰홰 내고 다시 손가락으로 탁자를 가리키었다.

"종이를 드리리까?"

하고 묻자 '옳소'를 의미하는 부드러운 꿀꿀 소리가 들려왔다.

복순이는 탁자로 가서 편찬지축을 그대로 들어닥아 환자 손에 쥐어주니 환자는 그것을 가슴에 얹어놓고 손가락으로 쓰는 숭내를 내어 연필을 달래는 모양이었다. 복순이는 연필을 또 손에 쥐어주었다.

환자는 이마에 핏대줄을 세워가며 가슴에 얹힌 종이에 게발글씨[38]로 그 적거리더니 불쑥 복순이에게로 향하여 내밀었다.

편찬지 위에 우불구불 되는대로 씌어진 두어 줄을 읽는 복순이의 양미간에는 공포와 증오와 연민과 조소의 표정이 번갈아 들고났다. 그 글에는,

"매정한 간호원동무 나에게 권총을 주시오. 나는 그대를 쏘아 죽이고 그후 나 자신을 쏘아 죽고만 싶소이다."

---

37 경을 치다 : 혹독하게 벌을 받다.
38 아무렇게나 또는 서투르게 써 알아보기 힘든 글씨.

하고 씌어 있었다.

　이층 특등병실에서 이러한 비극인지 희극인지 분간할 수 없는 일막극이 연출되고 있는 동안에 아래층 일반 병실 밖 복도 한구석에 놓인 책상 앞에 앉은 순영이는 환자 챠―트 정리와 보고서 작성을 골돌이 하고 있었다.

　그런데 벼란간 등 뒤에서 남자 손이 닝큼 넘어오더니 순영이가 들고 있는 연필을 쑥 빼갔다. 깜짝 놀란 순영이는 호닥닥 일어서 홱 돌아다보니 '바보'라는 별명으로 널리 알리어진 이등병이 미련이 뚝뚝 흐르는 헤― 웃음을 하며 왼손으로 캬라멜 한 곽을 순영이 코앞에 쑥 내미는 것이었다.

　순영이는 눈을 흘기고,

　"연필이나 어서 내놔요."

하고 톡 쏘아부치니까 바보는 히죽히죽하며,

　"이 선물을 받으면 연필을 도로 드리겠구. 이걸 거절하문 연필까지 내가 먹어버릴 테요."

하였다.

　이 이등병의 '영원불치 부상'은 바른손 손가락 전부 절단수술이었기 때문에 아직도 바른손은 통채 붕대로 싸매고 다니는데 금시 왼손으로 뽑아갔을 연필을 어디닥아 숨기고 캬라멜을 내고 서 있는지 참 요술쟁이 같은 기술이었다.

102

　"어서 연필이나 내놔요. 캬라멜 같은 건 안 먹어두 좋으니."

하고 순영이가 톡 쏴부치니까 바보는 그냥 벼룩벼룩[39] 웃으으서,

　"연필은 무슨 연필을 나보구 내라구 하오?"

하였다.

---

39 '버룩버룩'의 오기로 보임. 입을 크게 벌리고 자꾸 흡족하게 웃는 모양.

"흥, 바보동무는 치마 두른 동무하구는 농질 아니한 여자가 없다구 소문이 자자하지만 나는 이런 농질을 좋아하지 아니하는 성미니깐 어서 연필을 내놓구 가요. 난 지금 바쁜 사람입니다."

"허, 그거 참. 내가 가지지 아니한 연필을 내구 내노라니! 저기 저건 뉘 연필이요?"

하는데 순영이가 돌아다보니 책상 위에 연필이 놓여 있는 것이 눈에 띠이었다. 순영이는 이 손재간에 골이 바짝 올랏으나 바보하고 마주 서서 승갱이를 해봤대사 제 체신만 깎이었지 소용없을 줄 알고 묵묵히 책상 앞에 도로 앉아서 일을 보기 시작하였다.

바보 이등병은 바른손 손가락을 모두 절단했으나 그 베여낸 자리는 벌써 다 아물고 아무 다른 병이 없이 핑핑하므로 후송자 명단에 오른 지는 벌써 오래전이었다. 그러나 후송이 있는 날 저녁이면 이 바보는 어디론지 숨어버려서 문간에서 호명할 때 아무리 불러도 대답이 없고 사방 찾아보아도 은신술이 묘하여 찾지 못하는데 단 한 명 기피자를 찾기 위하여 사오십 명을 여러 시간 지체시킬 수 없는 고로 후송대는 그냥 떠나가고 말면 그 이튿날 아침 이 바보는 다시 나타나서 왼손으로 종이부채를 접었닥 펏닥하면서 이리저리 돌아다니며 여자를 만나기만 하면 부채질을 해주고 캬라멜을 주고 하여서 그 여자가 캬라멜을 받아먹으면 너무나 좋아서 입이 헤작하여 만나는 여자마다 붙들고 여사여사하게 생긴 여자동무가 자기 선물을 받았다고 자랑을 하고 다닌 일이 있었기 때문에 그 후로는 아무도 그의 캬라멜을 받지 아니했으나 그는 낙망하지 아니하고 매일매일 만나는 여자마다에게 캬라멜 선사를 받아달라고 조르는 것이었다.

순영이가 보고서를 거의 다 썻을 무렵에 바보가 다시 와서는 종이 한 장과 캬라멜 한 개와 바꾸자고 졸라댓다.

"남 바쁜 사람 일하는데 방해하지 말구 간섭하지 마시오. 남의 일 간섭하는 것은 당노선과 어긋나는 행동이 아닙니까?"

"어째서요?"

"아니 신문에 매일 미국[40] 제국주의자들이 조선해방 전에 간섭한다구 막 욕을 해대지 않습니까?"

이 말에 바보는 얼굴이 벌개가지고 가버리었다. 그러나 순영이가 마지막 보고서를 쓰고 막 일어서려고 할 때 이 바보가 또 나타나서 종이 한 장을 닝큼 들고는 탁자 한 구퉁이에 엎드려 만년필로 무엇인지 쓰기 시작하였다. 원래 왼손잡이었는지 왼손 글시를 빨리빨리 써가지고 순영이 눈앞에 쑥 내놓았다.

103

바보가 왼손으로 쓴 글을 순영이가 읽어보니 거기 적혀 있는 내용은,

"아, 사랑스럽고 아름다운 간호동무 미쓰……."

라고 하고 바보는 '미쓰'라고만 쓰고 비여놓은 자리에 순영이의 성명을 써 넣어달라고 하는 것이었다.

순영이는 깔깔깔 웃으면서 이 허두만 쓴 '러부·렛터'를 도로 밀어놓으니까 조금 있더니 또 다시 바보가 종이를 밀어놓는데 읽어보니,

"아, 나의 사랑하는 천만번도 더 사랑스러운 간호동무 미쓰……."

라고 쓰여 있고 바보가 왼손 첫 손가락으로 '미쓰' 다음에 비여 있는 자리를 꼭 짚으면서,

"요 자리에 동무 성명을 써주시면 감사감사하겠읍니다." 하였다.

순영이는 들고 있던 연필을 책상 위에 내동댕이를 치고 발닥 일어서면서,

"바보동무. 동무가 내 이름을 그렇게두 꼭 알구 싶다면 내 알려주겠는데 거기에는 한 가지 조건이 붙소."

"아, 감사. 감사. 천만번 감사! 그래 무슨 조건이요?"

"조건을 지킨다구 약속부텀 해요."

"약속, 약속, 천만번 약속이요, 자."

"그럼, 바보동무가 언제나 그 바른 넙적다리에 달고 다니는 것이 무엇인지 좀 보여주시요."

이 말에 바보의 얼굴은 새파랗게 질리었다. 잠시 머뭇머뭇 하더니,

"그건 어떻게 아우? 누구한테 들었소?"

하고 질문하는 것이었다.

"흥, 그게 무슨 비밀이요? 바보동무. 동무는 우리들을 바보동무보다 더 못난 바보인 줄 아시우? 내가 바보동무가 넙적다리에 달구다니는 것이 정말 무엇인지 몰라서 보여달라구 한건 아닙니다. 동무가 약속을 지키는가 안 지키는가 한번 떠보누라구 그런거지."

"그래, 무엇이란 말요. 동무 아는 것이?"

"흥, 다 벌써 알구있어요. 三八(삼팔)선 이북에서는 가족제도가 폐지되어 시 호적을 전부 없애버리구 각 개인이 시민증을 몸에 지니구 다녀야 되게 되었는데 동무도 잃어버리지 않으려구 줄에 꿰어서 바지 속에 매달구 다니는 것이 시민증이지 뭐요. 다 알아요?"

"흥, 잘두 안다! 알긴 알되 약간 잘못 알구 있구려. 군인이 될 때에는 시민증은 반환하구 군인증을 가지구 다닌답니다."

하고 불쑥 실토한 바보의 얼굴은 벌개졌다. 아차! 말실수했다! 하는 표정이었다. 순영이는 방글방글 웃으면서,

"흥, 바보동무가 날 속이려 해두 소용없어요. 내가 군인이 가지구 다니는 군인증을 몇백장이나 보았는데요. 인민군들은 군인증을 카ー드 지갑에 넣어가지구 다닙디다요, 넙적다리에 숨기지 않구. 흥."

"하, 그러나 난, 난 특별하거던 난 보통 군인이⋯⋯."

하다가 바보는 말을 중단하였다. 그리구는 혹시나 엿듣지 않는가 겁이 났든지 사방을 조심스리 살피는 것이었다.

어때 순영이는 승리의 웃음을 웃으면서 목소리를 높이어

"내가 잘 알아요. 거기 숨겨 가지구 다니는 건 당원증이지요!"

하고 등을 쳐보았다.

104

바보는 질겁을 하여 부채로 순영이의 입을 가리우면서,

"쉬, 쉬! 동무. 입 좀 닫혀요. 아니, 어떤 자식이 그런걸 알으켜 줍디까?"

"바보 자식이!"

"바보 자식이라니요?"

"바로 바보동무 당신이."

"내가? 내가! 천만에 언제 내가?"

"방금, 하하하!"

바보 이등병은 황겁히 그 자리를 떠나 달아나 버렸다.

잠시 후에 복도에서 순영이를 만난 바보는 바싹 다가서더니 속삭이로,

"남반부 간호원 동무들은 모두가 다 너무나 약아서 탈입니다. 그런데 동무, 만일 내가 당원이란 걸 탄로시키는 날엔 동무 목숨이 위태할 것이니 그리아시우 응. 아주 영리한 간호원 동무!"

하고 다짐을 주고 휙 가버리었다.

이와 동시하여 최정헌 의사는 오래간만에 잠시 한가한 시간을 얻어 휴게실로 들어가 앉았다.

이 휴게실 탁자 위에는 여러 종류의 쏘련 신문과 잡지가 놓여 있었으나 이 병원 직원 중에는 로시아 글을 읽을 줄 아는 사람이 한 명도 없었으므로 그 누구나 다 호기심으로 뒤적거리면서 사진이나 그림을 감상하는 외에 아무런 이용가치도 발견하지 못하였다.

정헌이도 쏘련 잡지 한 권을 들고 뒤적뒤적하며 그림과 사진을 보아 넘기다가 어떠한 페지에 다달아서 눈을 딱 멈추었다. 눈에 매우 낯이 익은 사진을 보았던 것이다. 좀 더 자세히 보니 미국 워싱톤에 있는 미국 대통령 관사 백악관 사진이었다. 그런데 좀 더 자세히 살펴보니 바로 그 밑에 아주 비

참한 빈민굴 거리 사진을 몬타쥬하여 집어넣어서 대조를 시켜놓고 사진설명은 간단히 '아메리카'라고만 쓰여 있었다.

그리고 그 마즌편 페이지에는 누데기를 몸에 두른 한 여윈 젊은 여자가 피곤한 기색으로 서 있는 사진이 있는데 그 바로 옆에 역시 더덕더덕 기운 헌 옷을 입고 맨발로 서 있는 어린아이가 어머니의 손을 잡고 있는데 이 아이 몸에는 꼬리표가 붙었는데 그 꼬리표에는 문으로 '폴 · 쎄일'(팔 물건)이라고 쓰여져 있는 사진이 있었다.

정헌이는 속으로,

"하하, 이런 것이 미국 악선전의 한 전형적 표본이로구나."

하는 생각이 들며 이 사진을 꼭 옆에 앉아 있는 방 의사에게 보여주고 싶은 충동이 일어나는 것을 것잡을 수 없었다.

방 의사는 바로 이때 최 의사 옆자리에 앉아서 그날 『조선인민보』를 열심히 공부하고 있었는데 그것은 이날 밤 '재교육' 시간에 방 의사가 소감을 진술하여야 할 차례인데 소감을 발표할 때면 반드시 그날 신문에 나타난 김일성이의 연설 중 두세 절을 따로 외여 인용하여야만 통과가 되기 때문에 신문을 열심히 외이고 있는 것이었다.

정헌이가 방 의사에게 보내는 암호로 코푸는 혀늄[41]을 하고는 방 의사가 머리를 돌리는 때를 노려 쏘련잡지 사진을 보여주었다.

105

정헌이가 펴서 보이는 쏘련 잡지를 잠시 물끄럼이 들여다보던 방 의사는 미국 여자가 아이를 팔겠다고 길에 나섰다는 사진을 볼 때 하도 어이가 없어서 부지중 픽 웃었다. 정헌이도 덩달아서 웃을밖에. 그랫더니 바로 이때 등뒤에서,

---

41 '시늉'의 방언.

"무엇이 웃우워?"

하는 큰 목소리가 뒷덜미를 때리었다. 색안경을 쓰고 종일 싸돌아다니는 문화선전부장의 목소리었다.

정헌이는 쏘련 잡지 페지를 넘기고 방 의사는 도로 『조선인민보』에 눈정신을 □기[42] 시작하는데 문화선전부장은 둘이서 무엇 때문에 웃었는지 설명하라고 야단을 치는 것이었다. 최, 방, 두 의사는 마치 주인 몰래 사탕을 도둑질해 먹다가 들킨 아이들 같은 기분으로 어쩔 줄을 모르다가 하도 추궁을 당하게 되니 방 의사가 얼결에,

"아니, 무어 별일이 아니구. 내가 어제 밤 요절을 할 꿈을 꾸었는데 지금 그 꿈 생각이 갑자 나서 웃었소."

하고 대답하였다. 문화선전부장은 이 꿈 이야기를 승인하는지 안하는지는 모르겠으나 정헌이에게,

"그럼 최 의사 동무는?"

하고 질문하는 바람에 정헌이는 또 얼떨결에,

"그냥 덩달아서 웃었소."

하고 대답하다.

잠시 침묵이 흘렀다.

문화선전부장이 침묵을 깨뜨리어,

"이 휴게실은 공부방이지 잡담하구 웃기 위해 있는 방이 아니니 동무들 조심하구 글자는 몰라봐도 좋으니 그 위대한 쏘련 신문들과 잡지를 자꾸자꾸 보도록 하시오."

하고 말하였다.

그날 밤 자정!

최정헌이는 원장실로 불려갔다. 감독관은 보이지 않고 문화선전부장과 단둘이 앉아서 문화선전부장의 요청대로 그 자리에서 벌써 두세 번 반복해

길

42 판독이 어려우나 '쏟기'로 여겨짐.

써 낸 자기 이력서를 또 한 통 써냈다.

그러자 어떤 초면인 청년이 들어오자 문화선전부장은 자리를 피하여 밖으로 나갔다. 젊은 사람은 자기 소개말도 없이 정헌이에게 악수를 청하고 마주 앉아서 쏘련제 담배를 꺼내 권하였다. 청년은 입을 열어,

"최 박사 동무, 얼마나 수고하십니까? 이 수고가 모두 인민해방을 위한 봉사이니 영광이지요만."

하고 허두[43]를 낸 이 사람은 세 시간 이상이나 정헌이에게 질문과 설교를 계속하는 것이었다. 즉

"오늘 신문에 게재된 김일성 장군의 연설에 대해서 느끼는 소감은? 응, 전적 찬동이십니까? 부족한 점이나 수정할 점이 없읍니까? 병원 일은 어떻습니까? 불만하신 점을? 만족이시라! 응 틀림없읍니까? 八‧一五(팔‧일오) 해방 후 최 의사 동무의 정당 관계는? 무소속? 그럼 선거 때는 누구에게 투표했읍니까? 무소속이라, 무소속 후보자에게 투표해주는 것은 민주주의가 아니지요. 동무 댁은 여기서 멉니까? 아, 참. 실례했읍니다. 아까 물어보았던가요? 나는 건망증이 있어서 물어본 것을 또 묻기두 하구 들은 것을 금시 금시 잊어버린답니다. 흠, 그리구 신탁통치에는 최 동무두 반대했겠지요?[44] 무어요? 중립? 그럼 최 동무는 애국자가 아닙니다. 예? 의업은 인술이 되어서 사상을 초월한다구요? 흥! 그건 아직두 뿔좌지 근성을 빼버리지 못한 궤변입니다. 최 동무 좀 더 깊이 생각해보시오. 며칠 후에 또 만나도록 하겠읍니다."

---

43 글이나 말의 첫머리.
44 신탁통치 반대. 8‧15 광복 직후 신탁 통치를 반대한 국민운동. 우리나라에 대한 5년간의 신탁 통치를 위하여 1945년 12월 27일에 모스크바 삼상 회의에서 채택한 미‧소 공동 위원회를 구성한다는 안에 반대하여 일어났다. 이 운동은 1946년 8월, 이 위원회가 결렬될 때까지 계속되었다.

밤에 쓰이는 역사

106

용산 방면 대공습 계속 때문에 세검정 일대에 약 십오만 명에 달하는 피난민이 들끓고 있으며 또 장삿군들이 욱시글덕시글[1]한다는 소식을 들은 정학이는 과수원에 숨어 계시는 아버지를 한 번도 나가뵙지 못했는데 이런 번잡한 때가 아마 좋은 기회일 것이라고 생각이 들어서 쌀 한말을 륙싹에 넣어 지고 창의문 밖으로 나갔다. 그러나 그날 마침 아버지가 시내로 들어왔다고 해서 뵙지 못하고 돌아온 정학이는 집에 다달으기까 무섭게 반장으로 부터서 근로동원 차례가 되었니 그날 저녁 꼭 나아가야 된다는 통고를 받았다.

107

반장이 건네주는 통고장을 살펴보니 그날 밤 정각 여섯 시까지 초급 인민위원회 사무실까지 출두하되 고광[2]이나 삽을 가지고 나올 것이요, 또 밤참 요기할 밥을 싸가지고 올 것이라고 햇고 맨 밑에는 만일 정각까지 본인

이 출두하지 아니할 때에는 내무서로 넘길 것이라고 쓰여 있었다.

괴뢰군이 서울 입성한 그날부터 썸머타임[3] 사용이 폐지되었으므로 저녁 여섯 시면 거의 석양이었다.

그동안 식량을 아끼노라고 저녁에는 의례이 채소, 감자를 많이 섞은 죽을 쑤어 먹거나 집에서 맷돌에 간 밀가루 뜨더귀국[4] 혹은 밀기울 떡[5]을 먹어 끼니를 에워오던 것을(아이들은 단것 군것질이 통 없으니까 밀기울 떡이 달사하고 고소하다고 쌈을 해 빼앗아가며 달게 먹는 것이었다.) 이날은 정학이가 밤을 새워 부역을 하게 되었으니 배를 좀 든든히 해야되겠다고 하는 알심[6]으로 제수 순덕이가 특례로 지어주는 쌀 조금 섞인 보리밥을 한 그릇 퍼먹고 또 그 밥으로 밤 도시락도 싸가지고 집을 나섰다.

아까 낮부터 제수의 남동생인 창덕이가 자기가 일하러 가겠노라고 거의 애걸하다싶이 했으나 정학이는 단호히 그것을 만류하였다. 지금 '의용군' 지원자가 거의 없는 형편이 되어서 골목골목마다 민청원들이 지켜 서서 十七(십칠)세 이상 三十(삼십)세까지 청년은 닥치는 대로 붙잡아 강제로 의용군훈련소에 집어넣는데 거기한번 들어가면 여하한 짓을 해도 빠져나오지 못하고 몇 주일간 훈련이랍시고 받고는 제일선 제일앞잡이 총밥으로 내세우는 것인데 지금 十八(십팔)세에 기골이 장대한 창덕이가 거리에 보이기만 하면 그놈들이 붙잡아 갈 판이라 그러지 않아도 남편을 원수에게 납치당해 보내고 마음이 안 뇌고 속이 상하여 매일 매일 여위가고 침울해 있는 순덕이가 사랑하는 남동생을 또 의용군으로 붙잡혀가게 두었다가는 순덕이는 병이 나 죽을지도 모를 일이었다. 그래서,

"그놈들이 집을 뒤지기 시작하는 자정 전까지는 누님을 도와 맷돌이나

---

3 서머타임. 여름철에 표준시보다 1시간 시계를 앞당겨놓는 제도.
4 뜨더귀는 조각조각으로 뜯어내거나 가리가리 찢어 내는 짓. 또는 그 조각을 의미하는 것으로 밀가루 반죽을 뜯어 끓인 국을 의미함.
5 소금을 약간 넣은 밀기울(밀을 빻아 체로 쳐서 남은 찌꺼기.)에 콩이나 팥을 넣고 넙적하게 빚어 시루에 찐 떡.
6 은근한 마음.

좀 갈거나 그 언제부터 파기 시작한 은신 굴이나 좀 더 완성시키도록 하는 것이 좋지않겠나! 여기 이 표에 고괭이나 삽을 가지구 오라구 했으니까 땅을 파게할 것은 빤한 일인데 그렇다면 원수놈들 숨어서 쌈싸울 참호를 자네가 파주느니보다 자네가 숨을 구덩이를 한자라도 더 파는 것이 기분이 다를 것이 아닌가! 허허."

하여 말려버리고 정학이는 홋적삼 홋고이에 고이[7] 가랭이는 정강이[8]까지 걷어올리고 맨발에 고무신을 끌면서 삽을 한 개 메고 어정어정 초급인민위원회 사무실로 갔다.

그런데 이 사무실이 바로 엊그제까지도 대로 큰 거리 이층집에 커다란 인민공화국 기를 달고 뻐개고 있었는데 웬일인지 기도 보이지 않고 모인 사람도 없고 하여 이상스럽게 생각하면서 정문으로 가 기웃이 들여다보니 집은 비어 있었다.

그래 그 옆에 이동가게를 벌여놓은 한 노인에게 사무실이 어디로 이사를 갔느냐고 물어보았더니 엊그제 이사를 갔다고 하는 것이었다. 그래 어디로 갔는지 아느냐고 물으니까 거기서 동쪽으로 세 골목째 들어가서 그 골목 중간 쯤있는 양옥으로 갔다고 알으켜주는 것이었다.

"아ー니, 이렇게 넓구 훌륭한델 두고 골목 속으로 이사를 갔을까?"

하고 혼자소리 같이 하면서 정학이는 발길을 돌리었다.

108

가게 노인은 역시 자기 혼잣말 모양으로,

"폭격이 무서워서 뒷골목으루 숨어버렸지. 누긴 제 목숨 아까운 줄 모르나."

---

7 '속곳'의 황해도 방언.
8 '정강이'의 북한어.

하고 중얼거리는 소리를 정학이는 들으면서 천천히 걸어 지나갔다.

뒷골목 깊숙히 찾아 들어가니 기도 못 띠운 사무소가 보이기는 하나 원래 개인의 사택으로 그 과히 넓지 못한 뜰은 물론이고 대문 밖 좁은 골목에까지 남녀가 빼곡히 차서 웅성웅성 하고 있었다. 정학이는 원 사무소로 갔다가 이리로 찾아왔기 때문에 시간이 약간 늦었는데 보니 약 백여 명 가량 되는 사람들 중 젊은 사람은 여자들뿐이고 남자는 사십이 다 넘어 보이는 중늙으니 이상이 아니면 십오 세 미만으로 보이는 아이들뿐이었다.

정학이가 가까이 갔을 때는 벌써 호명이 시작되어 있는 모양인데 그 좁은 뜰과 골목에 사람이 꽉 들어차서 와와 하고 있으니 사무실에서 한 사람 이름을 부르면 리레이식으로 전지전지[9]해야 먼 데 있는 사람이 대답을 하고는 그 비좁은 사람 사이를 뚫고 들어가서 일일이 통고부와 통고표 대조조사를 하고 혹시 의용군에 해당되는 나이가 아닌가 유심히 살펴본 후에야 표에 도장을 찍어주고는 그 다음 사람 이름을 부로군 하니 호명이 채 끝나기 전에 벌써 날은 어두워졌다.

날이 어두워져 노니 표를 대조해보거나 얼굴을 보아 나이를 짐작하려면 불빛이 있어야 하겠으나 유엔군의 야간폭격이 그 얼마나 정확하고 틸림없다[10]는 것을 경험한 인민위원회 사무실에서는 할 수 없이 호명책상을 안방으로 옮겨다 놓고 촛불 한 개를 켜들고도 창으로 불빛이 샐가봐서 검정보로 가리우고 호명을 진행시키니 일은 무한정 더디었다.

호명이 다 끝나자 무장한 호위병 감시 하에 근노 동원대는 큰길로 두 줄로 걸어가게 되었다. 가로등 한 개 켜놓지 못하는 캄캄한 거리로 인적이 끊어진 길을 자꾸 자꾸 가기만하는데 한 시간도 더 걸어서 도달한 곳은 왕십리쪽 남산 밑이었다.

남산 한중턱쯤까지 올려다 세우더니 사람 열 명씩 분단을 조직한 후 매

---

9   전하고 전하여.
10   '틀림없다'의 방언.

분단마다 남산 허리에 참호를 어느곳서부터 어느곳까지 하루밤 동안에 책임지고 파 놓아만 된다는 엄명이었다. 그 참호의 크기는 인민군들이 들어가서 허리를 굽히지 않고도 그냥 서서 자유로이 걸어다닐 수 있는 깊이와 넓이의 굴을 파는 공사이었다.

땅이라곤 별로 파보지 못한 정학이로서 금시에 허리가 아프고 손에 물집이 잡히고 하는 것도 어려웠거니와 꾸준히도 쉴 새 없이 달려들어 피를 빠는 모기떼 성화도 어지간하다.

각기 차고 간 밤참으로 요기를 하는 시간을 제하고는 거의 계속하여 고광이와 삽을 놀리어 새벽 동이 트자 정학이 분단이 책임진 참호는 완성되었다.

집으로 돌아온 정학이는 뜰 뽐뿌에서 몸을 깨끗히 씻고 방에 들어가 누으니 졸음이 소내기 손아지듯 하여 억제하지 못하고 잠나라로 들어갔다. 꿈에 참호를 파다가 허리를 좀 쉬는데 인민군이 와서 발길로 차며 일어나라는 통에 화닥닥 놀라 깨니 끝동생 정환이 여석이 어깨를 흔들면서,

"아부님이 오셨어요." 하고 소리를 지르는 것이었다.

109

아들 정학이와 길이 어긋나서 시내까지 들어왔다가 둘째아들 정헌의 집에서 오래간만에 마누라를 만나 하루밤 여러 가지 이야기를 하고 과수원으로 도로 나가는 길에 사직동 집에를 들린 욱진이었다.

정학이가 어제 밤새도록 참호를 파던 고생을 이야기하고 있노라니 과수원 소작인 안해가 불쑥 나타나서 순덕이의 손을 맞붙잡고 울고 있는 것이 보이었다.

순덕이의 간곡한 권고로 겨우 눈물을 거둔 소작인 안해는 욱진이에게 향하여,

"참, 할아버님은 하느님의 은혜를 받으셨어요. 까딱하더면 큰 봉변을 당하셨을껄. 하느님께서 미리 지시를 내리셔서 미연에 위험을 벗어나시도록

되었어요."

하고 나서는 집안 식구가 모두 의아스런 눈으로 멍하니 바라다보면서 차근차근히 어제밤 돌발한 사건을 이야기하다. 즉 어제밤 초저녁에 세검정에서는 원주민과 피난민을 모두 광장으로 모이라고 하여 무려 수만 명 사람이 모였는데 무대 위에는 수천 다발의 생화 꽃다발을 산데미같이 가져다놓고 민청원들과 여맹원들이 연달아 단상에 올라 '의용군' 지원 선동 연설을 했다고. 청년들이 자진하여 지원을 하면 아리따운 여성동무들이 정성들여 엮어놓은 꽃다발을 한 개씩 받는 영광을 맛볼뿐더러 의용군 대우는 인민군 대우와 꼭 같이 해주고 그 가족에게 대해서는 쌀배급은 물론 생활 보장을 절대 담보한다고 꼬이는 것이었다.

그러나 두어 시간 이상이나 민청원 여맹원이 오르고 내리면서 입에 거품을 물고 열변을 토했으나 자진하여 강대에 뛰어 올라가서 꽃다발을 받은 청년은 단지 여섯 명밖에 없었다.

마지막에는 민청원들이 발을 동동 굴으며 남반부 청년 중에는 애국자가 이렇게도 없느냐고 협박 언동까지 했으나 지원자는 늘지 않고 어둠을 타서 슬금슬금 숨어버리는 사람들 수효만 불어가고 있었다.

기가 막히고 격분한 민청위원장은 의례이 있어야 할 만세 삼창도 부르기를 잊어버리고 그냥 산회"를 선언했다.

밤 자정이 되었을까 말까 한때 세검정 주민과 피난민들은 사방에서 요란히 들려오는 총소리와 아우성소리에 놀라 단잠에서 깨여나 어둠 속을 갈팡질팡하였다.

"모두 다 나와 이리 나와 안 나오문 쏜다."
하는 고함소리가 사방에서 들려왔다.

"남자는 이쪽 부여자는 저쪽에 따로따로 줄지어 서! 한 사림두 빠지지 말구 자, 자, 모두 저쪽 국민학교로 가!"

11　회의를 마치고 사람들이 흩어짐.

영문을 모르는 대중은 무장한 인민군 엄호 하에 국민학교 뜰로 몰리어 들어간 후 다른 군인들이 집을 샅샅이 뒤지면서 총을 땅땅 쏘아 모두 다 국민학교로 몰아넣었다.

욱진이 과수원 소작인 가족도 모두가 다 국민학교 안으로 들어갔다. 거기서 남자들은 모두 교실로 들어가게 하여 무장군인이 문마다 파수를 서서 지키게 하고 뜰에는 부여자들만 남아 있게 한 후 인민군장교가 나서서 부여자는 모두다 집으로 돌아가되 원주민 말고 시내에서 피난 온 가족들은 날이 밝으면 곧 시내로 돌아갈 준비를 하라고 명령하였다.

아침 밝아서야 남자들도 놓여 나왔는데 그중 수백 명은 '의용군'깜, 또는 '반동분자'로 지목되어 그냥 가치어 있게 되었다. 욱진이 과수원 소작인 젊으니도 '의용군'깜으로 붙잡히고 말았다는 것이었다.

110

"아, 아니. 관운장이처럼 씩씩하게 생긴 사내가 하루 종일 집구석에 웅크리구 앉아서 성경책만 파구 있다구 모녀가 밤낮 종알거리구 바가지를 긁더니 인제 잡혀나 갔으문 시원하겠구만 그래. 그런데 울긴 왜 울어?"
하고 욱진이가 놀려주는 말에 소작인 안해는,

"그때는 그렇게두 밉기만 하더니 그래두 막상 잡혀서 머리를 푹 숙이구 도수장에 끌려가는 소처럼 끌려가는 것을 보니 가슴이 뭉클해요. 서대문 내무서까지 끌려가는 걸 따라가서 먹을 것을 사서 차입시켜주구 지금 오는 길이와요."

"그럼 피난민이 다 쫓겨들어 왔나?"

"그럼은요. 길이 메이게 꾸역꾸역 넘어 오구 있는데 총멘 인민군들이 집집마다 다시 뒤어서[12] 피난민을 적발하구 있어요."

길

12 뒤다(뒤지다)의 활용형.

정학이는,

"아부님, 그럼 도로 나가실 생각은 마시구 시내에서 숨어 계시도록 차비를 해야겠군요."

하고 말하는 것이었다.

역시 그 도리밖에 없었다.

아침 밥술만 놓으면 곧 집을 뛰어 나가서 여성동맹이니 문화선전반이니 하루 종일 쫓아다니면서 〈김일성 장군의 노래〉를 배와서 그 노래를 동내 아이들을 모아놓고 가르쳐가지고는 무시로 시가행진을 시키며 그 노래를 부르고 돌아다니는 데 지치었고 또는 무용이니 음악이니 하는 푸로그람을 만들어가지고 인민군 부상병 병실로 위문을 가는데 까지 따라다니면서 코눈치 귀눈치 다 보는 정옥이도 저녁때 들어올 때마다 그 피곤한 머리를 살랑살랑 흔들어서 오라버니 소식을 알아볼 도리가 통 없다고 짜증을 내는 꼴이 가엽기도 했다.

창덕이는 문밖에 얼씬했다가는 어느 곳에서 어느 귀신도 모르게 붙들려가서 머리를 박박 깎이우고 인민군 앞 대포밥이 될지 모르겠으므로 부득이 하루 종일 집에 들여박혀 있으면서 대문 뚜드리는 소리가 나면 광속으로 부엌 뒤 마당으로 피해다녀야하는 전전긍긍한 일상생활이었다.

밤이 되면 의레이 그 놈들이 집을 뒤지려 다니는데 반장은 일부러 온 동리가 다 들을 수 있을 만큼 큰 목소리로 문을 열라고 고함지르면 이집저집에서 '의용군'깜과 '반동분자'는 마루 밑으로 기어들어 간다, 천정 위으로 기어 올라간다, 갈팡질팡하는 것이었다.

차라리 광속 굴이나 얼른 다 파놓으면 아주 두더쥐 생활을 하는 것이 편할 것이고 밤에도 다리 뻗고 잘 수 있을 것이겠으나 그러나 언제 어느 때 그 놈들이 와서 온 집안을 발깍 뒤어볼는지 도무지 예칙을 할 수가 없는 일이라 광속에 굴을 파는데도 그 흙 처치 무제[13]라든지 파다가는 매번 그 입구를

---

13 '문제'의 오기로 보임.

감쪽같이 캄풀라지하는데 시간이 많이 걸리고 또 철없는 아이들 눈에 절대로 뜨이지 않도록 기회를 엿보아서 파는 일이라 그리 속히 완성시킬 수 없는 일이었다.

정학이는 또 정학이대로 이리저리 찾아다니며 알아보니 대한민국 관리 학자는 물론 큰 무역상들까지 몇 백 몇 천 명, 아니 몇 만 명이 붙들려 갔는데 서울시내에 그들을 가두어 두는 장소는 서대문 감옥과 마포감옥이 차고 남아서 도심지의 삼화 삘딩과 도서관까지도 임시감옥으로 쓰고 있고 웬만한 사람은 대개 三八(삼팔)선 이북으로 끌고 가고 귀찮으면 아무 때나 끌어내닥아 죽여버린다는 소문뿐이요 정호의 거처는 통 알 도리가 없었다.

111

최악의 경우로 차라리 정호도 이북으로 끌려갔다거나 죽었다거나 하는 소식이라도 붙잡을 수가 있었으면 비통하기는 그지없으나 단념이라도 해버리련만 살아 있는지 죽었는지 어디서 어떤 악형을 당하고 있는지 이러한 의문, 이 의문은 정학이의 신경을 시시각각으로 좀먹어 들어가고 있는 것이었다.

제수가 손수 갖다 주는 밥상을 대할 때마다도 제수의 화기 없는 우울한 그 얼굴을 대하기 가슴이 아팟고 밤늦게 집에 들어가는 날에는 저녁상을 앞에 놓고 나서도 얼른 되돌아 나가지 않고 정학이의 눈치를 보며 머밋머밋하고 있는 제수의 심경은 행여나 오늘은 정학이 입에서 무슨 반가운 말이 나오지나 아니할가 하고 기대하는 것이라는 것을 잘 알기는 하나 그러나 밤마다,

"오늘두 허사요."

하는 한마디 말을 되풀이하면 자기 자신의 그 목소리에까지 증오를 느끼게 된 정학이이었다. 제수의 처지는 물론 가엽고[14] 불상하기 한이 없었으나 혹

14 원문에는 '가염고'로 표기되어 있음.

때로는 내가 무슨 조그마한 희소식이라두 들게 되면 만사제치구 집으루 줄 달음쳐 들어와서 대문간에서부터,

"아! 소식을 알았소!"

하고 딤빌 자기가 아닌가? 제수가 말은 못하고 눈치만 살살 살피는 것이 때 로는 진절머리가 나기도했다.

그러나 정옥이의 말을 들으면 순덕이는 순덕이대로 밤늦게 혼자 자기 방 에서 흐느껴 울고 있는 것을 여러 번 보았다는 것이었다.

그러면 제수는 정학이에게 까놓고 말은 못하면서도 속으로는 정학이가 무능하거나 무성의하다고 곡해하여 야속하게 생각할는지도 알 수없는 일 이었다.

그러나 난들 어찌 한단 말고?

내가 왜 나 혼자서 이런 무거운 책임을 지고 애써 돌아가야 되나?

그애가 남하[15]못한데 내가 잘못한 일이 무에 있나?

나로서는 나 할 도리는 다 차려주지 않았는가?

제가 못나서 어물어물하구 있다가 시간을 놓지구 허둥거리다가 다리를 삔것은 정호 자기불찰이지!

아, 그날 그 과장인가 뭔가 하던 자들이 다녀간 뒤 즉시 정호를 어디로든 피신을 시켰던덜? 그때 그런 생각이 왜 안 났던고?

설마한덜?

흥, 설마가 사람을 죽인다는 말이 명담[16]이야!

이랫던덜? 져랫던덜?

아무리 생각 했대사 이미 저즐러 놓은 일을 어찌한단 말고?

정학이의 생각은 도롱 속에 가치어 굴레를 돌리고 있는 다람쥐 꼴 밖에 더 안 되는 것이었다.

---

15 남하 : 남쪽으로 피난 가기.
16 사리에 꼭 맞게 뜻이 깊고 멋있는 말.

그런데, 하루는 우연히!

그렇지, 그것은 분명 우연이었다. 뜻밖의 일이었다.

그리 가히 친밀한 사이도 아니었고 상거래 때문에 자조 만난일이 있었던 어떤 무역회사 사장을 길에서 딱 마주친 것이 우연이었으려니와 그 사장이 웬일인지 전례없이 갑자기 정학이를 반갑고 친절하게 대해주는 것이 또한 우연이었다.

112

이전 같으면 길에서 만나면 서로 모자나 벗어 인사하고 지나쳤을 사장이 이날 어쩐 일인지 정학이와 딱 마주서면서 손을 불쑥 내밀어 악수를 청하는 것이었다.

정학이는 벌써부터 시내 웬만큼 이름난 무역상들은 대개가 다 붙들려갔다는 풍문을 듣고 있었는데 이 사장은 거리에 뻐젓이 나다니고 있을뿐 아니라 변장도 아니하고 이처럼 뻣뻣이 대린 뽀라양복에 백설 같은 진짜 파나마 모자[17], 새로 약칠한 흰 구두, 이 차림[18]에 미상불[19] 놀라지 않을 수 없었다.

"아, 요행 무사하시구려."

하고 정학이 입에서는 부지중 이런 인사말이 나왔다.

사장은 허허 웃으면서,

"네, 난 벌써 졸업을 했거던요!"

"졸업?"

"하, 벌써 적구 나왔단 말이죠."

이 말에 정학이는 바싹 구미가 동했다.

"무슨 말씀인지 얼른 알아듣기 어려운데요?"

---

17 풀의 잎을 잘게 쪼개어서 만든 여름 모자
18 인쇄가 번졌으나 '차림'으로 보임.
길 19 아닌 게 아니라 과연.

하고 슬그머니 꼬이니까 사장은,

"흠, 용이한 일은 아니었지만, 자, 최 선생 오래간만에 한잔하면서 이야기나 좀 합시다."

하고 사장이 정학이 손을 이끌었다.

둘이서는 근처에 있는 중국요리집으로 들어갔다. 청요리집은 끼니때가 아니어서 그런지 한산하여서 쉽게 이층방 하나를 차지할 수 있었다.

식탁을 가운데 두고 마주 앉아 정학이는,

"그래두 중국인들은 용히 이렇게 뻐젓이 장사를 하구 있군요."

하니까 사장은,

"아, 중국인들은 외국 사람이구 또 중립국 백성이니깐. 그러나 이자들두 어느새 장 총통 사진을 떼어 감추구 모택동 사진을 걸어놓구 영업하구있지요. 이 사람들은 참 용한 장삿군이거든요, 상술에는 이 사람들과 경쟁 안 되지요, 그 어느 나라에서나 이 중국 사람들은 이미 일생 동안 자기 나라 본국에서 너무나 끊임없는 내란 송화[20] 때문에 아주 사리가 밝아졌다구들 그러드군요."

"참, 중국 내란이야 유명하지요. 삼국시대부터."

"그러기 말요, 중국인 무역상들 중에 잘 아는 사람이 더러 있는데요. 그들의 말을 들으면 한 군대가 한 도시에서 쫓겨나가고 딴 군대가 점령해 들어오면 바로 그날 즉시루 총상회, 우리나라로는 상공회의소이지요. 이 총상회가 앞장을 서서 점령군과 사바사바[21]하고 나서는 바로 그 이튿날부터 뻐젓이 영업을 계속한답니다. 이번 일을 보아두 인민군이 입성을 하자 우리나라 상업들은 모두 숨어버리었는데 이 중국인 총상회에서는 누구보다두 제일 먼저 인민군대에게 페니시링 일만 병을 자진하여 기증했지요, 그러니까 이 페니시링 만 병으루 중국상인들은 영업계속권을 산 셈이지요,

___

20 '성화'의 평안도 방언.
21 뒷거래를 통하여 떳떳하지 못하게 은밀히 일을 조작하는 짓을 속되게 이르는 말.

무력이 없는 사람이 권리를 취득하려면 금력으로 사야 된다는 진리입니다. 그렇지요. 자유나 보호도 돈으루 살수가 있거던요. 어떤 의미로 보아서 금력은 무력보다두 더 강하다구 볼수 있어요."

어름에 채웠던 삐루가 들어왔다. 괴뢰군이 입성한 이래 정학이가 냉맥주를 마시기는 지금 처음이었다. 한 컵을 단숨에 쭉 들이키니 미상불 좋기는 했다. 역시 돈이 힘이 센것이었다.

<h1 style="text-align:center">113</h1>

찬 맥주가 혈관을 돌아 얼근해지자 사장은 그 본래 입씸좋던 말보가 탁 터져서 술술 이야기가 흘러나왔다.

"최 선생께서두 대강 아시다싶이 이 사람은 일제시대에두 돈을 잘 벌었구 해방후 군정 시대에두 또 그리구 대한민국이 수립된 뒤에도 나는 돈을 막 벌었지요. 못난 것들은 반민법²²에 걸려서 꿈적을 못하구 백여 있거나 이리저리 창피스럽게 끌려다니며 전전긍긍했지만 나는 그냥 돈을 막 벌었지요. 또 그만큼 헤치기두 했지만도. 돈을 막 뿌려야 큰돈을 잡을 수 있구 큰돈을 뿌리면 세상 안 되는 일이 하나두 없어요."

사장은 삐루 한잔을 쭉 들이키고 손잔등으로 입을 쓱 문대고 나더니 담배를 피여 물고 나서 다시,

"그런데 하루 밤 사이에 갑자기 공산세상이 되자 나두 당황했어요. 돈 잘 버는 사람을 제일 싫어하구 미워한다는 그자들 천하가 되자 잠시 나두 주저주저했는데 하루는 그놈들이 와서 좀 물어볼 말이 있으니 같이 가자구 하면서 자동차를 대령하지 않겠어요. 그래 그자들한테 끌려 가서 한 사나흘

---

22 일제강점기 동안 일본에 협력하며 악질적으로 민족 배반 행위를 하였던 친일분자를 처벌하기 위하여 1948년 제정한 법률. 8·15광복 당시의 국민 감정상 부득이하게 입법이 되었으나 이승만(李承晩) 정부의 비협조로 이렇다 할 성과를 거두지 못하였고, 세 차례의 개정을 거친 뒤 '반민족 행위 처벌법 등 폐지에 관한 법률'에 의하여 1951년에 폐지되었다.

단련 받는 동안에 나는 이 공산 정권하에서두 금전만능이란 진리를 다시 발견하게 되었어요. 그래서 지금 당장두 나는 돈벌이를 하구 다니지를 않소, 하하하!"

사장은 저 자신의 웅변에 도취되어 정학이에게 들려주려고 하는 말인지 자기 혼자 제 자랑을 하는 말인지 분간할 수 없도록 정학이에게 입을 벙긋할 기회를 통 주지 않고 혼자 엮어 내려가는 것이었다.

그가 정치보위부에 이끌려가서 이틀 밤을 감방 속에 가치어 먹지도 못하고 잠도 못자면서 어떻게 했으면 묘하게 모면할 수가 있을가하는 방법을 궁리하노라고 자기 뇌를 쥐여 짯노라는 이야기를 길게 늘어놓은 후 계속하여,

"이틀 동안을 감방에 쳐밖아두고 아무 기척도 보이지 않더니 사흘째 되는 날 재밤중에 나는 조그마한 문초실로 끌려나갔어요. 나를 그 방까지 끌고 간 간수가 아무 말 없이 나가버린 후 잠시 있더니 흰 세루[23] 양복에 산듯이 채림한 청년이 나타나더니 나더러 교의에 앉으라는 혀능을 하고 내가 앉으니까 러시아 담배 한 대를 불쑥 내 손에 쥐어주며 라이타 불까지 대어주더군요. 러시아 담배는 십 년 만에 처음 대했으나, 아 그 향기라니! 사흘이나 굶었던 담배 향기! 난 일평생 그 담배 한가치 맛을 잊어버리지 못할 것 같애요. 담배를 깊이깊이 가슴속으로 빨아들이면서 나는 이 청년 모습을 어둑신한 속에서나마 유심히 살펴보았더니 놈이 꽤 똑똑하게 보이면서두 아주 깍쟁이 같이 보이더군요. 그 사람은 불쑥 편찬지 한 권과 먹 붓 한 자루를 나에게 주면서 '여기 자백서를 쓰시오' 하고 한마디 던지구는 밖으로 나가 버립디다. 내 참! 어둔 밤에 홍두깨란 문자는 이런 때 쓰는 거겠지요. 나더러 자백서를 써라! 자백? 무슨 자백? 내가 무슨 죄를 지었기에 엎어놓고 닷자곳자로 자백서를 써라! 아, 최 선생 어서 잔을 비시지요."

---

23 '서지(serge)'의 비표준어. 옷감으로 쓰는 모직물의 하나.

114

사장은 맥주 한잔을 쭉 들이키고 정학이가 다시 부어주는 잔을 또 들이키고 나서 다시,

"그러니 내가 이틀 동안이나 감방에서 놈들이 이렇게 물어보문 이렇게 대답하구 저렇게 물어보문 저렇게 대답하구 할 것을 나로서는 물샐틈없이 준비해놓았는데 나의 이 전술은 한마디도 써먹어볼 기회가 없이 무턱대고 자백서를 써야 한다니 참 잠시 아찔하더군요. 쩔쩔 매면서두 난 그놈들의 묘한 방법에는 감탄하지 아니할 수 없었읍니다. 이때 번개같이 내 머리를 스치구 지나가는 생각! 그놈들이 나를 정죄하려면 돈을 많이 벌었다는 죄 한가지 밖에 없을 것이다. 내가 군정 때나 대한민국 때에나 벼슬을 할 일이 없었고 무슨 우익단체 정치운동에도 가감한 일이 없었으니 단 한 가지 죄는 근로인민을 착취하여 내 배를 채웠다는 것을……. 그리자 내 머리속에는 조선인민보니 해방일보니 하는 신문기사들이 사진판처럼 나타났읍니다. 나는 붓을 들었읍니다. 나의 자백서를 썼읍니다."

"무어라구 썼어요?"

"하, 내가 생각해두 걸작이지요, 걸작! 아무런 초두 잡지 않구 그저 내키는대루 술술 써 내려갔지요. 나는 맨 먼저 나같은 근로인민의 피를 빨아먹고 살아온 놈은 그 죄 죽어 마땅하다고 허두에 써놓고, 그리구는 인민보에서 맛날 읽은 고대루 대한민국, 미국 제국주의 욕을 한바탕 쓰고 그리고는 또 그놈들 식대루 북반부와 영용한 김일성 장군, 위대한 스딸린 원수, 네, 그놈들은 스탈린이를 스탈린이라구 쓰지않구 꼭 스딸린이라구 쓰더구만요. 그래서 그것두 틀리지 않게 잘썼지요. 그리구 나서는 결론으로 내가 죽기 전에 속죄를 할 수 있는 단 한 가지 길은 내가 근로인민의 땀과 피를 착취하여 모은 재산을 도로 인민에게 반환하는 데 있다구 쓰고 지금 내가 소유하구 있는 재산은 현금이 몇 백 만원, 상품제고가 몇 백 만 원, 귀금속이 수 백점, 막 과대하게 대포를 꽝꽝 놓았지요."

"그렇게 많다고 쓰면 도리어 불리하지 않겠읍니까?"
하는 정학이 말에 사장은 너털웃음을 웃으면서,
"천만에요. 이미 트집이 잡힌 바에는 그 놈들이 깜짝 놀라도록 불쿠어 써서 그 자백서를 읽는 자가 구미가 동하도록 하여야 된다구 나는 생각했던 것입니다. 과연 내 기지가 나를 살려주었어요. 그래서 지금 이렇게 뻐젓이 종로 네거리를 활보하구 있게 되었거든요! 즉 그 털보숭이도 아직 못 벗은 애숭이에게 내가 얼마나한 보상을 그에게 아낌없이 내놓을 재력이 있다는 것을 암시를 주는 데 내 목적이 있었던 것입니다."
"하기는 나두 여기저기서 줏어들었는데 이남 땅을 이번에 처음 와본 애숭이 북한 청년들은 서울에 물자가 그 얼마나 풍부하고 또 호화스러운데 모두들 놀라구 침을 흘리구 있다구 하더군요. 나두 만년필, 라이타, 시계, 모두 그자들한테 쌔비당한 지 오랩니다만."
"글세, 그렇다니까요. 그자들이 북한에서 늘 듣던 바와는 너무나 다른데 깜짝 놀라구 또 견물생심이라구. 허, 허, 허!"

115

사장은 계속하여,
"그애들이 이북에 우물 안 개고리로서 남반부인민은 모두가 이 세계에서 그 유례를 볼 수 없는 빈궁과 결핍 하에서 신음하구 있다는 선전에만 혹취되어 있다가 막상 서울을 와보니 거리에 나다니는 사람들은 모두 수염두 안 깎구 양복두 안 입구 헌옷에 농림모를 쓰고들 다니지만 가정들을 뒤지어보든지 상점을 뻐개고[24] 들어가보니. 하하, 처음 보는 신기한 물건들, 이것두 갖구싶구 저것두 갖구 싶구 시계, 만년필, 라이타, 가죽구두, 가죽 가방, 카메라, 라디오, 미국 쵸콜렛, 치약, 코티분, 페니시링. 고급장교들은 한 짐씩

24 뻐개다 : 크고 딴딴한 물건을 두 쪽으로 가르다.

해서 찦차에 실구 이북으로 가져 가면서두 졸짜들은 약탈을 하문 엄벌한다
구 울러대니 슬그머니 약도 오르고 무슨 짓을 해서든지 돈을 벌어서 일생
처음 보는 그런 물건들을 사가지구 싶은 욕망이 생기는 것은 자연현상이지
요. 그러구 일평생 가난하게 자라난 청년들이 약간의 돈으로 손쉽게 매수
당하는 것 역시 무리가 아니지요. 그렇지 않습니까? 최 선생, 자, 어서 이것
좀 더 드시지요. 사양말구."

"아니, 무어, 배가 잔뜩 불렀읍니다. 이 요리보다두 사장님 말에 배가 더
불렀읍니다. 그래 그럼 사장님께서논 그 애숭이를 매수하는데 성공하셧단
말이지요."

"그렇지요. 어느 솜씨라구. 내가, 흥, 왜놈두 미국 사람두 대한민국 관리
두 다 손쉽게 휘두르던 내 솜씨인데 흠!"

"참으루 감탄불이입니다. 그래 어서 그 솜씨부리던 장면을 말씀하서
요."

"음, 내가 그 자백서를 다 쓰는 데 아마 두서너 시간 착실히 걸렸을 껍
니다."

"그래서?"

"그래서 그자가 들어오길래 자백서를 넌짓이 손에 쥐어주었더니 웬일인
지 이 자가 그걸 그 자리에서 읽질 않구 그냥 접어 주머니에 넣고는 아무 말
없이 나가더니 금시에 간수가 와서 날 데리구 이번에는 독방에다 가둡디
다. 아, 그자가 내 자백서를 읽는 표정도 쫌 보구싶구 했지만 어디 할 수 있
어요. 그래 독방에 가치우니 지나간 이틀 동안 긴장했던 마음이 자백서를
쓰고 나자 탁 풀리어서 잠이 것잡을 새 없이 쏟아져서 그냥 쓸어져 잠이 들
고 말았지요."

"허, 그것, 참, 그렇겠군요."

"그 이튿날 아침에는 애숭이가 직접 감방으루 와서 나를 데리구 이층 한
방으루 인도하는데 그 방은 휑하니 넓은 방에 의자를 여기저기 벌려놓구 아
마 열명 이상의 형사대가 앉아 있더군요. 늙은 놈, 젊은 놈, 여윈 놈, 뚱뚱

보, 별의별 놈이 삥 둘러앉고는 나를 한가운데 의자에 앉히어놓구는 여기저기서 뚱딴지 질문이 쏟아지는데 그야말로 인민군 따발총 이상 연발이더군요. 한다는 질문이 얼토당토 않을 뿐더러 너무나 이곳저곳서 튀어져 나오기 때문에 정신을 차릴 수가 없었으나 나는 그 찰라 그 찰라 임기응변으루 척척 받아넘기면서 대답 한마디를 하구는 연성 그 질문한 자에게 참 근사한 질문이라구 칭찬을 연방 한 마디씩 보탯더니 놈들이 모두다 기분이 좋아지는 것같이 보입디다. 사실말이지 그 자들은 나를 문초하노라구 했지만 나는 도리어 기선을 제해서 고양이 혼자서 쥐 열 마리를 다루듯이 추키고 내리고 하였습니다."

116

"그래서요?"
하고 더욱더 사장의 언변에 혹해버린 정학이가 다급하게 묻자 사장은 빙그레 웃으면서,

"도루 독방으로 들어가 가치었지요."
"네에?"
"이게 또 무슨 노름인가 하구 종일 불쾌하게 지나고 나니까 그날 밤 자정때쯤 되어서 역시 그 애승이가 직접 또 와서 나를 데리고 지하실로 내려가더니 조그만 방으로 들어가서 단둘이 마주 앉게 되었습니다. 그래, 그때는 여러 말 옮기기 전에 닷자곳자로 나와 함께 우리 집으로 같이 가주면 당장 금고에 들어 있는 현금을 다 헌납할 용의가 있다구 말해버렸지요."

"그래서?"
"하, 그래서 지금 내가 이처럼 최 선생 하구 마주 앉아서 맥주병을 기우려가며 이런 이야기를 할 수 있는 자유의 몸이 된 것입니다."

"아 참, 용하시군요. 그런데 돈은 얼마가량이나……."

"쉬이, 그건 절대 비밀. 그러나 이북 돈은 우리 이남 돈처럼 인푸레[25]가 되어 있지 않기 때문에 기십만 원 해두 그자들 귀에는 막대한 금액으로 들리나 봅디다. 그런데 최 선생 그건 왜 그리 캐묻는 거요?"

"나두 사정이 있어서 그러는데요."

"사정이라니요?"

정학이는 자기 아우 정호가 붙잡혀간 전말을 대강 이야기하고 나서,

"사장님께서 혹시 그 애숭이 보위부 청년을 만날 수 계신지요?"

"흥, 만날 수 있느냐구요? 너무 자주 만나려 와서 두통인데요. 오늘은 시계를 또 한 개 사다오, 오늘은 점심을 사내라, 오늘은 용돈이 떨어졌으니. 아주 그냥 거마리처럼 붙어다니는걸요. 그러나 이 노름이 그저 며칠 안 남았거니 하는 희망이 있으니깐 꾹 참아가며 네, 네, 하구 수응해주고 있지요."

"며칠 안 남았다니요?"

"원, 최 선생두, 우리 사이에 기일 필요가 있읍니까? 그래 최 선생은 동경 방송을 매일 못 듣는단 말요?"

"하, 마침 좋은 라디오를 못 마련해두었고, 어디 또 전기가 제대루 와야지 말이지요."

"아, 그러시문 얼마나 답답하실까, 단파기 전지용은 꼭 마련해둘 필요가 있읍넨다. 댁 가까이 열락될 데가 없으시문 우리집으로라두 가끔 들리서요. 난 매일 아침 저녁 동경 라디오 방송을 몰래 듣는 것이 지금 한 가지 큰 낙인데요."

"네, 감사합니다. 그런데, 어, 부탁하기 거북하오나 그 보위부 청년한테 내 아우 일을 좀 부탁해 보아주시면 감사하겠는데요. 돈을 좀 쓰게 되더라두."

---

25 인플레이션. 통화량이 팽창하여 화폐가치가 떨어지고 물가가 계속적으로 올라 일반대중의 실질적인 소득이 감소하는 현상.

"흠, 그건 어렵지않습니다만 꼭 우리 둘의 비밀을 지켜주시기로 맹서하서야됩니다. 그런데 계씨[26]가 지금 가치어 있는 데가 어딥니까?"

"글세, 그걸 통 모르니깐 더욱 갑갑하구 기가 막히는 노름이 아닙니까. 참내, 속이 상해서……."

"음, 그거 참, 하여튼 그 작자에게 부탁은 해보도록 하지요."

117

사장과 작별한 후 바로 그 이튿날부터 정학이는 사장 댁을 부지런히 방문하였으나 좀체로 만나기가 어려웠고 또, 혹 만나더라도 사장은 딱하다는 듯이 고개를 흔들면서,

"공산도배는 모두가 외구멍 피리이어서 서로 서로 융통성이 없고 비밀을 너무 지키기 때문에 계씨가 가쳐 있는 곳을 알아내기가 무척 힘이 드는 모양입니다."

하고 개탄하는 것이었다.

그러나 정학이의 꾸준한 정성이 헛되지않았던지 八(팔)월 초순 어떤 날 정학이가 사장 집을 식전 새벽에 찾아갔더니 사장이 마침 잘 왔다고 하면서 그날 오후 네시 까시에 이전 만났던 그 청요리집으로 가서 기다려주면 혹시 그 보위부 청년과 함께 만날 기회가 있으리라고 말해주었다.

정학이는 일변 반가우면서도 그 청년을 어떻게 대하여야만 실패없이 성공할 수 있을까하는 궁리에 골몰하게 되었다.

가령 타합이 곧 성립된다 할지라도 사, 오십만원 돈을 당장 어떻게 마련할 수가 있을가? 겨울옷들이나 내팔가? 삼복거리에 겨울옷 시세가 나갈리가 있나? 하여튼 정호도 너무나 세상 물정에 어두워서 탈이야! 그 사장처럼 그 안에서 흥정을 해가지구 나오기만 하면 아무런 짓을 해서라도 돈을 마련

---

26 남의 남동생을 높여 이르는 말.

할 수 있을것이 아닌가? 꼭 될지 안 될지 모르는 일에 돈을 많이 쓸수도 어렵고 그래두 학병으로 끌려 나갔을 때는 중국땅에서두 탈주한 경험이 있는 그애가! 흥, 그러나 그때도 아마 정호는 주동이 못되고 다른 학병을 계획에 추종이나 했던거겠지. 너무나 주변이 없어.

세 시 조금 지나서부터 청요리집으로 가앉은 정학이는 애꾸진 담배하고 씨름하면서 씁슬한 차를 몇 잔이고 마시고 있었다. 갑자기 목은 왜 그리도 말은지, 원!

사장이 어떤 청년과 함께 들어서자 셋서는 묵묵히 이층으로 올라가 방을 하나 차지하고 식탁을 가운데로 삼각형으로 마주 앉았다.

사장이 두 사람을 간단히 이름만 소개해주었다. 정학이는 갑자기 말문이 막혀서 그렇게도 종일 연습했던 구변이 어디로 다 새버렸는지 개구²⁷를 못하고 거북스럽게 앉아 있는데 사장이 그 능난한 솜씨로 올리치고 내리치며 진담농담을 섞어 너털웃음을 치고 하는 모양에 정학이는 일변 안심도 되고 사장의 능변이 부럽기도 하고 또 감사하기도 했다.

냉맥주와 안주가 들어오자 한잔을 쭉 들이키고 난 사장은 팔뚝시계를 들여다보며,

"아, 나는 다른데 또 약속이 있어서 이만 실례해야겠습니다. 두분 기탄없이 천천히 이야기하십시오. 최 선생의 고충은 대강 이 동무한테 이미 이야기 해두었으니 구면처럼 툭 터놓구 이야기를 해야지요."
하고는 일어서면서 정학에게 향하여 눈을 꿈뻑하고 밖으로 나가버리었다.

118

정학이와 보위부 청년 두 사람 사이에는 잠시 어색한 침묵이 계속되었다. 서로 똑바로 마주 바라다보지도 못하고 붕어처럼 생긴 과자들이 그 무

길

27 입을 열어 말을 함.

슨 신기한 것이나 되는 드시 노려보고 앉았는 정학이는 그야말로 문자 그대로 쥐구멍이라도 있으면 기여들어가고 싶은 심정이었다.

그러나 속으로 정학이는,

"내가 이래서는 안 된다. 이런 중대한 찰나에 조그만 실수라도 해서는 안 될 것이다. 마음을 독하게 먹자."

하고 울렁거리는 가슴을 가다듬으며 자기 마음을 채찍질하여 자기가 먼저 수작을 건네야만 된다고 느끼어서 어색스런 헛기침을 몇 번 하고 나서 겨우 입을 열어,

"황동무. 자, 이 잔을 비웁시다."

하고 자기 잔을 우선 비운 후 자기 아우를 위해서 노력해주신다면 자기는 그 어떠한 희생이라도 감수하겠노라고 말을 하였다.

보위부 청년은 담배만 뻑뻑 빨면서 외면한 채로 묵묵히 듣고 있더니 불쑥 꽁초를 마루에 던지면서 벌떡 일어섰다.

정학이 등골로는 소름이 찌르르 흘렀다. 그는 당황하게 따라 일어서서 청년의 손을 두 손으로 붙들면서,

"자, 어서, 이 잔을 비우십시다."

하고 애걸하다 싶이하는 자기 자신의 행동에 강한 분노와 자격지심을 누르려고 애를 섰다.

청년은 일어선 채로 정학이에게 바른손을 붙잡힌 채로 왼손으로 컵을 들어 쭉 들이키고는,

"최 동무. 나는 동무 계씨에 대한 내용을 약간 조사해보았소. 계씨 이름은 최정호 그리구 그는 남반부 괴뢰정권 관리이었다는 것을. 또 그리구 그런 큰 죄과를 범하고도 자진하여 자수하지 아니하고 이리저리 숨어다니다가 체포되었다는 사실을……."

"아니, 아니. 피해다닌 것이 아니구. 그저……."

"무어 변명할 필요는 없구요. 어떠턴간에 계씨는 근노인민에게 죄를 지은 사람이니깐 인민재판을 받아야만 될 것입니다. 인민재판관들과 배심원

들 선거가 끝나면 계씨는 재판에 회부 되어 공정한 심판을 받게되는 수밖에 없다구 나는 보구요. 또 그것이 가장 정당한 일입니다. 그러니까 나로서 이 일에 조력이나 간섭을 해야 할 아무런 이유나 근거가 없소. 그러나 아까 그 사장동무의 간곡한 부탁도 있고 또 지금 최 동무를 대해보니 초면이긴 하지만 서로 통할 수 있는 인물이라고 보이기두 하니 내 힘자라는 데까지 최선을 다해보겠읍니다마는 최 동무두 이 일은 절대 비밀을 지켜주어야 될 것은 이미 잘 알고 있겠지요. 이런 장소에서 자주 만나는 것두 좋지 않으니 최 동무 주소나 어딘지 댁 주소를 알으켜 주시면 이다음에 혹 뵈일 일이 생길 때 댁으로 내가 방문 가겠읍니다."

정학이는 웬일인지 자꾸만 와들와들 떨리는 손으로 자기 집 주소와 약도[28]를 그려 청년에게 주었다.

집으로 바삐 돌아온 정학이는 제수에게 약간의 희망이 보인다는 말을 하고 그 밤으로 아이들이 다 잠이 든 후에 그동안 숨겨두었던 금은부치들을 꺼내서 내일아침으로 시장에 나가 팔아 현금을 장만하라고 말하였다.

119

순덕이와 정학이가 그야말로 일각이 여삼추처럼 초조하게 기다리기 사흘 만에 보위부 청년은 정학이의 집 대문을 뚜드렸다. 청년은 이발을 새로 하고 양복을 새로 대려 말쑥하게 차리고 들어서는 것을 정학이는 반가운 악수로써 맞이하였다.

마루로 올라올 때 보니 하—얀 구두에 약칠도 새로 했고 얼룩덜룩한 미국제 양말도 새것으로 보이는데 그 양말이 정호가 늘 신기 좋아하던 그린 양말인것이 유표하게[29] 정학이의 눈에 영사되었다.

---

28 원문에는 '약조'로 표기되어 있음.
29 여럿 가운데 두드러진 특징이 있게.

길

234

왕굴[30] 방석을 내놓으며 앉으라고 권하니 청년은 시계를 들여다보며,

"나는 언제나 바쁜 몸이 되어서 오래 앉았을 수는 없고 참고 될 말이나 몇 마디 듣고는 곧 가야하겠습니다."

하였다.

"좋은 소식이[31] 있읍니까?"

하고 급히 묻는 정학이 말에,

"글쎄요. 아직 무엇이라고 단정히 말씀드릴 아무것도 없읍니다만, 최 동무, 솔직히 말씀드리자면 어려운 문제입니다. 혹시나 나에게 계씨를 문초하라는 상부 명령이라도 내리면 또 모르지만 지금 어느 곳에 가치어 있다는 것만은 알았읍니다만."

"아, 그러세요! 어디? 어딥니까?"

"그건 함부로 공개할 수 없구요, 어, 그런데 오늘 내가 이처럼 댁을 방문하는 목적은 최 동무의 제수님을 잠깐 직접 만나서 자세한 사정을 좀……. 어, 그 누구보다도 정호 동무의 일상생활에 대해서는 그 당사자 부인이 더 잘 알고 있을 것이 아닙니까?"

"녜, 녜, 지당한 말씀입니다. 그럼 잠시 기다려주십시오."

하고 정학이는 바루 아래로 내려갔다.

보위부 청년은 태극선 부채로 활활 부치면서 사방을 휙 둘러보았다. 마루 위에 놓여 있는 가구들을 세밀히 평가하면서.

그리다가 그의 눈은 저쪽 벽 높이 걸려 있는 가족사진으로 가서 문득 머물었다. 그 사진 맨 가운데 의자에 앉은 사람이 정학이라는 것을 곧 알아볼 수 있었다. 그는 호기심 가득한 눈으로 사진에 있는 한 사람 한 사람을 유심히 치어다보았다.

남자, 여자, 늙으니, 젊으니, 아이들……. 그리자 그의 눈은 어떠한 묘령

---

30 '왕골'의 잘못된 표기.
31 원문에는 '소식의'로 표기되어 있음.

여자의 얼굴에 머물러서 오래오래 떠날 줄을 모르고 주시하다가 벌떡 일어서서 그 사진 가까이로 다가서서 더 자세히 치어다보았다.

"아, 고것 참!"

하는 감탄 소리가 부지중 그의 입에서 가느닿게 튀어 나왔다. 그리고는 속으로,

"야, 참, 사람 녹인다. 응, 고것의 어깨에 손을 얹고 섯는 자가 아마 정호란 자인가보다. 아, 그자가 저런 미인을 독차지하다니! 음!"

여름의 정열이 보글보글 끓어오르는 눈초리로 입에는 가느단 미소를 띠운 청년은 약간 웃는 듯 마는 듯한 젊은 여자의 사진을 정신 잃고 치어다보고 있었다.

정학이의 헛기침 소리에 화닥닥 정신이든 청년은 얼굴을 휙 돌리자 그때 바로 마루 위에 올라선 순덕이의 본모습이 눈에 띠이었다.

청년의 가슴은 뛰었다.

고개를 다소곳이 숙인 순덕이가 약간 허리를 굽혀 인사하는 것을 본 청년은 저도 모르는 새 허리를 과도히 굽혀 답례를 하였다.

120

"좀 앉으십시오."

하는 순덕이의 목소리는 유난히도 보위부 청년의 귀를 황홀하게 하였다. 그가 왕굴방석에 주저앉으니 순덕이도 그냥 마루 위에 몸을 약간 외로 틀고 얌전하게 꿇어앉았다.

이때 정환이가 유리컵과 맥주를 들고 올라왔다.

보위부 청년은 정학이가 따라주는 맥주 한 잔을 쭉 들이키고 나서는 약간 외면한 채로 마룻틈 이은 짬을 뚫어지도록 노려보고 앉아 있는 순덕이의 측면얼굴을 말끄럼이 바라다보면서 아주 부드러운 목소리로,

"여성동무, 동무의 심정은 나도 잘 이해할 수 있습니다. 과히 심려는 마

서요. 인민공화국에서는 남반부 경찰처럼 피의자를 고문하는 일은 절대로 없으니깐요. 그런데 내가 꼭 알구 십흔 것은 최정호 동무가 어떤 정당에 가입해 있었는가 하는 점입니다."

"아무 정당에도 가입해 있지 않았습니다."

"하, 여성동무가 남편의 안위를 조금도 염려하신다면 조금도 숨김없이 사실대로 말해주어야 됩니다. 내가 이미 알아본 바에 의하면 최 동무는 이 서울이 해방되기 전에 우익 친구를 많이 사귀구 있었더군요."

"글쎄요. 별로 친한 친구가 없었는데요, 직장에 같이 계신 분 외에는. 그런데 일상 친히 지내던 과장들이 애 아버지를 일부러 찾아와서 곧 자수하라구 권하던 걸 보면 그 친구들은 좌익에 가까운 것 같던데요."

"흐음! 그럼 그 동무들 이름을 말씀해주십시오."

순덕이가 불러주는 이름을 수첩에 적고는 청년은 일어섰다.

"아 거, 한 잔만 더……."

하는 정학이의 말에 손을 흔들며 내려서서 구두주걱으로 구두를 신으면서 곁눈으로 순덕이를 힐끗 바라다보는 청년의 입가에는 이상한 미소가 떠올랐다. 속으로,

"고, 코, 입! 아주 통채로 그냥!"

하고 머리가 아찔하도록 느껴지는 정욕을 억제하면서 청년은 대문께로 갔다.

대문간까지 따라 나간 정학이가,

"언제든 또 오십시오. 그리구 약소하지만 우선 이것으로……."

하면서 지폐가 든 봉투를 쥐어주니까 청년은 얼른 받아 포켙에 넣고는,

"최 동무, 염려 마셔요. 자주 들리겠읍니다. 매우 큰 흥미를 느낍니다."

하고 대답하고 대문 밖을 나섰다.

며칠이 지나갔다.

어느 곳에서 누가 발설했는지 알 수 없었으나 귀가 솔곳하는 풍설이 서울장안에 쫙 퍼졌다.

"낮말은 새가 듣고 밤말은 쥐가 듣는다."

는 식으로 八(팔)월十五(십오)일에는 누가 서울로 와서 해방축하식을 하나 보자고 김일성이와 맥아더 장군이 내기를 걸었다는 소문이었다.

또 그리고 유엔군이 서울을 탈환하기 바로 전날에는 비행기 백대를 서울 상공 시위비행을 할터이니까 비행기 백대가 한꺼번에 뜨거들랑 서울시민은 유엔군 진주 환영을 준비하라는 근사한 소식이었다.

121

八(팔)월十五(십오)일까지에는 유연군 총사령 맥아더장군이 서울입성을 하게 된다는 소문이 퍼지자 마루밑, 천정 위, 광 속 혹은 벽장 뒤로, 또 혹은 아주 토굴 속에서 숨어사는 '반동분자'들과 '의용군' 대상 젊으니들, 또는 그들 가족들은 일과처럼 비행기 백 대가 뜨는 것을 놓지지 않으려고 번을 갈아 하늘을 치어다보는 것이었다.

그렇게도 기다린 八(팔)월 十五(십오)일은 왔다.

이날 날도 너무나 청명하게 개었으나 종일 하늘을 치어다보는 시민들의 고개만 아팟을 따름으로 비행기 백대가 나타나지 않았고 또 그렇게도 호언 장담하던 김일성이는 서울을 오기는커녕 행방불명이 되었거나 암살되었거나 전사하였다는 소문이 쫙 퍼졌다. 그래 그런지 괴뢰정권이 이 八 · 一五 (팔 · 일오) 해방 기념일에 성대한 축하가 별로 없이 적적하게 지나가는 것이 이상스럽기도 했다.

단지 한 가지 특별한 것은 어느새 붙여놓았는지 시내 번멱마다 신문지 반장만큼 큰 김일성이 사진이 행인을 감시하고 있고 그 옆에 소위 '조국통일 민주전선 중앙위원회'의 선포문이 파란빛으로 인쇄되어 첩부[32]되어 있

길   32 발라서 붙임.

을 뿐 아니라 그날 신문에도 전문 사호활자[33]로 인쇄되어 배포되었고 또 별도로 인쇄되어 가가호호[34]에 배부되었다.

이 무려 수만 자에 달하는 '선언서'[35] 내용을 요약하면 "친애하는 동무들"이라고 호소해놓고,

"미국은 남의 나라 내정을 간섭하여 조선의 아들딸들을 학살하고 있다. 미국군함들은 우리나라 해안을 매일 파괴 하고 비행기들은 우리나라 도시와 농촌을 매일같이 야만적 폭격을 감행하여 평화스런 인민들을 살륙하고 우리 인민이 노력하여 세워 논 공장, 산업기관, 기차 철로, 주택들을 함부로 파괴하고 있다.

오랫동안 조선을 그들의 식민지 또는 극동 군사기지로 만들려고 애를 써온 미제국주의자는 ×××도당을 사수하여 내란을 조발하여 우리 동포들을 살륙하고 있으면서 그 악행을 유엔 안전보장 이사회의 비법적인 결의로 엄호하여 우리인민의 권리와 자유와 독립을 유린하고 있다.

미 제국주의가 우리나라 통일을 방해하지 않았던 덜 조선인민들은 벌써 우리자신의 평화건설을 성취시키었을 것이다.

조선인민은 과거 오랫동안 경험에 의하여 일본이나 미국이 운운하는 자유가 그 어떠한 것인지를 잘 알고 있다. 그 자유는 식민지인민을 착취하는 자유인 것이다. 우리는 미제국주의자들이 흑인의 백골위에 세워 논 자유를 원치 않는다.

미 제국주의 군대가 ×××도당을 시켜서 남반부인민의 빈곤과 암흑과 권리박탈을 가져온 그런 자유를 원치 않는다. 남반부의 이러한 빈곤과 권리박탈을 본 북반구인민들은 모두 다 놀라지 않을 수 없었다.

민주주의 자유 독립을 지원하는 조선 인민을 투옥, 고문, 살륙하는 ×××도당의 자유를 우리는 원치 않는다.

---

33 활자 크기. 14포인트의 크기와 비슷하다.
34 집집마다.
35 원문에는 '설언서'로 표기되어 있음.

조선인민은 참된 자유를 원한다. 외국제국주의의 간섭이 없는 자유, 조선인민의 이익을 미국간섭자들에게 팔아서 딸라를 벌어 사복을 채우는 매국노들이 없는 자유를 우리는 원한다."

122

소위 '조국통일 민주전선 중앙위원회' 선언서는 계속하여,

"우리의 영용한 인민군대와 애국자 또는 조선전체인민은 미제국주의자들의 침략에 대항하여 싸우려고 손에 무기를 들고 일어나서 영웅적으로 투쟁하여 침략자를 대항하는 결의를 이미 보이었다.

북반부 조선인민은 그들이 죽음을 두려워하지 아니하고 싸워서 성취한 민주주의를 굳게 수호한다는 것을 보여주었다.

또 남반부 조선인민은 그들이 과거 오년동안 미군 점령 하에서 탄압과 교수대의 위협을 받으면서도 자유에 대한 신렴이 약화되지 아니하였다는 사실을 보여주었다.

북반부와 조국통일 목적하에 일치단결하여 조선민주주의 인민공화국을 지지하며 외국간섭자들을 우리나라로부터 완전히 물리쳐서 최후승리를 얻을 때까지 투쟁할 결의를[36] 보여주었다.

우리 조국의 독립을 욕망하는 우리들 전체인민은 외국간섭자들은 그 군대를 철퇴하여 조선인민의 권리를 존중해줄 것을 강경히 주장하도록 전체인민에게 호소한다.

이하에 열거하는 조선인민 선언서에 전체 애국자들은 모두가 서명하기를 간구한다.

一(일), 미국 무장 군대가 조선을 간섭하는 것을 중지하고 조선간섭을 하는 모든 외국군대를 즉시 철퇴시키는 방법을 강구할 것을 우리는 유엔에 요

길

36 원문에는 '결의들'로 표기되어 있음.

구한다.

二(이), 미 제국주의의 사수로 조선내란을 조발하고 또 조선인민을 대항하여 적극적인 싸움을 한 이승만, 이범석, 김성수, 신성모, 조병옥, 백성욱, 윤치영, 신흥우, 신익희, 장면 등은 인민재판에 회부하여 재판을 받아야 한다는데 동의한다.

조국의 자유와 통일과 독립을 존중하는 사람들은 전체가 다 우리는 미국의 간섭을 반대한다는 결의를 전 세계에 널리 공포하기 위하여 일일이 이 선언서에 서명할 것을 의심하지 아니한다.

조국의 자유와 독립을 굳게 보호하는 용맹한 인민군 만세, 평화를 애호하는 조선인민 만세"

"조국의 통일 자유 독립을 위하여 나아가자"

이상 선언서에 서명할 사람은 십오 세 이상 남녀 전체로 하여 시내 각 초급인민위원회를 통하여 각 반장에게 매반 몇 명씩 서명을 받아야한다는 책임이 부담되었다.

반장은 호별 방문하여 十五(십오) 세 이상 식구이름을 쓰고 도장이나 지장을 받아들이었으나 대게는 그 수가 할당 수에 모자라서 당황해진 반장들은 궁여지책으로 반장자신이 유령인물 이름을 지어서 써놓고는 자기 열 손가락 지장뿐 아니라 자기집안식구 모두의 열 손가락 지장을 다 찍어서 겨우 명수를 채운 이들이 있고, 또 어떤 반장은 거리에 나가 서서 지나가는 사람들을 붙들고 지장 한 개씩만 찍고 가달라고 애걸했고 또 어떤 반장들은 전차를 타고 종일 왔다 갔다 하면서 전차승객에게 지장을 찍어달라고 졸라서 겨우 명수를 채웠다. 그래서 그 이튿날부터는 서울 시민은 만나기만 하면,

"나는 어제 지장 네 번을 찍었다."

"흥, 나는 도장을 열 번도 더 찍었다."

하고 서로 이야기하며 웃었는데 며칠 후 신문 지상에 발표된 서명자 총 수효는 九(구)백 六(육)십八(팔)만 七(칠)백七(칠)십五(오) 명에 달하였다는 것이었다.

123

서울시민들은 쌀 한 톨 배급도 못 받으면서도 거의 날마다 낮이면 초급 인민위원회 전체회의니 문화선전 강연회니 하는 데를 의무적으로 참석하여야 하게 되었고 밤에는 일주일에 두세 번씩 노무 동원에 끌려 나아가게 되었다.

하루는 전체 동 주민대회를 연다고 하여 가정마다 한 사람씩 반장 집으로 가 모여서 출석부에 도장을 찍고 회의장인 국민학교로 갔더니 인민위원장이 역시 판에 밝은 긴 연설을 하더니 결론으로는 서울에는 쓸데없는 인구가 너무나 많아서 이 인구를 반 이상 줄어야만 되겠으니 그리 알고 모두들 '전출'할 준비를 하라는 통고이었다.

'전출' 신청서를 내면 그 집 가구와 집은 모두 이미 특별히 지정되어 있는 창고로 실어닥아 '완전해방'이 되어 시민이 복구할 때까지 각 초급인민위원회에서 책임지고 보관 보호해줄 것이요, 빈집대문은 봉하여 그 아무나 허가 없이는 출입 못 하도록 안전을 기할테니 안심하라고 하였다.

그리고 전출은 될 수 있는 대로 '북반부'로 가면 거기는 집이나 식량이나 일자리나 농토가 모두 다 넘치고 남아서 지금 서울서 밀기울이나 호보리로 요기하고 있지 말고 이북 농촌으로 가서 농토를 한 뙤기[37] 배급받아 가지고 농사를 지으면 배불리 먹는다는 것은 말도 말고 '북반부' 농민들은 집에서 치는 닭 달걀만도 실컷실컷 먹고도 너무나 많이 남아서 쏘련으로 수출까지 하며 돼지고기는 하도 자주 먹어서 인제는 눈거듧떠 보지도 아니한다고 한참 주서 섬기는데 그 말만 들어도 입에서 군침이 깨 흘렀다.

그리고 끝으로 만일에 자진하여서 전출을 하지 아니 할 때에는 강제로 할 터인데 그때에는 이북가서의 취직알선은 안 해줄 방침이니 그리 알라고 발을 땅 굴으고 회는 끝났다.

---

37 '뙈기'의 방언. 경계를 지어놓은 논밭의 구획.

정학이로서는 끝까지 벋히다가 강제로 전출되게 되면 의정부 백부님 댁으로라도 가면 갈 수 있겠으나 그리되면 정호구출운동이 문제이므로 이를 어찌할까 하고 한참 고민하다가 하도 답답해서 옆집 윤씨 댁을 방문하였다.

윤씨댁에는 삼사인이 모여 있는데 마침 그 반 반장도 끼어 있었다.

"흥, 짐은 창고에다 보관했다 내준다……. 허허, 고양이에게 생선 지켜달라구 하는 말……."

하는 윤씨 말끝을 들으니 역시 전출문제에 대한 의논이었던 것을 알았다.

"그런데 반장님 의견은 어떻습니까? 통장회의 기분으로 보아서."

"하, 아, 어자들, 명령이라는 건 설명두 없이 그저 엎어놓구 상부명령이니 절대 복종해야 한다는 것인데, 그저 상부명령이지 그 뜻은 놈들두 아, 참, 나두 차차 놈들의 말투를 배와서 그놈이라구 하지않구 그냥 놈들이라구 부르게되었군요. 헌데 놈들은 모두가 다 심한 열패감을 품고 있어서 이유를 캐물으면 설명대신 골질이 나오구 또 잔악한 행동으로 나가더군요. 그저 상부명령 상부명령하니 그 명령이 얼마만큼 상부에서 내렸는지 도무지 알 수가 없어요. 인민군 총사령의 명령두 상부 명령이겠구, 까딱하다가는 말직[38] 초급 책이 자칭 상부명령을 내리는지두 모르지요. 대답이 궁해지문 상부명령 한마디로 아무도 더 대들지를 못하게 되니까요."

124

반장은 말을 계속하여,

"놈들이 이북 있을 때 밤낮 듣기는 서울에 들어서기만 하면 시민은 대환영을 하구 적극 협조하리라구 꼭 믿었던 모양인데 막상 들어오고 보니 겉으로는 모두들 협조하는 것같이 보이나 통 속을 안 주구, 또 돌아앉아서는 놈

---

38 맨 끝자리의 직위.

밤에 쓰이는 역사

243

들 욕이나 하구 유엔군 비행기가 뜨면 놈들은 그렇게두 겁을 내구 화를 내는데 서울 시민 대부분은 비행기 폭격을 반가워하는 기색이구 밤에 비행기가 오문 사방에서 신호탄이 올라가구 하니 화가 바짝 동하는데 반동분자나 의용군깜을 잡으려구 재밤중에 집을 샅샅이 뒤져두 모두가 서로서로 숨겨주기 때문에 별 효과를 보지 못하게 되니 놈들이 인제 궁여지책으로 이 전출 안을 냈다고 나는 봅니다. 즉 전출신고를 제출할 때에는 전출 가족 명부를 꼭 적어 내야 되게 되었는데 그 신고서를 기준으루 해서 종로에서 말입니다. 지금 아무두 자동차나, 추럭으로 전출할 사람은 하나두 없구 기껏 해야 손구루마나 리야카, 자전거, 그것들두 귀하니까 모두 걸어가게 될 것이 아닙니까? 그러면 놈들이 여기저기 목을 지키구 서서 전출로 조사를 한답시구 세워놓구는 의용군깜이나 반동분자는 꽂감빼듯 싹싹 뽑아낼 흥게이지요."

"허, 참, 그럴듯하신 말씀인데요. 그러나 놈들이 강권을 발동할 때에는?"

"흥, 강권이 무섭습니까? 강권발동에 대비할 묘방을 알으켜 드릴까요? 해방된 뒤에는 술 한잔 톡톡이 내신다는 조건부루. 호, 호."

"아, 그야 한턱뿐이겠소. 그렇지 않아두 우리가 모여앉을 때마다 우리 동리에서는 통장 반장님들을 다 참 좋은 분을 만나서 여간 다행이 아니라구 감사히 생각하구 있는데요, 아주 진짜 빨갱이 통장이나 반장 밑에 사는 동리에서는 참 옴짝달싹 못하구 있는데요. 일이 바로 페는 날에는 우리 반에서는 반통장님 송덕비[39]를 해 세워야지요."

"허, 허, 너무나……."

"아, 자, 어서 그 비방을 좀 말해보서요."

"몇 가지가 있지요. 저 건너 박애이원[40] 원장님은 겉으로는 놈들에게 자기 병원까지 내주어서 구호소로도 쓰구 또 원장자신이 구호단 단장으루 계

---

39 공덕을 기리기 위하여 세운 비.
40 '의원'의 방언.

시지만 그 역시 속으루는 다 우리와 통하는 것입니다. 그러니깐 그 원장님을 조용히 찾아 뵙구 식구 중에 걷지 못하는 중병환자가 있다는 진단서를……."

"아, 아, 그것 참 묘한데."

하고 정학이가 소리를 지르자 윤씨는,

"그러나 그런덜 원장님으로두 집집마다 중병환자가 있다구 진단서를 써낼 도리야……."

반장은 허허 웃으면서,

"아, 그러기 또 다른 비책두 있는 거 아뇨!"

"그래서, 어서 말하서요."

"아, 이 박선생 같으신 분은 민청원이나 인민위원이 와서 전출을 어서 하라구 딱딱거리거들랑 가만 듣구만 있지 말구 한번 맞대들어요. 아—니 나는 장대같은 내 아들을 의용군으로 내보냈는데 그날 학교에 갔다가 그 자리에서 지원하구 곧 나갔는데, 그래 그 같은 애국청년의 가족을 내쫓는 법이어디 있소 하구 막 대들어요."

125

"허, 그것두 참 근사한 전술이군."

하고 박씨는 감탄하였다.

"그럼, 그런 핑계두 없는 나 같은 사람은?"

하고 윤씨는 반장 얼굴을 빤히 치어다보았다.

"하, 뭐, 윤선생께서야 돈으루 휘도록 하서야지요. 놈들두 윤선생은 돈푼이나 지니고 있는 줄 짐작하구 있으니깐 기선을 제해서 참외나 수박을 사들구 민청사무실 인민위원회 사무실루 한두 번만 왕래하문 그뿐일걸 뭘 그러십니까."

"하긴 놈들이 지독하긴 해. 그렇게 배를 골으문서두 일은 죽두룩 충실히 해내거던. 그점만은 감탄 아니할 수 없어."

이때 대문을 똑똑 뚜드리는 소리가 들려왔다.

이 소리에 반장하나만 내놓고는 손님들이 모두 얼굴이 째야지면서 제각기 제 고무신을 집어 들고 안방으로 뒷방으로 뛰어들어가 숨었다.

대문으로 나간 윤씨와 몇 마디 오고가더니 문은 열리고 누가 들어온 모양인데 숨은 사람들은 숨을 죽이고 엿듣노라니 대문 비짱을 찌르는 소리가 나더니 좀 있다 윤씨가 방안을 들여다 보며,

"어서들 나오서요, 아마 모두 초면일지 모르나 서로 통할 수 있는 내 친구이니 안심하시오."

하였다.

이 손님은 얼굴이 몹시 넙적한 텁석부리[41] 장년인데 윤씨가 소개하기를,

"자, 이 이선생은 시청 부시장 비서이십니다."

이 말에 모두가 다 어리둥절해서 어쩔 줄을 모르고 쩔쩔매는 꼴을 재미있게 보고 웃으면서,

"허허, 괴뢰 부시장 비서이긴 하지만 속은 대한민국 백성입니다."

하고 설명해주었다.

"하기는 인민군 총사령부에두 국군장교가 가면을 쓰구 들어가 있다는 소문두 있던데."

하고 윤씨가 말하였다.

"이형, 여기 이분들은 모두 반동분자이니 무슨 반가운 정보가 있거든 지금 공개해도 좋습니다."

"아, 그렇습니까. 그럼 아주 기가 막히게 반가운 뉴―쓰를 가져왔습니다. 에헴……."

하는데 한 사람이 갑자기,

"쉬이!"

길

41 수염이 많이 난 사람을 놀림조로 이르는 말.

하면서 손을 들어 남쪽 하늘을 가리키는데 치어다보니 대형 폭격기가 편대하여 '똥'을 한 개 두 개 세 개 네 개 씩 연겊어 싸고는 지나가더니 조금 있다가 꽝꽝꽝꽝 하는 폭탄터지는 소리가 은은히 들려오자 공습경보 싸이렌이 근처에서 귀가 아프도록 크게 들려왔다.

"흥, 공습경보는 언제든지 행차뒤 나팔이야!"

"쉬ー 그런 말은 삼가하시오. 바로 어제 석양에 이런 일이 있었소."
하고 한 손님이 말을 하였다.

바로 어제 석양녘에 가회동 꼭대기에서 동리 사람들이 저녁 후 바람을 쐬고 있었는데 때마침 공습이 있었다. 밑에서 괴뢰군이 고사포를 아무리 쏴야 한 대도 떨어뜨리는 것을 본 일이 없는 그들이라 한 노파가 무심코,

"흥, 그 맞히지두 못하는 고사포 암만쏘문 뭘하노!"
하고 중얼거리었다. 이때 그 옆에 앉아 있던 젊은 놈 하나이 벌떡 일어서더니 어디 감추었던 권총인지 쑥 빼여들고는,

"이년아, 이것두 안 맞나?"
하고 소리를 지르면서 땅땅땅 연겊어 쏘는 바람에 그 노파가 그 자리에서 즉사됐다고 하는 이야기이었다.

126

반장은 말을 받아,

"놈들두 악이 나겠지요. 하여튼 폭격은 참 귀신 같지 않아요? 어떻게 알구오는지 꼭 때려야될 곳만 골라 때리거던!"

"비통신원들이 무전으루 목표물을 일일이 알려준다는 걸요."

"참말이요, 그게. 바로 엊그제 밤에두 신당동 어떤 병원 지하실에서 무전을 치고 있던 애국청년이 불행히 발각되어 붙잡혀갔다는데요."

"참, 용감들두 하지. 우리는 모두가 쓸데없는 밥통들이야."

부시장 비서는 참으로 위대한 뉴쓰를 가지고 윤형한테 어서 전하고 싶어

서 퇴근시간도 되기 전에 불야불야 온 길인데 웬 손님들이 있어서 딴 이야기만 하고 있는 것이 슬그머니 역정이 났던 모양이다. 그래서,

"어서들 말씀하십쇼. 난 좀 가봐야 겠습니다."

하고 일어서는 시늉을 하니까 윤씨가 손을 붙들어 앉히면서,

"아ㅡ니, 반가운 소식을 들려주구 가서야지, 원."

"네, 그럼 말하지요. 결론부터 간단히 말하자면 김일성이가 손을 들었읍니다."

"네?!?"

하는 환성이 일제히 터져나왔다. 그리고는 금시 자기네들이 너무 큰 소리를 낸 경솔을 후회하면서 한참 동안 바깥 길 편 동정을 살피다가야 다시 안도의 한숨을 쉬고 모두가 부시장 비서 옆에 바싹 다가앉으면서 귀를 기우리었다.

윤씨가,

"아ㅡ니, 내가 듣기에는 김일성이가 모스코 상전한테 빌러 갔다구 들었는데……"

하니까 부시장 비서가 손을 내저으면서,

"모스코로 갔느니, 북경으로 갔느니, 전사를 했느니, 암살을 당했느니, 여러 가지 풍설이 돌고 있는데 좌우간 요즘 시청 안 공기로 보아 김일성이가 행방불명 된 것만은 확실해요."

"아ㅡ니, 방금 김일성이가 손을 들었다구 하시드니, 행방불명이라니?"

"아, 사실은 김두봉[42]이가 손을 들었단 말이지요. 김일성이가 평양에 있지 않는 것만은 사실이고 하여튼 김두봉이와 강냥욱[43]이가 연서로 맥아더장

---

42 김두봉(金枓奉, 1889년 2월 16일 ~ 1961년?)은 공산주의 독립운동가이자 언론인, 한글학자이며, 조선민주주의인민공화국의 정치인. 1950년 한국전쟁 당시 서울이라는 것은 조선의 심장부이니 우리 몸에 심장보다 중요한 것은 없으니 심장을 장악하고 8월까지는 기어코 통일 정부를 구성하자며 한국 전쟁에 동조하였다. 1958년에 숙청된 것으로 추정.

43 강량욱. 북한의 목사, 정치인으로 김일성의 외증조부.

군[44]에게 항복 전보를 보낸 것이 그적게 이었는데 그 후 전보가 평양 동경 간 왔다 갔다 하다가 항복[45] 조건이 결정되어 이달 十九(십구)일 정오, 그러니까 바로 내일이 아닙니까? 내일아침에 김두봉이 이하 다섯 명의 괴뢰대표가 맥아더 장군이 보내주는 특별 비행기를 타고 일본 동경으로 가서 정각 열두 시에 항복서[46]에 서명하고 그 이튿날 즉 二十(이십)일이 일요일인데 이날 오전 일곱 시에 유엔군이 서울 입성을 하기루 모두 순서가 결정되어 있습니다."

"아, 아니, 이건 너무나 꿈까은[47] 이야긴데. 그래, 시청 안 괴뢰파 기분은 어떻습디까."

"시장, 부시장만 알구 하급 직원들이야 모르구 있지요. 시장은 평양으로 어제 떠나구 부시장은 오늘두 출근했다가 머리가 아프다구 일찍 퇴근하구 말았어요."

"초면에 실례올시다만, 노형이 우리를 놀리는 것이 아닙니까? 하도 창졸[48]간이라 원, 그것, 참……."

"아ー니, 내가 아무리 실없은 사람이기로니 이런 중대한 뉴쓰를 꿈여낼 수야 있겠소이까 원."

"아, 이형은 확실한 말이 아니면 안하는 성미니깐 원래."

하고 윤씨가 말하였다.

"그럼 항복 조건은?"

---

44 Douglas MacArthur(1880.1.26 ~ 1964.4.5.), 태평양전쟁 미군 최고사령관. 제2차 세계대전이 일어나자 진주만을 기습한 일본을 공격하여 1945년 8월 일본을 항복시키고 일본점령군 최고사령관이 되었다. 6·25전쟁 때는 UN군 최고사령관으로 부임하여 한국전쟁에 참전하여 인천상륙작전을 지휘하였다. 하지만 중공군과 전면전을 두고 트루먼 대통령과 갈등을 빚어 해임되었고 퇴역식에서 '노병은 죽지 않는다. 다만 사라질 뿐이다'라는 유명한 말을 남겼다.
45 원문에는 '황복'으로 표기되어 있음.
46 항복을 인정하는 문서. 원문에는 '항북서'로 표기되어 있다.
47 '꿈 같은'의 오기로 보임.
48 미처 어찌할 사이 없이 매우 급작스러움.

하고 두세 사람이 동시에 물었다.

127

"항복조건이 참 근사하지요. 첫째 인민군은 四十二(사십이)도선까지 철수할 것."

"하, 四十二(사십이)도선이면 어디쯤 될가?"

"지도 없나? 지도."

"지도 보시지 않아도 내가 잘 아니 말씀 드리지요. 함경북도 한 귀통이만 남겨놓구 이 한반도 전체입니다. 서해안으로는 압록강을 지나서두 몇 백리 더 올라가서인데요. 동해안 청진서두 더 올라가구요."

"아, 그럼 통일이나 거의 다름없게!"

"그렇지요. 그러기 이 소식을 들은 인민군 장교들이 모여서 지도를 펴놓구는, 아— 여기까지 후퇴해버리문 우린 발붙일 자리가 없네. 만주로 나갈가 하구 탄식하더랍니다."

"응, 나두 언젠가 들은 일이 있는데 만일 북한이 밀려나는 경우에는 만주 땅 동삼성⁴⁹을 인민공화국에 양도해주겠다구 모택동이가 약속을 했다는 풍설을."

"흠, 간도⁵⁰에는 주민 거의 전부가 우리나라 사람이니깐 그럴만두 하지요."

"그건 그만하구 그럼 둘째 조건은?"

"둘째 조건은 괴뢰군이 물어야할 배상금 문제인데 전보로 몇 차례 에누리해서 최후 결정된 액이 미화로 三(삼)억五(오)천만 딸라라는데 무슨 이유루 이 액수에서 낙착되었느냐 하면 한국동란에 출병한 二十一(이십일)개국

---

49 지린성, 랴오닝성 · 헤이룽장성(동북삼성).

길 50 중국 길림성의 동남부 지역.

참전국가가 지금까지 소비한 전비에 꼭 해당된답니다."

"흥, 무슨 재주로 그런 막대한 딸라를 낼 수가 있을까?"

"쏘련서 내주어야 겠지요."

"글세, 그런데 그 외에는 또 조건이 없소?"

"세째 조건은 인민군과 인민공화국 지도자 열 명을 전쟁 범죄인으로 유엔군에 인도해서 군재에 넘기□□□……."

"하, 그놈들이 대한민국 요인 열 명을 인민재판에 건다구 날뛰더니 죄가 돌았군. 그런데 그 전범 열 명은 누가 될가요?"

"그 명단까지는 나두 아직 못들었는데요. 내일이면 판명될걸요."

"여보, 이게 꿈이 아니요? 아 꿈이거든 영 깨지 말구 이채루 있거라! 아, 아!"

"꿈이라니? 내 정신이 이렇게 또렷또렷한데. 축배를 듭시다. 우리 축배!"

"좋소. 그러나 모레까지만 참습시다. 유엔군이 입성할때까지"

"좋소. 내가 이런 때 쓸려구 양주를 두어병 감추어둔 것이 있는데요."

이리하여 갑자기 집을 비고 다 서울을 떠나라는 전출걱정 때문에 모였던 '반동분자'들은 이러한 희소식에 가슴이 뿌듯하여 서로 악수를 돌아가며 굳게 하고 헤여졌다.

이해 八(팔)월 二十(이십)일은 음력으로는 바로 七(칠)월 七(칠)석이었다. 이 견우직녀가 서로 만나는 날 서울은 재해방을 맞이할 것이요, 그리되면 옥문에서 놓여나올 남편을 만나려니 하는 기대로 순덕이의 가슴은 뻐개지는 것 같았다. 더구나 순덕이로서는 이 七(칠)월七(칠)석은 자기평생 잊어버릴 수 없는 인연 깊은 날이었다. 즉 이날은 순덕이의 결혼 육주년 기렴이었고 또 그가 삼팔선을 몰래 넘어온 사 주년 기렴일 이었던 것이다.

128

서울시민들은 또 한 번 속았다.

七(칠)月七(칠)석날 유엔군 입성을 눈이 빠지게 기다렸으나 아무 소식이 없고 어둡기도 전부터 부슬비가 내리기 시작하였다. 그러면 오작교 위에서 만나는 견우직녀는 역시 어김없이 만난 모양인가!

그런데 이날 정학이는 또 근로봉사 출동명령을 받았다.

정학이의 막내동생 정환이는 나이는 열네 살밖에 더 안 났으나 지나간 두 달 동안에 이태 이상 자란 드시 철이 다 들었다. 하기는 어른들 '반동분자'는 십년감수가 되었지만. 정환이는 저녁 먹기 전부터 오늘은 비도 오고 하니 형님 대신 자기가 나간다고 고집하였으나 정학이는 단연 거절하고 자기 자신이 나가기로 했다.

이번에는 삽이나 고괭이를 가지지 말고 맨손으로 밤참만 싸가지고 나오라고 했으니 무슨 일을 시키려는지 알 수 없었으나 정학이는 우산 대신에 두꺼운 타올을 머리에 두르고 어둑신해진 거리로 나섰다.

정환이는 형님을 보내고 나서 대문밖에 그냥 서서 형님의 뒷모습이 저쪽 길 꺽기는데서 사라질 때까지 눈물어린 눈으로 바라다보고 있었다.

초급인민 위원회에서 점호를 끝낸 남녀들은 비를 맞아가며 절벅절벅하는 길을 걸어 나가 한 시간이나 걸리어 도착된 곳은 삼개무척 하류이었다.

열아문척의 조그만 나룻배가 연성 쉬지 않고 사람들을 건네었으나 여러 동에서 모여 합친 무려 수천명 사람을 다 건네는 데는 여러 시간이 걸렸다.

정학이도 배를 타고 강을 건너가 뛰어내려 보니 그쪽 사장에는 탄약상자가 무질서하게 깔려 있는데 그 수다한 상자들은 저쪽 한 삼 리가량 거리에 있는 산골짜기까지 져 날르는 일이 그날 밤 일이라는 설명을 들었다.

총을 메고 옆으로 따라다니는 인민군 사병들 감시 하에 남자들은 탄약상자 한 개씩을 지개도 없이 그냥 맨 잔등에 지고 여자들은 또 또아리[51]도 없이 맨 머리 위에 이고 줄을 지어 날르는 것이었다.

남들이 하는 대로 탄환상자 한 개를 어색하게 지고 일어선 정학이의 다

51 '똬리'의 북한어. 짐을 머리에 일 때 머리에 받치는 고리 모양의 물건.

리는 와들와들 떨렸으나 이를 악물고 앞서가는 사람 뒤를 수걱수걱[52] 따라 갔다.

가면서 가만히 생각을 해보니 분하기도 하고 원통하고 기가 막혓다. 제 아무리 못났기로니 그래 국군, 자기 친 아우도 들어 있는 국군을 죽일 무기를, 또 자기 친동생을 잡아간 그 원수 놈들의 명령으로 이렇게 지고 날르면서 항거 한마디도 못하는 자기 자신의 비겁을 스스로 타매[53] 하지 아니할 수 없었다.

사람이란 이렇게도 약한 동물인가? 목숨이란 이렇게도 비겁하게도 아까운 것일까?

굴욕과 분노를 꿀꺽 참아가며 이렇게 원수들에게 부역하지 아니치 못하는 자기 신세가 가련하기도 했고 밉기도 했다.

짐을 겼버릇하지 않은 등이 이 무거운 탄환상자에 눌리어 다리가 허둥허둥하기도 하려니와 마음속에 화통이 터지어서 잠시 줄을 비켜나가 상자를 모래위에 털썩 내려놓자 총대머리가 그의 어깨를 후려갈기며 엉뎅이에는 발길질이 따발총처럼 연속하였다.

129

정학이는 할 수없이 끙 소리를 내면서 상자를 다시 지고 비쓸비쓸 얼마를 걸으니 등의 짐은 점점 더 무거워지기만 하고 속가슴도 따라서 더 무거워지는 것이었다.

그래서 이번에는 어깨 위으로 얹어놓아 보았다. 등에 진 것보다 좀 가벼워진 것 같은 착각이 들고 한 팔을 놀릴 수가 있으니까 걸음걸이도 좀 가벼워진 것같이 느끼었다.

---

52 말없이 꾸준하게 일하거나 순종하는 모양.
53 아주 더럽게 생각하고 경멸히 여겨 욕함.

그러나 그것도 잠시, 머리와 몸은 따로따로 쏠리고 어깨쭉지는 끊어지는 드지 아팠다.

그래 다른 편 어깨 위으로 옮기노라고 걸음을 잠시 멈추었더니 옆에서 인민군의 발길이 정학이의 정강이를 탁 차는 것이었다. 그저 그 무거운 상자를 번적 들어 그놈의 골통을 갈겼으면 하는 충동이 불밀듯 했으나 입을 악물고 앞을 내다보니 바로 두 사람 앞서가는 여자가 상자를 머리에 이고 가는 것이 눈에 띠이었다.

정학이는 또 발길로 채울 것을 각오하면서 머리 위에 올려놓았더니 그의 머리는 단 한분 동안도 그 짐을 지탱할 수가 없었다.

이렇게 별별 짓을 다해서 겨우 산골짜기까지 도달하여 상자를 내려놓고 허리를 펴니 죽었다 살아난 듯 싶었다.

산골짜기 중턱쯤에서 아픈 등을 툭툭 치면서 모래사장을 내려다보니 어렁귀한 모래사장 위에는 오는 줄 가는 줄 두 줄 사람 떼가 굼틀거리는 것이 마치도 꼭 백자도 더 기인 뱀 두 마리가 굼틀거리고 있는 것같이 보이어서 등에 소름이 쪽 끼치었다.

열아문 행보나 하고 나니 몸과 마음이 지칠 대로 지치어서 이러고도 지질이 살려고 할 필요가 있는가, 차라리 죽어버렸으면, 아, 차라리 유엔비행기가 지금 당장 대거 목격을 해서 나도 죽고 탄환도 모두 박살이 났으면 좋으련만 하는 악착한 생각까지 들었다.

그러나 마치 자기의 소원을 들어주는 드시 우루룽 우루룽하는 푸로펠러 소리가 분명 그의 귀에 들려왔다. 그와 동시에 굼틀거리던 두 마리의 뱀도 멈춧섰다.

"이 미 제국주의간섭자의 야만비행……."

하고 크게 욕을 퍼붓는 괴뢰군 소리가 채 끝나기 전에 정학이는 눈이 부시도록 "확" 하고 펴지는 강한 광채를 본 듯한데 무엇이 자기 몸을 내리갈기는 것을 감각하였다.

그는 얼떨결에 땅에 엎드리었다. 그가 어디든 얻어맞았는지 싶어 손으로 허리를 더듬으면서 옆을 바라다보니 그 기단 뱀들이 여러 동강이 나서 이리 저리 흐터지며 흐늑흐늑 하는 것을 그는 보았다.

그러자 깜빡하고 광채는 꺼져버리고 어둠은 진한 먹물처럼 사방을 둘러 쌋다.

정학이는 무작정 기기 시작하엿다. 그는 자기가 참말 뱀으로 변해버린 드시 그 척척하고 차겁고 푸실푸실한 모래밭 위를 벌벌 기어갔다.

그러자 갑자기 그 어떤 말신[54]하고도 따듯한 것이 자기품안에 기어드는 것을 감각하면서 그는 긴장이 탁 풀리어 그 부드럽고 몰랑몰랑한 것을 꼭 껴안고 잠이 들어버렸다.

130

이날 七(칠)월[55] 七(칠)석날밤 서울에는 비가 내렸으나 평양에는 비 한 방 울 안 내리고 청명하다.

평양 형무소 감방 손벽만한 철창문으로는 반달이 똑바로 빤히 들이비춰 어서 정호의 창백해진 얼굴을 더한층 창백하게 해주었다.

정호의 감각은 두 눈으로만 모여들어서 싸늘한 반달을 뚫어지도록 치어 다보고 있었다. 그는 서울서 소위 정치보위부에 잡힌 지 나흘 만에 수백 명 '반동분자' 틈에 끼워서 기차로 평양까지 호송되어 평양형무소 감방에 수용 되어 매일같이 세뇌(洗腦) 실험대 위에 '모루못도'[56] 노릇을 하게 된 것이었 다.

정호는 생각하였다.

지금 이 시각에 저 달은 순덕이 방에도 비취고 있겠지! 안해와 어린애기,

---

54 '말씬'. 잘 익거나 물러서 연하고 말랑한 느낌.
55 원문에는 '七월'으로 표기되어 있음.
56 모르모트의 일본식 발음. 기니피그(Guinea pig)를 이르는 말로 번식력이 좋아 실험 용으로 많이 쓰인다.

애기는 철모르고 쌕쌕 잠이나 자고 있을 께고 안해는? 안해도 지금 저 달을 치어다보고 있겠지, 내 생각을 하면서.

아, 저 달!

七(칠)월 七(칠)석날밤 달은 정호부부에게는 남달리 인연 깊은 달이었다.

바로 육년 전 저 달이 대동강 물결위에 은파를 수놓을 때 정호와 순덕이는 대동강변 언덕 위 바윗돌에 나란히 앉아서[57] 사랑을 속사기고 이별을 슬퍼하고 장내를 약속했던 것이다.

그때 왜놈의 압박에 못이겨 정호는 소위 '학병'으로 나가게 되면서 출정하기 전에 그때 약혼 중에 있었던 순덕이에게 작별을 고하려고 평양까지 들렷던 것이다.

그날 낮 둘이서는 그들 둘이 함께 걸을 수 있는 마지막 산보일는지도 알수없는 산보를 떠나 청류벽[58] 아랫길을 올라가서 기자림에는 일본군이 군수품을 감추어 두고 일반인 통행이 금지되어 있었으므로 모란봉[59] 을밀대[60]까지 못 올라가고 전금문[61]을 지나 강을 끼고 좀 더 올라가서 산비탈 오묵한데 한 쌍 비들기처럼 앉아서 주암산을 묵묵히 바라다보고 있었다.

정호는 아까부터 무심코 꺽어들었던 수양버드나무 가는 가지로 풀포기 하나를 아무런 이유도 없이 쑤시고 있었고 순덕이는 두 손을 턱에 고이고 쪼그리고 앉아서 멍하니 능나도[62]를 넘겨다보고 있었다.

둘이 다 할 말이 태산 같으면서도 이렇게 마주 앉으니 말문이 막혀 오래오래 묵묵히 있다가 가끔 서로 바라다보다가 두 눈이 마주치면 기쁜듯 구슬픈듯 약간 미소를 서로 나누고는 서로 눈을 돌려 딴데를 보군하는 것이었다.

---

57 원문에는 '않아서'로 표기되어 있음.
58 평안남도 개천시 동림리 쟁경대 남쪽에 있는 절벽. 맑은 물이 감돌아 흐르는 절벽이라 하여 청류벽이라 하였다.
59 평양시 기림리 금수산(錦繡山)에 있는 봉우리.
60 평양시 기림리에 있는 고구려시대의 누정.
61 모란봉에 있는 고구려시대의 평양성 북성(北城)의 남문.
62 능라도. 대동강에 있는 섬.

정호는 버들가지 한끝을 풀사이에서 꼭 꽂아놓고 한끝을 가볍게 쥔채로 순덕이의 옆얼굴을 물끄럼이 건너다 보았다.

갑자기 버들가지 한끝을 쥔 정호의 손가락은 바르르 떨었다. 그 버들가지 감촉이 갑자기 몰롱몰롱 해지는 것 같은 이상한 것을 느끼면서 그는 입술을 지긋이 물었다. 그의 눈은 순덕이 턱에 고인 두 손잔등에 착 달라붙어 버렸다.

손가락이 뻗어나간 곳마다 곱게도 오목오목 우물이 파여져 있고 그 손가락들을 만지기만하면 유리처럼 매끄러울 것같이만 느껴지었다. 이별하기 전에 그 손목이라도 한번 잡아보고 떠났으면 한이 없으련만!

131

정호는 얼이 빠진드시 순덕이의 손을 쏘아 보았다. 그 팔목에 얼기설기 얼킨 피부의 고운 무늬를 볼 때 그는 불현듯 어렸을 때 흔히 보던 감탕밭[63]이 연상되었다. 밀물이 갖찌인 감탕밭 위로 게들이 기어다닌 게발자리가 얼기설기한 꼭 그 모양과 흡사하였다.

그 감탕밭이 맨발에 밟힐 때 그 얼마나 매끄럽고도 보드럽던 그 감촉!

정호가 정신없이 순덕이 손만 들여다보고 있을 때 순덕이는 힐끗 치어다 보며,

"왜 그런 이상한 눈으루 자꾸 노려 보서요?"

하고 말하는 그 목소리는 약간 떨리는드시 들리었다.

정호는 어릴 때 사탕을 몰래 꺼내먹다가 들켰을 때처럼 얼굴을 붉히고 아무 대답도 못하였다.

순덕이는 손을 내려 풀밭에 지대고[64] 눈을 내리뜨고 풀포기만 골돌히 들

---

63 몹시 질어서 질퍽질퍽한 진흙땅.
64 '기대다'의 방언.

여다보고 있었다.

정호의 눈은 순덕이의 손에서 떠나 줄을 몰랐다. 그의 손은 홧홧 달기 시작하였다. 그의 가슴속에는 두방망이질이 나고 버들가지를 내버린 홧홧 다는 손으로 풀 위에 고요히 놓여 있는 순덕이의 손잔등을 폭 씨워주고 싶어져서 그의 전신경이 모두 다 그닐그닐 해졌다.

그러나!?!

만일에, 그 손을 꽉 잡았다가 순덕이가 놀라서 홱 뿌리치면? 그 얼마나 무안스러울까? 그들 둘이서 약혼한 지는 석 달이 넘었으나 단 둘이서 이렇게 조용히 만나기는 오늘이 처음이었고 또 손목 한번 서로 잡아본 일이 없었다. 그런데 이번 이별하면 그것이 혹시나 영 이별이 되지 않는다고 누가 보장할 것인가?

정호가 지금 순덕이의 손을 꼭 한번만이라도 꼭 쥐어보고 싶은 욕망은 자기 한 몸 뿐 아니라 전 우주가 멸망하는 한이 있더라도 그 손을 잡아보지 않고는 못 견딜 것 같았다.

정호는 자기가 춤[65]을 삼키는 소리가 너무나 크게 자기 귀에 들리는 것같이 느껴졌다. 숨결까지 가빠지는 것을 인식하면서 머리는 후둑후둑! 가슴은 왜 또 이리도 울렁거릴까?

홧홧 단 손바닥에는 땀이 흘러서 정호는 손바닥을 엉덩이에 대고 빡빡 문질러 비비었다.

이때 만일 순덕이가 불쑥 무슨 말이라도 건네었거나 혹 행인의 발자취 소리가 들려왔던들 정호의 용기는 움츠러들고 말았을 것이다.

그러나 순덕이는 마치 자기 손을 어떤 커다랗고도 굳센 손이 와서 덥썩 싸주기를 바라기나 하는 드시 옴짝 아니하고 그냥 가만히 풀 위에 놓여 있었다.

정호는 죽을 용기를 내어 와락 손을 내밀어 순덕이의 손잔등을 폭 덮어

씨웠다. 가슴이 철석 내려앉는 것 같고 머리가 쭈뼛하고 명□가 지끈하였다.

순덕이의 손은 어름장처럼 차게 감각되었다. 그러나 그 손은 홱 뿌리치지 않고 정호의 손 속에서 바르르 떨었다.

정호는 오래오래 순덕이의 손을 꼭 쥐고 있었다.

둘이 다 아무 말도 없었다. 둘이 다 서로 마주 발아다보지도 못하고 수집기 한이 없으면서도 손과 손을 통하여 오고가는 체온이 서로 따뜻하고 자릿자릿[66]함을 감촉할 따름이었다.

132

그날 밤 정호와 순덕이 둘이서는 밤늦도록 대동강가 바위 위에 나란히 앉아 이번에는 정호의 바른 팔이 순덕이 몸을 꼭 끼어안은 채로 앉아 있었다.

반달이 강물 속에 잠겨서 그들 둘의 동정을 빤히 치어다보고 있을 때까지는 점잔을 빼던 정호가 그 반달이 산 뒤로 넘어가 강물이 컹컴해지게 되자마자 정호의 불타는 듯한 입술은 순덕이의 입술에 자석처럼 달아붙어서 좀체로 떨어지질 않았다.

순덕이는 한참 후에 살짝 얼굴을 피하며,

"정호씨."

하고 조용히 불렀다.

"네, 순덕씨!"

"한 번 더 맹서하서요. 약속하서요."

"열두 번째 약속."

"그런데 이내 마음은 왜 이리도 요사스러울까요? 꼭 가시기는 가서야겠

---

66 심리적 자극을 받아 마음이 순간적으로 꽤 흥분되고 떨리는 듯한 느낌.

습니까? 세상없어도."

"가야지요, 그러나 내가 일본천황에게 충성하려고 가는 것은 아닙니다. 지원하기 전부터 벌써 몇몇 동지가 중국 전선으로 가게 되면 기회를 보아서 탈출하여 제八(팔)로군[67]에 가담하기루 피로써 맹서했어요. 우리 민족이 지금 취할 길, 우리 아들딸들이 자유 독립을 누릴 수 있도록 해줄 수 있는 단 하나의 길은 지금 이 길밖에 없습니다. 이번 기회를 포착해서 八(팔)로군과 합작하여 일본을 멸망시키는 일입니다. 순덕씨, 내 맘을 잘 알아들지요?"

"네, 잘 알아요, 그러나 그 시간? 얼마나한 시일이⋯⋯."

"나는 머지않았다구 봅니다. 중국과 미국이 합하여 일본을 거꾸러뜨릴 날이."

"그러문야 오죽 좋겠어요."

"꼭 믿어야 합니다. 믿구 기다리서요."

"네, 꼭 믿겠어요. 그리구 나는 내년 이 날 이 시각에 이 자리에서 정호씨를 기다리겠어요. 내년에 만일 못 돌아오시면 후년, 내후년, 죽을 때까지 나는 이날 이 시간에는 여기 이 바위 위에서 기다리겠어요."

"감사합니다. 염려마서요."

둘이서는 일어섰다.

일어선 채 둘이서는 서로 껴안고 어두운 강물을 오래오래 내려다보았다.

그들의 맞닿은 피부로는 만난 기쁨과 떠나야만 되는 슬픔과 다시 만나기를 기대하는 벅찬 희망이 용소슴쳐 오고가는데 대동강 물은 여전히 무심하게도 굼틀거리며 흘러내려가고 있었다. 오천년 동안이나 이 나라 이 민족의 영화와 치욕을 몇 번 채나 되풀이해 겪그면서도 강물은 자기일이 아니라는드시 잠자코 흘러흘러 내려갈 따름이었다.

---

67 팔로군. 항일 전쟁 때에 화베이(華北)에서 활약한 중국 공산당의 주력군. 1937년
   제이 차 국공 합작 후의 명칭이며, 1947년에 인민 해방군으로 고쳤다.

길

260

이날 밤 자정이 지난 뒤 순덕이의 방은 그 둘의 신방이 되고 말았다. 그것은 순덕이의 어머니가 두 젊은이의 요청을 그대로 받아들여서 아무런 준비, 아무런 손님도 없이 냉수 한 사발을 떠놓고 남녀는 어머님 앞과 천지신명 앞에 백년해로를 맹서한 것이었다.

이러한 추억을 하고 있는 동안에 달은 감옥소 지붕 뒤로 넘어가 버리고 감방은 오촉 전등 희미한 불빛으로 되돌아 왔다.

133

정호는 잠을 좀 들어보려고 눈을 지긋이 감았으나 그의 신경에 한번 반전된 추억의 전파는 좀체로 절연되지 않고 차례차례 갈아끼우는 활등모양으로 그의 눈앞에 나타났다 스러졌다하는 것이었다.

곳은 중국대륙 깊이 서주[68] 근방 일본군 진지, 때는 오년 전, 역시 오늘처럼 무더운 날이었다. 그날이 역시 七(칠)월 七(칠)석이었는지는 확실히 알 수 없었으나 그날 밤 바로 이 시각쯤 정호는 학병동지 몇몇과 미리 약속했던 대로 밖에서 신호가 들리자 슬그머니 일어나서 변소에 가는체하고 나섰다. 그는 세면소로 곧장 가서 그 한구석에 미리 감추어 두었던 웃옷을 입고는— 아! 그때 긴장하고 가슴 떨리던 자기 모습— 가시 줄 철망을 헤치고 새여 나가자 곧 그 원수의 견장을 떼어 내동댕이치고 동북쪽을 향하여 걸음을 빨리 하였다.

아아! 그때는 그렇게 목숨을 내걸고 탈출할 용기를 가졌던 자기인데 지금 어찌하여 도망칠 염두도 못 내고 우두커니 가치어 있는가? 그때는 가시 쇠줄 울타리를 벗어났어도 안전지대까지 가려면 몇십 리를 걸어야 할지도 모른다는 각오가 있었는데 지금 여기서 기어나가기만 한다면 바로 지척에 장모님 댁이 있지 아니한가! 그 집이 공습폭격에 없어지지 않고 그냥 서 있

68 중국 장쑤성 북서부의 시.

기만 한다면은, 아!

정호는 오년 전 그날 밤 일을 다 시 한번 실지로 경험을 하는 것처럼 손에 땀이 쥐어졌다. 수수밭 조밭을 벌벌 기어가던 일, 바로 십메타쯤 거리를 둔 곳에서 왜병 수사대가 왔다갔다 하는 군화소리를 들으면서 가슴조리고 엎드리어 있던 생각, 날이 밝으니 위으로서 뿐 아니라 아래 □ 밑으로부터도 뜨거운 김이 치받히어 땀을 비오듯 흘리면서도 기동할 생각을 못하고 엎드리어 있을 때의 그 기갈증[69], 그때 목마르던 생각, 배고프던 생각, 주인이 누군지도 모를 호콩밭 감자 밭에서 날콩과 날감자를 흙이 묻은 채 그대로 꾸역꾸역 목구멍을 넘기던 생각, 햇볕에 쪼여서 뜨끈뜨끈 하는 수박이었지만, 아! 그 수박맛이 그렇게도 시원하고도 달더니… 갑자기 가까이서 들려오는 총소리, 머리 위를 스치며 윙윙 지나가는 총알들, 그때 그 공포감과 비통감과 절망감! 아! 만사휴의? 목적을 달치 못하고 도로 왜병에게 붙들려 가는건가?

그러나! 이 아지 못할 군대가 일본군이 아니었고 중국군 유격대라는 것을 발견하는 그 찰라의 안도감과 감격!

이 중국인 유격대의 일원으로 포섭되어 다시 손에 총을 들고 이번에는 왜병을 대항하여 병화를 교환하던 그 통쾌감!

그러다가 八(팔)월 十二(이십)일에 "일본은 포스탐 선언[70]을 수락했다."라는 보도에 접할 때 폭포같이 쏟아지던 감격의 눈물!

장단도 안 맞는 춤을 덩실덩실 추면서 만세, 만세, 목이 터지도록, 칵 쉬어버리도록, 만세를 부르던 그날 서로서로 손목을 맞잡고 춤을 추며 만세를 같이 부른 동지 중 몇 명이 오년 후인 오늘에 와서는 그때 생사를 같이한 동지를 감옥에 가두어놓고 좋아하는 이 꼴! 아! 이 어찐 모순당착[71] 인고! 이

---

69 배고픔과 목마름이 몹시 심한 증세.

70 포츠담 선언. 제2차 세계대전 종전 직전인 1945년 7월 26일 독일의 포츠담에서 열린 미국 · 영국 · 중국 3개국 수뇌회담의 결과로 발표된 공동선언. 일본에 대해서 항복을 권고하고 제2차 세계대전 후의 대일처리방침을 표명한 것

71 자가당착. 같은 사람의 말이나 행동이 앞뒤가 서로 맞지 아니하고 모순됨.

어찐 비극인고!

134

맏형님이 타올을 머리에 쓰고 골목 밖으로 사라지는 뒷모습을 눈물어린 눈으로 바라다보고 섰던 정환이가 한숨을 쉬며 대문 안으로 들어섰다.

대문짝을 닫으려고 하는데 웬 한 사람이 후닥닥 뛰어들었다. 정환이는 기겁을 하여 "헉!" 소리를 지르니 그 사람은,

"놀라지 말아, 내다, 내야."

하는 것이었다.

그 목소리는 낯이 익은듯하게 들리었으나 그러나 얼른 누구인지 알아보지 못하고 어리뚱해 섰는 정환이게 이 사람은,

"형님 계시냐?"

하고 물었다.

"방금 근로동원 나가셨는데요."

하고 대답하니 그 사람은,

"날 몰라보겠니? 난 형님을 꼭 만나야 되겠는데 이를 어찌나? 아 그럼 아주머니는 계시냐? 아주머니를 만나도 할 말은 다 할 수가 있는데."

하고 말하는 것을 들으면서 유심히 이 사람을 살펴보니 일전에 한 번 들렸던 정치보위부 사람이 분명하였다.

정환이도 눈치는 빤한지라 붙잡아간 형님을 구출해줄 수 있다는 사람이 이 사람인 줄 알고 있고 또 맏형님이 그동안 얼마나 안절부절을 못하고 기다리던 이 사람이 온 것을 보니 반가웠다.

"아, 아저씨시군요, 난 또, 네, 어서 올라오시오."

하고 나서 대문을 닫으면서 정환이는 속으로 슬그머니 근심이 되었다.

"아부님이라두 계셨더라면"

하고 생각하면서, 어른은 다 나가 안계시고 아이들과 아주머니만 지금 집

에 있으니 이런 중요한 손님을 어떻게 대접을 해야 하나 하는 것이 근심스러운 것이었다.

과수원에서 들어오신 이래 아버지는 일체 외출을 안 하시고 늘 집에 계시었는데 식량사정이 날이 갈수록 더욱 더 긴박해져서 노인네 서너분이 비누니 석냥이니 등을 가지고 쌀이나 보리를 바꾸어 온다고 하여 수백리 길이나 되는 연천방면으로 떠나신 것이 바로 오늘 새벽이었다.

영덕이는 의용군을 피하노라고 저녁술만 놓으면 광속 구덩이 속으로 들어가서 얼신 못하고 있는 몸이요, 노할머니는 노망이 들렸을 뿐 아니라 귀가 절벽이니 폐인이나 다름없고 누이 정옥이마저 하필 오늘 밤은 여성동맹에서 밤새워 괴뢰군 위문품 정돈을 해야 한다고 나가고 없었다.

보위부 청년은,

"자, 그럼 가서 아주머니 좀 만나잔다구 말씀드려라. 좋은 소식이 있다구, 응."

하면서 서슴치 않고 제 집 마루로 올라가드시 마루 위로 올라갔다. 마루가 캉캄하니까 회중전등을 켜서 왕굴방석을 찾아 마루 한가운데 내놓고 그 위에 앉으면서 회중전등 불이 밖으로 새나가지 않도록 창문 없는 벽 쪽을 향하여 마루 위에 놓고 순덕이가 나오기를 기다리었다.

담배연기를 가슴속 깊이 들이마시면서 보위부 청년은 뜰아래 발자취소리를 놓지지 않으려 귀를 기우리면서 가슴이 몹시도 설레는 것을 금할 수 없었다. 자기 마음이 자기가 예상했던 이상으로 너무나 긴장해지는 것을 느끼면서.

뜰아래서 빗소리[72]에 석긴 발자취 소리가 들려오자 그는 담배를 잘크라 지도록[73] 손가락 사이에 꼭 붙들었다.

---

72 원문에는 '빗손리'로 표기되어 있음.
73 긴 물건의 한 부분이 오목하게 쏙 들어가도록.

길

135

이윽고 순덕이가 마루 위로 고요히 올라서면서,

"선생, 어서 오십시오."

하고 인사하였다.

"하, 여성동무, 누구보구나 덮어놓구 선생님 선생님하는 것은 자본주의의 잔재인 거이라는 것을 아셔야 합니다. 선생님이란 말은 숙청해버리구 우리 피차 동무라구 부르기루 합시다. 자 여성동무, 나는 지금 반가운 소식을 전하려고 일부러 들린 것이올시다."

하더니 정환이에게 향하여,

"자, 이런 때에는 축배를 한잔 들어야 된단 말야, 이 근처에 청요리집이 있겠지?"

"바루 골목밖에 있읍니다."

"응 조와, 그럼 얼른 가서 백알[74]이나 한 되하구 안주 두서너 정시[75]만 좀, 응."

"네."

하고 대답하면서 정환이는 아래로 내려갔다.

순덕이도 물러가려고 하는 눈치를 챈 청년은,

"아니, 여성동무는 좀 앉으시지오. 이야기할 말두 있구 하니."

"아니, 잠간만 기다리세요. 술을 자시려문 무어 상도 좀 보고 해야겠으니요."

하고 나서 순덕이는 부엌으로 내려갔다.

청년은 멍하니 앉아서 부엌에서 무슨 소리가 나나 귀를 기우리었으나 지붕을 때리는 빗소리만이 들리었다.

---

74 배갈, 고량주.
75 '접시'의 오기인 것으로 보임.

그는 일어서서 회중전등을 들고 안방 건넌방을 다 비추어보니 두 방 다 텅비여 있는 것을 보고 만족의 웃음이 그의 입가에 나타났다. 그리고는 금시에 얼굴을 찡그리고 이를 바드득 갈면서 혼잣말로,

'제길할 것. 그 야만적인 미국 간섭자가 없었으면 이런 밤에 전등을 쫙 켜놓구서 기생 뺨칠 미인이 따라주는 술을 좀 실컷 마실 수가 있으련만. 에참."

하고 중얼거리는데 순덕이가 불컨 석유등을 들고 들어와서 책상 위에 놓고 검은 방공 보재기로 가리워놓았다.

이때 심부름 갔던 정환이가 어느새 와서,

"지금 곧 가져온답니다."

하고 맨 마루에 펄썩 주저앉고 순덕이는 밖으로 나갔다.

정환이와 청년이[76] 한동안 묵묵히 앉아 있는 동안 청년은 자기가 오기 전에 밖에서 술이나 좀 먹고 들어왔더면 좋았을 것을, 하고 후회하였다. 좀 얼큰해 있었더라면 용기가 생겨서 정환이에게 무슨 딴 심부름이라도 시키고 부엌으로 간 체하고 안 들어오는 여성동무를 불러놓고 농지거리도 좀 할 수 있었을 것. 마음은 아무리 굴뚝 같애도 맹숭맹숭한 기분으로는 참아 여염집 부인에게 농담을 걸 용기가 나지 아니하는 것이었다.

이윽고 청요리가 배달되자 조금 있더니 순덕이가 자개 박인 깜안 상을 한 상 채려 들고 들어왔다.

조심스럽게 상을 청년 앞에 내려놓고는 꿇어앉아서 술을 한 잔 딸코,

"무엇 잡수실 것두 없는데 용서하시고 좀 드십시오. 마침 시아주버님께서 안 계셔서 미안합니다."

하고 권하였다.

청년은 백알 한 잔을 쭉 들이키고는 카ㅡ 하면서 머리를 털고는 잔을 순덕이에게 넌즈시 내 밀면서,

길   **76** 원문에는 '청년의'로 표기되어 있음.

"자, 여성동무두 한 잔."

하는 것이었다.

136

순덕이는,

"아, 저는 술 먹을 줄 모릅니다. 자, 제가 한 잔 더 따라드릴게 마시시구 그 반가운 소식이나 말씀해주시면 고맙겠습니다."

하고 말했으나 청년은 기어코 순덕이도 한잔 들어야 말을 전하겠노라고 욱여대는 것이었다. 순덕이가 거듭 사양하니까 청년은 골을 왈칵 내며,

"아, 남편에 대한 희소식을 들려달라구 하면서 축배도 한잔 안 드면 나두 다 그만 두구 바루 가겠소."

순덕이는 부득이 한 잔을 받아 입술에 약간 댔다가 술병에 도로 쏟으려고 했더니 청년은 순덕이의 팔을 붙들고,

"술자리에서 받은 술을 안 마시구 도로 병에 쏟는 것은 실례입니다. 모처럼 좋은 날 기분 나쁘게 하지 말구 한 잔만이라도 쭉 들이키시오."

하면서 순덕이의 팔을 두 손으로 딱 잡고 억지로 잔을 순덕이 입까지 끌어다 대이었다. 이 사품[77]에 술 얼마가 넘치어서 순덕이의 치마를 적시었다.

순덕이는,

"네, 먹겠어요, 손을 놓아주세요."

하고는 눈을 감고 한잔을 쭉 삼키고는 금시에 자채기를 하며 몸을 꼬았다.

"하, 이거, 이래서야 어디, 아, 이거 참, 내가 되려 미안합니다. 그러나 이미 받아온 술이니 자세한 이야기는 내일 다시 와서 하기루 하구 나 혼자 이 술을 먹겠습니다. 까놓구 말씀드리자면 최 동무가 금명간 곧 놓여 나온다 구까지 일이 진행된 것은 아니구요, 지금 어느 곳에 구금되어 있다는 그 장

---

77 어떤 동작이나 일이 진행되는 바람이나 겨를.

소를 알게 되었으니깐요. 그것만으로두 대성공입니다. 인제는 내 재주에 달렸으니깐요. 자, 그럼, 이 학생동무, 자네나 한잔 들지."

순덕이는 이때 얼른 일어나서,

"참, 너무도 실례가 많습니다. 어린애가 깨서 우는 모양이니 들어가봐야 겠습니다."

하고는 마루 아래로 내려섰다.

자기 방으로 돌아온 순덕이는 벽에 반쯤 지대앉았다. 어미 속썩는 것도 통 모르로 콜콜 자고 있는 젖먹이의 숨소리와 빗소리의 이중창을 구 기우려 듣고 있노라니 웬일인지 가슴이 답답해지고 상기가 되고 맥박이 빨리 뛰고 숨이 차고 현기증까지 나는데 남편의 얼굴이 눈앞에 선히 나타나는 것이었다.

그런데 그의 남편의 얼굴은 몹시 찡그리고 있는 얼굴이었다. 순덕이는 비몽사몽간에 혼잣말로,

"아, 당신은 왜 그렇게도 무서운 눈초리로 나를 쏘아보고 있읍니까? 지금 마루에서 술을 먹고 있는 사람 말을 신용할 수 있다면 당신은 죽지 않고 살아 있고 또 얼마 후에는 집으로 돌아올 수가 있을 것입니다. 아, 아! 여보, 여보."

지금 당장 체면이고 무어고 다 집어치우고 마루로 나가서 그 청년을 붙들고 늘어져서 애원해보고 싶은 생각이 불일듯 일어났으나 그런 용기가 나지를 않았다.

이런 날 하필 어른들은 안계시고 철없는 정환이에게 이 손님대접을 마껴두어서 일이 잘 성사될 수가 있을까? 무슨 까닭으로 일이 이렇게 꼬일까?

순덕이의 애타는 이 가슴은 유난히 소리내 뛰기 시작하였다.

팔딱, 팔딱, 팔딱!

길

137

순덕이는 잠이 들었던 것일까?

펏덕 정신이 드니 퍼붓는 빗소리 사이로 마루쪽에서 남자목소리가 크게 들려오는 것 같았다.

아, 그 사람은 아직도 술을 마시고 있는 걸까? 그리고는 또 정신이 아물아물해지었다.

펏덕 다시 정신이 드니 순덕이는 어느 틈엔지 자기가 애기 옆에 누워있는 것을 인식하였다.

가만히 귀를 기우려보니 빗소리 밖에는 사방이 다 조용했다. 몇 시나 되었을까? 그 사람은 술을 다 마시고 갔을까?

정환이는? 그야말로 정환이는 일생처음 별 고생을 다 해보는구나.

순덕이는 일어나서 마루로 나가보고 싶어졌다.

삽분삽분 마루 앞까지 가서 살그머니 들여다보니 희미한 석유등불 아래서 청년과 정환이는 서로 얼크러져서 씨름을 하고 있는 것이 보이었다.

청년이 정환이를 타고 엎으러져 있는데 아래 깔린 정환는 사지를 버둥버둥하며 빠져나려고 애를 쓰고 있었다. 끙끙소리를 내면서 정환이는 들먹들먹하였으나 좀체로 청년의 포옹에서 벗어나지 못하는 것이었다.

순덕이로서는 남자간 이러는 꼴을 보는 것은 일생 처음이요, 하도 망칙스러워서 더 보고 있을 수가 없었으나 그러나 그렇다고 해서 또 그 꼴을 그대로 내버려 두고 그 자리를 떠나 버릴 수도 없어서 이일을 어찌하나 어찌하나하고 애만 태우고 있었다.

그때 마침 정환이가 한번 끙하고 큰 소리를 내더니 청년은 네 활개를 펴고 옆으로 벌떡 누워버리고 정환이는 날쌔게 몸을 일으키어 뛰어나왔다.

정환이가 비클비틀하면서 대문간방 자기 방으로 가는 것을 살작 뒤따라간 순덕이는 그 방문밖에 선채로 조용한 목소리로,

"그 사람이 그래 무슨 이야기를 합디가?"

밤에 쓰이는 역사

하고 물어보았다.

"아이구, 말두 말어요, 아주 개 같은 자식, 말은 무슨 말이야요, 그냥 술만 꿀걱 꿀걱 마시다간 날 끌어안군 강제루 내입에두 술을 퍼부어주구, 에, 내 참, 아지머니 나 술췌 죽겠습니다."

"아, 참, 미안하우, 그런데 그 사람이 지금 저 마루에서 잠이 든 모양인데 저걸 어짜오?"

"자빠져 자라구 내버려 두지요, 뭐. 술이 깨문 저두 체면이 있는 놈이라 문 살작 가버리겠지요. 그놈들은 야간통행증을 가지구 다닐테니깐 밤중 아무때라두 괜찮겠지요."

"그럼 그대루 내버려두어야 하나, 원, 그럼 있다가라두 나가는 기색이 보이거든 주무시는체 하구 가만 내비려두었다가 대문 밖으로 나서거들랑 대문을 도루 잘 걸도록 좀 유의해주시오."

"네, 네, 잘 알아요. 말하지 않어두……."

하면서 하품을 길게 하더니 금시 잠이 들었다.

순덕이는 자기 방으로 돌아가는 길에 마루를 들여다보니 청년은 되는대로 누워서 대들보가 울리도록 드렁드렁 코를 고는 소리가 들리었다.

138

자기 방으로 돌아온 순덕이는 애기 옆에 자리를 깔고 누웠다.

심신이 모두 너무나 피로하였다.

순덕이는 달아나고 있었다.

숨이 차고 목에서 쇗내가 나는 것을 참으면서 자꾸자꾸 뛰고 있었다.

자기 평생 처음 보는 울창한 산림 속 빼곡히 들어선 아름드리나무들을 이리저리 피하면서. 깔깔하고 가시 돋은 풀대를 막 헤치고 밟고하며 뛰기 때문에 팔이 찢겨지고 치마가 찢겨지고 맨발에서는 피가 나고 아팠다.

그러나 그는 그냥 뛰고 있었다. 그는 자기 바로 뒤에 무서운 곰 한마리가 따라오고 있다는 두려움에 사로잡혀서 그렇게 질겁을 하여 뛰고 있는 것이었다. 한 번도 뒤를 돌아다볼 경황도 없었으나 어쩔지 당장 곰의 앞발이 자기 뒷덜미를 덮치는 것 같은 공포에 떨면서 자꾸자꾸 뛰는 것이었다.

그러다가 그는 자기 바로 앞에 시내가 흐르고 있는 것을 발견하였다.

그 시내 바로 건너 쪽에 꿈에도 그리운 남편이 서 있는 것이 보이었다. 순덕이는 너무나 반가워서 소리를 질렀으나 목이 칵 막혀서 목소리가 나지를 않았다.

시내를 뛰어 넘으려고 하니 어느새 그 시내는 뒤로 물러갔다.

"여보, 여보!"

하고 아무리 소리를 질러도 소리가 나오지 않고 가슴이 답답하고 전신이 죄여들어는데 고약한 노린내가 확 끼치었다.

아! 곰의 냄새!

곰은 그를 덮치어 너머뜨려 놓고는 순덕이의 몸을 막 내리 누르는데 아무리 악을 써도 목소리가 나지를 아니하는 것이었다. 사지도 도무지 옴짝할 수가 없었다.

끈적끈적한 곰의 두꺼운 입술이 자기 입술에 달라붙어서 떨어지지 아니하고 얼굴을 아무리 돌리려고 하여도 돌릴 수가 통 없었다.

순덕이는 젓먹던 힘을 다 내서 남편을 불렀으나 그 소리가 자기 귀에도 들리지 않고 가슴이 탁 막혀서 기절을 할지경인데 번쩍 눈이 뜨이었다.

아, 무슨 꿈이, 이런 괴악한 꿈이 다 있을까?

그러나? 이게 꿈인가?

눈은 번쩍 떴음에 틀림없으나 역시 가슴은 무겁게 눌리워 있고 다리도 결박을 당한 것처럼 움직일 수 없고 두 팔도 무엇이 꽉 누르고 있는데 코로는 술찌꺼기 퀴퀴한 냄새가 들어오고 귀로는 거센 숨소리가 헐덕헐덕 들리었다.

아, 그럼, 역시 곰에게 붙잡혔는가?

그렇지 않으면 이게 대체 무슨 병일까?

그러자 번개처럼 자기가 지금 어떠한 지경에 달하고 있다는 것을 인식했다. 결국 이것은 곰이 아니고 사람이라는 것을,

'소리를 빽 지를까.'

하다가 스스로 안 된다 하고 입을 꼭 봉하였다. 자기가 외마디 소리를 지르기만 하면 바로 저쪽 광속 토굴에 숨어 있는 영덕이가 벼락같이 뛰어나와 구원해줄 것은 틀림없는 것이었다.

139

그러나 만일에 영덕이가 누님을 구원하려고 뛰어나오는 것은 그동안 그 고생하며 밤낮 숨어 있는 보람을 포기하는 것이 될 것이다. 더구나 정치보위부 놈을 건드리는 것은 섶을 지고 불로 뛰어드는 것과 같은 짓일 것이다.

'냉정해야 된다. 범의 꼬리를 잡더라도 정신을 차려야만 살 수 있다는 말처럼 당황하지 말고 극히 냉담하면서 묘한 꾀를 꾸며야 한다.'

하고 순덕이의 뇌신경은 그의 공포에 떠는 마음을 가다듬게 해주는 것이었다.

'힘으로 완력으로 항거한다는 것은 이루어질 리도 없는 일이요, 도리어 불리한 것이다.'

하고 그는 생각하였다.

기지[78] 꾀 침착한 슬기가 필요하다고 그는 느끼는 것이었다.

"비들기같이 순하고 뱀같이 슬기[79]거라."

하는 구를 읽었던 기억이 머리에 떠올랐다. 그렇다. 겉으로는 비들기처럼 유순하며 속으로는 독사를 품어야할 것이다.

그런데 일은 급했다. 자기가 기절하기 전에, 정신을 잃어버리기 전에, 기

---

78 특별하고 뛰어난 지혜.
79 사리를 바르게 판단하고 일을 잘 처리해 내는 재능.

진맥진해지기 전에 어서 빨리 계책을 써야 할 것이다 하고 생각되는 것이었다.

순덕이의 마음에 어떤 결심이 굳어지자 그의 머리는 또렷또렷해지고 자신만만해지었다.

이때까지 이를 악물고 전신에 힘을 주어 벌이고 있던 반항을 탁 풀자 남자는 이 이외의 일에 놀랐든지 그 억센 포옹이 훨신 느추어지었다.

순덕이는 정신을 다시 가다듬으면서 고요히 입을 열었다.

"아니, 안 되요. 동무, 이렇게 강제로 하는 것은……."

그리자 보위부 청년은 잠시 느추었던 사지를 도로 바싹 껴안으면서도 거의 애원하는 목소리로,

"여성동무, 동무, 동무, 오, 동무, 동무는 내 것이요. 내 것이야, 응, 내 말 알아듣소?"

"녜, 녜, 알아들어요. 숨이 답답해 죽겠으니 좀 풀어놔 주어요. 나두 각오해요. 그러나 오늘은, 지금은 안 되."

"왜? 어째서? 동무, 동무는 지금 내 손아귀에 들었으니깐 내 맘을 몰라주문 만사휴의요. 난 지금 돈두 싫구 오직 여성동무 당신만을, 응, 순덕 동무, 동무가 남편을 살리려문 지금 내 말을 순순히 들어주어야만 되, 난 돈두 싫구, 오직……."

"녜, 그이를 살리기 위하여서는 나는 내 목숨까지두 아끼지 않아요. 또 그리구 지금 당장[80] 내가 당신 힘에 눌리워서 강제루 당하문 당했지 별도리 없다는 것두 알구 있어요. 동무는 지금 나 또는 내 남편 생명의 열쇠를 쥐고 있다는 사실을 잘 알구 있어요. 그러나 동무 이삼 일간만 한 이틀 동안만……."

"왜, 왜 그러우? 무슨 일루?"

하고는 이 즘생은 다시 그 냄새 나는 입술을 순덕이 입술에 갖다 딱 누르고

---

80 원문에는 '당자'로 표기되어 있음.

막 비비대며 숨을 씩씩거리는 것이었다.

순덕이의 마음속에는 분노와 수치와 증오감이 부걱부걱 끓어올랏으나 그는 두 주먹을 아프도록 꼭 글어쥐고 한동안 이 즘생의 짓을 그대로 내버려두었다.

140

순덕이는 강철같이 굳은 의지로써 이 긴 일방적 키쓰가 끝나기를 기다리었다.

청년의 입술이 떨어져 나가자 순덕이는 길게 한숨을 쉬면서,

"동무, 동무는 결혼생활을 아직 해본 일이 없소?

하고 물었다.

"그건 왜 물우?"

"결혼생활을 해본 남자이면 안해를 건들이어서는 안 될 때가 있다는 걸……."

말이 채 끝나기 전에 청년은 물러나갔다. 잠시 후에 그는,

"아, 여성동무, 미안합니다. 그러나 동무가 언제든 나와 단둘이 몰래 만나겠다는 약속을 하기 전에는 나는 동무 남편의 일을 돌보아주기를 거절한다는 것을 알아야 합니다."

"다른 날에는 명령대루 복종하겠아오니 지금 조용히 점잖게 나가주서요, 네!"

"오, 어여쁜 동무, 그럼, 내 다시 올께."

하면서 보위부 청년은 나가버리었다.

절벅절벅하는 발자쥐 소리가 차차 멀어지는 것을 귀기우려 듣고 있던 순덕이는 대문이 열렸다가 닫기는 소리를 듣자 곧 일어나서 대문으로 가서 빗장을 찌르고는 마당 한가운데 뽐푸 우물로 가서 옷을 홀랑 벗어버리고 나서 우물물 빗물이 섞인 한독 물이 밑이 들어날 때까지 전신을 씻고 또 씻고 나서 그대로 제방으로 돌아가서 새 옷을 입고 자리에 누웠다.

눈물이 흘러내렸다.

순덕이는 쉴 새 없이 흘러내리는 눈물을 씻을 생각도 없이 벼개를 물어 뜯으면서 소리 없이 울었다.

하늘도 밤새도록 울음을 그치지 않고 주루룩 주루룩 실컷 우는 것이었다.

일변[81] 탄환 상자를 날르다가 조명탄에 놀라서 흐터진 근로대원들이 산까지 기어가서 아무 데나 쓰러져서 잠들었렸던 사람들 중 한 사람인 정학이가 잠을 깨여 눈을 떠보니 진흙 구덩이 속에 여러 명 사람들이 되는대로 이리눕고 저리누워 잠들을 자고 있는데 자기 품에 꼭 안기어서 아직도 자고 있는 사람을 자세히 들여다보니 나이 젊은 한 여자이었다.

아, 그렇게도 보드랍고 몰랑몰랑하고 따스하게 감촉되던 그것이 이 여자였고나 생각이 들어 이 여자의 얼굴을 자세히 보고 싶은 생각도 치밀었고 또 옆에서 아직 자고들 있는 사람들이 깰 때 자기가 이런 묘령여자를 안고 잔 것이 발견되면 부끄러운 생각이 나서 이 여자를 놓고 살그머니 자기 몸을 뒤로 빼는데 이 여자가 눈을 번쩍떳다.

이 여자는 정학이를 잠시 치어다보다가 갑자기 깔깔깔 웃으면서 냉큼 일어나 앉았다.

정학이는 이 여자가 웃는데 무색하기도 하고 멸시를 당한 것 같아서 기분이 상했으나 이 여자의 웃는 얼굴 매력에 홀리어서 입을 헤 벌리고 멍하니 바라다보니 그 여자는 더한층 자즈라지게 웃어대자 여러 사람들이 동시애 깨여서 우둑우둑[82] 일어나 앉았다.

아침은 청명하게 개여 언제 비가 내렸더냐 하는드시 맑은데 다른 사람들도 정학이를 치어다보면서 키득키득 웃는 것이었다. 정학이는 화가 나서,

"아, 왜들 이러는 거요?"

---

81 어느 한편.
82 좀 가볍게 행동하거나 무질서하게 일어나는 모양.

하고 고함을 질렀다.

141

사람들은 정학이 자기 얼굴을 손가락질하며 더욱더 웃어대는 것이었다. 그래서 정학이가 자기 손으로 얼굴을 문질러보니 무엇 미끈미끈한 감각이 있으므로 빡 긁어보니 그의 손에는 새깜한 감탕[83]이 한줌이나 묻어나는 것이었다.

그래 정학이는 인제는 남들이 웃는다고 항의하기커녕 자기도 따라 웃으면서 타올로 얼굴을 대고 딱고 있는데 그때,

"앗, 저것!"

하고 소리 지르는 사람이 있었다.

저쪽 산골짜기, 어제밤 밤새도록 탄환상자를 날라닥아 채곡채곡 재워놓은 그 계곡 상공에 비행기 두 쌍이 나타나서 그 은빛 날개를 아침 햇볕에 눈이 부시도록 번쩍거려가면서 계곡 위를 한바퀴 두바퀴 세바퀴 돌더니 넷째번에는 좀더멀리 날아갔다가 한 대가 앞서 급강하를 하며 앞으로는 불울 두번 세번 토하며 꽁무니로는 연기를 풀석풀석 뽑는 것이 보이더니 금시에 뿌우뿌우하는 소리와 연달아서 꽝꽝, 오렌지 빛깔 불길이 태양보다도 더 밝게 솟아오르며 식컴언 연기가 계곡 위으로 뭉게뭉게 피여 오르는 것이었다

비행기들은 삽시간에 시야 밖으로 스러져 없어졌는데 계속되는 폭파소리는 귀를 아프게 하는 것이었다.

정학이는 옆에 다른 사람들만 없었드라면 엉덩춤이라도 덩실덩실 추고 싶었다.

꽝꽝 토드락 톡탁 톡탁탁, 마치 오독도기와 폭죽이 뒤섞여 계속해 튀는 그 소리는 정학이 귀에는 이세상 가장 유명한다는 음악보다 더 좋게 들리는

---

83 갯가나 냇가 따위에 깔려 있는, 몹시 질어서 질퍽질퍽한 진흙.

것이었다. 아, 저 멀리 수만리 밖 쏘련서 북한까지 무엇에 실려왔는지는 모르나 북한 노예들이 내리우고 다시 싣고하여 조그만 배로 여기까지 갖다가 모래밭에 풀어놓고는 애매한 서울시민들을 강제로 동원하여 산속까지 깜쪽같이 감추노라고 한 그 수천수만 상자의 무기가 삽시간에 그처럼 재가 되어버리는 것을 목도하는 그는 어제밤 고생을 다 잊어버리고 이렇게도 통쾌한 장면을 가까이서 볼수 있다면 매일밤 근로동원을 나와도 상관없겠다는 생각이 났다.

정학이가 집에 돌아오자마자 반장은 돌아다니면서 집집마다 뜰에 자작 방공호를 파고 또 반원전체 합작으로 행길 인도에 삼십 자 간격을 두고 참호를 파라는 명령이었다.

"아−니 서울시민 반 이상을 강제로라두 타처로 전출시킨다구 으르렁대더니 빈집 빈거리에 무슨[84] 방공호가 필요해서 그러는 거요?"

하고 농담을 걸었더니 반장은,

"흥, 전출은 갑자기 중지했답니다."

하고 대답하였다.

"왜요?"

"우리 동리에서는 전출 나간 식구가 도무지 몇 집 안 되지만 빨갱이들이 □세하는 동에서는 셋방살이나 행낭살이[85]하는 가족들은 거의 전부 강제 전출시키면서 이북으로 가면 곧 취직도 할 수 있구 농토두 배당해준다구 여기서 알선의뢰서까지 일일이 써주어서 내보냈더랍니다. 그래서 그들이 우줄렁우줄렁[86] 고랑포까지 가서 강을 건넛더니 저쪽에서 괴뢰측이 전출이 무슨 전출이냐구, 우리두 지금 굶어죽을 판인데 절대로 받아들일 수 없다고 하여 무두 도루 이남으루 내쫓았답니다. 하, 하, 하."

<hr />

84 원문에는 '우슨'으로 표기되어 있다.
85 행낭살이. 남의 집 행랑에 살면서 대가로 그 집의 심부름이나 궂은일을 해주며 사는 일.
86 큰 물체가 굼실거리며 자꾸 움직이는 모양.

142

한 시간 후에 반장이 또 오더니 일간신문들이 거리에서 너무나 팔리지 않기 때문에 부득이 문화선전부를 통하여 각 반으로 강제로 배부하여 우선 반장이 일일이 통독한 후에 집 순서대로 뺑 돌리어 읽도록 하고 신문대금은 반장이 책임지고 거두어들이기로 되었으니 신문들이 돌아오거든 읽고 나서 세대주 도장을 각 신문 꼭대기에 찍고 그 다음 집으로 전해주어야 한다고 했다.

그리고는 三(삼)십분후에 반장이 또 오더니 오늘 해지기 전에 집집마다 방공시설을 완비하여 내일아침 내무서 임검 때 지장이 없도록 하여야 된다고 하였다. 가가 호호 문간에 비치해야만 되는 물품은 물 두 통, 모래 두 말, 가마니 열 장, 쇠갈구리 두 개, 새끼로 역은 도리깨[87] 두 개라고 하였다.

십 분 후에 반장이 또 오더니 쇠갈구리와 불끄는 도리깨는 지금 당장 통장 집으로 전부 가져다두라고 했다.

한 시간 후에 반장이 또 오더니 통장 집에 맡긴 비품 소유주를 명확히 하기 위하여 종이조각에 이름을 써서 가져다 붙이라고 하였다. 이름 쓴 종이를 가지고 통장 집으로 갔더니 그 비품들을 모두 초급인민위원회 사무실로 가져닥아 모아두라고 하였다.

그랬더니 한 시간 후에 또 반장이 와서 방공비품을 초급 인민위원회 사무실로 가져다두라는 지시는 오전이므로 지금 곧 모두 다 가서 그것들을 도루 찾아닥아 각기 대문간에 비치해두라고 하였다.

순덕이의 벙어리 냉가슴 앓이는 날이 갈수록 더해졌다.

임기응변을 일시 욕은 면하였지만 그 보위부 청년이 어떤 기회를 노려 어떤 방법으로 다시 달려들는지도 모르는 것으로 그놈이 고사포탄 파편에라도 맞아서 부상이나 했으면 좋으련만 하는 생각도 들었다.

길

87 곡식의 낟알을 떠는 데 쓰는 농구.

그러나 그리되면 남편을 구해낼 운동은 중지되어버릴 것이니, 이것이야말로 딜레마 이었다.

남편을 구해내기 위해서 정조까지 바친다면 이 사회는 그것을 열녀라고 칭송해줄 것인가?

이것이야말로 풀 수 없는 수수께끼요, 또 어디 누구한테 하소하거나 의논해 볼 성질의 것도 아니었다.

뿐만 아니라 비록 본의도 아니었고 또 창졸[88]간에 부득이 당한 일이기는 했으나 젊고 젊은 육체가 하도 오래간만에 남자의 포옹을 맛본 그 기억은 한편 더럽고 수치스럽게 생각이 되기는 하면서도 남편의 포옹이 미칠 듯이 그리워지였다.

더구나 자기 남편이외의 다른 남자도 자기 몸을 안아보고 싶어하는 사람이 있을 수 있다는 신비가 그의 호기심을 건들어놓았다.

그래서 늦도록 잠 못 들고 고민할 때에는 남편의 옷을 꺼내서 부둥켜안고 낮익은 체취에 취하려고 해보았으나 그것만으로 만족이 되지 않았다.

그러니 만일에 그 밉살스런 보위부 청년 말고 다른 어떤 사내가 자기를 유혹한다면 자기가 능히 그 유혹을 단연 물리칠 자신이 있겠는가 스스로 반문할 때 얼굴이 저절로 붉어지고,

'내가 이렇게도 음탕한 년인가.'

하는 부끄러움이 그를 괴롭히었다.

143

순덕이의 일상생활은 바늘방석에 앉아 있는 것 같았다.

혹시 정학 아즈버니를 만날 때 그가 유난히 자기를 유심히 바라다보는 것같이 느껴지어서 혹 자기 가슴속을 꿰뚫어 들여다보는 것이 아닐가 생각

---

88 미처 어찌할 사이 없이 매우 급작스러움.

되어 자연 외면하게 되었다.

이렇게 매일 송구스럽게 살 바에는 차라리 죽어버렸으면!

아! 죽어버렸으면! 죽어버렸으면?

죽고 말면 이런 고통, 무섬증, 양심의 가책, 자멸지심, 낙망……. 몸과 마음이 통째로 아무것도 감각할 수 없는 공허 속으로 도루 들어갈 것이 아닌가. 영원히, 영원한 잊어버림.

이 죽음에 대한 생각이 머리를 들게 되자 칠월 초에 들었던 자살 사건 이야기가 머리에 새삼스레 다시 떠올랐다.

괴뢰군이 입성한 이튿날[89] 신설동에서 생긴 자살 사건, 해방 후 이삼년 후에 월남하여 한약국을 경영하던 늙으니 내외가 둘이 다 독약을 먹고 자살했다는 소문이 쫙 퍼졌었다.

그 늙은 내외는 이북에 괴정권권이 수립되자 그의 두 아들이 공산정권 전복운동을 하는 애국청년단체에 가입했다가 발각되어 모두가 사형을 당하였다. 그 뒤로 부모들에게 대한 감시와 탄압에 못 견딘 두 내외는 三八(삼팔)선을 고생고생하며 넘어왔던 것이었다. 서울에 한약국을 내어 생계를 이어가고 있었다.

그 늙은 내외가 자살을 했다는 보고를 받은 인민군 사병들이 현장으로 달려가보니 두노인네가 나란히 누워서 잠든 듯이 죽어 있는데 영감 손에 종이 한 장이 쥐어서 있는 것을 발견하였다고. 괴뢰군장교가 그 종이 조각을 피어보니 그것은 죽은 노인의 유서인데 거기 쓰기를,

"누구든지 우리 두 사람의 시체를 발견하는 분에게 아뢰나이다. 나와 내 처는 그 악독한 공산당 놈들에게 쪼들리다가 구사일생으로 三八(삼팔)선을 넘어 왔더니 인제 그놈들이 이남까지 쫓아 왔으니 인제 우리는 어떤 선을 또 넘어야 살 수 있게 되겠읍니까? 오직 한 가지 선이 있습니다. 즉 황천으로 가는 길. 우리는 이 길을 택합니다. 우리 두 시체를 어떤 분이 발견하든

89 원문에는 '이틈날'이라고 표기되어 있음.

간에 그 백성의 피를 묻힌 빨갱이 놈들이 우리 몸에 그 더러운 손을 대지 못하도록 하고 묻어주시면 이 약국은 그분의 소유가 될것입니다."

이러한 유서를 읽은 괴뢰군 사병들은 성이 꼭두 끝까지 나서 이 죽은 사람들의 옆구리를 막 차면서 게두덜[90]거리며 나가더라고,

'응, 나두 그러한 유서를 써놓구 자살해버리문 그 개 같은 보위부 놈에게 보내는 복수가 될 것이 아닌가!'
하는 생각이 순덕이의 입가에 악마와 같은 잔인한 웃음을 떠오르게 하였다.

순덕이가 단골로 다니던 약국은 별로 멀지 않았으나 순덕이가 거기까지 가는데 두 시간이나 걸렸다. 공습경보에 걸리기 때문에.

공습은 매일같이 있었으나 그 폭격 목표 귀신같이 정확했고 거리에 군복 입은 사람이 단 한 사람이라도 번뜻하면 번개처럼 빠른 젯트기는 귀청이 떠나갈 듯한 쇠소리를 내면서 급강하여 기총소사를 하지마는 흰옷입은 민간인은 도무지 건드리는 일이 없는데도 불구하고 이것도 무슨 심리전술의 한 종류인지 공습경보만 내리면 비행기가 보이건 안 보이건 일반인들도 꼼짝 못하도록 골목속이나 처마 밑에 붙잡아 두는 것이었다.

<h1 style="text-align:center">144</h1>

약방주인과 꾀 오래동안 승갱이를 한 끝에 겨우 독약 한 봉지를 사서 허리춤 속에 넣고 순덕이는 약방 문밖을 나섰다.

공습 싸이렌이 하도 자주 우니까 방금 또 불었는지 안 불었는지 알 수 없었으나 바로 머리 위에서 쇳소리가 나는 고로 문득 걸음을 멈추고 치어다보니 젯트기 한 대가 바로 머리 위에서 비스듬이 누으면서 급강하며 바로 순덕이 집을 향하여 불을 토하는 것을 순덕이는 보았다.

---

90 굵고 거친 목소리로 자꾸 불평을 늘어음.

순덕이는 자지러지게 놀랏다.

벌써 며칠 전부터 사직공원에 놈들이 까소링 드럼들을 숨격[91] 쌓아놓은 것이 있어서 온동리 사람들이 위태위태하다고 모두가 염려를 하고 있었었다.

또 그리고 순덕의 집 바로 길 맞은편에 있는 창고에는 놈들이 민가를 삿삿이 뒤지어서 빼앗은 재봉틀을 수십 대 놓고 인민군 동복을 만들고 있었다.

그런데 유엔군 비행대는 어떻게 아는지 그런 군복 만드는 공장을 하나씩 하나씩 골고루 때렸다. 애국청년들이 지하실에 숨어서 일일이 무전으로 알려주는 것이라고 하기도 하고 혹은 어떤집 뜰에 빨래를 널적에 어떤 모양으로 널면 무슨 뜻이라는 걸 정찰기가 지나가면서 사진을 찍어 폭격목표를 알게 된다느니 하는 풍설이 많이 돌았다.

순덕인가 제 눈으로 직접 보지 못한 이상 꼭 알 수는 없었으나 그러나 요새 며칠 밤마다 비행기가 사직동 근방을 돌기만하면 여기저기서 신호탄이 올라가는 것은 그도 목격하였는데 어떤때는 노란빛, 어떤때는 빨강빛 또 어떤때는 파란빛 신호탄이 하늘높이 올라갔다가는 깜빡 스러지군하는 것을 그는 보았다.

그 별다른 색갈이 무엇을 의미하는지는 모르지만 하여튼 이 근방에 폭격목표물이 있다는 신호이리라고 짐작되는 것이었다.
하여튼 폭탄이 사직공원에 떨어지든지 또는 맞은 집 피복공장에 떨어지든지 하면 그 근방집들이 너무나 촘촘히 붙어 있기 때문에 자기 동리는 결단이 날것이라고 모두들 가슴을 조이고 있었던 것이었다.

순덕이는 바로 자기 집이라고 보이는 곳에서 시뻘건 불길이 충천[92]하는 것을 보았다.

길

91 '숨겨'의 오기로 보임.
92 하늘 높이 오름.

아! 애기! 애기를 누가 건사해줄까?

자위대 사람들이 대고 처마 밑으로 들어서라고 고래고래 소리지르는 것도 순덕의 귀에는 아무런 감응도 주지 않았다°

단지 애기, 애기! 애기가 발버둥치며 우는 꼴이 눈앞에 선할[93] 따름.

뜰 안의 방공호는 벌써 완성되어 있었다. 뜰 한가운데 열자 깊이 파고 위에는 석자두께의 흙 글 펴고 그리고도 안심이 안 되어서 겨울이불을 전부 꺼내서 겹겹이 그 위에 덮어놓았다.

그러나 노망이 들려서 세상이 어떻게 돌아가는 것을 통 모르는 노할머니는 노상,

"원, 참. 별일 두 다 있군. 아—니 이불을 말릴래문 줄에다 걸어놓아야지 흙바닥 위에닥아 펴놓으문 이불은 무슨 꼴이 되노."

하면서 한사코 이불들을 걷어서 방안으로 들여가군 하는 것이었다.

순덕이는 미친 사람처럼 뛰어갔다.

치마허리가 내려져서 질질 끌리는 것도 인식 못하고 언제 고무신 한 짝이 벗겨 달아났는지 한 발엔 고무신을 끌고 한발은 맨발로 그냥 자꾸자꾸 뛰어갔다.

하늘로는 시컴언 연기가 무럭무럭 피어오르는 것만 바라다보면서 허둥지둥 뛰어갔다.

바로 귓가에서는 애기가 엄마를 찾으면서 우는 소리만이 들리는 듯하였다.

---

93 원문에는 '서언할'이라고 표기되어 있음.

생지옥

145

괴뢰군이 관리하고 있는 병원들은 날이 갈수록 야전병원'이란 명목은 없어지고 생지옥으로 변해갔다.

부상병들은 자꾸자꾸 계속해 들이밀리는데 요새 며칠째는 그들 모두가 대구근교 팔공산격전에서 부상당했노라고들 하는 것이었다.

부상당한 후 며칠 동안 무엇을 얻어 타고 왔는지 혹은 걸어왔는지 모르나 그들이 병원에 도착된 때는 모두가 먼지투성이요, 호박잎으로 덮고 누더기로 쳐맨 상처에는 구데기가 우글우글 끓고 악취가 났으나 인제는 약품할당이 너무나 줄어들었기 때문에 장교급 부상병 치료분도 모자라는 형편이므로 졸병들에게는 할 수 없이 그냥 소금물로 상처를 씻어주고는 광목조각으로 덮고 반창고를 붙여주는 것이 '치료'의 전부이었다.

그러니 상병들은 아파 죽겠다고 진통제를 놓아달라고 아우성을 치는데 나중에는 할 수 없어서 간호원들이 증류수를 주사기에 조금씩 넣어서 주사해주는 도리밖에 없었다.

그런데 이 증류수가 그렇게도 진통에 효력을 내는 기적에 의사나 간호원

1　싸움터에서 생기는 부상병을 일시적으로 수용하고 치료하기 위하여 전투 지역에서 가까운 후방에 설치하는 병원.

들이 모두 놀라지 않을 수 없었다.

방의관 의사는 최정헌 의사더러,

'증류수의 효능'이란 제목으로 논문을 써서 노벨상을 받을 수가 생겼다고 웃음의 소리까지 하였다.

금방 죽는드시 악을 쓰던 애숭이 인민군 아이들이 증류수 주사를 맞고는 금방 아픔이 멎어서 〈김일성 장군의 노래〉를 부르는 것을 볼 때 한편 밉살스럽기도 하면서 또한 가엽기도 하였다.

"아마, 공산주의는 아편인가 보아."

하고 말 하는 의사도 있었다.

이놈들이 심심하면 독창 또는 합창으로 부르는 노래는 이 〈김일성 장군의 노래〉 한 가지뿐이어서 의사들과 간호원들도 하도 들어나니 그 곡조나 가사를 다 외일 수 있게 되었는데 그 가사나 곡조가 다 젊은 사람들의 기상을 고취하는 데 무척 효과가 있도록 잘 되어 있다는 것을 인정 아니할 수 없었다.

가끔 이북 연극단 또는 음악단 또 그리고 쏘련영화를 가진 사람들이 와서 상병[2] 환자 위문 공연을 하게 되면 병원 직원들까지도 그 구경이 강제로 되어 있기 때문에 그들의 이중성격과 가면생활은 날이 갈수록 더 굳어지는 것이었다.

그래서 어떤 환자가 아파서 죽겠다고 발악을 하면 간호원장은,

"자, 위안주사 한 대."

하고 소리지르면 간호원들은 키득키득 웃으면서 증류수 주사를 놓아주면 금시금시 효과가 나는 것이었다.

정헌이가 이 병원 직원 중 남로당 또는 북로당 세포가운데 자기네끼리 심각한 내분과 갈등이 있다는 것을 짐작하기는 벌써 오래전부터이었다. 뿐만 아니라 입원환자 중에도 피차 감정이 잠재해있고 때로는 폭발되는 때가

---

2   전쟁에 나가 부상당한 병사.

생지옥

285

많이 있었다.

같은 공산당원 중에서도 북로당원이 남로당원을 깔보고 무시하기 때문에 남로당원들은 불만을 품고 있어서 혹시는 남로당원들이 싸브타주[3]에 가까운 행동까지 하는 것을 그는 보았다.

또 같은 남로당 직장 세포 간에도 세력다툼과 시기 갈등이 심해서 서로서로 제일선 야전병원으로 나가게 될때 자기소속 세포원을 될 수 있는 대로 빼놓고 다른 세포에서 보내도록 하려고 별별 공작을 다하고 있다는 사실까지 발견하였다.

146

입원환자 중에 이십세 이상 남자들 중에는 만주에서 중공군에 편입되어 일본군과 싸웠다는 것을 큰 자랑으로 내세워서 어깨를 재면서 八·一五(팔·일오)해방후 북한에서 훈련만 받다가 이번 처음으로 실전에 나선 애숭이 인민군들을 노골적으로 멸시하고 천대하는 것이었다.

그래서 이 애숭이 군인들은 또 자기네대로 열패감에 사로잡혀서 암암리에 적개심을 품고 있는 것이었다.

또 북한에서 강제로 붙잡혀온 소위 "의용군은 인민군과는 판이하여" 〈김일성 장군의 노래〉도 잘 안 부르고 꾀병을 해서라도 될 수 있는 데로 병원에 오래 있으려고 애를 바락바락 쓰는 것이었다.

며칠 전부터 새로 병원대문 파수를 보는 보초병은 총멘 모양이 어찌 어색한데 보초를 섰을때는 유행가를 연속 계속해 부르고 교대되면 이리저리 싸다니면서 만나는 여자에게마다 '모숀'[4]을 걸었다.

어떤 간호학생이 이 보초의 소문을 퍼뜨렸는데 그는 인민군도 아니고 의

길

3 Sabotage : 태업(怠業).
4 구애를 위한 예비적인 행위.

용군도 아니요 평양 악극단 가수이라고 하는 것이었다.

어떤 날 지방 순회공연을 떠날 터이니 단원들은 모두 집합하라고 통고를 받고 악기를 정돈해 추럭 위에 올라탔더니 추럭은 자꾸만 달리어 난데없이 서울까지 오더니 옷을 다 벗기고 군복을 억지로 입혀서 생전 쥐어도 못 본 총을 갑짜기 메고 보초로 서게 되었노라고 툴툴하더라는 것이었다.

복순이를 매일 달달 복던 턱 떨어진 부상 장교의 병세는 더하지도 않고 나어가지도 않고 그냥 그만하고 있어서 복순이는 아주 진절머리가 났는데 하루아침에는 그는 이날부터는 제 삼호 특별실 입원환자를 간호하라는 명령을 받았다.

복순이는 긴 한숨이 저절로 나왔다.

복순이가 간호 특별실 문을 열고 들어서다가 그는 자즈러지게 놀라서 우뚝 섰다.

그 방에 누워 있는 환자는 얼굴전체를 흰 마스크로 감춘 유령 같은 형상이었다. 조심조심 가까이 가서 들여다보니 두 눈이 있는데만 구멍을 뚫어 놓았는데 그 구멍에서 멍하니 내다보고 있는 두 눈동자를 볼 때 그는 한 번 더 놀랐다.

그 두 눈동자는 자기가 지나간 근 두 달 동안이나 잊어버리지 못하고 있던 그 눈이었던 것이다. 그러나 이 한쌍의 눈은 두 달 전 아랫층 병실에서 서로 닭싸움 하듯 노려볼 때의 그 광채는 없어지고 텅 빈 것 같은 무표정한 눈동자이었다.

복순이는 혹시 자기 착각이 아닌가 싶어서 챠트를 들여다보니 거기에는 분명 박동길 성명 삼자가 기록되어 있는 것이었다.

이때 복순이는 또 한 번 흠칫 놀랐다. 그것은 그때,

"복순씨!"

하고 애절하게 부르는 남자 목소리를 들었던 것이다.

복순이가 홱 고개를 돌리어 환자 쪽을 보니 입이 있을 듯한 곳이 달싹달싹하며,

생지옥

"복순씨 나를 기억하시겠어요? 십 년 전……."

복순이는 갑자기 무엇이라고 대답할는지를 몰라서 고개만 까닥이었다.

어렸을 때 만날 같이 놀던 이웃집 동무, 때로는 짓구진 장난을 하면서도 또 매우 상냥스럽던 그 애가 어느새 자라서 괴뢰군 군인이 되었으며 또 얼마나 높은 계급을 가졌기에 이렇게 특별병실에 입원이 되었을가?

147

이때 한 간호부가 나타나서 복순이를 감독관이 부른다고 해서 병실을 나왔다.

감독관은,

"지금 동무가 특무로 맡게 된 환자는 용감무쌍한 비행사요." 하고 소개하고 나서 그 비행사가 "조선인민 해방과 조국통일"을 위하여 얼마나 용감히 싸우다가 불행히 적기 포에 명중되어 추락"되었다고 설명하고 몸은 살았으나 전신이 다 타고 얼굴까지 홀딱 탓기 때문에 특별 명심하여 간호하지 않으면 안 된다고 신신당부하는 것이었다.

복순이는 머리가 너무나 복잡해져서 계통선 생각을 지속할 수가 없게 되고 자가당착⁵과 모순에 고민하지 아니할 수없게 되었다.

철모르는 아이 때 얘얘 하며 싸우기도 하고 편역⁶들어주기도 하며 놀던 동무…….

십 년이란 세월은 이러한 변동을 가져올 수 있는 긴 세월이었던가!

그가 괴뢰군 비행사가 되어 국군을 몇 명이나 살상했을 것인가!

"미운놈이다. 원수다!"

하고 중얼거리었으나 그 목소리는 자기자신의 귀에도 실감이 없었다. 더구

---

5 같은 사람의 말이나 행동이 앞뒤가 서로 맞지 아니하고 모순됨.

6 옳고 그름에는 관계없이 무조건 한쪽 편을 들어주는 일. 역성.

나 복순이 자기는 환자를 무차별 간호해주어야 하는 천직을 가진 백의의 천사가 아닌가. 아 무슨 악학한 운명일가?

누구 때문에?

아 아 누구 때문에?

풀 수없는 수수꺼끼이었다.

복순이는 의자에 걸터앉아서 동길이의 눈을 바라다보았다. 동길이의 눈은 아무런 표정도 없이 마주보고 있는 것이었다.

아니 동길이는 지금 복순이 자기를 보고 있는 것이 아니라 바로 복순이 등 뒤로 보이는 벽에 걸린 김일성의 사진을 응시하고 있는 것이 아닌가 하고 생각되기도 하였다.

복순이는 저도 모르는 사이에 목이 메이는 것을 감각하였다.

복순이는 동길이를 불상하다고 생각하는 것일가? 만일 그렇다면 자기 오빠와 서로 원수가 되어 한사[7]하고 싸워온 이 동길이를 동정한다는 것은 용허될 수 있는 것일가?

복순이는 더 생각하기를 거절하였다.

자기 가슴에 그 어떠한 감정이 교차되든 간에 불고하고 자기는 간호원 직책만 완수하면 그뿐이 아닌가!

어떤 날 아침 괴뢰군공군령관이 친히 동길이의 병석을 꽃다발을 들고 와서 방문하였다.

이 전신화상을 입은 비행사는 소위 민주주의 조선인민공화국 최고인민위원장으로부터 '영웅'의 칭호가 내렸다는 소식을 전하려 왔노라고 하였다.

이 전언을 듣는 동길이의 눈에는 아무런 표정도 나타나지 않았다.

이 젊은 '영웅'이 이러한 최고 훈장을 받고 감격하는지 놀랐는지 또 혹은 귀찮아하는지 짐작할 수가 없었다. 설사 얼굴을 뒤덮은 마스크를 벗겨준다

---

7 죽기를 각오함.

한들 불에 데어서 우굴쭈굴해진 얼굴 근육에 그 어떠한 표정이 나타날 도리가 있었을 것이냐!

공군사령관이 물러나아가자 즉시 환자는 혼수상태에 들어갔다.

좀 있더니 그는 잠꼬대를 시작하였다. 처음에는 무엇이라고 하는지 똑알아들을 수 없었으나 차차 그의 목소리는 똑똑해졌다.

148

혼수 상태에 든 박동길은 똑똑한 목소리로,

"아, 아, 복순아 복순아 너는 그동안 자라나서 천사처럼 예뻐졌구나. 아, 나는, 나는 그 많은 간호원 중에서 바로 네가 내 간호를 맡게 되었으니 행운이다. 오, 오, 가지 말어. 가지 말어. 내가 해라를 한다구 골이 났나? 그래두 해라를 하는 것이 더 정다운걸. 너두 나보구 해라를 해주렴아. 아, 가지 말어. 난 무서워."

복순이는 부지중,

"응, 내 안 갈게"

하고 대답하였다. 환자는 복순이의 말을 들었는지 못 들었는지,

"난 금방 죽을 거야. 내 동무들을 다 잃어버리구 나 혼자 남아서 살문 뭘하구 영웅이 다 무슨 소용이야……. 아, 아, 복순이 내 말 좀 똑똑히 들어봐. 내가 복순이까지 속일 수야 있나? 그건 사실이야. 신문에서 제 아무리 남반부가 북벌을 먼저 시작했다구 떠들어 싸두 그건 모두 거짓소리야. 김일성 장군이 언재든지 명령□□□ 곧 출격할 수 있는 태세를 취하라구 명령을 내린 건 벌써 일년 전이었구. 벌써 삼월 달부터 군대를 몰래몰래 三八(삼팔)선으루 이동시켜서 토치카[8] 속에 숨겨두었어……. 응, 응, 북반부 지도자들은 내내 우리를 속여 왔어. 놈들은 장담하기를 남침만 하문야 이주일 이내

8 콘크리트, 흙주머니 따위로 단단하게 쌓은 사격 진지.

에 서울을 해방시키구 그리되문 국방군은 모두가 돌아서서 인민군대에 가담할 것이구 또 남반부 괴뢰정권 하에서 신음하던 인민들도 총궐기할 것이며 남반부 방방곡곡에 잠복해 있는 우리 게릴라들이 호응해서 불과 三(삼)주일 이내에 조국통일은 완수된다구 우리들을 꼬였어. 우리는 놈들의 말을 꼭 믿었거던. 놈들은 우리 빈약한 비행대보담 몇 천 배나 더 많은 미국 비행기가 대항해 싸우러 올 것은 말하지 □□지 □□ □□□ 국방군은 비행기를 한 대두 소유하지 못했다는 이야기, 또 그리구 위대한 쏘련이 비행기 천대를 응원해주기루 약속이 되어 있다구 우리를 끝끝내 속여 왔어―아, 분해, 원통해―아, 복순이, 복순이!"

이 긴 독백을 듣고 앉아 있던 복순이는 무어라고 형용할 수 없는 착잡한 감정을 느끼었다. 동요하는 가슴을 억제하며 조용히 듣고만 있다가 동길이가 고즈낙한 숨을 쉬며 다시 깊은 잠에 빠진 것을 오래오래 드려다 보고 있다가 길게 한숨을 쉬며 혼자말로,

"아, 가련하구 불상한 우리 민족! 무모하구두 염치없는 소위 지도자들한테 알뜰이 속아가지고 뛰어나와서 죽는 어리석은 청년들. 그 지도자들은 푹신한 안락의자에 앉아서 호의호식하여 양□지처럼 살이 찌는 동안 가련하구 미련한 청년들은 개죽음을 하구. 아― 이 무슨 괴팍한 운명일구―"
하고 자탄하면서 눈을 가리고 울었다.

한참 후에 복순이는 아래층으로 내려가서 세수를 하고 순영이를 찾았다.

순영이는 언제나 명랑하였다.

순영이가 언제나 감추어 두었던 건빵, 달걀, 과일□속을 씹으면서 졸병 환자들이 매일 같이 저질르는 우습고도 기막힌 에피쏘―드들을 줏어 섬길 때 복순이의 마음도 어느덧 가을하늘처럼 명랑해지는 것이었다.

149

사직동 공원이 폭격을 맞는 날 바람이 정학이네 집 반대쪽으로 불었기

때문에 정학이네 집은 유리창 몇 개 깨지는 손해 밖에 더 안 보았다.

국월달⁹이 들어서자 날은 무척 짧아지고 날씨도 당당히 시원해졌다.

하루는 반장이 찾아오더니,

"말씀드리기는 참 거북하나 인민군 겨울군복 누비는 일이 우리 반으로 오십 벌이 할당되었는데 미안하지만 댁에서도 몇 벌 맡아주셔야 겠습니다. 천과 솜은 갖다주구 댁에서는 실과 바늘을 내서 누비면 되는데 잘 누비는 여자는 하루 한 벌은 누빈다구 합디다만."

"하, 그것 참. 그러나 우리 집에는 여자라군 제수님 하나뿐인데―"

"아, 잘 알았습니다. 더구나 남편을 잃구 상심해 있는 그더러 원수의 군복을 누비라는건 도저히……. 그러나 이거 참 반장질 해먹기두 여간일이 아닙니다. 이 군복을 일주일내로 완수 못 하면 반장을 면직시키구 딴¹⁰ 반장을 뽑는다구 하니 내가 무어 이 반장질이 굳이 하구 싶어서 그러는 것이 아니라 그래두 만일에 빨갱이 손에 반장 직이 들어가는 날에는……."

"아, 옳은 말씀입니다. 누구 싹 받구 대신해줄 여인네가 없을가요."

"그야 많이 있지오."

"그럼, 좀 싸게나 해주시구 누구한테 대신 마껴주셨으문―"

"그럼, 그건 그렇고, 또 한 가지, 이건 우리끼리 이야기입니다만 이제 앞으로 만 오십 세까지의 남자는 모두다 육개월 장기간 근로동원으로 뽑혀나가게 될 터인데 아마 눈치가 이북으루 실어다가 강제노동을 시킬 것 같습니다."

"아―니 무어요?"

"그러기 말이지오. 인제 다 죽었어요, 죽어. 내 최 선생한테만 말이지만 지금 곧 민청으루 가서 자위대에 입대하두룩 하세요. 내가 최 선생 사정을 잘 알기 때문에 우리 반으로 자위대원 할당이 꼭 두 명 밖에 안 나왔는데 최 선생하구 저 윤선생하구 두 분 성명을 적어서 보고했으니 지금 곧 가서

---

9   국화꽃이 피는 달이라는 뜻으로, 음력 9월을 달리 이르는 말.
10   원문에는 '땀'으로 표기되어 있음.

서 입대수속을 하시도록 하는 것이 좋겠습니다. 어디 별 수 있습니까? 자위대에 입대하고 난후 인민위원회에서 근로동원 나오라고 통지가 나오거덜랑 이미 자위대원이 되었기 때문에 몸을 뺄 수가 없다구 똑 잡아떼야 됩니다.”

“그런데 그 자위대를 갑짜기 늘류는 이유는 어데있오?”

“서울시를 지키는 임무인데 오늘 중으로 각 동 자위대 조직이 완료되면 곧 순번을 짜서 우리 동 요소요소에 밤새워 보초를 세울 계획입니다. 그래서 통행금지 시간 중에 몰래 나다니는 반동분자 단속두 할 겸 신호탄 올려 보내는 집을 적발하기두 할 겸 또 혹 미군 낙하산 부대가 내려오문 때려잡으라는 것입니다.”

며칠 후에 최정학이에게는 자위대 출동 나무 패쪽이 전달되었다.

밤샘을 해서 보초를 선다고 하니 밤중에 시장하리라고 해서 밀기울 떡 서너 개를 신문지에 싸들고 겨울내복 웃저고리를 껴입고 자위대 본부로 나아갔다.

150

밤 아홉 시 정각에 본부에서는 출동한 대원의 호명을 끝낸 후 세 사람씩 짝을 지어 제 몇 초소 몇 초소로 가서 파수를 서라고 지시가 내렸다.

매 짝마다 기―단 장대 한 개씩을 ‘무기’로 주고 길을 지나가는 사람마다,

“누구요?”

소리를 질러 멈추게 하고,

“손들엇.”

하고는 몸을 뒤져본 후 초소에 억류하였다가 감시원이 순을 돌때 그 신분을 넘기어주어야 한다고 하는 것이었다.

정학이는 나이 한 사십 났을 사람과 열네 살 난 소년(자기 아버지가 아파서 대신 왔노라고 하는)과 한패가 되어 제삼 초소를 지키게 되었다.

이 제삼 초소는 마침 소년의 집 근처이었으므로 그가 자기 집으로 들어가서 가마니 한 장과 교의[11] 한 개를 내왔다. 그 소년의 말은 한 사람은 서서 망을 보고 한 사람은 앉아서 망을 보고 한 사람은 가마니에 누어서 자며 번갈아[12] 자리를 바꾼다는 묘안이었다.

가을은 '천고마비'라는 표현 그대로 하늘은 높고 별은 총총하였다.

밤이 들자 날씨는 상당히 싸늘해졋다.

정학이는 겨울내의를 입고 나와서 좋았으나 홋고이적삼 바람으로 나온 사람은 저녁도 굶고 나왔는데 날씨까지 차 들어오니 큰일 났다고 두덜거리고[13] 소년은 잠시도 간만히[14] 있지 못하고 까불며 돌아다넛다.

저녁 굶고 나왔다는 사람이 하도 투덜거리어서 정학이는 밀기울 떡을 그와 함께 노나 먹었다.

인적은 끊지고 밤은 깊어갔다.

재잘거리던 아이놈은 가마니뙤기 위에 누어 잠이 든 모양이고 정학이는 교의에 앉아 졸고 있는데 홋옷입고 나온 사람은 배도 고프고 담배도 피고 싶고 칩기만하다[15]고 게두덜거리면서 왔다갔다했다.

"이렇게 배가 몹시 고풀적엔 담배라두 한 대 피면 행결 낳은데."
하고 중얼거리면서도 석냥을 그을 엄두는 못 내고 있는 것이었다. 초불 한 자루 석유불 한 등을 켜놓았다가 그 집 일가가 직격탄을 맞아 죽사했다는 소문이 여러 번 쫙 퍼져 있는 것이었다.

아니나 다르리. 비행기소리가 요란히 들려오자 이어 고사포 쏘는 소리가 꽝꽝 들리었다. 이 소리에 잠이 깻는지 소년이 호닥딱 일어나더니,

"흥, 왜정 때는 왜놈들이 탐조등으로 이리 비최고 져리 비최어 비행기를 보이도록 하면서 고사포를 쏘아두 비행기 한 대두 못 떨어뜨렸는데 이 바보

---

11 의자.
12 원문에는 '번갈가'로 표기되어 있음.
13 남이 알아듣기 어려울 정도의 낮은 목소리로 자꾸 불평을 하고.
14 '가만히'의 오기로 보임.
길 15 '칩다'. '춥다'의 방언.

294

새끼들이 방향두없이 허투루 올려 쏘니 참, 미친놈이야.”

하고 말하니 배고프고 칩다는 사람이,

　“아, 요놈아, 행길에서 그런 소리하다가는 너뿐 아니라 네 부모두 모두 다 몰살을 당한다. 괘니 그 주둥이 좀 닫혀라.”

하고 꾸짖었다.

　밤이 몇 시나 되었는지 — 텅비인 길가에 셋이서 앉았다 섰다 거닐다 하고 있으니 시간은 달팽이 거름보다도 더 느린 것 같았다.

　마른 번개질이 시작되었다.

　하늘에는 구름 한 점 없이 별이 총총하고 은하수가 뚜렸이 보이는데 서쪽하늘에서 번개가 번쩍하더니 연달아 동쪽 남쪽에서도 번쩍번쩍 하는데 그 번개들이 얼마나 먼지 아무리 귀를 기우리어도 우뢰소리는 들리지가 않았다.

151

　동서남쪽 하늘에서 번개는 쉴 새 없이 번쩍거리면서도 천둥소리는 도무지 안 들려오니 이것이 혹 대포불이 아닐가 하고 속으로 생각 하면서 정학이는 혼자말처럼,

　“아— 니, 이렇게 마른 번개질이 저렇게 오래 계속되니 이런 번개질은 일생 처음보는 일이다.”

하고 중얼 거리었더니 아이놈이,

　“원, 아저씨두, 저게 마른번개가 아니라 함포사격입니다. 벌써 며칠밤새 밤마다 저러는데요. 아저씬 그걸 모르서요? 바다 밖 멀리서 드려 쏘기 때문에 불은 보여두 소리는 안들려요.”

　두 장년은 이 소년의 설명을 들었는지 못 들었는지 아무 대꾸도 아니하고 묵묵히 번개질하는 하늘만 치어다보고 있었다. 아이놈은 솔직해서 재잘거리지만은 어른들□ □□ □□ □는 것이었다.

정학이가 누을 차례가 되어서 가마니때기 위에 번듯 누어서 삼면 하늘에서 계속 번쩍거리는 불빛을 희망과 기대가 가득 찬 눈으로 바라다보고 있다가 소르르 잠이 들었다.

정학이는 케익을 먹고 있었다. 맷돌만큼 큰 케익을 뚝뚝 뜯어서 막 먹어대는데 그 맛이란, 흠! 아무리 뜯어 먹어도 그 케익은 그냥 통채로 있었다. 그는 게걸이 들려서 아모리 먹어도 없어지지 않는 케익을 입안에 가득가득 넣어 먹고 있는 중 고함소리에 그는 잠을 펏덕 깨었다.

"손 들엇."

하는 고함 소리,

정학이가 일어나 앉으며 보니 길 저쪽으로 흰옷 입은 사람 하나이 걸어오고 있는 것이 보이었다.

"손 들엇. 안 들면 쏜다."

하고 소년이 또 소리 질렀다. 아이놈은 이렇게 소리지르는 것이 재미가 있는 모양이었다.

흰 형체는 멈춧 서드니 늙은이의 목소리로,

"아, 참, 미안합니다. 난 지금 시장에 가면 혹 빈대떡이라두 있을가 하구 가는 길입니다."

"아―니, 지금 몇신데요?"

"새벽 한 십니다."

"아―니, 새벽 한 시에 빈대덕 파는 집이 어디있겠오."

"그래두 가봐야지오. 방금 내 자식들이 배가 고프다구 잠두 안자구 자꾸 울구 있는데, 지금 당장 그 애들 빈대떡이라두 멕이지 못하문 동트기 전에 모두 죽을가바 겁이 나서 그래요."

이때 배고포고 칩다는 사람이,

"아, 여보 당신 정신이 나갔오? 오전 한시에 먹을 걸 파는 가개가 어디가 있겠오. 원!"

"글세, 나두 혼이 빠진 모양입니다만 □□□죽는□ 그냥 가만히 앉어서 그대루 볼수야있오?

아무것이라두—"

"그래두 여보시오. 우리는 지금 여기서 밤새두룩 지키는 책임을 맡은 사람인데 당신을 그냥 통과시켰다가 만일에 순찰대한데 들키는 날에는 당신은 내무서로 끌려 갈것이오. 우리두 처벌 을 받게 될 것이니 안□요. 그만한 건 당신두 잘 알구있을 테면서."

"네, 나두 잘 알아요. 그러나 어린것들을……."

"아—니, 누군 배 안 고픈 줄 아우? 지금 당장 나두 배가 고파 죽을 지경으루 서 있는데. 자 그럼 당신 이리와 서시오. 우리는 당신을 이 자리에 억류시킬 □□를 가진 사람이오."

"네, 그럼, 미안합니다. 집으루 돌우 가겠습니다."

하면서도 머못머못하고 있었다.

152

이때 정학이는,

"존장[16]님, 존장님 사정은 우리두 잘 이해할 수 있습니다. 동병상린[17]이라구요. 그러나 잘 아시다싶이 통행금지 시간 중에는 군 용무 이외에는 누구나 막논하구 길을 다니다가 발각되면 내무서로 넘긴다는 걸 잘 알구 있지 않습니까? 설사 우리가 존장님을 동정해서 이곳을 통과시켜드린다 할지라도 요 다음 초소에 가서 억류되게 될 것입니다. 그러니 더 주저하지 말구 순찰대가 오기 전에 얼른 댁으로 돌아가주세요. 아이들은 물을 먹이세요. 인제 네 시간밖에 안 남았으니 물을 먹이면 그때까지 죽지는 않을 것입니다. 네!"

---

16 지위가 자기보다 높은 사람을 높여 이르는 말.
17 '동병상련'의 오기. 같은 병을 앓는 사람끼리 서로 가엾게 여긴다는 뜻으로, 어려운 처지에 있는 사람끼리 서로 가엾게 여김을 이르는 말.

노인은 허리를 굽혀 절을 하면서,

"아, 이 선생님, 참 고맙습니다. 네! 집으루 갑지오."

하고는 돌아서서 저쪽 어둠 속으로 살아지고 말았다.

아이들이 뼈만 남은 여윈 손으로 물그릇을 붓는 광경이 정학이 눈앞에 선히 나타났다. 남의 일 같지가 않은 것이었다. 자기 자식들도 밥을 먹어본 지가 무척 오랬다.

감자 고구마 배추 밀가루 등을 섞은 홀홀한[18] 죽을 먹이고 있지만 이놈의 전쟁이 앞으로 한 달만 더 끈다면 모두가 다 굶어 죽을 도리 밖에 없을 것같이 느껴지었다.

날은 차차 치워오고 정학이는 이런 불길한 생각을 털어버리려는 듯이 고개를 흔들면서 하늘을 치어다보았다.

별은 총총하였다.

이 지구에 살고 있는 초개[19]같은 이 인생들의 운명에 무관심한 별들은 냉정하게도 영원으로부터 영원까지 반짝거리고 있는 것이었다.

삐익 삐익 삐익 하고 기적 소리가 멀리서 드려왔다. 어렸을 때부터 웬일인지 밤에 듣는 기적 소리는 구수펏다[20].

혼돈된 머리를 정리할 목적으로 정학이는 아직까지도 쉬지 않고 번쩍거리는 '마른 번개'[21]를 세어보기 시작하였으나 세면서도 정신은 딴 데 있었는지 기억이 되지 않는데 갑짜기,

"제삼 초소! 무얼하구 있는 거야?"

하는 거친 목소리가 등덜미를 때렸다.

고개를 휙 돌려보니 새캄한 옷을 입은 순찰대 서너 명이 딱 닥아서서,

"그래, 세 놈이 모두 다 잠을 자구 있는 건가?"

---

18 죽이나 미음 따위가 잘 퍼져서 매우 묽은.
19 쓸모없고 하찮은 것을 비유적으로 이르는 말.
20 '구슬프다'의 오기로 보임.
길 21 원문에는 '바른 번개'로 표기되어 있음.

하고 호령하는 것이었다.

서이서 한꺼번에,

"아니오. 자다니오."

하고 외치었다.

"그럼, 왜 지금 우리가 오는데 누구냐구 소리를 안 질렀어. 이렇게 가까이 오는 □□□[22]"

소년이 말을 도맡아서,

"발자국 소리를 들으니 아저씨들인 줄 알구 가만 있었지오."

하고 말하니 그들은,

"듣기 싫다. 그런 변명은─누구를 물론하구 지나가문 소리를 질르구 몸 수색을 해야 하는 거야. 그런데 한 사람 억류해놓지두 않구. 이런 무책임한 일이 어디 있어! 만일에 우리가 국방군 빨치산이었더라문 당신네들이 잠자구 있는 걸 발견하구 당신들은 죽이려 들었으문 꽥소리 못 하구 다 죽었을 것 아니오."

이때 아이놈이 장내[23]를 어깨에 메고 한 거름 나서면서,

"아저시, 이 나무때기 한 개 가지구 총칼을 가진 사람을 대항해 싸우란 말입니까?"

하고 대들었다.

정학이는 등에 소름이 옷삭하여 이 철없는 아이의 입을 황급히 막았다.

153

순찰대장은 잠시 침묵하더니,

"요자식, 말 좀 조심해. 나이 어리니깐 이번만 용서하지만 다음부터 조심

---

22 원문이 지워짐.
23 '장대'의 오기로 보임.

해."

하고는 그들은 발자국 소리도 없이 저쪽으로 가버리었다.

거리에 시컴언 어둠만이 하폄[24]하고 있는 것을 확인한 소년은 다시,

"흥! 나무 장때기[25] 하나를 들구서 지나가는 사람 몸을 뒤라구? 후, 미친 놈들."

하고 중얼거리었다.

춥고 배고픈 사람이,

"아, 요자식이 아직두 주둥이가 살아서. 까불지 말구 가만히 있어. 너 때문에 우리들두 처벌당할지 모르니깐"

마치 서로 약속이나 했던드시 서이는 다 가마니뙤기 위에 웅크리고 앉았다. 묵묵히 앉았으니 속으로는 아무런 음모를 꾸미고 있어도 입 밖에 내지 않는 한 무사한 것이었다.

저쪽에서 담배 불 하나가 허우적 허우적하는 것이 보이었다. 소년이 호닥딱 일어서면서,

"거 누구요? 담배불꺼요. 그리구 손들엇."

하고 소리를 질렀다.

담배불은 깜작 꺼지고 남자의 목소리가 들려왔다°

"아, 미안합니다. 저는 지금 비지를 사려구 두부 집으로 가는 길입니다."

"지금 몇신데요?"

"새루 세 시입니다."

하고 대답하면서 흰옷 입은 사람은 가까이왔다.

"손들엇."

하고 소년이 또 고함을 질렀다.

정학이는,

24 '하품'의 방언.
25 장대. 긴 막대.

"아-니, 이런 새벽에 두부집이 문을 열었겠소?"

"문이야 물론 안 열었지요. 그러나 비지 한 뎅이라두 사려면 지금부터 가서 줄대 기다려두 차례에 돌아올가 말가 합니다. 초아침부터 줄을 대서는 사람이 많은 걸요. 오늘 아침 비지를 못 사문 우리 식구는 모두 굶는 도리밖에 없습니다."

춥고 배고프단 사람이,

"응, 그럼 어서 가서 줄 대 서시오, 빨리. 그러니 한 가지 조건이 붙습니다. 나는 저녁두 못 먹구 여기서 지금 밤새워 파수를 서고 있으니 시장해 죽겠소. 비지 사 가지구 갈 때 한 입만 내게 주구 가슈. 내가 공껏을 먹자구 하는 것은 아닙니다. 이처럼 여러분의 생명 재산을 보호해주기 위하여 밤새도록 경비하구 있는 만큼 비지 한입쯤 요구할 권리가 있는 것입니다."

비지 사러 가는 사람은 아무 대답도 아니하고 묵묵히 걸어 지나갔다.

조금 있더니 동 방향으로부터 여자들이 동행해 오고 있는 것이 보이었다.

"누구요? 손들엇."

소리를 듣자 그들은,

"콩나물 받으러 가는 길입니다."

하고 대답하였다.

"무슨 콩나물을 벌써 사러 가오?"

"가서 줄을 대 서야지요. 콩나물 기르는 것이 매일 몇 말씩 제한되어 있기 때문에 군에 바치고 나서 나머지가 있어야 우리가 사닥아 팔아서 겨우 먹고 사는데 군에서 갑자기 더 많이 가져가는 날에는 줄 대 선 사람이 오십명 이구 백명 이구 간에 모두 허탕을 치게 된답니다."

154

콩나물 장수 두 여인을 통과시키고 나자 부인네, 심지어는 열두서넛밖에 안 났을 처녀애들까지 빈 광주리 혹은 다랭이[26]를 끼고 연달아 걸어왔다. 모두가 다 콩나물이나 비지를 사기 위하여 줄 대 서려고 간다는 대답이었다.

통행금지 시간은 오전 다섯 시까지이지마는 시장에서 가까운 이 제삼 초소는 심심치가 않게 되었고 가끔 그들에게 시간을 물어보고는 앞으로 몇 분이면 이 보초서는 일이 끝이 날 것이라는 것을 계산할 수 있게 되니 마음이 행결[27] 놓이는 것이었다.

지나가는 사람들에게 몇시냐고 묻고는 이 지루한 시간이 오분씩 십분씩 단축되는 것이 기뻤다.

수십 명 이상 남녀를 지나 보낸 후 또 한 노인이 오면서 역시 비지를 사러 가는 길이라고 하니 소년이 불쑥,

"아아니, 그런데 모두 다 비지를 사러 간다구만 하구 두부 사러 가는 사람은 없으니 웬일입니까?"
하고 물었다.

"하, 얘두 참 철부지로구나. 오죽하문 두부 내놓구 그 찌꺼기 비지나 사 먹겠니? 돈두 돈이려니와 인민군 증명이 없이는 두부 한 모두 못 산다. 두부는 몽땅 인민군에게 바치구 찌꺼기 비지나 우리 차례에 돌아오는데 그것두 내가 오늘은 약간 늦잠을 자기 때문에 지금 가 서서 비지를 사게 되는지 의문이다. 그러나 어찌하니? 행여나 하고 가 볼밖에……."

"너무 늦어졌다니 지금 몇 시나 되었소?"

"네 시."

"아, 인제 한 시간 남았구나, 만세."
하고 소년은 좋아하였다.

날은 추울 정도로 차져서 홑옷을 입고 저녁도 굶고 밤을 새우는 장년은 배를 쥐고 배가 고프다고 찡얼대면서 이가 떡떡 떨리도록 몸을 떨고 있었다.

---

26 썰매로 긴 통나무 따위를 운반할 때에 그 통나무의 뒷부분을 얹어 끄는 데 쓰는 작은 썰매. 평안북도에서 사용한다.
27 '한결'의 방언.

행인은 뚝 끊어지었다.

거리가 쥐죽은드시 조용해지자 시간은 더 천천이 가는 것같이 느껴지었다.

동서남쪽 하늘에 번쩍이는 '마른 번개'는 그냥 계속되고 있었다.

얼마 후에 시장 쪽으로부터 인기척이 났다. 가까이 온 때 자세히 보니 세 시에 비지사러 가노라고 하던 그 노인이었다.

"아, 두부집 문을 열었으문 다섯 시가 지나지 않았나."

하고 소년은 말을 하는데 춥고 배고픈 장정은 비지 사들고 오는 노인과 언쟁이 시작되었다.

"한 개 밖에 못산 걸 어떻게 나누어주오?"

하고 노인이 거절하자 춥고 배고픈 사람은 와락 달려들어서 노인이 든 양재기에 손을 넣었다. 노인은 외마디 소리를 하며 장정의 손을 때리고 자기 손바닥으로 양재기를 덮으면서 뺑손이를 쳤다. 비지가 조금 묻은 손가락을 쪽쪽 빠는 이 사람은,

"남갔다가나 허기증이 나는데 비지 냄새만 맡고 나니 허기증이 더 돋히어서 금방 죽을 것 같다."

고 게두덜거리었다.

콩나물 치룽[28]을 머리에 인 여자 하나이 지나가려 했다. 춥고 배고픈 사람은 와락 달려들어 발도듬을 하고 바른손가락으로 콩나물을 한 웅큼 뽑아내니 여인은 잔걸음으로 달리면서 입에 담지 못할 욕설을 막 퍼붓는데 장정은 그 생콩나물을 입에 틀어넣고 와작와작 깨물면서 입맛을 쩝쩝 다시었다.

155

좀 있더니 흰옷 입은 영감님이 뚜껑 덥흔 놋그릇을 들고 천천이 걸어왔

---

28 싸리로 가로로 퍼지게 둥긋이 결어 만든 그릇.

다. 춥고 배고픈 사람이 막아서면서,

"비지 좀 나눕시다."

하니 영감은 그릇채 내맡기면서,

"자, 혼자 다 자시우."

하였다. 장정은 허둥지둥 그릇뚜껑을 열고 손을 넣어보더니,

"예끼, 이 텅빈 그릇을 가지구. 댁이 날 놀리는 거요."

하고 주리고 성난 나귀우는 소리를 냈다.

"보시다싶이 오늘 우리식구는 또 굶을 도리밖에 없이 되었소이다."

하고 쓴말을 배았고 나서 그릇 뚜껑으로 그릇을 땡땡 뚜드리면서 저쪽으로 사라지고 말았다.

새벽동이 어둠을 슬슬 쫓아내고 있는데 콩나물을 못 사고 빈 광주리를 옆에 끼고 맥 한푼 없이 걸어가는 여인네들이 길이 메이었다.

다섯 시가 벌써 지나가고 여섯 시도 더 되었으리라고 생각되며 날도 환하니 밝았음에도 불구하고 보초 해산하라는 전달이 오지 않아서 셋이서는 안절부절을 못하였다.

기다리다 기다리다 못하여 소년더러 본부로 좀 가서 어찌된 영문인지 알아보라고 했더니 소년은 그에서 더 반가운 심부름이 없다는 태도로 장대를 들고 달려갔다.

한참이나 기다리니까야 소년이 돌아왔다.

인제 초소는 철수해도 좋으나 집으로 바로들 가지 말고 본부에 들러서 지시를 받은 후에 가라고 하더란 보고이었다.

셋이서는 빨리 본부로 가니 대장은 보이지 않고 웬 젊은 사람이 혼자 사무실을 지키면서 대장이 돌아올 때까지 기다려야 된다고 하는 것이었다.

눈치 빠르고 날랜 사람들은 걸상에 기대앉아 코를 골며 자기 시작했고 여인네들은 어서 가서 조반을 지어야 남편이 밥을 먹고 직장으로 나갈 수 있겠으니 제발 돌아가게 허락해 달라고 빌어도 젊으니는 퉁명스럽게,

"글쎄, 대장님께서 자기 돌아오기 전까지는 한 사람두 보내서는 안 된다

구 명령했으니 좀 더 기다릴 도리밖에 없소."
하고 말하였다.

밤새도록 한데서 밤을 새고 난 사람들이 이 사무실에 연금된지 한 시간 만에야 겨우 놓여 나왔는데 사무실 문밖을 나서자 그들은 그 이유를 알게 되었다. 자위대 사무소 뜰에는 얼굴이 폐병환자같고 두 달 이상 머리를 깍지 않아 밤송이같이 부수수한 청년들 삼사십 명이 끌려와 섰는 것이었다.

그러니까 새벽에 가가호호 집을 뒤서서 의용군감을 붙잡는데 보초섰던 사람들이 각기 돌아가다가 그 광경을 보고 다른 집에 알릴가봐 겁이 나서 집수색이 끝날 때까지 보초 선 사람들을 사무실에 가두어 두었던 것이었다.

정학이는 집으로 돌아가는 길에 공동변소에서 오줌을 누며 길을 내다보니 머리가 귀밑까지 내리 덥힌 청년들이 용케 두 달 이상을 숨어 있던 그들이 종내 붙잡혀서 어디론지 끌려가고 있는 것이 보였다.

그들을 결박해 끌고가는 것도 아니고 두줄 행렬로 총멘 인민군 서너 명만이 호위하고 가는데 어째서 한 명도 뛰어 달아나지를 못할까 하고 정학이는 개탄[29]하였으나 두 달이나 두더쥐 생활을 한 그들이 기력이 있을 리 없다고 다시 생각되었다.

도수장으로 끌려가는 소처럼 양순한 이 백성!

156

어떤날 아침 복순이는 원장실로 불려가서 감독관 앞에 섰다.

감독관은 이외에도 예에 없던 다정스런 눈으로 복순이를 바라다보면서,

"간호원 동무. 축하합니다."
하였다.

---

29 분하거나 못마땅하게 여겨 한탄함.

복순이는 갑자기 영문을 몰라 어리뻥뻥하여 감독관을 바라다보았다. 감독관은 계속하여,

"참, 영광입니다. 조선여성으로서 가질 수 있는 최고의 영예가 동무의 차지가 되었소. 기쁩니까?"

"무슨 말인지 얼른 알아듣기 곤난합니다."

"하, 다름이 아니라 박동길 영웅동무는 비행기로써 평양까지 모셔가기로 지시가 왔는데 손 간호동무께서는 이 영웅동무의 특별 간호책으로 비행기로 동행하도록 되어 있소. 자, 어떻소? 응?"

복순이의 얼굴은 하얗게 질리었다.

감독관은 날이 선 목소리로,

"흥, 그래, 이런 영광이 못마땅하단 말요?"

복순이가 어떠한 답을 하고 어떤 모양으로 감독관 앞을 물러나왔는지 도무지 기억에 남지 아니하였다.

얼마 후에 그는 자기가 의자에 멍청하니 앉아서 천정만 치어다보고 있는 것을 발견하였다. 혼란한 자기 마음을 어느 한 초점으로 집중시켜보려고 애를 쓰고 있었다.

이 어찐 운명인고?

그렇게도 고생하며 겨우 넘어온 三八(삼팔)선 이북으로 비행기를 타고 도루 끌려가다니?

그래도 이 서울에 남아 있으면 언제고 국군과 유엔군이 반격해올 때 자유를 도루 찾을 수 있겠는데 이제 평양으로 끌려간다면 그 생지옥에서 다시 벗어날 길은 영 없어지는 것이 아닌가?

박동길이가 어렸을 적 동무였다고해서 그를 따라다니면서까지 간호해주어야만 될 의리가 있을까? 공산도배는 의리도 아무것도 없는 자들인데…….

어찌하나? 오, 어찌하나? 어찌하나?

백번 천번 '어찌하나'를 반복해보았대사 지금 자기 자력으로서는 이 함

정을 벗어날 방도가 없다는 것을 그는 자기 자신이 너무나 잘 알고 있었기 때문에 그 고민의 도는 더 한층 컸다.

이 세상에 사실로 기적이라는 것이 있을 수 있을가?

귓청을 찢는 듯한 쇳소리가 들리더니 병원 한 모퉁이가 뚝 떨어져 나가면서 온 건물이 와들와들 떨고 유리창이 박살이 났다.

복순이는 저도 모르는 새 술취한 사람 걸음걸이처럼 비틀비틀하면서 복도로 나섰다. 칭칭대로는 걷지 못하는 중상환자들이 딩굴딩굴 굴어 내려가고 있었다.

복순이도 굴어 내려갔다. 아래층까지 굴어 떨어지자 그는 대피소 쪽으로 가지 않고 뜰로 나섰다.

대문을 밀고 나서는데도 아무도 말리는 사람이 없었다. 그는 병원 담정을 끼고 길게 뻗은 소로로 무턱대고 뛰었다. 자꾸자꾸 뛰면서 그는 공상을 하였다. 자기가 시골뜨기 처녀복장으로 채리고 길을 걷고 있는 모양을.

그렇다. 그는 농촌에서 태난 시골뜨기임이 분명하다. 자기가 흰 까운을 입고 비행기를 타고 북으로 간다는 것은 어울리지 않는 모습이었다. 농군의 딸 시골뜨기가 남으로 남으로 걸어가고 있는 자기모습을 머리에 그려 보았다.

157

구월 초순에는 한 번 더 서울 시민들의 마음을 설레게 하는 풍설이 쫙 돌았다.

그것은 전 자유세계 二十(이십)개국 연합군으로 편성된 대군대가 와신상담 끝에 일거 대공세를 취하여 七(칠)개소 선로로 총돌격을 개시했다는 소식이었다.

윤씨 댁에 모인 몇 사람 '반동분자'들은 금시에 자칭 작전참모들이 되었다. 지도를 펴놓고 일곱 군데 공격노선을 찾아내노라고 구수회의를 하고 있는 참에 찬거리를 사려고 시장에 나갔던 윤씨 부인이 들어서면서 채소 담긴 소쿠리를 부엌 앞 마루에 내동댕이치면서 울상을 하고,

"아이구, 인젠 다 죽었소. 죽어."

하고 비명을 발하는 것이었다. 모두가 깜짝 놀라 의아스런 눈으로 부인을 똑바로 바라다보니 부인은,

"휴!"

한숨을 길게 쉬면서,

"종내 대구까지 빼앗겻댑니다."

"샛빨간 거짓말."

하고 한 사람이 소리를 버럭 질렀다.

"놈들의 역선전에 불과할 것입니다."

하고 한 사람이 말했다. 그러자 또 한 사람은,

"소문두 하두 이랫다 저랫다하니 통 정신을 채릴 수가 없어요. 난 어제 어디서 들었는데 일본 동경 방송에 의하면 이승만대통령이 기자단에게 언명하기를 서울탈환은 아마 늦어도 十(십)월 중에는 가능할 것이라구 했다구 하던데요."

"아이구 十(십)월이라니? 그때까지 우리가 어떻게 살아남아 있겠소? 인젠 속절없이 다 죽었소. 미쳐 죽고, 굶어죽고, 붙들려가 죽고."

"그러나 나는 유엔군이 대공세를 취했다는 뉴쓰를 전적으로 믿으니까 서울해방은 며칠 안 남았다고 봅니다."

이렇드시 희비가 교차하는 긴장이 계속되어 윤씨댁으로는 거의 매일처럼 '반동분자'들이 모여 제각기 들은 뉴쓰를 서로 나누기로 되었다.

九(구)월 十六(십육)일 오후.

찬거리를 사려 나갔던 윤씨부인이 불이닿게 집으로 돌아왔다. 그는 뜰에 들어서자마자 배추포기 속에 감추어 가지고 온 똘똘 말린 종이조각을 꺼내 남편에게 건네었다. 윤씨는 종이를 펴들고 읽기 시작했다.

"오늘 아침 동경방송.

一(일), 九(구)월 十五(십오)일 하오 五(오)시 미국 해병대 인천 상륙 성공. 부평까지 무저항 진격

二(이), 상륙작전은 맥아더 유엔군 총사령이 직접 지휘. 맥장군 기자단회견에서 왈

계획대로 일사불란 적진 후방 상륙 성공에 크게 만족한다. 제삼차 세계대전이 발발하지 않는 한 나로서는 이번 상륙작전이 마지막이 되기를 희망한다 라고.

앞으로 며칠 동안 특별조심 요망"

"아, 인젠 살았구나!"

하는 환성이 일시에 폭발되었다. 그러나 그것은 속삭이었다. 공산치하 두 달 반 동안에 서울시민들은 언제나 소곤거리는 습관이 고정되어버렸던 것이다.

그들은 누가 선도했는지 애국가를 가늘게 부르며 눈물을 좍좍 흘리었다.

어제 밤으로 부평까지 무저항 진출했다고 하니 서울시 해방은 금명간으로 박두했다고 그들은 믿었던 것이었다.

158

九(구)월 十六(십육)일 저녁 어쓸했을 때 정헌이는 이북 철원으로 후송시킬 완쾌 부상병들을 세대 전차에 태우노라고 갈팡질팡하고 있었다.

이자들을 전차에 태워서 청량리역까지 가서 기차에 실어주면 정헌이 책임은 끝나는 것이었다.

그가 한 전차에 탄 인원 점호를 마치고 그 다음 전차로 가려고 하는데 누가 그의 소매를 잡아당기는 것이었다. 어둡기는 했으나 어렴푸시 보이는 그 사람 모습이 자기 안해이라는 것을 발견하였다.

"아, 왜? 애기가 병이 났소?"

하고 물으니 안해는 바싹 다가들어 남편의 귀에 입을 대고,

"지금 곧 도망³⁰칩시다. 어제 오후 다섯 시에 미국 해병대가 인천 상륙을 했대요."

"참말?"

"참말이야요. 확실해요. 꼭 도망해 □□서요. 네. 집에 들리지 말구 삼선교 한정막 집으루 가서요. 거기 가면 숨겨준다구 약속이되있어요. 그 한정막 아시지요."

"녜, 알아요. 염려말어요."

안해는 어둠 속으로 사라져버리었다.

"지금 당장 숨어버릴까?"

하는 생각이 불일듯 났다. 그러나 그는 머리를 흔들었다.

그는 생각하였다.

"이 최후 순간에 다달아서 나 혼자 살겠다고 동지들에게 아무런 연락도 없이 도망한다는 것은 비겁하고도 불의한 행동이다."

하고 생각되는 것이었다.

'그러나 적어도 방 의사, 순영이 명자한테는 알려주어야만 될 것이다. 바로 며칠전에 복순이가 혼자 도망해버렸다고 순영이가 상당히 분해하구 있었는데.'

하고 그는 거듭 생각하였다.

후송부대를 역까지 배송해주고 병원으로 돌아온 정헌이는 방 의사를 곧 만나려고 했으나 얼른 눈에 띠이지 않았다.

순영이를 만나 눈치를 살피니 순영이는 아직 뉴쓰를 못들은 모양이었다. 순영이에게라도 먼저 알려주려고 말이 혀끝까지 나왔으나 그는 다시 생각하고 입술을 깨물었다. 아직 나이 어린 이런 간호학생에게 미리 알려주면 그가 어떠한 경솔한 행동을 할는지도 알 수 없으므로 최후행동을 개시할 때까지 알리는 것을 보류하기로 결심하엿다.

길

30 원문에는 '도당'이라고 표기되어 있음.

'그리고 이 병원□³¹에 이 뉴쓰를 알고 있는 사람이 몇 명이나 될까?'

하고 정헌이는 생각해보았다.

"부상병들은 아무도 알리가 없고 감독관과 문화선전□ 장□³²은 아마 알고 있을 것이다. 물론 그럴 것이다. 그러면 그자들이 최후발악으로 어떠한 짓을 할까?"

하고 생각하니 조바심이 났다 '조심, 조심, 조심!' 하고 그는 생각하였다.

마침내 방 의사를 만났다. 정헌이는 코푸는 체하면서 방 의사에게 눈짓을 하고 변소로 내려갔다. 마렵지도 않은 대변을 보는 체하며 오래동안 변기위에 앉아 있으니 방 의사가 변소 안으로 들어섰다.

정헌이가 전해주는 뉴쓰에 방 의사도 놀라고도 반가워하였다. 도망갈 기회를 노리다가 공동으로 할 수 있으면 더욱 좋고 할 수없는 경우에는 단독행동을 해도 좋은데 삼선교 한정막에서 만나자고 약속하고 헤여졌다.

그 이튿날 점심 바로 후에 정헌이는 감독관 사무실로 불려갔다. 감독관은 희색만면³³한 표정으로

"최 의사 동무. 전쟁은 마침내 끝났읍니다."

하고 불쑥 말하는 것이었다.

159

감독관의 너무나 득의양양한 태도에 정헌이는 일변 의심하면서도 일변 맥이 탁 풀리었다. 감독관은 말을 이어,

"오늘 아침 부산까지 해방시키고 간섭 외국 군대는 몽땅 바다 밖으로 몰아내 버려서 우리의 숙원인 조국통일은 완수되었읍니다."

하고 말하였다.

---

31 병원 안에로 추정됨.
32 문화선전부 장관으로 추정됨.
33 기쁜 빛이 얼굴에 가득함.

정헌이는 자기 귀를 의심하고 어떤 말을 어떻게 해석해야 할지를 몰라서 될 수 있는 대로 침착한 태도로 듣고만 있었다.

"놈들이 최후발악으로 인천 상륙을 시도했으나 용감무쌍한 우리 인민군대가 일거에 격퇴시켜버렸습니다. 자, 우리가 축배를 들고 만세를 부를 시각이 이르렀습니다. 그러나 최 동무, 좀 바쁜 일이 있습니다. 서무원만 내놓고 이 병원 전 직원과 환자들은 오늘 밤으로 철원으로 이동하라는 상부지시가 방금 내렸습니다. 길을 걸어갈 수 있는 상병들은 걸리워 가도록 해야할 텐데 그 후송 책임을 최 동무가 맡아주어야 되겠습니다. 도중에는 인민군 한 중대가 호위해줄 것이니깐 아무 위험도 없을 겁니다."

"걷지 못하는 상병들은……."

"그건 최 동무 책임이 아니니 상관 마시지요."

걸을 수 있고 걸을 수 없는 상병 고르는 일은 하도 지지하게 오래 끄니까 얼굴이 벌개 내려온 감독관이 권총을 빼들고 위협해서 걸을 수 있는 자들은 골라놓으니 한 三〇〇(삼백)명가량 되었다.

정헌이는 틈을 노려 순영이에게 그와 명자는 걷는 측에 자원하라고 말하고 순영이와 명자가 이러이러한 연극을 묘하게 잘 꾸며주면 셋이서 함께 놈들의 의심도 사지 않고 잘 탈주할 수가 있다고 일러주었다.

전 상병 후송준비에 바쁜데도 불구하고 새로이 부상병이 들이밀리는데 응급치료도 받지 못하고 들것에 들려온 그들 부상병들의 출혈 피 빛갈을 보아 정헌이는 전투는 가까운데서 벌어지고 있는 것이 분명하다는 증거를 얻어서 그가 탈출하여야만 된다는 결심이 더 한층 공고해지었다.

괴뢰군 三〇〇(삼백)명의 이동행진은 열 시경이나 되어서야 출발했는데 의료책임자로는 정헌이가 임명되었고 그를 '보호'하기 위하여 호위병 한 명이 배정되었다. 밤길을 나선 정헌이의 마음은 처음부터 희망, 긴장, 또는 것잡을 수 없는 절망과 공포감의 질서 없는 교차로 고민하게 되었다.

순영이와 명자와 묘한 계획을 짜놓고 三八(삼팔)선을 넘기 전에 중로에서 탈출할 수 있도록 약속해놓기는 했으나 총든 '보호병' 한 명이 그림자처럼 따르고 있게 되었으니 이런 것을 미리 짐작하지 못한 자기 자신의 우둔을 자탄[34]할 따름이었다.

돈암동 자기 집에 차차 가까이 이르게 되자 정헌이 머리에는 한 가지 꾀가 생각났다. 즉 이 호위병을 안심시켜서 정헌이 자기는 소위 '열성분자'이라는 인식을 주는 것이 유리하리라하는 생각이었다.

"여보, 상사동무. 내 집이 바로 저기 저 길가 집인데 잠간 들려서 내가 간다구 말이나 전하구 갑시다."

하니 호위병은 고개를 끄덕끄덕하며 순순히 응하는 것이었다.

그러나 정헌이가 집 앞까지 다달아서 대오를 떠나 샛길로 들어서자 호위병은 뒤를 바싹 따랐다. 대문을 뚜드리는 정헌이의 가슴에는 두 방망이질이 시작되었다.

160

이윽고

"누구세요?"

하는 안해의 목소리가 들려나왔다.

"나요, 나야."

"아이구, 어쩌면 용히……."

하는 안해의 말을 들으며 정헌이는 황겁하게,[35]

"함께 온 사람두 있으니 어서 문이나 열어요."

하고 소리 질렀다.

대문은 열리었다.

정헌이는 안해의 손을 덜컥 붙잡으면서 안해가 먼저 말을 꺼내지 못하도

---

34 자기의 일에 대하여 탄식함.
35 겁이 나서 얼떨떨하게.

록 재빨리,

"여기 이 군인과 함께 부상병을 거느리구 지금 철원으루 가는 길인데……."

하자 안해가 "헉" 하고 놀라는 것을 얼른 제지하고,

"아무 염려 말구 며칠 기다려요. 인제 조국은 통일됫으니깐 상병들을 목적지까지 데려다 주고 곧 휴가를 맡아 한번 다녀가거나 그렇지 못하문 곧 소식을 전할께."

하고 말하면서 그는 꼭 잡은 안해의 손바닥을 꼭꼭 눌러서 암호를 했다.

"그래두 그렇게 먼 길을 가니 잠간 들어오셨다가……."

하고 안해가 말하는데 호위병이 앞질러서,

"안 됩니다. 내가 의사동무를 잘 모시고 갔다가 모시고 오겠으니 조금두 염려 마시구 계서요."

정헌이는 말로 표시는 못하고 손가락으로 안해의 손바닥을 꼭꼭 누르기도 하고 박박 긁기도 하여 그 무슨 암시를 주려고 노력했다.

남편을 얼떨결에 작별하고 나서 방 안으로 들어가니 시어머니가 누구었느냐고 묻는 말에,

"애 아버지이었어요."

하고 대답을 하니,

"애 아범이면 무에 그리 바빠서 집에까지 왔다가 에미두 안 보구 그냥 간단 말이냐?"

"이북 철원으로 간대요."

시어머니는 벌에게 쏘인 사람 모양으로,

"무어? 애, 무엇이라구? 너 인재 무어라구 그랬니?"

"애 아버지가 철원으루 갔다가 곧 돌아온대요."

"아, 그게 정말이냐? 아이구 내 아들 죽었구나, 아, 요 매련한것아 그래 제 사내를 사지루 보낸단 말이냐, 못 가리라구 붙잡구 매달리지 못하구."

"군인이 꼭 붙어 있어서 말을 맘대로 못했는데 갔다가 곧 되돌아온다구

그러세요."

"흥, 잘두 되돌아오겠다."

하며 시어머니는 울기 시작하였다.

줄줄줄 흘러내리는 눈물을 닦을 생각도 아니하면서,

"아니, 그래, 그놈이 날 좀 보구 가지기리."

"인민군이 꼭 붙어서서 어서 가야 한다구 독촉을 하는걸요."

"그럼 인천 상륙했단 소식두 못 전했구나?"

"그 소식은 벌써 새밤에 전했어요."

"아ー니 그럼, 그걸 알구두 그래, 그놈이 인민군을 따라 이북으루 간단 말이냐."

"어제밤에 숨을 곳을 일러드렸으니까 중로에서라두 도망해 오겠지요. 과히 심려 마서요."

"글쎄, 그거야 어디 꼭 장담할 수 있겠니? 군인이 졸졸 따른다면서. 아 하, 아, 이놈이 그래 이 에미두 보지않구…… 야, 요년아 너 왜 날 좀 나오라 구 부르질 않어, 그놈이 못들어온대문 내가 나가서라두 보았더면……."

며느리는 자기가 변명을 하면 할 수록 시어머니의 노염과 비탄에 부채질 만 해주는 역효과를 낼 따름이라고 깨달아서 잠잠히 시어머니의 넋두리를 듣고만 있었다.

161

부상병 삼십 명씩을 일대로 편성하여 무장병 감시 하에 어두운 길을 거 북의 걸음으로 행진하였다.

호위병과 나란이 걸어가는 정헌이는 호위병의 호감과 신임을 사기 위하 여 인민군 찬양과 국군 비방을 침이 마르도록 계속하였다. 매일 매일 『조선 인민보』에서 읽어서 거의 따로 외이다싶이 된 과장된 문구들을 그대로 인 용해가면서.

부상병들은 다리가 아프다느니 배가 고프다느니 불평을 자꾸 말하면서 걸어가기를 실혀했으나 유엔군 비행기폭격 때문에 낮에는 행진하지 못하고 밤에 한걸음이라도 더 가야된다고 걸음을 재촉하는 호위병들 등쌀에 못 견디어 걸어가고 있었다.

동이 틀녘에 그들은 어떤 동리에 도착하여 무질서하게 사방으로 흩어져서 혹은 농가, 방, 헛간 등을 찾아들어가 곧 잠이 들었다.

오정 때가 되자 군인들이 농부의 집을 호별 방문하여 밥을 지으라고 독촉하고 더러는 저쪽 언덕 과수원으로 돌아다니면서 '징발영장'을 무턱대고 써주면서 사과를 강탈해왔다.

조그마한 동리에 삼백여 명 거지 떼가 달려들어놓으니 농가에서 종일 밥을 계속해 지어도 미처 공급이 맘대로 되지 않았다. 그래서 날이 어쓸해지자[36] 저녁을 먼저 먹은 대는 먼저 길을 떠나고 저녁이 끝나는 쪽쪽 차례로 뒤를 따르기로 하였다.

"이 밤이 새기 전에 순영이는 연극을 등장시켜 주어야 하는데."
하고[37] 생각하는 정헌이의 마음은 밤이 깊어감과 함께 차차 더 초조의 도를 더하였다.

九(구)월 十八(십팔)일 새벽에 돌연 강 치과의사가 정헌의 집으로 들어섰다.

팔에는 빨간 십자 완장을 찬대로 응급가방을 멘 채 뻐젓이 찾아온 것이었다.

강 치과의가 쓰고 있던 거리 방 치과진료소는 여름내 문이 닫힌 채로 그대로 있었고 강 의사의 거쳐는 묘연해서 궁금하던 차에 그가 건강한 몸으로 찾아오니 미상불 반가웠다.

---

36 '어슬하다(조금 어둡다.)의 잘못된 표현으로 보임.
37 원문에는 '한고'로 표기되어 있음.

강 의사의 말을 들으니 그는 괴뢰군에게 징발되어 서대문 적십자병원에서 치과기술은 집어치우고 만병통치 의사노릇을 하다가 미군이 인천 상륙했다는 뉴쓰를 듣고 도망해 나왔다는 것이었다. 즉 서대문 적십자병원은 평양으로 이동한다고 하여 어제밤 늦게 추럭을 타고 가다가 수색근처에서 비행기 야간 공습을 만나 더러는 죽고 자기와 몇 명 간호원은 몸을 피하여 시내로 도로 들어왔다는 것이었다.

기다리는 아들은 오지 않고 엉뚱한 강 의사가 들어서는데 일변 반갑기도 했으나 일변 밉쌀스럽게도 보여졌으나 강 의사의 경험담을 들은 정헌이 모친은 행여나 하고 불야불야 한정막 집으로 찾아가보았다.

정헌이는 아직 거기 없었다.

혹시 강 의사 식으로 자기 아들도 도망해 오지 아니할가 하는 희망으로 기다렸으나 해가 기울도록 정헌이는 나타나지 아니하였다. 한정막 주인은 정헌이가 오기만 하면야 어련히 아이를 보내서 곧 알려줄 터이니 염려 말라고 위로하는 말을 들으며 정헌이 모는 문밖을 나섰다.

정헌모가 집에 당도해보니 강 의사는 웬일인지 왼팔에 회붕대[38]를 하고 뜰을 서성거리고 있었다. 적십자 완장은 떼내버리고 회붕대한 팔을 붕대끈으로 목에 걸어놓고!

162

놀라서 치어다보고 있는 정헌모에게 강 의사는 버룩버룩 하면서 자기가 자기 손으로 자기 자신의 싱싱한 팔에 회붕대를 하게 된 동기를 설명하였다.

좋은 기회에 도망을 해오기는 왔으나 아무래도 마음이 안 놓이어서 혹시 붙잡히는 경우에는 야전병원에 근무하고 있다가 파편에 맞아 회붕대를 부

---

38 석고붕대. 깁스를 의미하는 것으로 보임.

득이 하게 되어 이주일 휴가를 맡고 나와서 쉬노라고 답변하여 모면해 볼
묘안이라고 말하였다.

"아아니, 강 의사는 독실한 카토릭 신자인데 신자가 그런 거짓말을 해두
하느님께서 용서하실가?"

하고 정헌모가 놀리니까 그는 얼른 회붕대하지 아니한 손으로 가슴에 십자
를 그리며,

"성모 마리아."

하고는 속으로 무어라고 쑹얼쑹얼하는 것이었다.

저녁때가 되니 반장이 와서 매 세대 한 명씩 긴급 노무동원을 나와야 한
다고 말하였다. 오늘 밤 일은 종전처럼 멀리 가서 하는 것이 아니고 근처에
서 하는 일이니 삽과 고광이를 가지고 나오라는 것이었다.

근로동원 나갈 사람이 정헌모 밖에 없으므로 그는 나가서 밤들도록 빠리
케트 쌓는 노동에 종사하였다. 개천에서 모래를 퍼서 가마니에 채워주면
남자들이 와서 들어닥아 길에 빠리케트를 쌓아놓았다.

이튿날 아침 정헌모는 며느리에게,

"야, 어제밤 모래성을 요 앞에 쌓놓는 걸 보니 이놈들이 쉽사리 물러가지
않구 끝까지 대항해보려는 심뽀 같으니 이것 참 야단났구나."

하고 말씀하시는데 정헌이 맏딸이 들어왔다. 정헌이 맏딸은 열한 살밖에
안 난 처녀애인데 벌써 오래전부터 아침마다 '반동분자'들 간의 뉴쓰 전달
사의 중대한 용무를 약고도 부즈런하게 해오던 것이었다.

정헌이 딸이 들어서자마자 그 어머니는 딸의 정구화를 벗기고 그 속에서
꼭꼭 접은 종이를 꺼내 읽기 시작하였다.

"一(일), 해병대는 이미 서울관문에 도착하였다."

"야, 관문이 무어가?"

하고 시어머니가 물어보았다.

"관문이라는 말은 일본 시모노세끼와 모지라는 말인데 우리말로는 그냥
문턱이라구 번역하문 적당할거요."

"아, 그럼, 미군이 서울문턱까지 왔단 말이지. 문턱까지 왔으문 방금이라 두 문을 열구 들어설텐데, 이 애 아비는 글세 이북으루 갔대니 인젠 영 잃어버린 사람이로구나."

며느리는 그 대답을 아니하고 어제밤 동경 라디오방송 개요를 계속 읽어 내려갔다.

"二(이), 유엔군 대부대는 계속 인천에 상륙.

三(삼), 유엔군은 김포비행장을 탈환.

四(사), 정찰기 보고에 의하면 인민군은 서울시내에서 시가전을 감행할 의도로 요소마다 빠리케트를 쌓아놓았다고.

五(오), 워커 장군[39]의 의견으로서는 서울 완전탈환은 앞으로 일주일 걸릴 것이라고."

"아! 아직두 또 일주일이라니? 인민군 놈들은 삼팔선에서 서울까지 단지 六十(육십)시간에 쳐들어 왔는데 서울 문턱까지 다 왔다문서 일주일이란 그게 무슨 소리냐?응, 그 좋은 신식무기를 가진 미군이! 원 그놈 인민군 놈들은 처음부터 자동차두 모자라서 소구루마에 닥아 무기를 싣고 들어오면서 바퀴에 기름도 못쳐서 밤새도록 이 앞길루 빠가각 빠가각 소리를 내며 지나가는 통에 처음에 우리는 그 소리가 무슨 쏘련제 신무기의 소린 줄 알구 오들오들 떨구 있지않었늬! 그런데 번개처럼 빠른 비행기를 가진 미군이 문턱에서 방안까지 한주일이 걸린대니 그건 못 믿을 소리다."

하고 시어머니는 한탄하였다.

---

39 월턴 워커(Walton H. Walker, 1889 ~ 1950). 제2차 세계대전 때 패튼 장군 휘하에 있으면서 유럽의 여러 전선에서 공을 세웠고, 1950년 6 · 25전쟁이 발발하자 미 제8군 사령관으로서 인천상륙작전을 비롯한 낙동강전투 등을 지휘하였으나, 그해 12월 서울 북방전선에서 불의의 자동차사고로 죽었다.

163

九(구)월 十九(십구)일 오후에는 반장 딸이 와서 매호 한 사람씩 인민공화국 기를 들고 나와서 축하 행렬에 참가해야 된다고 전달하고 갔다.

축하 행렬이라니? 무슨 축하?

시어머님이 알아보신다고 나가셨다가 얼굴이 파랗게 질리어 돌아오셨다.

"야, 인젠 정말 다 죽었다. 그 단파 듣는 사람들두 다 못 믿을 사람들이다. 지금 그러는데 미군 인천 상륙은커녕 미국군함 세척이 멋도모르구 인천항구까지 들어왔다가 밀물이 갑자기 찌는 통에 한척만 겨우 빠져 나가구 두 척은 꼼작 못하구 모래위에 주저앉아 있는 것을 인민군이 달려가서 몽탕 몰살을 시켰구 또 방금 부산까지 해방을 시켰다구 통일완수 축하 기 행렬을 한다구 하는 거래드라."

"아니, 어머님. 그놈들 거짓말을 여태두 신용하셔요? 동경방송을 듣는 사람들이 모두 일본말을 잘 알아서 조금도 틀림없이 잘 들어요. 지척인 김포비행장 점령 소식두 여기서는 감감 모르구 앉아서 몇 만리 밖 동경방송을 듣구야 알게 된다는 건 참 기가 막히는 일이지만 동경방송은 정확한 보도이구 이놈 빨갱이들 선전은 모두 빨간 거짓말이야요."

기 행렬에 나가셨던 시어머니께서 얼마 오래지 않아 돌아오셨다. 그의 말씀은 기행렬이 큰길로 나서니 아주 가까운 곳에서 포소리가 꽝꽝 들려와서 모두들 주밋주밋하고 섰으니까 그 빨갱이 여맹원들이 그 소리는 대포 소리가 아니고 남산에 인민군이 참호를 파면서 따이나마이트를 터뜨리는 소리이니 '반동분자' 거짓말에 속지 말고 어서 그냥 행렬을 해야한다고 악을 쓰더라고.

그러자 비행기 네 대가 쌩쌩 머리 위로 지나가니까 고년 빨갱이 계집년들이 먼저 모두 어디론지 달아나 숨어서 모두가 뿔뿔이 헤져서 자연 해산되고 만 것이라고 말씀하셨다.

이때 의정부 근처 소학교 교원으로 있던 정국이가 불쑥 나타났다.

정국이는 학교에 출근했다가 집에 들려보지도 못하고 혼자서 곧장 왔노라고 하며,

"교장이 직원 전체를 모여놓고 조국통일은 목전에 도달했으니 이 최후승리를 확보하기 위하여서는 젊은 사람들은 직장을 가리지 말구 너나 할 것없이 모두가 다 용감한 빨치산으로 용약 출전해야 되겠습니다."

하고 선언하였다고.

빨치산이 들고 나설 무기는 빈 깡통에다 화약을 다려 넣은 것 한 개뿐. 어디어디로 가라고 지령을 내리는데 아침 정국이와 다른 한 교원은 중앙청 연락을 하라는 지령을 받고 서울로 들어오는 길에 들렷노라고 하는 것이었다.

"자, 이 굉장한 수류탄 좀 구경하세요."

하면서 깡통을 들어보이었다. 정헌모는,

"네 보아라, 이렇게 모두들 척척 도망해 오는데 글세, 이애 아범은 무슨 귀신이 씨웠길래 제발루 걸어서 이북으루 갔단 말이냐, 내, 참, 기가 막혀 죽겠다. 못났어, 못났어. 그놈이 날 보구나 갔더라두 내가 못 가게 부뜰어 놀걸. 아, 아!"

하시면서 또 울기 시작하였다.

164

이날 밤 자정도 넘었다.

이 밤이 새기 전에 탈출을 하기로 계획 꾸민 정헌이는 초조해지기 시작하였다 순영이와 명자는 아마 훨신 앞서 걸어가고 있으리라고 그는 믿었다. 그러면 왜 지금쯤 약속한 연극을 연출하지 아니할가?

약속은 三八(삼팔)선을 한 십 리쯤 앞두고 연극을 꾸미기로 되었는데 三八(삼팔)선은 오 리밖에 안 남았다고 하고 그의 발걸음은 한걸음 두 걸음 더 三八(삼팔)선에 가까워지고 있는 것이었다.

무슨 일일가? 두 간호학생에게 무슨 사고가 생겼는가? 정헌이는 될 수 있는 대로 걸음을 늘리어 가니 호위병은 남 속도 모르고,

"다리가 아프시요? 인제 몇 리 안 남았읍니다."

하면서 친절하였다.

남 벙어리 냉가슴 앓는 사정은 모르고!

뒤에서 갑자기,

"최정헌 의사동무는 어디 계십니까?"

하는 소리가 들리어왔다. 그는 감전된 사람처럼 전신이 찌르르하는 것을 느끼면서 자기 생각에도 너무나 급급하게,

"나 여기 있소."

하고 크게 대답하였다.

걸음을 멈추니 뒤로부터 한 군인이 숨이 차서 헐떡거리면서,

"최 의사 동무. 큰일났읍니다."

정헌이는,

"옳지, 인제 연극이 시작되는구나."

하는 기대로 가슴이 빠개지는 것 같은 감정을 꾹 누르고,

"왜요?"

하고 태연히 반문하였다.

"저─뒤에서 간호동무 하나가 급성 맹장염에 걸리어서 금방 죽을 것 같은데 꼭 최 의사동무가 가보서야 살릴 수 있다구 그럽니다."

'아이구, 이젠 살았구나.'

하고 속으로 기뻐하면서 정헌이는 호위병더러,

"어떻게 할래요? 급성맹장염이면 수술하는 도리밖에 없는데 며칠 걸려야 될 것입니다. 나는 곧 가봐야겠으니 동무 먼저 가시지오."

"글세요, 그래두 저는 최 의사동무 보호 책임을 맡았는데요."

"아니, 우리 뒤에두 우리 인민군이 수십 명이 오구 있는데 동무가 꼭 나를 졸졸 따라다니려구 한대문 나는 동무는 나를 보호하려구 하는 것이 아니

라 감시하는 것이라구 인정할 수밖에 없소. 내가 죽게 된 여성동무를 살려 가지구 뒤로 따라간다는 것을 동무는 의심하는 거요?"

"그렇게 말씀하실 것이 아니구 어서 가보셔요. 저는 천천히 가지오."

정헌이가 한참 동안 헐레벌떡 뛰어가니 한곳에서 여자 신음소리가 들리었다.

"배아픈 여성동무 거기 있소?"

하고 정헌이가 소리치니까 순영이가,

"아이구, 선생님, 여기야요. 여기."

하고 대답하였다.

가까이 가보니 명자가 길가 바위돌 위에 웅크리고 누워서 연성 죽는 소리를 하고 있었다.

정헌이는 혼잣말처럼 하면서도 모두가 다 들을 수 있도록 큰 목소리로,

"아, 이것 참 큰일낫군. 시각이 급한데 어디 집으루 찾아들어 가야지요. 자 업히시오. 응급수술이 필요합니다."

하고는 명자를 업고 대오를 떠나 어둠 속으로 사라지었다.

큰길에서 멀리 떨어진 어떤 초가집까지 가서 명자를 내려놓으니 명자와 순영이는 그제서야 흐느껴 울기 시작하였다.

승패의 길

165

"꽝!" 하고 한참 있다가 "달콩" 하고 겨우 들리는 소리는 공산군이 밖으로 내쏘는 대포 소리요 "외윙!" 하고는 금시에 "꽝, 후두두둑" 하는 소리는 유엔군이 시내로 들여 쏘는 대포 소리라는 새로운 전쟁지식을 서울시민들은 배우게 되었다.

이 사격전은 낮에는 없고 밤에 시작되어 밤새도록 계속되는 것이었다. 그래서 날만 어두워지면 온 식구는 모두가 다 방공호 속으로 들어갔다. 단지 노할머니만은 결사 고집하고 안 들어가려고 하므로 할 수없이 그가 마루에서 잠든 후 정학이나 욱진이가 책상을 들어닥아 몸을 가리워놓곤 하였다.

비좁은 방공호 속에서 팔과 다리를 이리저리 포개놓고 비지땀을 흘리면서도 어린이들은 쿨쿨 잠을 잤으나 어른들은 꼼박꼼박 밤을 새웠다.

밤새도록 "외윙" 하고는 "꽝, 후두두둑" 하는 소리와 함께 문창은 와들와들 떨고 때로는 방공호 밑까지도 후들후들 떨기도 하며 우박이 내리드시 무엇이 지붕을 때리기도 하는 것이었다.

날이 새어 대포 소리가 멎자 '다다미'[1]로 가리웠던 방공호 출입구를 밀고 밖으로 나서 보니 뜰에는 대포알 파편과 박격포 탄피가 여기저기 널려 있는

길

1   마루방에 깔고 사용하는 일본식 돗자리.

것을 본 더픈[2] 이는 놀랐다.

바로 방공호를 덥흔 이불 위에도 손벽만큼한 쇳덩이 파편들이 쿡쿡 박혀 있는 것이 보이었다. 그리고 바로 부엌문 밖에는 수박 반 조각만한 큰 파편이 굴려져있었다. 눈을 치어들어 보니 바로 앞집 사랑채 이층이 없어지고 말았다.

그 어떠한 일이 있드라도 사람은 먹어야 사는 동물이었다. 그래서 순덕이는 아침 먹을 죽가마를 올려놓고 뜰로 나서 하늘을 내다보니 시내쪽 서너 군데 검은 연기기둥이 서 있는 것이 보이었다.

방금 비행기 폭격 소리를 듣지 둔[3]했는데 웬일인가 하고 의아스럽게 치어다보고 있노라니 옆집 윤씨 부인이 쪽문을 열고 들어섰다.

"아—니, 다 무사하시우? 얼마나 놀랏수?"

"댁에두 피해는 없으서요? 참, 다행입니다. 그런데 이걸 좀 보서요."

하며 수박 반 조각만한 파편을 가리키니 윤씨부인은,

"아그마!"

소리를 지르고,

"하, 그게 부엌밖에 떨어졌기 다행이지 지붕에 떨어졌드문. 아, 저댁 사랑채가 아주 박살이 낫어요."

"인명손해는 없는지요? 원!"

"식구 모두가 다 방공호에 들어가 있었기 때문에 목숨은 살렷다구 합디다."

"참, 다행이군요, 그런데 저 연기는?"

"아, 그거요, 그놈들이 쫓겨가면서 최후 발악으루 막 불을 지른답니다. 유엔군 비행기가 그렇게두 아끼구 폭격을 아니 한 중앙청에다 불을 지르구 그리구 또 공과대학, 성균관대학, 천주교대학 건물들에 불을 질렀답니다.

---

2   '더픈'은 생략해도 무방.
3   원문에 보이기로는 '둔' 또는 '둠'으로 보이나 의미상 '못'으로 여겨진다.

또 그리구 어제밤 그 복새통에 저 국민학교에 가두어 두었던 남녀들은 모두 교사 뒤뜰루 끌고 가서 총살해버렷답니다. 그래 아까 누가 와서 그러는데 아무두 길에 절대루 나다니지 말라구 그러더군요. 그놈들이 악이 받혀서 닥치는대루 사람을 죽인대요."

166

어재 밤 어디로 갔는지 종적을 몰라 궁금했던 정옥이가 숨이 차서 할닥 거리며 들어섰다.

"그래두 우리 집은 남아 있군요! 난 꼭 모두 박살이 난 줄 알구 달려왔는데."

하구 말하는 것을 맞받아서 정학이가,

"아, 인젠 너두 나다니지 말구 꼭 집에 붙어 있거라."

"예, 저두 그럴라구 왔어요. 그놈들이 우리를 보구 집집마다 불을 질러야 한다구 술병, 빼루병에닥아 까솔링을 나눠 담는 것을 보구 난 살짝 도망해 나왔어요. 오빠 소식은 끝끝내 알아내지두 못하문성 그놈들 시중만 괴니 실컷 들어줬어요."

이때 하늘에서 푸로펠러 소리가 들리어왔다. 모두가 치어다보니 아주 소형비행기 한 대가 지붕위에 거의 닿을 만한 정도로 낮추 떠서 이리저리 뒤집히며 재조를 부리는 것이 보이었다.

비스듬히 돌 때 날개 밑에 그린 표지를 보자 정옥이는,

"아—니, 일본기를 그리지 않았다구?"

하는 말이 떨어지기가 무섭게 창덕이가,

"아—니, 태극기다, 태극기!"

하고 소리를 버럭 질렀다.

창덕이 얼굴은 폐병 환자처럼 머리털은 귀를 더퍼 씌웠고 수염까지 더부룩 난 것을 본 정옥이는 재즈러지게 웃었다. 그러나 그 웃음은 갑자기 뚝 끊

어지었다. 아버님이,

"창덕이, 얼른 도로 들어가 숨게. 방금 그 고함소리가 너무 컷서. 물론 너무나 기뻐서 그랫지만. 혹시 빨갱이가 들었오문 집을 뒤지려 올테니깐 어서 도로 들어가."

하자 창덕이는 허둥지둥 도로 헛간 속으로 사라지었다.

이해 九(구)월 二十六(이십육)일은 음력으로는 바로 八(팔)월 추석날 이었다.

추석날 성묘는 염두도 못 내고 떡 한 조각 못해먹고 촐촐하고 있는데 다 저녁때가 되자 어디서 들려오는 소식인지 용산은 지나간 밤에 해방되어 추석날 아침 집집마다 태극기를 띠우고 창고를 개방하여 쌀을 나눠가지고 떡을 해먹는 중이라고 하며 서울역에 지금 양 군이 대치하여 격전 중이라고 하는 것이었다.

그러나 이날 밤 시내에서는 부인네들이 수표교[4] 답월[5]놀이를 나가는 대신에 모두 다 끌려나가 큰길에다 물을 뿌리는 강제노동에 종사하였다.

집집마다 한 사람씩 빠켓츠를 들고 나와 길에 물을 뿌리라고 하면서 그 이유는 설명해주지 아니하니 인민공화국 풍속으로는 추석날 밤에 길에 물을 뿌리는 것인가 생각하는 사람이 있었고 또 더러는 유엔군 어떤 신무기 방어책이 아닐가 하고 귓속하는 사람들도 있었다.

대포 소리가 또 나기 시작하자 길에 물을 뿌리던 사람들이 산지사방 흩어져버렸다. 정학이가 노 할머님 누으신 위에 책상을 들어다 놓고 방공호로 들어가려고 뜰에 나서다가 그의 발은 문뜩 섰다.

시내 하늘은 불바다가 되어 있는 것을 그는 보았던 것이다.

"불바다"란 말은 흔히 들었지만 전 하늘이 이처럼 불바다가 된 것을 목도

4　조선 세종 때 청계천에 가설한 돌다리. 원래 청계천 2가에 있었으나 1959년 청계천 복개공사 때 장충단공원으로 이전하였다.
5　달밤에 거닒

하는 것은 일생 처음이었다.

167

전 하늘이 시뻘건 불꽃에 뒤더피어 하늘도 별도 보이지 아니하는 광경을 넋을 잃고 서서 바라다보던 정학이는,

"왕"하는 소리를 듣자 질겁을하여 방공호 속으로 미끌어져 들어갔다.

"외윙꽝" "외윙꽝" 하는 소리뿐이 아니라 따따따따 하는 기관총 소리가 들리어 오게 되자 욱진이는 그냥 마루에서 주무시고 있는 어머니 안위가 염려되어 방공호 밖으로 나섰더니 더운 김이 그의 얼굴에 확 끼치었다.

"에키, 불!"

하고 그는 부지중 소리를 버럭 질렀다.

욱진이는 마루로 뛰어올라가서 어머니를 질질 끌다싶이 하여 뜰 아래로 모시어놓고는 날쌔게 방공호로 달려가서 '다다미'를 번쩍 들어 내동댕이치고,

"야들아, 불이다, 불 엽집까지 불이 당기었다. 나오너라. 모두들, 어서어서."

하고 소리질렀다.

정학이는 자는 아이들을 때려 깨워 일으켜서 하나씩 안아 내놓으면 욱진이는 방공호 지붕에 펏던 담요와 이불을 벗겨 머리에 씌워주면서,

"이건 그대루 쓰구 길로 나가거라. 사직 공원으로 가라."

하고 말하였다.

순덕이는 애기를 둘러업고 방공호 밖으로 나서면서 머리 위에 이불이 씌워져서 한 팔로 애기를 업고 한팔로는 이불을 머리 위으로 들고 허둥지둥 대문 밖을 나섰다.

행길에는 사람들이 모두 이불을 쓰고 허둥지둥하기 때문에 그는 이리 치우고 저리 치우다가 문득 등 뒤가 허수룩해지는 것을 느끼자,

“아, 애기!”

하고 소리를 지르면서 이불을 던져버리었다.

　사방에서 붙는 불 때문에 길은 밝았으나 뒤를 돌아다보니 애기는 사람들 발에 짓밟힛는지 보이지 않았다.

　“아, 애기야, 애기야”

하고 울부짖으면서 어쩔 줄을 모르고 발을 동동 굴고 있노라니 저쪽 옆에서 누가 머리에 썻던 이불을 훌떡 벗기면서 순덕이쪽을 보는데 그는 정환이었고 그의 목에 애기가 목말을 타고 있는 것이 보이는 듯하자 금시 이불이 애기 몸을 도로 가리웠다.

　“아, 고마운 아즈버니⋯⋯.”

하는 순덕이 눈에서는 눈물이 주루루 흘러내렸다.

　순덕이는 흠칫하다 그의 머리를 스치고 지나가는 생각!

　“창덕이는?”

　순덕이의 남동생 창덕이는 헛간 안 굴속에 가치어 있을 것이었다.

　거의 석 달 동안 창덕이가 밤마다 숨는 굴은 창덕이가 기여들어간 후에는 언제나 그 입구에 장작을 높이 쌓아 올리군했던 것이었다. 밤중 어느 때 그놈들이 집을 발깍 뒤지려 올지 모르는 일이라 굴을 캄풀라지[6]하기 위하여 매번 장작을 쌓아놓았다가 아침에 순덕이가 가서 장작데미를 치워주어야 창덕이는 기여 나올 수가 있었던 것이다.

　헛간까지 불이 당긴다면? 더구나 장작데미!

　순덕이는 흐늑거리는 사람떼를 이리 밀치고 저리 밀치고 하면서 머리 위로 떨어지는 재와 불똥을 인식하지도 못하면서 집으로 향하여 미친드시 달려갔다.

　집 근처로 가까이 갈수록 공기는 더 뜨거워졌다. 훅훅 다는 난로 속 같은 골목 속으로 순덕이는 비틀거리며 들어갔다.

6　카무플라주(Camouflage) : 거짓꾸밈, 위장.

168

돈암동 정헌네 집에서 정헌모는 밤새도록 한잠도 못자고 들락날락하다.

뜰에 나서면 시내 하늘에 새빨간 불꽃이 충천하는 것만이 보이고 큰길가 가게 방으로 들어가 발을 친 창문으로 길을 내다보면 패잔병 행렬이 잠시도 쉬지 않고 외줄로 꾸역꾸역 고개를 향하여 가고 있는 것이 보이었다.

팔월 한가위 지난 지 하루밤 그 맑고도 밝은 길로는 박쥐들이 쫓기어 기어 달아나고 있는 것이었다.

장교급들은 지붕 없는 찝차나 쓰리코타[7]에 전 가족과 재물을 산데미처럼 싣고 대로를 달리는데 졸병들은 총도 배랑도 없이 단신으로 응달에 외줄로 바싹 다가서 줄을 지어 지나가는 것이었다.

아침 밝은 후에 뜰에 나서 보니 서울 시내 하늘은 구름이 아니라 시컴언 연기로 뒤덮여 있는데 햇빛이 쪼이는 면에는 회백색으로 반사되고 그 옆에 는 새깜안 연기가 굼틀거리어서 이리저리 그 형상과 위치가 변하는데 금시 에 첩첩 산봉처럼 되어 금강산 만 이천 봉 풍경처럼 보이다가는 멍하니 치 어다보고 있는 사이에 그 연기뭉치는 한 마리의 큰 용으로 변하여 그 굵은 몸이 굼틀굼틀하면서 움직이는 것같이 보이다가는 또 금시에 천병만마[8]가 기치[9]를 세우고 행군하는 것같이 보이기도 했다.

정헌모는 이 기이한 형상에 한동안 눈이 팔리었다가 이쪽 문밖 쪽 하늘 을 치이다보니 구름 한 점 없이 맑게 개인 하늘에 솔개미[10] 한 쌍이 떠서 나 는지 한 곳에 섰는지 너무나 천천히 빙빙 돌고 있는 것이 보이며 가을날 바 람 한 점이 없는데도 불구하고 어디 가까운 곳에서 생철판이 모진 바람에

7 　스리쿼터(three-quarter) : 미군이 사용했던 군용차로 지프와 트럭의 중간급이며 적 재량이 4분의 3톤이다.
8 　천 명의 군사와 만 마리의 군마라는 뜻으로, 아주 많은 수의 군사와 군마를 이르는 말. 천군만마.
9 　군대에서 쓰던 깃발.
10 　'솔개'의 방언.

불리워서 츠르르릉 츠르르릉 하는 것 같은 이상한 소리가 간헐적으로 들려오는 것이었다.

저 멀리 삼각산 북악산 쪽으로는 몇 쌍의 젯트기가 제비들처럼 오르고 내리는데 소리는 안 들리면서도 산 뒤 여기저기에 시컴언 연기기둥이 올라와서 시내 하늘을 뒤덮은 연기 뭉텅이와 합류하려는 드시 천천이 움직이고 있었다.

어디 멀리서 기관총 소리가 따따따따 들려오는 듯싶이 생각되는 것은 착각이었을가?

아들 정헌이나 조카 정국이나 강 의사 등은 모두 문밖 한정막 집에 숨어 있으니 안심이되었으나 사직동에 있는 시어머님, 남편, 아들, 며누리, 손자들 안위가 저윽이 염려되는 것이었다. 점심때나 되어 김영덕이가 또 불쑥 찾아왔다.

들어서자마자,

"아—니 껌둥이 부대가 지금 왕십리까지 와 있으면서두 못 들어오구 있구, 청량리까지 온 미군부대두 동대문까지 오는 길에 지뢰가 묻혓슬가봐 겁을 내서 못 오구 있읍니다. 내 참 기가 막혀서."

"그런데 자네는 좌우간 조자룡이 같이 동에 번쩍 서에 번쩍하며 미꾸라지처럼 용히 빠져다니네 그랴. 또 뉴쓰두 참 빠르구. 이번에두 또 후라인진 몰라두?"

"예. 그렇지않아두 지난 十六(십육)일날 곧 달려와서 인천 상륙 뉴쓰를 전해드리려고 했으나 참외장사에 바빠서 못왔읍니다. 그런데 방금 저더러 미꾸라지처럼 빠져다닌다구 하셨지만 오늘부터는 저도 좀 숨어야 되겠읍니다."

하고 영덕이는 말하였다.

169

"허허, 조자룡이두 숨어야 될 때가 이르렀는가?"

"녜, 참, 혼났어요, 조금하더면 큰일날 번했어요. 지금 시가전은 종로에서 벌어지구 있는데 난 멋두 모르구 동대문께로 나섰다가 인민군한데 붙들려서 시가전에서 부상한 괴뢰군을 들것에 담아메구 안암동까지 끌려왔어요. 피를 펑펑 쏟는 부상병을 메구 병원마다 가보아야 병원문은 모두 꾿꾿히 닫히고 어디 열어주어야지요. 하니까 인민군이 들것을 메구 미아리고개루 넘어서 의정부까지라두 가야 된다구 막 재촉을 하지않겠어요. 하, 참 기가 막혀서, 석 달을 내리 참 미꾸라지 모양으루 묘히 빠져 다녓는데 지금 미군이 종로까지 쳐들어온 때 인민군 부상병을 메구 의정부까지 끌려간다는 건 허허, 참 아뜩했어요. 그러나 천우신조[11] 참 운이 좋았어요. 내가 멧던 들것 대가 약해서 저쪽에서 뚝 부러졌어요, 그래서 나는 들것을 내려놓구 의정부까지 메구 갈려문 굵은 몽둥이를 구해야 된다구 하구, 몽둥이 구하려 가는체하구 지금 이리루 뺑손이 쳐온 것입니다. 아주머니, 이 앞길루 피투성이 된 부상병을 들것에 메구 나가는 걸 못 보셨읍니까? 남자가 번뜻하기만 하문 막 붙들어서 다 죽어가는 괴뢰군을 들것에 메고 가게 한답니다."

"응, 그럼, 삼선교 한정막 집으루 가지, 거기 모두들 숨어 있으니깐."

"원, 안되요. 지금은 길에 나섰다간 또 붙잡혀요. 지금은 남자면 무조건 붙잡아요. 그동안 참외장사루 돈을 좀 벌었으니 내 밥값 낼께 하루 이틀만 좀 먹여주서요. 자기는 빈 가게 방에 나가 잘 테니요."

"돈 이야기가 아니구 한정막이 큰길가가 아니구 안전하니까 그런 거지."

"인제 기껏 하루밤에 안 남았어요. 자, 저 정찰기를 보서요, 저렇게 천천이 거의 멎어 서 있는 것처럼 천천이 돌구 있지 않아요."

길 11 하늘이 돕고 신령이 도움.

"그러기, 아, 아까부터 저렇게 떠 있는데 난 솔개인 줄 알았더니."

"원, 아주머니두, 그게 정찰기들인네 서울을 한 토막씩 전진해 들어오면서 돌진하기 전날에 내일 점령할 장소를 하늘에서 저렇게 세밀히 종일 내려다 보구 있더군요. 그러니까 저 정찰기는 내일 유엔군이 동소문 밖으로 나온다는 전주곡입니다."

정헌모와 영덕이는 가게 방으로 가서 바깥 길을 열심히 내보았다.

군복은 입었으나 총도 메지 못하고 보따리 한 개 지니지 않은 인민군들은 줄을 지어 고개 위로 올라가고 있고 평복하고 몽둥이나 일본 칼을 든 빨치산들은 삼삼오오 떼를 지어나가는 자들도 있고 들어오는 자들도 있었다.

어쓸해지자 유엔 비행기가 패주[12]하는 괴뢰 차량을 막 기총소사하여 염상[13]시키는데 정헌의 집 대문을 요란히 뚜드리며,

"우리는 인민군이 아니구 이북서 강제루 끌려나온 사람들이니 몸을 좀 숨겨주서요."

하는 애걸 소리가 빗발치듯 했으나 아무도 대꾀하지 아니하였다.

밤은 조용해지었다.

낮에는 숨어 있다가 밤이 되면 나다니며 피를 빨아먹는 박쥐와 꼭 같은 공산도배는 도망가 버리고 길은 횡하니 비어 있는데 밝은 달빛만이 말없이 이 길을 비치어주고 있는 것이었다.

尾(미)

---

12 싸움에 져서 달아남.
13 불이 타오름.

6 · 25전쟁의 문학적 재현
— 북한군 서울 주둔기간 중 한 가족의 이야기

길!

『길』이라고 하면 언듯 평범하게 들리고 또 길의 목적이나 용도는 누구나 다 너무나 잘 알고 있기 때문에 그리 대수롭게 생각하지 아니하나 그러나 길에는 여러 갈래가 있는 모양으로 또 여러가지 종류가 있는 것입니다 넓은길, 좁은길 울퉁불퉁한길, 매끈한길, 그리고 이 길위에서 동리나 은인을 만나기도하고 동행하게 될수도 있으며 반대로 원수를 만나거나 동행하게도 될수 있는 것입니다 그래서 산꼬르 밤길을 혼자갈 때 호랑이를 만날가봐 겁이나지마는 그 보다도 낯선사람을 만나는 것이 더 무서운 것입니다 길중에는 곧은길도 있거니와 또 도는길, 즈름길도 있으며 천당으로 가는 길도 있고 그 반대로 지옥으로 가는 길도 있는 것입니다 길이 혼잡하면 할수록 길가는 사람은 조심하지 아니하면 봉변을 당하기 쉽습니다 길은 인류생활의 과거와 현재와 미래를 연결시키는 영원불멸의 통노입니다 『길』은 『道』와 通하는 것입니다 道에는 正道가 있고 그 反對로 사도도 있습니다 그런데 사람들은 正道 즉 道德 · 道義 · 道理를取하는데서 生命의 眞善美를 發見향有할것이며 모든 鬪爭의 最後勝利는 반드시 邪道를 쳐물린 이 正道에 있는 것입니다.

— 『작가의 말』 『동아일보』 1953년 2월 18일자

들어가며 : 6 · 25전쟁의 성격과 작가의 문학재현 전략

1950년 6월 25일 새벽 4시 북한군이 242대 탱크와 170대의 전투기로 당시 한반도 남북 분단선인 38선을 넘어 기습적으로 남한으로 침공했다. 그동안 한국전쟁(Korean War)으로도 불리우는 6 · 25전쟁의 성격 규정에 관해 여러가지 논쟁들이 있다. 일반적으로 '남침'이라고 알려져 있지만 남한의 북침이라는 주장도 있다. 일각에서는 심지어 남침이라는 말이 남쪽에서 침공했다는 뜻으로 곡해되기도 한다. 그러나 당시 소련(러시아)의 지도자 스탈린이 새로운 동방정책의 일환으로 나아가 공산주의를 태평양 쪽으로 확장시키기 위해 북한 김일성을 사주하고 당시 중공의 모택동의 후원으로 한반도에서 6 · 25전쟁이 발발했다는 것이 정설이다. 남한에서 이 전쟁을 6 · 25전쟁 또는 한국전쟁으로 부르지만 북한은 조국해방전쟁이라 부른다.

극동의 끝에 위치한 한반도는 역사적으로 이미 언제나 대륙세력과 해양세력이 대격전장이었다. 대륙세력이며 공산주의 국가인 중국과 러시아, 해양 세력이며 자유주의 진영인 미국과 일본의 이념적 대결의 장이 되었다. 더 크게는 세계 2차 대전 이후 전개된 소위 '냉전(Cold War)' 체제의 고착화되는 과정에서 터진 전쟁이다. 공교롭게도 1950년 1월 미국 국무장관 딘 애치슨은 미국의 극동 방위선에 남한이 들어 있는 한반도는 제외시키고 알류산 열도, 일본, 그리고 필리핀을 연결하는 방어 라인을 그었다. 이에 스탈린은 한반도에 전쟁이 나도 미국이 개입하지 않으리라고 생각했다. 당시 소련과 중공은 한반도 전체를 공산화하여 태평양 진출을 노리고 있었다.

6 · 25전쟁의 배경과 원인이 무엇이었든 간에 중요한 사실은 그 전쟁이 동족끼리 서로 미워하고 죽이는 민족상잔의 비극이었다는 점이다. 이 한민족 간의 이념의 차이로 일어난 전쟁으로 남북한 주민들의 불신과 증오가 깊어졌고 1953년 7월 겨우 휴전되었으나 한반도는 치유하기 어려운 후유증으로 그 후 70년 가까이 지속되는 한반도 분단이 고착화되어 아직까지도 적대관계를 계속하고 있다. 남북 간의 이러한 교류 없는 대치관계는 많은 장벽을 만들었다.

국가 이념, 사회체제의 차이, 군사적 경쟁과 대결, 문화의 엄청 차이를 가져와 민족 동질성이 심각하게 훼손되었다.

6·25전쟁으로 남북 간의 인명피해도 엄청났다. 3년간의 전쟁 중 인명피해는 대략 한국군 62만 명, 북한군 93만 명, UN군 16만 명, 중공군 100만 명이다. 특히 당시 남북한 인구대비 북한군이 많이 죽었다. 당시 남한인구 2000만 명 중 군인 62만 명이 죽었으나 북한인구 975만 명 중 93만 명이 전사하였다. 민간인 죽음은 250만 명, 이재민은 370만 명, 전쟁미망인은 30만 명, 전쟁고아는 10만 명, 남북 이산가족은 1,000만 명이 생겨났다. 따라서 당시 남북한 인구 3,000만 명의 절반인 1,900만 명이 피해를 입었다(『6·25전쟁 1129일』 이중근 편저, 983쪽). 6·25전쟁의 특징 중의 하나는 남북한 군인들의 전사자보다 민간인 죽음(집단 학살 포함)이 훨씬 많았다는 점이다. 이로 인한 남북한 국민 간의 불신과 증오의 골은 너무나 깊게 패였다. 같은 한민족 간의 골육상쟁은 6·25전쟁을 인류 전쟁사의 최대 비극으로 만들었다.

주요섭의 장편소설 『길』(『동아일보』, 1953년 2월 20~8월 7일까지 169회 연재)은 폭력, 증오, 불신의 비극의 역사를 기억하는 새로운 방식을 보여준다. 이 소설은 6·25전쟁이 터진 1950년 6월 25일부터 같은 해 9월 15일 맥아더장군이 이끄는 UN군의 인천상륙작전의 성공으로 9월 28일에 서울이 수복되는 날까지 95일 동안 남쪽으로 피난가지 못하고 서울에서 남아 있던 한 가족의 이야기를 그린 일종의 '다큐 소설'이다. 이 역사소설에서 주요섭의 6·25전쟁 재현 전략은 정치, 외교, 군사, 이념 등과 같은 거창한 문제를 정면으로 다루지 않고 최씨 가족들과 그 주변인물들이 북한군이 서울을 점령한 기간 중에 일상생활을 매우 사실주의적으로 묘사하는 방식을 취하고 있다.

그동안 한국문학에서 6·25전쟁에 대한 문학적 접근은 남북분단과 이념분쟁의 편차가 심해서 쉽지 않았고 나아가 총체적인 문학적 재현이 단편적으로 외에는 별로 없었다 해도 과언이 아니다. 이렇게 볼 때 『길』에서 주요섭의 6·25전쟁 재현전략은 매우 효과적이다. 이 소설의 시점은 전지적인 3인칭 시점이다. 이 소설의 중심인물은 최욱만 노인의 맏아들 최정학이다. 36세인 그는 서울시 종로4가에서 잡화상을 하는 상인이며 자택은 사직동에 있다. 이 소설은 최정학의 부모, 형제자매, 자녀들, 그리고 친척, 친지들이 북한군이 서울을 점령했던 시기에 살아간 현장보고서이다. 이 소설은 7개의 주제 속에서 수십 개의 다양한 장면들을 비교적 객관적으로 제시하고 있다.

박쥐들의 갑작스런 출현

이 소설은 '박쥐'의 출현으로 시작된다. 이야기는 1950년 6·25전쟁은 "명랑한 일요일 아침"에 시작된다.

> "아! 웬 박쥐가?"
> 하고 중얼거리면서 정학이는 가슴이 섬쩍하였다. 박쥐는 그 억센 이빨로 쇠줄이라도 끊는다는 이야기를 일찍이 들은 정학이는 박쥐가 무섭기도 했지만 또 얄밉기도 하고 멸시하는 생각도 있었다. 정학이가 어렸을 때 할머니에게 들은 이야기로 옛날에 새나라와 쥐나라가 전쟁을 할 때 이 박쥐는 새가 이기는 기미가 보이면 새 행세를 하고 쥐가 이길듯이 보이면 쥐 노릇을 하는 절조없는 동물이라는 것이 새삼스리 머리에 떠오르고 또 박쥐란 놈은 낮에는 언제나 어둑신한 데서 잠만 자다가 어두운 밤에만 나다니며 피를 빨아먹는 놈이란 말도 들었던 기억이 있었다. 또 중국 사람들은 박쥐를 편복이라고 부르는데 그 아랫자 '복'이 복 복(福)자와 음이 꼭 같다고 하는 너무나 단순한 이유로 박쥐를 길(吉)한 동물이라고 보아서 병풍에 수도 놓고 박쥐표 담배도 만들어 판다는 이야기도 들은 적이 있으나 정학이에게는 박쥐란 놈들이 자기집 헛간 안에 깃을 들었다는 것은 어쩐지 불길한 징조라고 생각되어 불유쾌하였다.

그러나 여기서 주인공 정학에게 박쥐는 야비하고 사악한 동물이다. 야행성에 야비한 외모를 가지고 쥐도 아니고 새도 아닌 모습이 공포감과 혐오감을 준다. 박쥐는 각종 기생충과 바이러스를 전달하는 광견병 등 질병 매개체이다.

북한군이 평화로운 초여름 일요일 새벽 5시에 38선을 돌파하여 대규모 기습 남침한 것이다. 그러나 당시 남한 국민들은 너무나 낙관적이었다. 미국이 뒤에 있는데 설마 남한이 쉽게 당하겠는가?

지나간 수삼 년 동안 미국요인이 한국에 방문을 올 때마다 국군은 위풍당당하게 시가행진을 하는 것을 그는 그의 눈으로 번번히 보아오지 않았던가? 생전 처음보는 웅장하고도 멋진 무기의 행렬, 해방직전까지 늘 보아왔던 일본군대보다 비교도 되지 않을 망큼 더한층 늠름한 기상으로 열을 기어 바로 이 길로 행진하던 우리국군! 더구나 바로 요 며칠 전만하여도 미국의 외교계나 군사계의 ㅁ위자인 '덜레스'가 한국에 와서 몸소 三八(삼팔)선까지 시찰하고 나서 三八(삼팔)선 방어쯤은 자신만만하다고 감격하고 가지 않았는가! 그뿐 아니라 정훈이 여석(정훈이는 정학이의 셋째동생으로 육군소위이었다.)도 집에 들리기만 하면 의례히 그까짓 가짜 김일성이 군대쯤 문제도 되지 않는 것이라고 이북진격 명령이 좀체로 내리지 않아 클클해 죽을 지경인데 일조 북진명령만 내리면 한나질이면 평양 가서 점심참하고 이튿날 아침이면 압녹강물로 양추질을 할 수 있노라고 떠들어대지 않았던가!

그러나 서울시대 상황은 급박하게 돌아갔다. 공습경보 사이렌이 울리고 시내버스와 트럭들은 군에서 장발하고 쌀값이 급등하기 시작했다. 침공 다음 날인 6월 26일 월요일에 벌써 학교는 임시휴학으로 조기여름방학에 들어갔고 극장도 음식점도 문을 닫고 관망하고 있다. 그래도 사람들은 상황에 대한 정확한 판단을 하지 못하고 이번 기회에 "진격 진격 백두산 영봉에 태극기 날리자!"를 구호를 부르기도 했다.

당시 서울시민들의 바람과는 달리 대학병원에 근무하는 둘째 아들 내과의사 최정헌의 눈에도 부상병이 속출하여 병원으로 몰래 들어오는 것을 보아 전세가 악화되고 있음을 잘 감지하고 있었다. 그러나 전쟁 발발 3일째 되던 6월 27일에 서울은 수원으로 천도한다고 했다가 다시 사수로 결정되는 등 난맥상을 보였다. 특히 방송으로는 전쟁에서 계속 승리하고 있다고 오보(?)를 내고 있다.

정학이가 무어라고 대답을 하기 전에 갑짝이 밖에서는 확성기를 통한 여자의 목소리가,

"친애하는 시민 여러분 당황하지 마십시오. 정부 수원으로 천도라는 방송은 오보입니다. 정부도 국회도 서울시민 여러분과 함께 수도를 사수하기로 결정하였습니다. 적군은 이미 쳐 물리쳤아오니 안심하시고 직장을 지켜주십시오."

그러나 거리에는 이미 한강대교를 넘어 남쪽으로 피난하는 대열이 시작되었다.

쿵쿵 소리는 점점 더 가까이 들려오는데,
"친애하는 시민 여러분."
하는 여자의 목소리가 또 들려왔다.
"여러분 경거망동하지 말고 집으로들 돌아가십시오. 서울은 사수할 것이며 적은 격퇴 중에 있읍니다. 국군이 시내로 이동한 것은 결코 후퇴가 아니고 의정부 쪽 적을 완전히 쳐 물리고 문산 방면 전선으로 이동한 것입니다."
그러나 무표정한 얼굴로 고개를 꾸역꾸역 넘어오는 피난민들은 확성기야 떠들건 말건 들은 체 만 체하고 묵묵히 삼선교 쪽으로 안암동 쪽으로 신설동 쪽으로 자꾸자꾸 걸어가고 있었다.

당시 광화문 네거리와 서울역 일대의 풍경은 다음과 묘사되고 있다.

대소 상점을 막론하고 철시를 해버린 어두운 길을 더듬어 광화문 네거리에 나서니 거기 파출소도 텅 비어 있고 그 어느 창문 하나에서도 불빛이 보이지 아니하는 고층 건물들은 유령들처럼 서서 묵묵히 비를 맞고 있는 것이었다.
서울역 앞까지 오니 역 구내에는 전동이 환하게 켜 있어서 마치 사막 속의 오아시스처럼 반가웠으나 서소문 쪽으로 향한 길로도 피난민이 꾸역꾸역 밀리어오는 것을 보니 금시에 포소리는 북쪽에서만 오는 것이 아니라 서쪽에서도 오는 것같이 들리었다.
역전 파출소도 텅 비어 있는데 가까스로 사람 장벽을 뚫고 화물 출입구쪽

칭칭대를 굴러나리다 싶이 하니 철도궤도로 들어가는 문은 열려 있으나 철도국원 같이 보이는 사람은 한 명도 없었다. …(중략)…

　　머머리 위로 사방을 둘러보니 굴뚝에서 연기 뿜는 기관차 한 대 보이지를 않으니 기차를 얻어 탈 생각은 진작 단념해버리고 어서 다만 한걸음이라도 더 걸어가 볼 생각을 하는 것이 현명한 일일 것이다. 그러나 사람이란 죽을 고비에서도 요행을 바라는 동물인지라 혹시나 문산 방면에서 후퇴해 오는 마지막 기차라도 들어오면 올라타는 재주를 부려볼가 하고 기다리고 있는 것이었다.

이러한 혼란의 와중에 이승만 대통령이 특별 방송이 있었다.

　　더구나 선동 연설보다도 확실한 뉴-쓰에 굶주린 사람들에게는 감격하는 열정보다도 숨김없고 냉철한 현실보도에 더 많은 관심을 가지게 되는 것은 당연한 일이었다.
　　청중에게는 무척 지루하게 생각되던 그 긴 연설이 끝나자 아나운서-는,
　　"금시 대통령 각하의 특별 방송이 있겠아오니 잠깐만 이대로 기다려주십시오."
하고는 라디오는 잠시 잠잠해 해졌다.
　　듣는 사람 모두가 너무나 긴장해져서 몸을 반쯤 이르키고 숨소리를 죽이고 기다리는데 아나운서-는 다시,
　　"여러분 잠깐만 기다려주십시오. 곧 대통령 각하의 방송이 있겠습니다."
…(중략)…
　　"맥아더 장군에게서 전보가 오기를 구원을 곧 보낸다고 하였읍니다."
　　하는 한구가 왼 천지를 채우는 것처럼 비소리 탕크 포소리 따발총 소리 기관총 소리 이리 쏠리고 저리 몰리는 피난민들의 아우성 소리를 압도하고 방안 탁한 공기를 쩡쩡 울리는 것이었다.

위와 같은 몇 개의 장면을 보더라도 6 · 25전쟁 발발 직후 당시 서울의 모습이 얼마나 긴박하였는지 알 수 있다.

길

남쪽으로 피난 못 간 낙오자들

며칠 뒤 이승만 정부는 3일 만에 서울이 점령당하고 예상보다 빠르게 진격하는 북한군을 저지하기 위해 한강대교 폭파를 결정하였다.

> 그래도 앞을 바라보며 질룸절룸 걷노라니 갑자기 저쪽 하늘에 "확!" 하고 오렌지 빛깔 광채가 솟아올랐다. 그러자 "꽝!" 하고 천지를 들었다 놓는 듯한 요란한 소리가 들리더니 오렌지 빛깔 광채는 꺼져버리고 암흑이 다시 대지를 폭 싸버리었다.
>
> 정호가 주저앉는 바람에 창덕이도 따라서 앉았다.
>
> "방금 그게 무슨 불인가?"
>
> "글세요."
>
> "폭탄 터지는 불이 그렇게 아름다울가?"
>
> "글세요. 무척 가깝게 보였는데요. 밤불은 가깝게 보인다구 하지만 어디쯤 일가요?"
>
> "글세, 여하튼 우리 앞길은 끊어져버린 것이 아닌가?"
>
> 하는 정호의 말이 떨어지기가 무섭게 저—쪽 앞에서,
>
> "다리가 폭파되었다!"
>
> 하는 부르짖음과 동시에 사람들의 아우성 소리와 사람 떼가 성낸 파도처럼 뒷걸음질 해오는 것이었다.

한강 인도교(대교)가 폭파된 후 수많은 피난민들이 한강을 건너지 못하고 묶였다. 이들 상당수는 서울 사수하겠다는 정부의 말만 믿고 있다가 '낙오자'들이 되었다. 한강 북단에서 강을 건너 남쪽으로 피난하려는 수많은 낙오자들이 몰려 아수라장을 이루고 있다.

> 한강 이쪽 가에는 흰옷 입은 민간인 피난인, 군복 입은 국군 패잔병들이 모두 뒤섞이어서 북적거리고 있는데 강위에는 수십 척의 조그만 배, 심지어는 조그만 뗏목까지 위에 배꼭배꼭 사람들이 타고 강을 건너고 있고 두서너 배는 빈 배로 강을 건너오는 것도 있었다.

강 한 중간에서 배 한척은 짐이 너무 무거웠는지 그만 가라앉아 버리는데 사람들은 옷을 입은 채 헤엄을 치노라고 허덕거리고 있고 여러 개의 머리는 한두 번 솟구다가 보이지 않는 것도 많이 있었다. 그 중 한 사람은 적삼과 고이를 입은 채로 제법 헤엄을 처 나아가는데 비록 개헤엄이기는 했으나 앞으로 전진하고 있었다.

　창덕이는 손에 땀을 쥐면서 이 헤엄치는 사람을 주시하였다. 그 사람이 저쪽 가에 닿아서 기어 올라가는 것을 보고 휴우 한숨을 쉬면서 강 이쪽으로 눈을 돌리니 빈 배 두 척이 가까이 오는데 한곳에는 미군 수십 명이 모여 섰고 그중 두 명이 총대를 휘둘으면서 배를 미군들 선 앞에 대이라고 형용하는 것이 보이었다.

　그 배가 미군들이 모여 섰는 앞에 닿자 두 명의 군인이 뱃머리 좌우 쪽에 서서 모여드는 피난민들을 총으로 위협하여 막아놓고 맨 먼저 엷은 초록색 세-타를 입은 미국여자부터 태우고 그 다음에 양복을 입은 미국인 몇 명을 태우고 그리고 군북입은 미국인을 다 태우고 나니 배는 배꼭 차고 말았다.

　미국인 외교관과 군인들을 태운 이 조그만 배가 강상에 뜨자 어디로서인지 총알이 빗발치듯 그 배 주위에 찰랑찰랑 물을 차고 사라지는데 강가에 우굴우굴하던 피난민들은 쫙 흐터지고 창덕이도 얼른 도로 돌창으로 굴어 떨어지고 말았다.

　둘째 아들 최정헌이 근무하는 대학병원도 북한군과 보위부에 접수되었다. 병원내과 조수인 조현창과 약제사 문관식이 보위부 중요 간부가 되어 병원을 장악했다. 점령군은 입원해 있던 국군사병을 마당에 끌어내어 병원 의사, 간호사, 직원들이 보는 앞에서 모두 사살하였다. 그리고 병원은 김일성과 스탈린 사진이 걸리고 각종 위원회 위원장을 선출하면 인민공화국 만세를 불렀다.

　두 팔을 번쩍 치어든 조현창이는 목소리를 높여,
　"용감무쌍한 인민군 만세."
하고 크게 불렀다. 직원들도 더러는 팔을 들고 더러는 안 든 채로,
　"만세"
하고 딸아 불렀다.
　"조선민주주의 인민 공화국 만세."

그리고는 연이어서,

"영명하신 인민의 지도자 김일성 장군 만세."

"약소민족의 해방자이신 위대한 스탈린 원수 만세."

이 여러 '만세'를 덩다라 부르는 백 원장은 '만세'라고 불으지 아니하고 '망세(亡歲)'라고 불으면서 속으로는 오년 전 이맘때까지 왜놈들이 "천황폐하 만세"를 강요할 때 여러 동지들이 터놓고 '망세'를 부르던 생각이 새삼스리 머리에 떠올랐다.

그 후 병원에서는 전 직원에게 이력서 제출을 요구했다. 본인의 출신성분 가족의 계급구조를 조사하기 위한 것이었다. 그것은 지주계급과 일제강점기의 친일파, 부르조와지 자본가들을 중심으로 한 친미 반공우파들을 색출하기 위한 것이었다.

셋째 아들 최정호는 중앙 정부부처의 고위관리이다. 그는 뒤늦게 매제 창덕과 함께 피난민 대열에 끼여 한강까지 어렵게 진출했으나 한강대교가 끊어져 포기하고 '낙오자'가 되어 사직동 집으로 돌아왔다. 그는 돌아오는 길에 중앙청에 걸린 인민공화국기를 보고 지난 5년간 회상에 잠긴다.

아! 저 높은 대 꼭대기에는 도대체 몇 가지 기가 오르고 내리었는가! 바로 오년 전까지 거기는 아침마다 일본기가 펄럭거리고 있었겠다. 그 일장기가 영원히 내려온 후 즉시 태극기가 올라갔다가 두 달이 못 가서 태극기는 내려오고 미국 성조기가 올라갔는데 이태 후에는 다시 태극기가 올라가기에,

"인제는 천만대 영원토록 이 기둥은 태극기가 독찻이하려니."

하고 철석같이 믿었더니 삼 년이 못 다가서 하룻밤 사이에 태극기가 쫓기어 내려오고 원수의 저 깃발[인민공화국기]이 올라가다니 ! 깃대야, 네 팔자도 기구하고나!

6·25전쟁이 터진 뒤 4일째인 6월 28일 되었다. 최정학은 옆집 사는 윤씨의 조카인 헌병을 하룻밤 숨겨준다. 당시에는 3·8선 이남이었던 개성에서 근무한 윤헌병을 통해서 6월 25일 당일 사건을 들었다. 정부발표만 믿고 남쪽으로 피난가지 못한 시민들은 보위부 직원들의 수시로 가택수색에 대비해 '토굴'을

파기 시작했다. 작가 주요섭 자신도 6·25 때 미처 피난을 가지 못하고 소위 '낙오자'가 되었다. 주요섭도 서울 집에서 토굴을 파고 9·28 서울 수복 때까지 그곳에서 지내 무사할 수 있었다. 후에 이 일에 관한 그의 회고를 들어보자.

> 거기에서 [대구 어떤 다방] 나는 팔봉(八峰)[김기진 : 1903-1985]을 만났다. 팔봉은 서울서 빨갱이들 한테 소위 「人民裁判」을 받아 九死一生으로 살아났다 는 소문은 들었으나 사변후 만나기는 처음이었다. 팔봉은 내 목숨을 간접적으로 살려준 은인이다. 왜냐하면 그가 학살되었다는 소문을 듣자 나는 곧 토굴속에 숨어서 九·二八 때까지 살았기 때문에 무사했던 것이다.
> — 『나의 문학 편력기』「신태양」, 1959년 6월호

북한군의 서울 둔주시기에 서울시민들은 즉결 후 처단하는 소위 인민 재판을 통해 수많은 무고한 시민들이 허무하게 목숨을 잃는 경우를 많이 보았다.

> 복수심이 이글이글 끓어오르는 듯한 충혈된 눈을 가진 한 젊은 놈이 두 주먹을 흔들면서,
> "여기 모인 여러 동무들 중에 이놈을 반역자로 기소하는 분이있소?"
> 하고 소리를 질렀다.
> 단위에 섯는 놈 하나가,
> "있소, 있소."
> 하고 고함을 지르니까 군중 틈에서도 몇 놈이,
> "그렇소. 옳소."
> 하고 소리들을 질렀다.
> "무슨 죄요?"
> "놈은 왕년에는 우리 동무의 한 사람이었었는데 미 제국주의 야만군대가 서울에 진주하자 적산공장 관리인이 되어가지구는 우리들 애국자 근로인들을 여지없이 착취한 중대한 죄를 범 하였소."
> "옳소. 옳소."
> …(중략)…
> "그럼, 놈의 죄과나 처벌에 대하여 이의가 없지요?"
> "없소. 죽여라. 죽여."

자칭 검사겸 재판장인 청년은 소름이 끼칠 만큼 의곡된 미소를 띠우면서,

"사형선고에 이의 없소? 사형판결에 찬성하는 동무는 박수를 치시오."

하고 말하자 군중이 선 여기저기서 박수소리가 났다.

"근로인민을 대표하여 나는 반역자에게 사형을 언도합니다. 집행은 이 자리에서 당장……."

하고 말하자 단하에서 한 청년이 뛰어오르는데 그의 손에서는 손도끼날이 햇빛에 번들번들 빛나는 것이었다. …(중략)…

도끼날이 허공에서 번쩍하더니 신사의 몸은 쩍 소리도 없이 푹 거꾸러졌다.

몇 놈이 달려들더니 넘어져 있는 사람을 이리차고 저리차고 하는데 피는 흘러서 널반지 위에 닥아 한국지도 비슷한 모양을 그리고 있었다.

여기서 시체에서 흐르는 피가 "한국지도 비슷한 모양을 그리고 있었다"는 것은 너무나 명백하게 동족상잔의 비극을 처절하게 보여준다. 이 소설의 다른 장면을 미리 보자. 대학병원에서 중상 입은 북한 병사에게 우유를 마시게 하려는 남한 간호사의 장면이다.

이 순간! 환자는 어디서 이러한 근력이 폭발했든지 한손을 번쩍 들어 복순이의 팔을 탁 때리는 통에 우유병은 복순의 손을 튀어나와 세멘트 바닥에 떨어지면서 짝하고 깨지었다.

복순이 가슴은 놀란 참새처럼 할딱거리면서 방바닥을 내려다보니 깨진 병에서 흘러나오는 흰 우유는 시퍼런 세멘트 바닥 위에 한국지도 모양을 그리고 있었다.

여기에서는 위에서와는 달리 시멘트 바닥에 쏟아진 "우유"가 "한국지도 모양"을 그리고 있다. 이 소설에서 이것의 피와 우유가 보여주는 함의는 무엇인가? 피가 흐르는 전쟁터 한반도가 아니라 "젖(우유)과 꿀이 흐르는" 한반도로 어떻게 만들 것인가? 6·25전쟁 당시뿐 아니라 휴전 66년을 넘긴 지금도 한반도 평화통일은 우리 민족의 대사명이 아니겠는가?

원수들이 같은 배를 타다

최정학은 의정부에서 서울로 피난온 할머니와 큰 아버지 가족을 만나 사직동으로 데려오고 아버지 최욱진이 살고 있는 세검정 과수원을 방문한다. 세검정은 아직도 한적한 시골 마을로 숨어 살기가 적당한 곳이다. 정학은 근처 국민학교를 지나가다 학생들에게 "만 17세 이상 32세 남자는 무조건 의용군"으로 지원하라는 격려하는 교장의 연설을 듣는다. 아버지 최욱진은 세검정 3동 주민대회에 참석하여 인민위원장, 민정위원장, 여맹위원장의 판에 박은 천편일률적인 북한의 사회, 교육, 여성지위에 관한 연설을 듣는다. 특히 이 동리의 양복 입고 보우타이를 맨 "유지"는 정부의 부패의 원인 대해 열변을 토한다.

"저로서는 여기 모이신 여러분에게 진심으로 사과하는 말씀을 드리지 아니할 수 없습니다. 과거에 있어서 제가 이 동리에 二十(이십)년이나 살고 있으면서 조그마한 직조공장을 경영하고 있으면서 만부득이한 사정 때문에 여러분 근로인민의 뼈와 살을 깍는 착취를 감행해 온 죄는 만번 죽어 마땅하오나 그러나 이것이 저의 변명이 아니라 사실에 있어서 반역자 ×××도당 정권 하에 있어서는 조그마한 공장하나를 운영하는데두 여간 힘이 들지 않아서 저로서도 만부득이한 딱한 사정이 있었다는 것을 여러분이 이해해주셔야하겠습니다. 그 수다한 난관 중 단 한 가지 예를 들어 말씀드리자면 남반부 괴뢰 정권은 맨 꼭대기에서부터 맨 밑바닥까지 속속들이 부패해서 가령 '이 · 씨 · 에이' 원조물자 배급을 좀 타려고 하는데두 계원 계장급부터 장관급까지 일일이 매수를 해야만 되니 저로서도 공장을 돌리어 먹고살기 위해서는 여러분 근로인민 을 약간 착취해가지구 그 돈으루 이자들에게 뇌물을 주어야만 유지해 나갈 수가 있었던 것입니다."

그 유지는 계속해서 북한의 발전상을 청중들에게 설파하고 있다.

"자, 그런데 보십시오. 여러분, 해방이 척 되자, 자, 어떻습니까? 一九四五(일구사오)년 八(팔)월 十五(십오)일에 위대한 쏘비엘이 우리나라를 해방시켜준 직후부터 북반부 근로인민은 겸이포에 있는 굉장한 철공장을 왜놈들한테서 빼앗아 가지고 그 공장을 근로인민의 자치로 운영하여 그 무엇보다도 제일 먼저 강철 파잎을 자꾸 만들어냈습니다. 그 둘레 이렇게 큰."
하면서 직조공장 주인은 두 팔을 쫙 벌리어 그 둘레가 한아름도 더 된다는 표시를 하면서,

"강철파잎을 수천수만 아니 수백만 개를 만들어 가지고 북반부 방방곡곡 평야뿐 아니라 높은 산꼭대기 위까지에도 전부 묻어서 수도설비를 해놓고는 물을 펌푸로 공급하여서 북반부 땅을 모두 논을 풀어놓는데 성공하였습니다. 그래서 낮은데나 높은데나 어디나 모두 논을 풀어놓구는 물을 펌푸로 수도관을 통하여 비가오건 가물건 사시장철 논에 물을 넉넉히 대주어서 해방된 지 五(오)년 후인 금일에 이르러서는 북반부에서는 잡곡을 먹는 사람은 하나두 없고 모두가 흰 쌀밥을 배가 터지두룩 잔뜩 먹고도 남아서 매해 쌀을 쏘련으로 수출할 수 있게 되었고 그러구두 쌀이 너무 많이 남아서 지금 북반부에는 우리 조선 사람 남북을 통한 삼천만 인민이 앞으로 三년동안 배불리 먹을 수 있는 쌀을 저장해놓았습니다. 제가직접 가보지는 못했으나 이건 틀림없는 말이라구 나는 믿습니다. 왜 그런고 하니 며칠 전에 북반부서 오신 문화선전부 동무들이 꼭 그렇다고 말하는데 일호인들 틀릴 이가 있겠읍니까?

정학의 부친 최욱진의 옆집은 아들이 국군 하사라면서 인민위원들이 강제접수 탈취하여 그 주인 노인은 미쳐버렸다. 곧이어 최욱진의 집도 지주의 착취로 고생하는 소작인이 원하지 않는데도 그 소유권을 그들에게 억지로 넘겨주었다.

"흥, 제가 도망가문 얼마나 멀리 가며 무사할 줄 아는가 ! 주인 영감이 있고 없고 간에 이 집과 이 과수원은 지금부터는 저 뜰아래 방에서 착취당해온 소작인의 소유로 했으니까 주인은 안채를 내고 소작인 가족이 지금 곧 이 집을 차지하시오. 아, 이 뚱뚱보마누라 선득 이리 내려오지 못해?"
하고 땅땅 울러대는 통에 욱진이 안해는 뜰로 내려졌다. 그러자 대문간 방 앞에 멍하니 서 있는 소작인 가족을 향하여 인민위원은,
"자, 동무들 그동안 얼마나 이 마누라의 압제와 착취를 견디어 왔소 ! 인제는 동무들이 이곳 주인이 되었으니 안방으로 들어가시오. 그리구 이 주인

을 내쫓기 전에 우선 그동안 여러 동무들의 피를 빨아먹은 이 주인 마누라의 사죄를 받도록 하겠으니 모두 마루 위로 올라가 앉으시오."

…

"자, 꿇어 앉아서 사죄를 해."

하고 육박하였다. 육진이 안해가 장승처럼 묵묵히 서 있는데 화가 동한 인민 위원이 달려들어 억지로 이끌어 앉히고는 장작깨비로 때리면서 꿇어앉으라 고 호령호령하였다.

소작인 노파가 뛰어 나와서 이 집 주인 덕에 자기 식구들이 굶어 죽지 않고 살았다고 울면서 변호했으나 소용없었다.

이즈음 쌀을 얻으러 부평에 다녀왔던 이웃집 아들이 부평에서 인천 앞바다 에서 서울시 용산 방면에서 공습이 시작되고 미군이 쏜 함포사격 소리를 들었 다고 증언한다. 미군의 인천상륙작전에 대한 소문을 듣고 정학의 부친 최욱진 은 북한 지배로부터 해방을 꿈꾸며 기쁜 마음이 된다.

공중을 치어다보니 비행기가 네대씩 세대씩 편대하여 마치 가을날 기러 기 날아가듯 서북쪽을 향하여 날아가는 것이 보이었다. 얼마나 높이 떳는지 폭음도 들릴락말락하고 솔개만큼씩 하게 적게 보이었다.

…(중략)…

사방은 조용하였다.

공중에서는 아무런 폭음도 들려오지 않고 고개를 들어 사방 하늘을 치어 다보아도 비행기 커 녕 구름 한 점 없이 파란 빈 하늘이었다. 성미 조급한 사 람들은 자위대의 욕설을 들은 체 만 체하고 뛰어서 옆 샛골목 길로 새어버리 었다.

점령지에서의 2중생활

한편 최정헌이 근무하는 대학병원은 점령하고 운영하는 북한 수뇌부는 사회주의 평등사상과는 동떨어진 생활을 하고 있다.

이삼층 특별 입원실에 독방 혹은 두세 사람만이 한방에 수용되어 있는 부상 장교들 대우는 이렇다 할 아무런 제약이 없어 장교들의 그날 그시 기분에 알맞추어 숙수는 음식을 작만해야 되고 의사는 처방을 써야 되고 간호부들은 이들 부상장교들의 일동일정을 보살피는 신경을 혹사하여야 되는 것이었다.

병원 감독관장교는 원장실에 혼자 앉아서 수시로 어름채운 삐루와 과일과 요리를 가져오게 하여 먹고 마시면서 날이 덥다고 웃통을 벗어 제치고 앉아서도 나 어린 간호학생들을 불러닥아 옆에 서서 쉴 새 없이 부채질을 시키면서 돼지처럼 꿀꿀거리며 음식을 처먹는 것이었다.

…(중략)…

색안경을 쓴 문화선전부장은 또 제대로 '재교육'을 시킨답시고 일이 조금만 한가해지면 모이라고 강요하고는 『공산당 발달사』라고 하는 단 한 권의 '교과서'를 나눠주고는 그것을 줄줄이 따로 외일 수 있도록 읽어야한다고 으르렁대었다.

이 병원에 근무하는 간호사 손복순은 북한에서 어린 시절의 애인을 만난다. 그러나 그녀는 간호사로서의 의무감과 골수 공산당단인 중상을 입은 옛 애인에 대한 혐오감 사이에서 지킬 박사와 하이드 씨처럼 갈등을 일으키는 이중인격자가 되어 고민한다. 여기에 언니뻘인 간호사 순영의 위로는 가히 명연설이다.

"자, 내 말을 똑똑히 들어, 응. 이게 다 우리 민족 전체의 수난이요 비극이야. 복순이 혼자만이 당하는 수난이 아니구 우리 모두가 다 함께 당하는 시련이니 부상당해서 재기할 수 없는 인민군 장교 하나쯤 죽이는 것으루 결말이 날 일두 아니구. 설사 그놈 한 놈을 죽인대사 거짓말쟁이 도깨비 김일성이와 스탈린이가 살아 있어서 자꾸만 죽이는 이상 그런 놈은 얼마든지 또 보충될 것이니깐. 자, 복순이 마음을 굳게 먹구 참어, 응. 절망하거나 자포자기해서는 절대루 안되. 때는 며칠 안 남았어, 응. 나는 단파루 미국 쌘푸란씨스코와 일본 동경방송을 매일 듣는 사람과 비밀연락이 가끔 있는데 이 전쟁은 우리끼리만의 투쟁이 아니구 공산주의 대 민주주의의 결사투쟁이야. 우리 뒤에는 국군이나 미국군만 아니라 유엔 여러나라의 응원병이 밀물밀듯 오고 있으니깐 이 원수들을 내쫓구 서울을 수복 할 날이 임박했다는 걸 믿구 기다려야 해. 그때 에는 지금 여기 자빠져있는 놈들을 한꺼번에 다 몰아낼 수 있을게 아니야. 이놈들이 전번에 국군부상병들을 모두 끌어내다가 한목에 총살해버린 그 앙가품으루 이놈들을 한목에 몰살시킬 날이 있을 것이구. 그때 에는 우리들이 우군을 맞이하여 그야말로 진심으루 우리 정성을 다하여 봉사할 때가 올 것이니. 자, 그만 올라가보라구. 또 감독관이나 문화선전부장 한테 들키어서 벼락이 내리기 전에, 응."

밤에 쓰는 역사

최정학은 밤을 이용해 남산 참호 굴착 공사에 근로 동원된다. 이것은 미군 공습이 심해지자 북한군이 시작한 새로운 사업이다. 귀가 도중 그는 우연히 한 무역회사 사장을 만난다. 주둔군 북한군과 친밀한 관계를 맺어 사업에 성공도 했고 행동도 비교적 자유롭다. 정학은 그를 통해 북한군 고위층에 연결하여 집에서 체포되어 사라진 동생 최정호의 행방을 알아내고 석방 시키기 위해 그 사장에게 부탁한다. 최정호는 일제강점기 학병으로 끌려 갔다가 중국에서 탈출하여 광복군에 전입되었다가 해방 후 남한 정부 관리가 되었다. 그는 북한 지도층의 모순과 부패상을 성토한다.

"그애들이 이북에 우물 안 개고리로서 남반부인민은 모두가 이 세계에서 그 유례를 볼 수 없는 빈궁과 결핍 하에서 신음하구 있다는 선전에만 혹취되어 있다가 막상 서울을 와보니 거리에 나다니는 사람들은 모두 수염두 안깎구 양복두 안 입구 헌옷에 농림모를 쓰고들 다니지만 가정들을 뒤지어보든지 상점을 뻐개고 들어가보니. 하하, 처음 보는 신기한 물건들, 이것두 갖구싶구 저것두 갖구 싶구 시계, 만년필, 라이타, 가죽구두, 가죽 가방, 카메라, 라디오, 미국 쵸콜렛, 치약, 코티분, 페니시링. 고급장교들은 한 짐씩 해서 짚차에 싣구 이북으로 가져 가면서두 졸짜들은 약탈을 하문 엄벌한다구 울러대니 슬그머니 약도 오르고 무슨 짓을 해서든지 돈을 벌어서 일생 처음 보는 그런 물건들을 사가지구 싶은 욕망이 생기는 것은 자연현상이지요. 그러구 일평생 가난하게 자라난 청년들이 약간의 돈으로 손쉽게 매수 당하는 것

역시 무리가 아니지요. 그렇지 않습니까?

이 일을 계기로 정학은 사장이 소개해준 보위부의 젊은 간부 황동무라는 사람을 만난다. 그 후 황동무는 정학의 집을 방문하여 정호의 아내 순덕을 직접 만나 한눈에 반해 엄큼한 정욕을 품는다.

1950년 8월 15일이 되었다. 5년 전 일제에서 해방된 8월 15일까지는 유엔군 총사령관 맥아더장군이 서울로 입성한다는 소문이 퍼지고 마루 밑, 천정, 광목, 백장 뒤, 토굴에서 숨어 살고 있는 '반동분자'들과 '의용군' 대상 청년들은 공습하는 미군기를 바라보면서 희망에 부풀어 있다. 그러나 '조국 통일 민주전선 중앙 위원회'에서 선포문을 발표했다.

> 이 무려 수만자에 달하는 '선언서' 내용을 요약하면 "친애하는 동무들"이라고 호소해놓고,
> "미국은 남의 나라 내정을 간섭하여 조선의 아들딸들을 학살하고 있다. 미국군함들은 우리나라 해안을 매일 파괴 하고 비행기들은 우리나라 도시와 농촌을 매일같이 야만적 폭격을 감행하여 평화스런 인민들을 살륙하고 우리 인민이 노력하여 세워 논 공장, 산업기관, 기차 철로, 주택들을 함부로 파괴하고 있다.
> 오랫동안 조선을 그들의 식민지 또는 극동 군사기지로 만들려고 애를 써온 미제국주의자는 ×××도당을 사수하여 내란을 조발하여 우리 동포들을 살륙하고 있으면서 그 악행을 유엔 안전보장 이사회의 비법적인 결의로 엄호하여 우리인민의 권리와 자유와 독립을 유린하고 있다.
> 미 제국주의가 우리나라 통일을 방해하지 않았던 덜 조선인민들은 벌써 우리자신의 평화건설을 성취시키었을 것이다.
> …(중략)…
> 이하에 열거하는 조선인민 선언서에 전체 애국자들은 모두가 서명하기를 간구한다.
> ―(일), 미국 무장 군대가 조선을 간섭하는 것을 중지하고 조선간섭을 하는 모든 외국군대를 즉시 철퇴시키는 방법을 강구할 것을 우리는 유엔에 요구한다.

二(이), 미 제국주의의 사수로 조선내란을 조발하고 또 조선인민을 대항하여 적극적인 싸움을 한 이승만, 이범석, 김성수, 신성모, 조병옥, 백성욱, 윤치영, 신흥우, 신익희, 장면 등은 인민재판에 회부하여 재판을 받아야 한다는데 동의한다.

조국의 자유와 통일과 독립을 존중하는 사람들은 전체가 다 우리는 미국의 간섭을 반대한다는 결의를 전 세계에 널리 공포하기 위하여 일일이 이 선언서에 서명할 것을 의심하지 아니한다.

조국의 자유와 독립을 굳게 보호하는 용맹한 인민군 만세, 평화를 애호하는 조선인민 만세"

"조국의 통일 자유 독립을 위하여 나아가자"

이 행사를 기점으로 15세 이상 모든 사람에게 성명 받는 운동이 시작되었다. 무수한 이중삼중 서명, 대리서명, 가짜서명 등을 합쳐 신문에 발표된 총 서명자 수는 9,680,15명이었다.

서울시민들의 삶이 점점 피폐해져간다. 쌀 배급도 끊어지고 낮에는 초급인민위원회 전체 회의, 문화선전강연 등에 동원되고 공습을 피할 수 있는 밤에는 근로봉사에 동원되었다. 또한 이때 느닷없이 서울시에 인구가 너무 밀집되어 있다며 상당수 시민들을 북반부로 이동시키는 전출 명령이 떨어졌다.

반장은 말을 계속하여,

"놈들이 이북 있을 때 밤낮 듣기는 서울에 들어서기만하면 시민은 대환영을 하구 적극 협조하리라구 꼭 믿었던 모양인데 막상 들어오고 보니 겉으로는 모두들 협조하는 것같이 보이나 통 속을 안 주구, 또 돌아앉아서는 놈들 욕이나 하구 유엔군 비행기가 뜨면 놈들은 그렇게두 겁을 내구 화를 내는데 서울 시민 대부분은 비행기 폭격을 반가워하는 기색이구 밤에 비행기가 오문 사방에서 신호탄이 올라가구 하니 화가 바짝 동하는데 반동분자나 의용군깜을 잡으려구 재밤중에 집을 샅샅이 뒤져두 모두가 서로서로 숨겨주기 때문에 별 효과를 보지 못하게 되니 놈들이 인제 궁여지책으로 이 전출 안을 냈다고 나는 봅니다. 즉 전출신고를 제출할 때에는 전출 가족 명부를 꼭 적어 내야 되게 되었는데 그 신고서를 기준으루해서 종로에서 말입니다. 지금 아무두 자동차나, 추력으로 전출할 사람은 하나두 없구 기껏 해야 손구루마나 리야카, 자전거, 그것들두 귀하니까 모두 걸어가게 될 것이 아닙니까? 그러면 놈들이 여기저기 목을 지키구 서서 전출로 조사를 한답시구 세워놓구는 의용군깜이나 반동분자는 곶감빼듯 싹싹 뽑아낼 흉계이지요."

그러나 이 계획은 곧 무산되었다. 북반부도 살기 어려운데 남반부 전출민까지 밀려 들면 더욱 살림이 어려워져 그 명령이 취소된 것이다. 이때 서울 부사장 비서라는 사람이 최정학 동리에 나타나 가까운 친구들에게 김일성이 곧 3가지 조선으로 항복한다는 가짜 뉴스를 밝혔다.

체포 이후 행방불명되었던 최정호의 거처가 밝혀진다. 그는 체포 직후 북송되어 지금 평양형무소 감방에 있다. 감방에 누워 일제강점기 정호는 아내 순덕과 대동강변 언덕에서 사랑 나누던 일을 회상한다. 그들은 대동강변에서 굳게 포옹하고 순덕의 부모의 허락 아래 신방 차려 첫날밤도 보냈다. 그 후 학병으로 징집되어 일본군에 소속되어 중국에서 중국병들과 전투를 벌일 때 탈출하여 제8로군에 편입되었다. 유격대의 일원으로 일본군과 싸웠던 일로 떠올렸다. 해방 후 순덕과 만나 남한으로 내려와 살았다.

다시 거의 같은 시간 서울에서는 정호의 아내에게 음욕을 품은 젊은 정치보위부원이 정학집에 다시 방문하였으나 정학은 근로동원 나가는 어린 막내 정환이 맞는다. 보위부원 양동무는 독한 술 백알을 시켜 정환과 나누어 마시고 순덕에게도 강권하여 한잔을 마시게 한다. 그 후 정환이 나가 떨어지자 웅큼한 양동무는 순덕이 혼자 누워 잠들어 있는 방으로 와서 덮치고 성폭행을 시도한다. 절대절명의 위기다. 순덕은 지금 의용군 강제집행을 피하느라고 광속 구덩이에 숨어 있는 남동생 영덕은 소리질러 부를까도 생각해보았으나 그렇게 되면 영덕은 영락없이 체포되어 처형되거나 끌려갈 것이다. 도저히 그럴 수는 없는 일이다. 그렇다고 남편 정호의 구명을 위해 이 놈에게 몸을 허락할 것인가? 깊은 갈등이 순덕을 순간 심히 어지럽게 만든다.

남편을 구해내기 위해서 정조까지 바친다면 이 사회는 그것을 열녀라고 칭송해줄 것인가?

이것이야말로 풀 수 없는 수수께끼요, 또 어디 누구한테 하소하거나 의논해 볼 성질의 것도 아니었다.

뿐만 아니라 비록 본의도 아니었고 또 창졸간에 부득이 당한 일이기는 했으나 젊고 젊은 육체가 하도 오래간만에 남자의 포옹을 맛본 그 기억은 한편 더럽고 수치스럽게 생각이 되기는 하면서도 남편의 포옹이 미칠 듯이 그리워졌다.

더구나 자기 남편이외의 다른 남자도 자기 몸을 안아보고 싶어하는 사람이 있을 수 있다는 신비가 그의 호기심을 건들어놓았다.

그래서 늦도록 잠 못 들고 고민할 때에는 남편의 옷을 꺼내서 부둥켜안고 낮익은 체취에 취하려고 해보았으나 그것만으로 만족이 되지 않았다.

그러니 만일에 그 밉살스런 보위부 청년 말고 다른 어떤 사내가 자기를 유혹한다면 자기가 능히 그 유혹을 단연 물리칠 자신이 있겠는가 스스로 반문할 때 얼굴이 저절로 붉어지고,

'내가 이렇게도 음탕한 년인가.'

하는 부끄러움이 그를 괴롭히었다.

순덕은 기지를 발휘해 자신이 지금 월경 중이라 다음에 만나자고 하여 위기를 모면하고 젊은 보위부원은 사라졌다.

이러는 동안 정호의 큰 형 최정학은 야간에 탄환을 운반하는 근로봉사에 동원된다. 어떤 강하류가에서 골짜기로 북한군 탄환을 운반하는 일이었다.

총을 메고 옆으로 따라다니는 인민군 사병들 감시 하에 남자들은 탄약상자 한 개씩을 지개도 없이 그냥 맨 잔등에 지고 여자들은 또 또아리도 없이 맨 머리 위에 이고 줄을 지어 날르는 것이었다.

남들이 하는 대로 탄환상자 한 개를 어색하게 지고 일어선 정학이의 다리는 와들와들 떨렸으나 이를 악물고 앞서가는 사람 뒤를 수걱수걱 따라갔다.

…(중략)…

사람이란 이렇게도 약한 동물인가? 목숨이란 이렇게도 비겁하게도 아까운 것일까?

굴욕과 분노를 꿀꺽 참아가며 이렇게 원수들에게 부역하지 아니치 못하는 자기 신세가 가련하기도 했고 밉기도 했다.

길

짐을 졌버릇하지 않은 등이 이 무거운 탄환상자에 눌리어 다리가 허둥허
둥하기도 하려니와 마음속에 화통이 터지어서 잠시 줄을 비켜나가 상자를
모래위에 털썩 내려놓자 총대머리가 그의 어깨를 후려갈기며 엉뎅이에는 발
길질이 따발총처럼 연속하였다.

이 순간 갑자기 조명탄이 터지고 유엔군 폭격기가 나타나 폭격이 시작되고
모든 것이 산산조각이 나 흩어졌다. 정학은 한참 후 겨우 몸을 추스르고 기어
가다가 잠이 들었다. 그 후 노역에 동원된 정학과 노역꾼들이 모두 운반해 온
탄약들이 쌓여 있는 무기고는 미군기 공습으로 잿더미가 되고 말았다.

지옥에서의 삶

최정헌이 근무하는 북한군의 야전병원 이야기로 가보자. 부상병들이 몰려
들어오는데 치료약이 엄청 부족하여 진통제 대신 증류수로 주사 놓고 환부도
소금물로 씻어주고 붕대 대신 광목조각으로 덮고 반창고나 붙여주는 정도였
다. 북한군은 매일 똑같은 〈김일성 장군의 노래〉만 부르고 부상병 환자 위문공
연도 쏘련 영화나 틀고 연극단과 음악단의 공연도 지겨워지고 있었다. 야전병
원의 의료진들은 모두 '이중성'과 '가면생활'이 깊어지고 있었다.

무엇보다도 병원 내에서도 남로당과 북로당의 갈등 뿐 아니라 중국 팔로군,
인민국, 의용군, 기타 군인들 사이의 반복도 심각하였다. 이 와중에 또 다른 병
원 내 로맨스인 간호사 복순과 북한군 파일럿 박동길과의 로맨스이다. 복순과
박동길은 분단전 북한에서 같이 사귀던 사이었다. 박동길은 전투 도중 미군기
에 피격되어 추락당해 전신 화상을 입어 북한 당국으로부터 '영웅' 칭호를 받
고 있는 중환자이다.

박동길은 죽음을 눈앞에 두고 복순에게 하소연하며 긴 독백을 토해낸다.

"아, 아, 복순아 복순아 너는 그동안 자라나서 천사처럼 예뻐졌구나. 아,
나는, 나는 그 많은 간호원 중에서 바로 네가 내 간호를 맡게 되었으니 행운

이다. 오, 오, 가지 말어. 가지 말어. 내가 해라를 한다구 골이 났나? 그래두
해라를 하는 것이 더 정다운걸. 너두 나보구 해라를 해주렴아. 아, 가지 말
어. 난 무서와."

…(중략)…

"난 금방 죽을 거야. 내 동무들을 다 잃어버리구 나 혼자 남아서 살문 뭘
하구 영웅이 다 무슨 소용이야……. 아, 아, 복순이 내 말 좀 똑똑히 들어봐.
내가 복순이까지 속일 수야 있나? …(중략)… 응, 응, 북반부 지도자들은 내
내 우리를 속여 왔어. 놈들은 장담하기를 남침만 하문야 이주일 이내에 서울
을 해방시키구 그리되문 국방군은 모두가 돌아서서 인민군대에 가담할 것이
구 또 남반부 괴뢰정권하에서 신음하던 인민들도 총궐기할 것이며 남반부
방방곡곡에 잠복해 있는 우리 게릴라들이 호응해서 불과 三(삼)주일 이내에
조국통일은 완수된다구 우리들을 꾀였어. 우리는 놈들의 말을 꼭 믿었거던."

북한의 '영웅'은 죽기 전에 6 · 25전쟁에 관해 남침 사실을 인정하는 중요한
고백을 하였다. 간호사 복순이는 그 말을 듣고 울었다.

"아, 가련하구 불상한 우리 민족! 무모하구두 염치없는 소위 지도자들한
테 알뜰히 속아가지고 뛰어나와서 죽는 어리석은 청년들. 그 지도자들은 푹
신한 안락의자에 앉아서 호의호식하여 양□지처럼 살이 찌는 동안 가련하구
미련한 청년들은 개죽음을 하구. 아— 이 무슨 괴팍한 운명일구—"

그 후 복순은 박동길 영웅 동무 평양까지 후송하는 비행기에 동행하는 '영
광'을 얻었으나 중간에 탈주에 성공한다.

서울에 주둔한 북한군은 만 50세까지의 남자로 6개월이라는 장기간 근로동
원하고 결국에는 북한으로 끌고가 강제노동시킬 계획을 세웠다. 올해 만 36세
인 최정학은 여기에 해당되었다. 여기서 빠지는 길은 서울시 지키는 임무를
가진 '자위대'에 입대하여 서울에 남을 수밖에 없었다. 자위대에는 서울 시가
지 밖에 곳곳에 초소를 만들어놓고 3인 1조로 밤늦게 지나가는 사람들은 감시
하고 조사하는 일이다. 밤늦게 그리고 새벽에 돌아다니는 사람들은 모두 굶주
려서 새벽 5시에 문을 여는 시장에서 두부나 비지를 사기 위한 것이었다. 이

당시 굶주림에 허기진 서울 시민의 풍경을 읽어보자. 정학과 함께 시가지 보초서는 장정이 함께하고 있다.

   "한 개 밖에 못산 걸 어떻게 나누어주오?"
하고 노인이 거절하자 춥고 배고픈 사람은 와락 달려들어서 노인이 든 양재기에 손을 넣었다. 노인은 외마디 소리를 하며 장정의 손을 때리고 자기 손바닥으로 양재기를 덮으면서 뺑손이를 쳤다. 비지가 조금 묻은 손가락을 쭉쭉 빠는 이 사람은,
   "남갔다가나 허기증이 나는데 비지 냄새만 맡고 나니 허기증이 더 돋히어서 금방 죽을 것 같다."
고 게두덜거리었다.
   콩나물 치룽을 머리에 인 여자 하나이 지나가려 했다. 춥고 배고픈 사람은 와락 달려들어 발도둠을 하고 바른손가락으로 콩나물을 한 웅큼 뽑아내니 여인은 잔걸음으로 달리면서 입에 담지 못할 욕설을 막 퍼붓는데 장정은 그 생 콩나물을 입에 틀어넣고 와작와작 깨물면서 입맛을 쩝쩝 다시었다.

1950년 9월 15일 인천 상륙작전이 기적처럼 이루어진 날이다. 서울시가 이렇게 생지옥의 상태로 들어가는 와중에 절망적이던 시민들은 그동안 여러 번 속아 보았기에 도저히 믿을 수 없는 소식이 전해진다.

   "오늘 아침 동경방송.
   一(일), 九(구)월十五(십오)일 하오 五(오)시 미국 해병대 인천 상륙 성공. 부평까지 무저항 진격
   二(이), 상륙작전은 맥아더 유엔군 총사령이 직접 지휘. 맥장군 기자단회견에서 왈
   계획대로 일사불란 적진 후방 상륙 성공에 크게 만족한다. 제삼차 세계대전이 발발하지 않는 한 나로서는 이번 상륙작전이 마지막이 되기를 희망한다 라고.
   앞으로 며칠 동안 특별조심 요망"

그들은 이제 생지옥에서 드디어 해방되는구나 하고 소리지르고 춤추고 싶

었으나 입을 꾹 다문 채 지낼 수밖에 없었다. 1950년 9월 16일 야전병원에 근무하는 정헌은 철원까지 북한군 부상병을 이동시키는 임무를 받는다. 9.15 유엔군의 인천 상륙 소식에도 불구하고 북한군은 이를 일체 인정하지 않고 있다.

> "놈들이 최후발악으로 인천 상륙을 시도했으나 용감무쌍한 우리 인민군대가 일거에 격퇴시켜버렸습니다. 자, 우리가 축배를 들고 만세를 부를 시각이 이르렀습니다. 그러나 최 동무, 좀 바쁜 일이 있습니다. 서무원만 내놓고 이 병원 전 직원과 환자들은 오늘 밤으로 철원으로 이동하라는 상부지시가 방금 내렸습니다. 길을 걸어갈 수 있는 상병들은 걸리워 가도록 해야할 텐데 그 후송 책임을 최 동무가 맡아주어야 되겠습니다. 도중에는 인민군 한 중대가 호위해줄 것이니깐 아무 위험도 없을 겁니다."

정헌이는 북한군 부상병들을 인솔하다가 적당한 시기에 탈주하기로 계획을 세운다.

정헌의 친구 강 치과의사는 서대문 적십자 병원에서 만병통치 의사 노릇하다가 9·15 인천 상륙소식을 듣고 탈출한다. 유엔군은 서울 관문까지 진출하며 북한군과 교전을 벌인다. 이때 서울에는 북한군이 수많은 곳에 창호와 방공호를 파고 대피하였다.

승패의 길이 갈리다

9·28 서울 수복 이전의 서울은 국군, 유엔군, 북한군 등이 밀고 밀리는 공습과 시가전 전투가 계속되는 풍경을 보여주고 있다.

> 이 사격전은 낮에는 없고 밤에 시작되어 밤새도록 계속되는 것이었다. 그래서 날만 어두워지면 온 식구는 모두가 다 방공호 속으로 들어갔다. 단지 노할머니만은 결사 고집하고 안 들어가려고 하므로 할 수 없이 그가 마루에서 잠든 후 정학이나 욱진이가 책상을 들어닫아 몸을 가리워놓곤 하였다.

비좁은 방공호 속에서 팔과 다리를 이리저리 포개놓고 비지땀을 흘리면서도 어린이들은 쿨 쿨 잠을 잤으나 어른들은 꼼박꼼박 밤을 새웠다.

밤새도록 "외웽" 하고는 "꽝, 후두두둑" 하는 소리와 함께 문창은 와들와들 떨고 때로는 방공호 밑까지도 후들후들 떨기도 하며 우박이 내리드시 무엇이 지붕을 때리기도 하는 것이었다.

날이 새어 대포 소리가 멎자 '다다미'로 가리웠던 방공호 출입구를 밀고 밖으로 나서 보니 뜰에는 대포알 파편과 박격포 탄피가 여기저기 널려 있는 것을 본 이는 놀랐다.

북한군은 시가전을 벌이면서 저항하였다. 의정부 부근까지 부상병 이동대가 다가오자 따라가던 간호부의 급성맹장을 긴급 치료를 핑계로 근처 어느 집으로 들어가 탈주하였다. 북한군은 서울에서 북쪽으로 퇴각하면서 무고한 시민들을 살육하고 시민들은 무차별 방화하고 파괴하였다.

"참, 다행이군요´ 그런데 저 연기는?"
"아, 그거요, 그놈들이 쫓겨가면서 최후 발악으루 막 불을 지른답니다. 유엔군 비행기가 그렇게두 아끼구 폭격을 아니 한 중앙청에다 불을 지르구 그리구 또 공과대학, 성균관대학, 천주교대학 건물들에 불을 질렀답니다. 또 그리구 어젯밤 그 복새통에 저 국민학교에 가두어 두었던 남녀들은 모두 교사 뒤뜰루 끌고 가서 총살해버렸답니다. 그래 아까 누가 와서 그러는데 아무두 길에 절대루 나다니지 말라구 그러더군요. 그놈들이 악이 받혀서 닥치는 대루 사람을 죽인대요."

1950년 9월 26일. 팔월 추석날이다. 인천 상륙한 지 11일이 지났다. 용산까지는 해방되었으나 서울역에서 아직도 교전 중인 그러한 상황이었다. 북한군과 유엔군의 시가전으로 시내는 불바다가 되고 있다. 정학의 집과 화재로 화염에 싸였다. 정호의 처 순덕은 불구덩이 속에서 아기를 살려내려고 안간힘을 쓰고 있다. 이 무렵 정환이 나타난다.

사방에서 붙는 불 때문에 길은 밝았으나 뒤를 돌아다보니 애기는 사람들

발에 짓밟힛는지 보이지 않았다.

"아, 애기야, 애기야"

하고 울부짖으면서 어쩔 줄을 모르고 발을 동동 굴고 있노라니 저쪽 옆에서 누가 머리에 썼던 이불을 홀떡 벗기면서 순덕이쪽을 보는데 그는 정환이었고 그의 목에 애기가 목말을 타고 있는 것이 보이는 듯하자 금시 이불이 애기 몸을 도로 가리웠다.

"아, 고마운 아즈버니……."

하는 순덕이 눈에서는 눈물이 주루루 흘러내렷다.

오랫동안 광속의 토굴 속에 숨어 지냈던 순덕의 남동생 창덕이도 헛간 땅굴 속에서 **빠져** 나왔다.

거의 석 달 동안 창덕이가 밤마다 숨는 굴은 창덕이가 기여들어간 후에는 언제나 그 입구에 장작을 높이 쌓아 올리군했던 것이었다. 밤중 어느 때 그 놈들이 집을 발깍 뒤지려 올지 모르는 일이라 굴을 캄풀라지하기 위하여 매번 장작을 쌓아놓았다가 아침에 순덕이가 가서 장작데미를 치워주어야 창덕이는 기여 나올 수가 있었던 것이다.

헛간까지 불이 당긴다면? 더구나 장작데미 !

이제 서울 탈환은 거의 막바지에 달했다. 북으로 패주하는 북한군의 모습이다.

팔월 한가위 지난 지 하루밤 그 맑고도 밝은 길로는 박쥐들이 쫓기어 기어 달아나고 있는 것이었다.

장교급들은 지붕 없는 찝차나 쓰리코타에 전 가족과 재물을 산데미처럼 싣고 대로를 달리는데 졸병들은 총도 배랑도 없이 단신으로 응달에 외줄로 바싹 다가서 줄을 지어 지나가는 것이었다.

이 소설은 다음과 같이 끝난다.

길

군복은 입었으나 총도 메지 못하고 보따리 한 개 지니지 않은 인민군들은 줄을 지어 고개 위으로 올라가고 있고 평복하고 몽둥이나 일본 칼을 든 빨치산들은 삼삼오오 떼를 지어나가는 자들도 있고 들어오는 자들도 있었다.

어쓸해지자 유엔 비행기가 패주 싸움에 져서 달아남.

하는 괴뢰차량을 막 기총소사하여 염상 불이 타오름.

시키는데 정헌의 집 대문을 요란히 뚜드리며,

"우리는 인민군이 아니구 이북서 강제루 끌려나온 사람들이니 몸을 좀 숨겨 주서요."

하는 애걸소리가 빗발치듯 했으나 아무도 대뀌하지 아니하였다.

밤은 조용해지었다.

낮에는 숨어 있다가 밤이 되면 나다니며 피를 빨아먹는 박쥐와 꼭 같은 공산도배는 도망가 버리고 길은 휭하니 비어 있는데 밝은 달빛만이 말없이 이 길을 비치어주고 있는 것이었다.

이 소설은 서울에 어느 날 갑작스런 "박쥐"의 출현으로 시작되었으나 이제는 "밝은 달빛"이 조용히 비추고 있다.

나가며 : 6 · 25전쟁 다시 보기

1950년 6월 15일에 시작된 전쟁은 9월 28일 유엔군의 서울 탈환으로 95일간의 인민군 치과의 생활도 일단 막을 내렸다. 9월 26일에 한국군이 중앙청에 태극기를 게양하였다. 9월 27일에 미 해병대가 서울시를 3분지 2 탈환하고 오후 3시 미대사관에 성조기를 게양하였다. 그러나 9 · 28 서울 수복 후에도 수도권에 남아 있던 패잔 인민군과의 산발적 교전이나 여러 곳에서 약탈이 이어졌다. 이승만 대통령은 "탈환 지역에서의 사적 원한에 의한 타살 · 구타금지 등을 추구하는 성명서"를 발표하고 육군본부도 "재물약탈 및 부식물 징발, 부녀자 능욕을 엄격히 금지"하는 훈령을 내렸다.

서울 수복 다음날 9월 29일에 이승만 대통령이 맥아더 원수를 동반하고 비행기로 서울로 귀환하였다. 이 대통령은 서울 입성 특별 성명을 발표하였다.

그러나 아직도 지방 일부 지역에서 미처 퇴각하지 못한 인민군 유격대와 산발적인 전투는 계속되고 있었다. 서울에서는 인민군이 내버리고 간 군수물자들을 두고 서로 차지하려는 약탈극이 벌어지기도 했다. 9월 30일에 되어서야 비로소 서울이 국군의 수중에 완전히 넘어왔다.

이 소설의 결말은 흔히 말하는 '열린 결말'이다. 앞으로 전쟁은 어떻게 될 것이며 최정학의 가족의 삶을 어떻게 전개될 것인가? 평양감옥에 갇힌 최정호는 어떻게 될 것인가? 소위로 복무하고 있는 정학의 동생 정훈은 어떻게 되었는가? 등등 이제 독자인 우리의 상상력에 맡겨지게 되었다. 작가 주요섭은 왜 이렇게 결말을 열어놓았는가? 이것은 독자의 상상력을 자극하기 위한 장치일 수도 있다. 또는 모든 것이 뒤죽박죽 혼란스러운 시대에 대한 작가의 확실한 비전이 없었을 수도 있다. 그러나 무엇보다도 6·25전쟁은 기본적으로 민주주의와 공산주의의 이념 대결이었다. 일제강점기의 상하이 대한민국 임시정부부터 해방 공간을 거쳐 1948년 대한민국 정부수립 때까지 우리는 좌우로 갈려 민족분열을 심하게 겪은 경험이 있었기에 간단한 결론을 내리기는 쉽지 않은 것이다. 아니 그것보다 북한 평양 출신의 작가 주요섭은 반공국가인 남한의 대한민국 정부의 국민으로 북한에 비판적이지만 작가적 입장은 기본적으로 좌우 이념을 넘어서 6·25전쟁을 객관적으로 재현하고자 했을까?

6·25전쟁은 '잊어지는 전쟁'이 되어가고 있다. 그러나 6·25전쟁은 핵무기만을 쓰지 않은 2차 세계대전 후 최대의 전쟁이었다. UN을 중심으로 한 자유진영과 공산진영으로 나누어져 전 세계 상당수의 국가들이 연루되었던 실질적인 3차 세계대전이라고 볼 수도 있다. 동북아의 새로운 화약고 한반도는 '지정학적 저주'라고 불릴 만큼 한민족에게는 19세기 말과 20세기 초 당시 해양세력과 대륙세력의 각축장이었다. 그 후 36년간 일제강점기와 20세기 중반 한민족 최대의 비극 6·25전쟁을 겪었다. 그러나 1,129일 간 치렀던 6·25전쟁은 완전 종전된 것이 아니고 휴전 상태로 남아 그 후 계속 아직까지도 심각한 남북 군사 대치가 지속되고 있다.

또다시 21세기 초에 지정학적 저주의 유령이 다시 꿈틀대고 있다. 66년간의 휴전에서 전쟁 상태가 종식되는 전쟁 없는 평화로 갈 것인가? 요즘 한반도를 둘러싼 정세는 심상치 않다. 북한은 최근 남북회담과 북미회담 후에도 계속 핵무기와 미사일 발사로 남북관계와 이 지역의 군사 균형을 흔들고 있다. 최근 불붙기 시작한 미국과 중국의 무역 분쟁이 심상치 않다. 설상가상으로 우방이라 믿었던 일본마저 한국에 소위 경제공격을 감행하니 이 지역이 경제, 군사의 새로운 분쟁 지역으로 다시 급부상하고 있다. 이러한 새로운 위기가 점증하고 있는 엄혹한 상황에서 우리 민족의 염원인 한반도에 영구평화를 가져오는 '지정학적 저주의 극복'은 언제나 실현될 수 있을 것인가?

주요섭 연보

길

▛1927년(26세) 상하이 후장대학을 졸업함. 곧장 미국으로 건너가 스탠퍼드대학 대학원 교육학과에 입학함. 미국에서의 생활은 매우 어려워 접시 닦기, 운전수, 청소부 등의 일을 하면서 고학.

▛1929년(28세) 스탠퍼드대학 대학원에서 교육학 석사과정을 수료하고 귀국. 평양에 머물며 황해도 출신의 유씨(劉氏)와 결혼.

▛1930년(29세) 유씨와 이혼.

▛1931년(30세) 『동아일보』에 입사. 『신동아』지의 주간으로 있으면서 같은 잡지에 짧은 수필과 단편소설을 발표함. 이은상, 이상범 등과 친교. 『아이생활』 편집장.

▛1932년(31세) 『신동아』 주간 취임.

▛1934년(33세) 중국 베이징에 있는 보인(輔仁)대학에 교수로 취임하여 1943년까지 대학교수로 재직. 이 무렵부터 그의 작품은 초기의 신경향파적이고 자연주의적 경향에서 벗어나 여성편향적이고 내면화된 순수문학으로 전환하게 됨. 이 기간 중에 당시 중국을 침략하던 일제 경찰에 의해 검거되어 펄 S. 벅의 소설 『대지』의 영향으로 쓴 영문 장편소설도 압수당하고 수개월의 옥고를 치름.

▛1935년(34세) 첫 장편소설 『구름을 잡으려고』를 『동아일보』에 2월 17일부터 연재하기 시작함. 대표작이라 할 수 있는 단편소설 「사랑손님과 어머니」를 『조광』 11월호에 발표함. 이 작품으로 새로운 전성기를 맞음.

▛1936년(35세) 『신가정』지 기자로 있던 8년 연하의 김자혜(金慈惠)와 재혼.

▛1938년(37세) 장편소설 『길』을 『동아일보』에 9월 6일부터 연재했으나 얼마 안 가 알 수 없는 이유로 중단. (아마도 일제의 방해와 검열 때문일 것이다.)

▛1941년(40세) 장남 북명(北明) 출생.

▛1942년(41세) 차남 동명(東明) 출생.

▛1943년(42세) 일제의 식민지 군국주의가 극에 달해 있던 이 시기에 일본의 대륙 침략에 협조하지 않는다는 이유로 중국 정부로부터 추방을 당해 귀국.

▛1945년(44세) 장녀 승희(勝喜) 출생. 평양에 머물며 감격의 해방을 맞음. 해방이 되자 월남해 서울에 정착.

『1947년(46세) 상호출판사 주간 취임. 영문 중편소설 *Kim Yu-Shin*(「김유신」) 출간.

『1950년(49세) 10월, 영자신문 『코리아 타임즈』의 주필로 취임.

『1953년(52세) 부산 피난 시절 2월 20일부터 『동아일보』에 장편소설 『길』 연재 시작. 경희대학교 영문학과 교수로 취임.

『1954년(53세) 2월 말에 파키스탄 수도 다카에서 개최된 세계작가대회에 옵서버로 단독 참가.

『1955년(54세) 국제 펜클럽 한국본부 창립 발기위원, 사무국장, 부회장, 회장을 역임. 한국문학 번역협회장 선임.

『1957년(56세) 장편소설 『1억 5천만 대 1』을 『자유문학』 6월호부터 연재.

『1958년(57세) 『1억 5천만 대 1』의 속편인 장편소설 『망국노 군상(亡國奴 群像)』을 『자유문학』 6월호부터 연재 시작함.

『1959년(58세) 국제 펜클럽 주최 제30차 세계작가대회(프랑크푸르트)에 한국 대표로 참가함.

『1961년(60세) 코리언 리퍼블릭 이사장을 역임함.

『1962년(61세) 작품집 『미완성』을 을유문화사에서 출간함.

『1963년(62세) 1년간 미국으로 가서 미주리대학 등 6개의 대학을 순회하며 '아시아 문화 및 문학'을 강의함. 영문 장편소설 *The Forest of the White Cock*(「흰 수탉의 숲」)을 출간함.

『1965년(64세) 경희대학교 교수직을 사임함. 사임과 함께 7년여의 침묵을 깨고 다시 작품을 발표하기 시작함. 단편소설 「세 죽음」과 「비명횡사한 유령의 수기」를 『현대문학』 10월호에 발표함. 한국 아메리카 학회 초대회장 역임.

『1970년(69세) 단편소설 「여대생과 밍크코트」를 『월간문학』 6월호에 발표함. 이후 건강상의 문제로 더 이상 창작 활동을 계속하지 못함.

『1972년(71세) 4월 전신 신경통으로 세브란스병원에 잠시 입원함. 11월 14일, 서울 연희동의 자택에서 심근경색으로 갑작스레 사망함.
[2004년대 들어서 주요섭은 1919년 3·1만세운동에 참여하고 등사판 신문 『독립운동』을 발행하여 출판법 위반죄로 유년감에서 10개월의 옥고를 치른 것이 인정되어 뒤늦게 독립운동가로 추서되었다. 현재 대전 현충원 독립유공자 묘역에 부인 김자혜와 함께 안장되어 있다.]

1920. 1. 3	「이미 떠난 어린 벗」(『매일신보』)
1921	「깨어진 항아리」(『매일신보』)
1921. 4	「추운 밤」(『개벽』)
7	「죽음」(『新民公論』)
1924. 3	「기적(汽笛)」(『신여성』)
10	번역시 「무제(無題)」(『개벽』)
11	수필 「선봉대」(『開闢』)
1925. 3. 1	시 「이상(理想)」(『新女性』)
4	「인력거꾼」(『開闢』)
6	「살인」(『開闢』)
9~11.	『첫사랑 값 1』 중편소설(『朝鮮文壇』 연재)
10	「영원히 사는 사람」(『新女性』)
1926. 1	「천당」(『新女性』)
5	평론 「말」(『東光』)
10	시 「물결」, 「진화」, 「자유」(『東光』)
1927. 1	「개밥」(『東光』)
2~3	『첫사랑 값 2』 중편소설(『조선문단』 연재)
6	시 「넓은 사랑」(『東光』)
7	수필 「문명(文明)한 세상?」(『東光』)
11	희곡 『토적꾼』(『東光』)
1928. 12	수필 「미국(美國)의 사상계(思想界)와 재미(在美) 조선인(朝鮮人)」(『별건곤』)
1930	동화 『웅철이의 모험』
1930. 제4호	「할머니」(『우라키』)

1 장르 표시가 없는 것은 모두 '단편소설'임.

2.22~4.11	산문 「유미외기(留美外記)」(『동아일보』)
8	시 「낯서른 고향」(『大潮』)
1931. 4	평론 「교육 의무 면제는 조선 아동의 특전(特典)」(『東光』)
10	평론 「공민 훈련(公民訓練)에 관한 구미 각국(歐美各國)의 시설(施設)」(『新東亞』)
11	수필 「웰스와 쇼우와 러시아」(『文藝月刊』)
1932. 3	수필 「음력 설날」(『新東亞』)
3	수필 「상해 관전기」
4	수필 「봄과 등진 마음」(『新東亞』)
5	수필 「혼자 듣는 밤비 소리」(『新東亞』)
5	수필 「문단 잡화―아미리가(아메리카)계의 부진」(『三千里』)
6	수필 「마른 솔방울」(『新東亞』)
9	수필 「미운 간호부」(『新東亞』)
10	「진남포행」(『新東亞』)
12	수필 「십년과 네 친구」(『新東亞』)
12	수필 「아메리카의 일야(一夜)」(『三千里』)
1933. 1	수필 「사람의 살림살이」(『新東亞』), 「마담 X」(『三千里』)
3	동화 「미친 참새 새끼」(『新家庭』)
5	「셀스 껄」(『新家庭』)
8	수필 「금붕어」(『新東亞』)
10	평론 「아동문학 연구 대강(研究大綱)」(『學燈』)
1934. 4	수필 「안성 중학 시절」(『學燈』)
5	수필 「1925년 5·30」(『新東亞』)
7~8	수필 「호강(扈江)의 첫여름」(『學燈』)
11	수필 「상해(上海) 특급(特急)과 북평(北平)」(『동아일보』)
1935. 2	수필 「심양성(瀋陽城)을 떠나서」(『新東亞』)
2.17~8.4	『구름을 잡으려고』(첫 장편소설)(『동아일보』 연재)
4	「대서(代書)」(『新家庭』)
7	수필 「취미생활과 돈」(『新東亞』)

11	「사랑손님과 어머니」(『朝光』)
1936. 1	「아네모네의 마담」(『朝光』)
3	「북소리 두둥둥」(『조선문단』)
4	「추물(醜物)」(『신동아』)
9~1937. 6	『미완성(未完成)』 중편소설(『朝光』 연재)
1937. 1	수필 「봉천역 식당」(『사해공론』)
6	수필 「중국인들의 생활을 존경한다」(『朝鮮文學』)
1937. 6	수필 「북평 잡감」(『백민』)
11	「왜 왔던고?」(『女性』)
1938. 5. 17~25	「의학박사」(『동아일보』)
1938. 6~7	「죽마지우」(『女性』)
1938. 9. 6~11. 23	『길』(장편소설)(『동아일보』)
1939. 2	「낙랑고분의 비밀」(『朝光』)
1941	『웅철이의 모험』(장편동화)(『조선아동문화협회』)
1946. 11	「입을 열어 말하라」(『新文學』)
1946. 11	「눈은 눈으로」(『大潮』)
1947	「극진한 사랑」(『서울신문』) 영문소설 『Kim Yu-shin』(김유신)(중편)
1948. 9	「대학교수와 모리배」(『서울신문』)
11	수필 「과학적 생활」(『學風』)
1949. 7	「혼혈(混血)」(『大潮』)
1950. 2	「이십오 년」(『學風』)
1952. 4	번역 「미국의 모험적 군수생산」(타임誌에서)(『자유세계』)
1952. 8~9	번역 「자유의 창조자」(버트랜드 럿셀)(『자유세계』)
1953. 2. 20~8. 17	『길』(장편소설)(『동아일보』 연재)
1954. 8	「해방 1주년」(『新天地』) 번역 『현대미국 소설론』(프레데릭 호프만)(박문출판사)
1954. 10	"One Summer Day" 「어느 한 여름날」(『펜』)
1955. 2	「이것이 꿈이라면」(『思想界』)

1955	번역 『서부개척의 영웅 버지니언』(오웬 위스티어) (진문사(進文社))
1955. 9. 11~1956. 1	번역 「오레스테」(헨리 슐츠 소설)(『새벽』)
1956. 8	번역 「영미 현대 극작가들의 동태」(영국 편)(『자유문학』)
1956. 12	번역 「영미 현대 극작가들의 동태」(미국 편)(『자유문학』)
1957. 6~1958. 4	『1억 5천만대 1』(장편소설)(『自由文學』 연재)
1957	번역 『불멸의 신앙』(윌라 캐더)(을유문화사) 번역 『현대 영미 단편선』(공역)(한일문화사)
1958. 4	「잡초」(『思想界』)
1958. 5	「붙느냐, 떨어지느냐」(『自由文學』)
1958. 6 ~ 60. 5	『망국노 군상(亡國奴 群像)』(장편소설)(『自由文學』 연재)
1958. 9	수필 「閑山島 · 頭億里」(『자유문학』)
11	수필 「내가 배운 호강대학」(『思潮』)
1959. 1	평설 「다이제스트」『의사 지바고』(『자유문학』)
1959. 3	권두언 「상은 좋으나 공평하게」(『자유문학』)
1959. 6	수필 「나의 문학 편력기」(『신태양』)
1960	『미완성』(중편소설)(을유문화사)
1962	번역 『펄 벅 단편선』(펄 벅)(을유문화사) 「제3차 아세아 작가회의 소득」(『현대문학』) 번역 『연애 대위법』(올더스 학스리)(을유문화사) 영문 장편소설 The Forest of the White Cock : Tales and Legends of the Silla Period(『흰 수탉의 숲 : 신라시대 이야기와 전설』 어문각)
1963. 3	수필 「이성 · 독서 · 상상 · 유머」(『自由文學』)
1964	번역 『천로역정』, 『유토피아』(을유문화사)
1964. 10	수필 「다시 타향에서 들여다 본 조국」(『문학』)
1965. 10	「세 죽음」, 「비명횡사한 유령의 수기」(『現代文學』)
11	수필 「죽음과 삶과」(『現代文學』) 번역 『크리스마스 휴일』(서머씻 몸)(정음사)
1966. 3	수필 「공약 삼장(公約三章)의 3월」(『思想界』)
11	수필 「재미있는 이야기꾼 ― 나의 문학적 회고」(『文學』)

길

1967. 5	「열 줌의 흙」(『現代文學』)
1968. 7	「죽고 싶어 하는 여인」(『現代文學』)
1969	『영미 소설론』(한국영어영문학회편 공저)(신구문화사)
1969. 6	「나는 유령이다」(『月刊文學』)
1970. 6	「여대생과 밍크코트」(『月刊文學』)
1972	『길』(장편소설)(삼성출판사)
1972. 4	「마음의 상채기」(『月刊文學』)
1973. 1	「전화」(『문학사상』)
1	「여수」(『문학사상』)
1974	번역 『나의 안토니아』(윌라 캐더)(을유문화사)
1987. 4	「떠름한 로맨스」(『현대문학』)
2000	장편(단행본)『구름을 잡으려고』(좋은책 만들기)
2012	『주요섭 단편집』(이승하 엮음) (지만지)
2013	『주요섭 동화선집』(정혜원 엮음) (지만지)
2019. 5	장편(단행본)『일억오천만 대 일』(정정호 엮음) (푸른사상사) 장편(단행본)『망국노 군상』(정정호 엮음) (푸른사상사)
9	장편(단행본)『구름을 잡으려고』(정정호 엮음) (푸른사상사) 장편(단행본)『길』(정정호 엮음) (푸른사상사)